SABINE FINK

Kainszeichen

BAUSÜNDEN Mike Hartmann ist als Bauleiter für ein Erlanger Unternehmen in Tschechien tätig. In einer kalten Dezembernacht kommt er mit seinem Auto von der verschneiten Fahrbahn ab und stirbt. Alle glauben an einen tragischen Unfall.

Seine Verlobte Chrissy leidet sehr unter dem Verlust, auch wenn die Beziehung der beiden in der Krise steckte. Als sie ein dreiviertel Jahr später zufällig Mikes ehemaligen Chefs Johannes und René Ducros über den Weg läuft, tauchen längst verdrängte Fragen wieder auf. Warum verhielt sich Mike vor dem Unfall so seltsam? Hatte es mit der Baustelle zu tun, auf der er arbeitete? Welche Rolle spielen die beiden Brüder und was weiß Mikes alter Freund Thies darüber?

Chrissy hat das Gefühl, dass etwas nicht stimmt. Ihr Verdacht erhärtet sich, als am nächsten Tag ihre Wohnung brennt und sie nur knapp dem Flammentod entkommt …

Sabine Fink, geboren 1969 in Dortmund, lebte in Köln, Braunschweig und Hongkong. Die gelernte Informatikerin war in der Erwachsenenbildung tätig. Heute unterrichtet sie Kinder und arbeitet als freie Autorin und Lektorin in Mittelfranken. Sie ist Mitglied der »Mörderischen Schwestern« und des »Syndikats«. Mit »Kainszeichen« gibt sie ihr Debüt als Romanautorin.

SABINE FINK

Kainszeichen

Kriminalroman

GMEINER *Original*

Besuchen Sie uns im Internet:
www.gmeiner-verlag.de

Im Ehnried 5, 88605 Meßkirch
Telefon 07575/2095-0
info@gmeiner-verlag.de

1. Auflage 2011

Lektorat: Claudia Senghaas, Kirchardt
Herstellung: Julia Franze
Umschlaggestaltung: U.O.R.G. Lutz Eberle, Stuttgart
unter Verwendung eines Fotos von © Florian Hiltmair / Fotolia.com
Druck: Fuldaer Verlagsanstalt, Fulda
Printed in Germany
ISBN 978-3-8392-1184-7

*Personen und Handlung sind frei erfunden.
Ähnlichkeiten mit lebenden oder toten Personen
sind rein zufällig und nicht beabsichtigt.*

MONTAG, 19. DEZEMBER 2005, TSCHECHISCHES ERZGEBIRGE

Es schneite.

Der Matsch auf den Wegen der Baustelle war hart gefroren. Eine dicke weiße Schicht bedeckte die tiefen Furchen, die die Baufahrzeuge hinterlassen hatten. Schnee hing schwer auf den Zweigen der Fichten. Selbst Bagger und Material schienen unter der kalten Decke in einen friedlichen Winterschlaf versunken. Die Fensteröffnungen halbfertiger Gebäude starrten wie düstere Augen in die Dunkelheit. Nur am Container der Bauleitung beleuchtete ein greller Scheinwerfer das markante Firmenlogo – ein großes ›D‹, dessen senkrechter Strich entfernt an eine stilisierte Lilie erinnerte.

Die Tür öffnete sich und ein Mann kam heraus.

»Fahren Sie vorsichtig, Mike!«, rief eine männliche, akzentbeladene Stimme aus dem Innern.

Mike Hartmann hielt inne. Unbehaglich zog er den Kopf ein. Anstelle einer Antwort hob er nur die Hand und setzte seinen Weg fort. Die klirrende Kälte setzte ihm schon nach wenigen Metern zu. Der hochprozentige Becherovka brannte immer noch in seiner Kehle, aber er wärmte kein bisschen. Auch der zwar heiße, aber gräulich schmeckende Kaffee, dem er noch Unmengen an Zucker zugesetzt hatte, hatte nichts genützt. Er hatte höchstens noch schlechter geschmeckt als sonst.

Schneeflocken landeten beständig in Mikes Haar, und es tropfte kalt in seinen Kragen. Er blinzelte heftig, um das benebelte Gefühl im Kopf loszuwerden. Es war nur ein einziger Schnaps gewesen, aber er hatte seit dem Morgen nichts mehr gegessen. Sein Magen grummelte verdächtig. Er fühlte sich einfach elend. Während er seine Hände tief in den Jackentaschen vergrub, raschelte es darin. Verstohlen sah er sich um. Niemand war zu sehen, daher beschleunigte er seine Schritte, bis der Weg einen Knick machte. In seiner Tasche befanden sich zwei Gefrierbeutel mit jeweils einer Handvoll Erde. Während er den Weg verließ, nestelte er einen dritten, noch leeren Beutel hervor. Er huschte an einem Rohbau vorbei und dahinter ein paar Meter unter den Bäumen hindurch und hoffte, dass die Spuren im frisch gefallenen Schnee bald von neuen Flocken verdeckt würden. Unter den dichten Zweigen der Fichten, wo wenig Schnee lag, versuchte er mit bloßen Händen und mithilfe seiner Ferse und eines Stockes den harten Boden so gut es ging zu lockern. Endlich konnte er etwas Erde in die Tüte kratzten. Ein Geräusch ließ ihn zusammenfahren. Er lauschte angestrengt, doch alles blieb still.

Dann beeilte er sich, zu seinem Auto an der Zufahrtsstraße zu kommen. Schon beim Näherkommen entriegelte er die Türen seines dunkelblauen Kombis. Er nahm sich kaum Zeit, sich vom Schnee zu befreien und warf die Tüten auf den Beifahrersitz. Seine Hände fühlten sich an wie Eisklumpen. Erschöpft lehnte er seinen Kopf zurück und schloss für ein paar Sekunden die Augen. Obwohl er erleichtert war, weil er ungehindert gehen konnte, verließ ihn dic Anspannung nicht. Er warf einen Blick auf die Uhr am Armaturenbrett. Es war bereits nach acht und die Rückfahrt nach Erlangen dauerte schon bei guten Straßenverhältnissen drei Stunden.

»Na klasse«, brummte er, als er registrierte, dass die Windschutzscheibe schon wieder auf dem besten Weg war zuzuschneien.

Seufzend startete er den Motor, schaltete die Klimaanlage ein und stellte Heizung und Lüftung auf die höchste Stufe. Ihm war immer noch schrecklich kalt. Er rieb die Handflächen aneinander und hauchte hinein, dann nestelte er mit klammen Fingern sein Handy aus der Brusttasche, platzierte es in der Halterung und drückte eine Kurzwahltaste. Während er wartete, glaubte er, ein paar Meter vom Auto entfernt eine Bewegung zu erkennen. Gleichzeitig ertönte das Besetztzeichen. Er stieß einen missmutigen Laut aus und legte auf.

Kritisch sah er aus dem Fenster. Niemand war zu sehen. Bestimmt hatte er sich getäuscht. Aus einem Etui an seinem Gürtel zog er eine kleine Digitalkamera. Sein Blick fiel auf die Tasche mit seinem Laptop, die im Fußraum vor dem Beifahrersitz lag. Die verräterischen Dateien darauf sollte er lieber löschen. Einen Teil davon hatte er auch zu Hause und den Rest hatte er zur Sicherheit vorhin auf die Speicherkarte der Digitalkamera übertragen. Dort würde es niemand vermuten. Er zögerte. Nein, es dauerte zu lange, den Laptop hochzufahren.

Stattdessen drückte er ein paar Knöpfe an der Kamera und murmelte etwas in das eingebaute Mikro. Als er fertig war und das Handschuhfach öffnete, um die Kamera darin zu deponieren, fiel sein Blick auf einen leeren DIN A4 Umschlag. Hinter der Sonnenblende zog er einen Stift hervor, notierte etwas auf dem Umschlag und stopfte anschließend die Plastiktüten hinein. Nebenbei drückte er noch einmal auf die Wahlwiederholungstaste am Telefon. Er grub in seiner Jackentasche herum, bis er einen Stein erwischte, der in seiner hohlen Hand Platz fand. Er ließ ihn ebenfalls in den Umschlag gleiten. Mit zittrigen Fingern faltete er die Öffnung zu und warf ihn auf den Rücksitz. Zum zweiten Mal ertönte das Besetztzeichen.

Genervt schloss Mike die Augen und rieb sich mit Daumen und Zeigefinger heftig über die Nasenwurzel. Es wurde Zeit, dass er fortkam. Seine Finger waren zwar nicht mehr so kalt, doch seine Handflächen fühlten sich seltsam taub an. Während er zum dritten Mal wählte, trommelte er auf dem Lenkrad herum. Wieder hatte er keinen Erfolg.

»Leg endlich auf, verdammt«, murmelte er und betätigte den Scheibenwischer. »Wo soll ich dir sonst den Scheiß hinschicken?«

Einen Moment lang hatte er das Gefühl, sich im Takt der Wischblätter hin und her zu bewegen. Die Schneeflocken verschwammen vor seinen Augen zu einer wirbelnden Masse. Energisch schüttelte er den Kopf, schnallte sich an und legte einen Gang ein. Beim Anfahren drehten die Räder sofort durch. Er gab weniger Gas und wendete langsam.

Die kleine Zufahrtsstraße endete an der Baustelle der zukünftigen Ferienanlage Krušné hory, die dem kleinen tschechischen Heilbad Jáchymov ab dem nächsten Sommer mehr Kurgäste bescheren sollte. Von hier aus führte die schmale Straße knapp zwei Kilometer den Berg hinunter, bevor sie auf die Hauptstraße traf. Im Scheinwerferlicht wirkte die geschlossene Schneedecke auf der Fahrbahn, als sei hier noch nie ein Fahrzeug unterwegs gewesen. Er gähnte laut und rieb sich wieder die Augen. Vielleicht wäre es besser, wie sonst auch, in der Pension unten im Ort zu übernachten, anstatt sich bei diesem Wetter auf den langen Heimweg zu machen. Er warf einen Blick in den Rückspiegel. Immer noch war niemand zu sehen.

Aber er hatte ein ungutes Gefühl.

Chrissy würde ihm vermutlich den Kopf abreißen, wenn er ihr eröffnete, dass er nicht nach Hause kam. Sie war sehr wütend gewesen, weil er ausgerechnet heute nach Tschechien aufgebrochen war. Er hasste sich selbst, weil er sie mit seinem Verhalten in den vergangenen Wochen immer wieder verletzt hatte. Vielleicht konnte er die Wogen etwas glätten, indem er ihr von seiner Idee wegen ihrer Hochzeit erzählte. Er lächelte, als er sich ihr Gesicht vorstellte. Und dann sollte er ihr wenigstens in groben Zügen sagen, was los war. Eigentlich wollte er sie nicht mit hineinziehen, aber nachdem sie heute so explodiert war, war es wohl besser. Am besten rief er sie sofort an.

Es fiel ihm sonderbar schwer, sich darauf zu konzentrieren, die richtige Kurzwahltaste zu erwischen und gleichzeitig die Spur zu halten. Endlich ertönte das Freizeichen. Drei Mal, vier Mal, zehn Mal. Niemand meldete sich.

»Stures Weib«, knurrte Mike, denn er war sicher, dass sie absichtlich nicht ans Telefon ging, weil sie seine Nummer erkannt hatte.

Bis jetzt hatte er die Szene, die sie ihm am Telefon gemacht hatte, für nicht so dramatisch gehalten, aber offensichtlich war es ihr doch ernst. Trennung! Das kam nicht in Frage. Er musste nach Hause.

Nachlässig steuerte er den Wagen um eine Kurve. Sein Blick verschwamm und er spürte, wie ihm die Kontrolle über den Kombi zu entgleiten drohte. Krampfhaft riss er die Augen auf. Mit klopfendem Herzen hielt er an. Unmittelbar neben der Straße ging es nun mindestens fünfzehn Meter steil bis zu einem kleinen Fluss hinunter und wegen des Schnees war kaum auszumachen, wo genau die Straße neben ihm endete. Langsam fuhr er weiter. Plötzlich tauchten Lichter im Rückspiegel auf. Offenbar hatten sich die anderen auch auf den Weg gemacht. Sie näherten sich schnell. Ob sie ihn vorhin doch beobachtet hatten? Fröstelnd betätigte Mike die Abblendvorrichtung des Innenspiegels. Seine Augen brannten. Außerdem hatte er immer stärker das Gefühl, dass sich sein Kopf mit Watte füllte.

Irgendetwas stimmte nicht.

Der andere Wagen hatte ihn erreicht. Er fuhr viel zu dicht auf. Hektisch gab Mike Gas und geriet prompt ins Schlingern. Sofort reduzierte er das Tempo und mahnte sich zur Vorsicht. Seine Finger zitterten, als er die Wahlwiederholungstaste drückte. Während er einen nervösen Blick in den Rückspiegel warf, ertönte das Freizeichen.

»Nun geh schon ran, Chrissy!« Er erschrak über seine eigene Stimme. Er lallte, als sei er vollkommen betrunken.

Während das Tuten aus dem Lautsprecher für seine Ohren plötzlich unnatürlich laut durch das Auto dröhnte, verschwanden die Lichter des anderen Fahrzeugs aus dem Rückspiegel. Im selben Moment fühlte Mike sich, als hätte jemand auf Zeitlupe geschaltet. Die Lichter tauchten im Seitenspiegel auf. Unendlich langsam hob er einen Arm, um seine Augen abzuschirmen. Er wusste, dass er auf die Bremse treten sollte, doch sein Fuß gehorchte nicht. Das Freizeichen am Telefon war für ihn gegenwärtiger als das Krachen und Splittern um ihn herum. Das Motorengeräusch veränderte sich und die Welt begann sich zu drehen. Ein heftiger Schmerz in seinem linken Bein riss ihn kurzzeitig aus der Lethargie.

Er schrie gellend.

Dann wurde es schwarz um ihn.

Als Mike sich wieder an die Oberfläche seines Bewusstseins gekämpft hatte, hörte er Stimmen. Blinzelnd registrierte er, dass er auf seinem Sitz fest hing, während das Auto auf der rechten Seite lag. Das Plätschern stammte sicher von dem Fluss. Er glaubte, leise Stimmen zu hören. Etwas Warmes lief über sein Gesicht. Wasser oder Schnee müssten eisig sein. Als ein Tropfen in seinen Mund sickerte, erkannte er an dem metallischen Geschmack, dass es Blut war.

Warme Feuchtigkeit auch auf seinem Oberkörper.

Schmerzen.

Dumpf und nicht genau zu lokalisieren.

Beklommen fragte er sich, wie schwer er verletzt war. Bald würde er wieder ohnmächtig werden, das spürte er.

»On by mě měl poslechnout«, rief ein Mann ganz in der Nähe.

Eine Frau lachte hell. *»On je ale hlupák!«*

Mike verstand etwas tschechisch. ›*Hlupák*‹ hatte sie gesagt. ›Dummkopf‹.

»Hilfe …« Mike brachte kaum mehr als ein Flüstern zustande.

»Vielleicht lebt er noch!«, rief ein zweiter Mann.

»Zbytek vyřeší počasí.« Die Frau klang seltsam zufrieden.

»Wir sollten trotzdem nachsehen, was mit ihm ist!«

»Nein«, antwortete die Frau. »Du sorgst dafür, dass niemand Fragen stellt. Denk dir was aus. Gehen wir.«

Allmählich dämmerte Mike eine schreckliche Erkenntnis. *Den Rest erledigt das Wetter,* hatte sie gesagt. Panisch geworden wollte er sich bewegen, sich befreien. Er musste etwas tun, doch sein Körper gehorchte ihm nicht. Auf der Straße startete ein Auto.

Seine Lider wurden schwer. Kalte Schneeflocken mischten sich mit dem warmen Blut auf seinem Gesicht. Er musste wach bleiben. Dicht neben ihm klingelte sein Handy. Er musste nur die Hand ausstrecken. Einfach ausstrecken. Aber er konnte nicht. Er war so müde.

Chrissy!

Mike riss die Augen auf. Vielleicht war es Chrissy. Sie wusste von nichts. Er musste sie warnen. Mike fiel der Kaffee ein. Der Beigeschmack. Anders als sonst. Und er hatte ihn sich nicht selbst geholt.

Dann verlor er das Bewusstsein.

AUGUST 2009, SÜDFRANKREICH

Der Wind hat endlich die Hitze vertrieben, die seit Tagen schwer über der Camargue gehangen hat. Schwärme von Libellen sausen aufgeregt umher, als sei auch ihnen die Abkühlung willkommen. Gemächlich schlendere ich hinüber zu den aufeinander geschichteten Steinen, die dafür sorgen, dass die einzigartige Küstenlandschaft nicht doch eines Tages im Meer versinkt.

Gut gelaunt streife ich meine Sandalen ab und spüre den warmen Sand zwischen meinen Zehen. Eine Gruppe Reiter kommt mir entgegen. Langsam trotten die Pferde hintereinander her. Der vorderste Reiter lächelt mich an, als ich meine Kamera zücke und ein Foto von ihm schieße. Er ruft mir augenzwinkernd etwas zu, das ich nur halb verstehe. Ich antworte in holprigem Französisch und gehe weiter.

Als ich mich schließlich oben auf den Felsbrocken niederlasse, bläst mir der Mistral kräftig ins Gesicht. Wellen türmen sich auf und brechen sich an den Steinen. Gischt spritzt hoch und landet auf meinen Armen. Das Wasser ist kühl und im Wind bekomme ich sofort eine Gänsehaut. Ich hätte eine Jacke mitnehmen sollen, doch ich habe keine Lust zurückzugehen.

Zusammen mit meinen Sandalen lege ich die schon ziemlich ramponierte Tasche meines Fotoapparates auf einen Stein. Ein paar Meter weiter packt ein Mann seine Angelrute aus. Später werde ich ihn fragen, ob ich ihn fotografieren darf. Mit dem Sonnenuntergang im Hintergrund ist das ein stimmungsvolles Motiv. Aber jetzt ist die Sonne noch ein gutes Stück über dem Horizont und ein paar Wolken bilden bizarre Formen in ihrer Nähe. Ich mache ein paar Schnappschüsse von den Möwen, die am dunkelblauen Himmel kreisen und auf der Jagd nach Fischen immer wieder ins Meer herabstoßen. Ganz im Süden steht über dem Ozean bereits der Mond am Himmel. Eine Weile balanciere ich auf den Felsen herum und suche mir eine gute Position, um Sonne und Mond gemeinsam auf ein Bild zu bekommen.

Als ich endlich eine passende Stelle gefunden habe, drücke ich auf den Auslöser.

So ein Mist! Zu wenig Speicherplatz!

Kein Wunder, bei den unzähligen Fotos, die ich in den vergangenen drei Wochen überall in Südfrankreich gemacht habe. Ich gehe zur Kameratasche, um nach einer leeren Speicherkarte zu suchen. Schließlich werde ich fündig.

Ich stutze.

Die Karte kommt mir unbekannt vor. Ich vergleiche das Format, doch sie passt genau in meine Kamera. Neugierig geworden, schiebe ich sie in den Schlitz.

Ich sehe ein bunt beleuchtetes Kettenkarussell vor winterlich verhangenem Himmel, festlich geschmückte Buden, im Hintergrund das Erlanger Schloss. Der Weihnachtsmarkt auf dem Schlossplatz. Dann prostet ein Mann dem Denkmal des Markgrafen Friedrich vergnügt zu. Strohblondes Haar, ein kantiges Kinn mit trendigem Dreitagebart und ein werbetaugliches Zahnpastalächeln.

»Ach du liebes Bisschen! Thies!«

Ich werfe einen Blick auf das Datum des Bildes: ›18-12-05‹.

Fast vier Jahre ist das Bild alt. Ein Tag vor Mikes Unfall. Die beiden hatten sich damals verabredet – und mich dabei charmant ausgeladen, um noch einen Männernachmittag zu verbringen, bevor Thies an seinen neuen Arbeitsort aufbrach.

Außergewöhnliche Jobs in allen Teilen der Welt zogen den Niederländer geradezu magisch an. Manchmal war er nur Wochen, manchmal auch Monate unterwegs. Damals hatte er es geschafft einen Job als Geologe bei der Lhasa-Bahn zu ergattern. Die Bahnstrecke von Golmud nach Lhasa war damals beinahe fertiggestellt, aber Planungen für den Weiterbau waren bereits im Gange. Thies wollte für ein Jahr dorthin und wusste damals noch nicht, ob und wann er zwischendurch wieder in Deutschland sein würde.

Die Karte stammte also höchstwahrscheinlich aus Mikes Kamera, die er immer im Auto gehabt hatte. Für Fotos von seinen Baustellen. Oder ein paar Schnappschüsse zwischendurch. Ich sehe mir noch weitere Bilder an. An einer Aufnahme von beiden bleibe ich hängen. Gegenseitig halten sie sich bunte Weihnachtskugeln an die Ohrläppchen und kringeln sich scheinbar vor Lachen.

Ich setze mich auf die Steine und betrachte die Wellen. Unwillkürlich fasse ich nach den silbernen Anhängern meiner Kette und habe das Bedürfnis, die beiden Männer zu schütteln, bis ihnen das übermütige Lachen vergeht.

DIENSTAG, 20. DEZEMBER 2005, ERLANGEN

Trübsinnig hockte ich vor einer Tasse Kaffee und starrte aus dem Küchenfenster in den Schneeregen. Allmählich wurde es heller und ich sah, wie sich der weiße Schnee in braunen Matsch verwandelte. Ich hatte verdammt schlecht geschlafen. Es sah Mike so gar nicht ähnlich, einfach nicht nach Hause zu kommen. Inzwischen hatte ich meinen Stolz heruntergeschluckt und schon mehrmals versucht ihn anzurufen, doch jedes Mal meldete sich nur die Mailbox. Sogar bei Thies hatte ich es versucht, obwohl ich mir sicher war, dass der inzwischen fort war. Aber Mike besaß einen Schlüssel zu Thies' Wohnung und hatte vielleicht dort übernachtet. Doch wo immer er sich herumtrieb, er war nicht ans Telefon gegangen. So wie ich gestern Abend, als er anrief und ich seine Nummer erkannt hatte.

Mein schlechtes Gewissen meldete sich. Gestern hatte ich ihm an den Kopf geworfen, dass er sich unsere Beziehung sonst wo hinstecken könne, wenn er nach Tschechien fährt. Ich war es einfach leid, dass seine Arbeit so viel wichtiger war als ich. Er hätte im Sommer sogar beinahe unseren Urlaub deswegen platzen lassen. Auch wenn ich es mir nur ungern eingestand, um unsere Beziehung stand es nicht zum Besten.

Seufzend sah ich auf die Uhr. Es war noch viel zu früh, um zur Arbeit zu gehen. Das Reisebüro Schwab lag nur ein paar Straßen entfernt am Hugenottenplatz und ich brauchte höchstens fünf Minuten zu Fuß. Um mich zu beschäftigen, griff ich in den Stapel Zeitungen und Prospekte, der auf dem Regal neben mir lag und betrachtete desinteressiert die bunte Werbung. Dazwischen fand ich die letzte Ausgabe der amtlichen Seiten der Stadt Erlangen – und blieb gleich an einem Gruppenfoto auf der Titelseite hängen. Das ach-so-geschätzte Bauunternehmen Ducros hatte dem Förderverein Agenda 21 eine nicht näher bezifferte größere Summe für Gesundheitsprojekte in der Partnerstadt San Carlos, Nicaragua, gespendet. Freundlich lächelnde Vertreter von Unternehmen und Verein bekundeten das der Öffentlichkeit. Nur die Blondine neben dem Firmenchef hatte anscheinend in eine Zitrone gebissen. Wahrscheinlich bekamen die Ducros' für ihr soziales Engagement irgendwann einen Orden von der Stadt. Darüber, was sie stattdessen von mir bekommen würden, dachte ich vorsichtshalber nicht näher nach. Missmutig räumte ich Kaffeetasse und Prospekte weg.

Vielleicht war Mike ja im Büro in Tennenlohe. Ich holte das Telefon und wollte gerade seine Nummer wählen, als es schellte.

»Na endlich!«

Verwundert überlegte ich, warum er nicht seinen Schlüssel benutzte, aber die Post konnte es um diese

Zeit noch nicht sein, Thies war nicht mehr da und sonst kam niemand so früh. Ich flitzte zur Tür, doch als ich die Hand hob, um den Türöffner zu betätigen, zählte ich zuerst bis zehn, bevor ich drückte. Mein schlechtes Gewissen musste ich Mike schließlich nicht direkt auf die Nase binden. Mit betont gleichgültiger Miene wartete ich.

Den Schritten im Treppenhaus nach zu urteilen, kam nicht nur eine Person herauf. Meine Kehle war mit einem Mal staubtrocken, als ich sie sah. Es waren zwei Polizisten in Uniform.

»Guten Morgen.« Der Ältere der beiden kam zuerst oben an. »Mein Name ist Bauer. Sind Sie Frau Reuther?«

Ich nickte beklommen.

»Können wir hineingehen?«, bat Bauer freundlich.

Während ich unsicher in die Küche vorausging, kroch Angst in mir hoch.

Ich räusperte mich und hoffte, dass ich meine Stimme unter Kontrolle hatte. »Worum geht es?«

»Wohnt hier Mike Hartmann?«, erkundigte sich Bauer in neutralem Tonfall.

»Ja.« Wieder räusperte ich mich. »Was ist passiert?«

»Sind Sie mit ihm verwandt oder befreundet?«

»Wir sind verlobt.« Meine Stimme klang dünn. In Bauers freundliche braune Augen trat ein Ausdruck von Mitgefühl.

»Es tut mir leid, Frau Reuther, aber wir müssen Ihnen mitteilen, dass Herr Hartmann letzte Nacht bei einem Autounfall ums Leben gekommen ist. Die Kollegen aus Tschechien haben uns darüber informiert.«

Ich starrte den Mann an und versuchte zu begreifen, was er da gesagt hatte.

Mike war tot.

Tot.

Mike.

Ich schluckte. Draußen fuhr ein Motorrad mit aufheulendem Motor vorbei. Irgendwo im Haus schlug eine Tür. Ich lehnte mich an die Wand hinter mir, weil ich mich fühlte, als hätte mir jemand den Boden unter den Füßen weggezogen.

»Was?« Mehr brachte ich nicht heraus.

Erst als der zweite Beamte behutsam den Arm um mich legte und mich auf einen Stuhl bugsierte, wurde mir bewusst, dass ich nicht nur ein bisschen schwankte. Bauer füllte ein Glas mit Wasser aus dem Hahn und drückte es mir in die Hand. Dann setzte er sich neben mich.

»Heute Morgen wurde sein Auto in der Nähe von Jáchymov in einer Schlucht gefunden. Der Fahrer eines Räumfahrzeugs rief sofort Hilfe, aber Ihr Verlobter war bereits tot. Die Kollegen sind noch damit beschäftigt, den Unfallhergang zu rekonstruieren, daher kann ich Ihnen noch nicht mehr dazu sagen.«

Ich klammerte mich an dem Wasserglas fest und wusste nicht, was ich tun oder sagen sollte. Mein Kopf war wie leer gefegt. Tröstend legte Bauer mir eine Hand auf den Arm. Ich war froh, dass weder er noch sein Kollege sinnlose Floskeln vorbrachten, sondern mir etwas Zeit ließen.

»Sobald wir mehr wissen, informieren wir Sie natürlich«, sagte Bauer nach einer Weile.

Ich schreckte leicht zusammen und nickte nur.

»Haben Sie jemanden, der sich um Sie kümmern kann? Sie sollten jetzt nicht allein sein.«

»Jemand … ja … ich weiß nicht …« Hektisch sah ich mich um. »Nein. Ich … ich muss zur Arbeit!«

Ich hatte plötzlich das Bedürfnis wegzulaufen. Einfach fort. Darauf warten, dass Mike mich anrief, um mir zu sagen, dass …

Ich sank wieder auf dem Stuhl zusammen und vergrub mein Gesicht in den Händen. Endlich konnte ich weinen. Irgendwie bekamen Bauer und sein Kollege aus mir heraus, wo ich arbeitete und informierten meinen Chef. In einem klaren Moment bat ich sie, meine Schwester Julia anzurufen. In Rekordzeit schaffte sie es, ihren Ältesten in den Kindergarten zu bringen und ihre Tochter zu unseren Eltern zu schaffen und das sogar, ohne dass Mama sich an ihre Fersen heftete. Ihre überfürsorgliche Art hätte ich jetzt nicht ertragen.

Als Jule schließlich kam, war ich nur noch ein Häufchen Elend. Die Polizisten verabschiedeten sich bald und versprachen sich gleich zu melden, wenn es Neuigkeiten gab.

»Trink das!«

Jule stellte eine Tasse dampfenden Tee auf den Wohnzimmertisch und setzte sich dann neben mich. Mit mütterlicher Professionalität strich sie mir die Haare aus dem Gesicht und sah mich aufmunternd an. Aber auch ihre Augen waren gerötet.

Lustlos nippte ich an dem Tee. »Bah! Was ist denn das?« Ich schüttelte mich.

»Melissentee«, erklärte sie geduldig. »Der beruhigt ein wenig.«

Brummend pustete ich über das heiße Getränk. Inzwischen war es Nachmittag geworden und wir wussten noch immer nicht genau, was passiert war. Frau Taler, die Empfangsdame des Bauunternehmens, hatte zwischenzeitlich angerufen. Auch sie war entsetzt über das, was passiert war und erzählte schniefend, dass Dr. Ducros und sein Bruder sich sofort auf den Weg nach Tschechien gemacht hatten, um zu sehen, ob sie etwas tun konnten. Stoisch hatte ich zugehört. Egal, wer nun etwas tat oder sagte, es änderte nichts mehr an den Tatsachen.

Ich fröstelte, obwohl die Heizung warm war.

»Jule?«

»Hm?«

»Mike und ich – wir haben uns gestritten. Gestern – bevor er losfuhr.«

Jule sagte erst mal nichts, sondern sah mich nur abwartend an. Als ich nicht weiterredete, fragte sie: »Schlimm?«

Ich zuckte nur vage mit den Schultern. Ich wusste gar nicht so genau, was ich eigentlich sagen wollte, aber dass wir im Streit auseinandergegangen waren, fand ich besonders grausam. Und eigentlich war es ja auch nicht nur ein Streit gewesen.

»Ach Chrissy, Mensch.« Jule schloss mich in den Arm. »Mach dir mal keinen Kopf deswegen. Ich weiß, das klingt blöd, aber ... denk jetzt nicht an euren Streit! Es war doch alles okay zwischen euch und ihr wolltet heiraten!«

Trübsinnig starrte ich auf meine Hände. Vielleicht hatte sie recht. Krisen gab es schließlich in jeder Beziehung. Deswegen war er bestimmt in den letzten Wochen so still gewesen. Und gestern – es war nur ein Streit gewesen. Sonst nichts. Das, was ich gesagt hatte, hatte ich nicht ernst gemeint. Nicht wirklich zumindest. Und ich war schließlich nicht schuld an Mikes Tod. Es war die Straße. Die war glatt gewesen und Mike hatte nicht aufgepasst. Ob er wirklich geglaubt hatte, ich wolle ihn verlassen?

AUGUST 2009, SÜDFRANKREICH

Die Wochen nach Mikes Tod sind nur bruchstückhafte Erinnerungen. Der Unfallbericht der Polizei – ich war nicht fähig gewesen ihn zu lesen. Die Details erschienen mir nicht wichtig. Mike lebte nicht mehr – alles andere war egal. Dann der Papierkram, Freunde informieren, Emails beantworten. Schließlich Mikes Beerdigung. Seine weinende Mutter, die steinerne Miene seines Vaters während des Aussegnungsgottesdienstes in der Hugenottenkirche. Verwandte, Freunde, Arbeitskollegen. Die Worte des Pfarrers und anschließend die emotionale Rede von René Ducros, der vor vielen Jahren Leiter von Jugendfreizeiten in Oberweiz gewesen war, an denen Mike teilgenommen hatte.

Doch am Ende folgte für mich Leere und Einsamkeit. Allein in unserer gemeinsamen Wohnung. Sollte ich unseren Streit für seinen Tod mitverantwortlich machen? Anstatt mich damit auseinanderzusetzen, verdrängte ich alles so gut es ging und machte mich daran mein Leben neu zu ordnen.

Jule hatte sich um die Dinge gekümmert, die die tschechische Polizei aus dem Auto geholt hatte. Laptop und Handy wurden der Firma übergeben. Mikes Kamera wollte ich damals nicht zurückhaben und schenkte sie meinem Schwager. An die Karte hatte ich dabei nicht gedacht.

Ich sehe auf die Kamera in meiner Hand. Nach meinem Umzug habe ich sie gekauft und dank meiner Vergesslichkeit hat sie die Ereignisse unbeschadet überstanden. Vielleicht hat Jule die Speicherkarte direkt in meine Kameratasche getan, weil sie glaubte, dass ich sie sonst verbummeln würde. Jule kennt mich eben ziemlich gut.

Schwankend zwischen Neugier und Melancholie blättere ich nun weiter. Plötzlich durchfährt es mich wie ein Stromstoß. Ein Ortsschild in Tschechien. Als nächstes eine Straße. Häuser. Menschen. Manche halb, zu viel Himmel, nur Beine. Hat Mike die Bilder heimlich gemacht? Es folgen nicht nur Bilder. Bedrucktes Papier, handschriftliche Zettel. Eingescannt oder abfotografiert? Auf dem Bildschirm zu klein um Details erkennen zu können. Das Zeichen für ein Video erscheint, doch ich ignoriere es vorläufig. Auf dem nächsten Bild eine Winterlandschaft. Die Qualität der Aufnahme ist nicht besonders, weil es in der Dämmerung aufgenommen wurde, doch auf einem Schild ist das unverwechselbare Logo der Firma Ducros zu sehen.

›19-12-05 16:23‹

Als ich weitere Bilder betrachte, fröstle ich. Der Eingang zu einem Stollen. Drinnen liegt Bauschutt, die Überreste von Schienen, dazwischen ungewöhnlich aussehende Steine. Neben einer Baugrube auf dem Gelände liegen ebenfalls welche – harmloser wirkend als sie sind. Einer davon war in dem unscheinbaren Umschlag, den Jule auf Thies Schreibtisch legte. Ich unterdrücke den Impuls, meine Hand abzuwischen.

Wenn sie damals geahnt hätte, was es war! Jetzt ist es eine Ironie des Schicksals, dass ausgerechnet die Ordnungsliebe meiner Schwester mich zum zweiten Mal damit konfrontiert. Ich bin mir ganz und gar nicht sicher, ob es gut ist, diese Fotos weiter anzusehen.

Ich tue es trotzdem.

Auf einem Bild sehen kalte blaue Augen direkt in die Kamera. Blonde Haare fallen in weichen Wellen weit über ihre Schultern. Der Pelzmantel sieht teuer aus. Zu teuer.

Ich erkenne die Menschen auf den Bildern. So kurz die Begegnung auch war – ihre Gesichter haben sich unauslöschlich in meine Erinnerung gebrannt. Plötzlich setzt mein Herz einen Schlag aus.

Zwei Männer stehen in einem Büro. Die Einrichtung ist sehr einfach und zweckmäßig, denn es ist der Container der Bauleitung auf der Baustelle. Der eine Mann ist im Profil zu sehen, klein und untersetzt mit einer Halbglatze. Er hat ein sympathisches Lachen. Als ich ihm begegnete, wirkte er bedrohlich. Der andere ist groß. Er hält eine Tasse in der Hand und lächelt zurückhaltend.

Natürlich. Er war dort.

Ich sehe auf die angezeigte Uhrzeit ›19-12-05 18:03‹

Eigentlich will ich nichts mehr darüber wissen. Eine Sprachaufnahme wird angezeigt. Mein Daumen schwebt über dem Abspielknopf. Als ich drücke, halte ich unwillkürlich die Luft an.

»Hier ist Mike.« Seine altvertraute Stimme jagt mir eine Gänsehaut über den Rücken. Er spricht leise und klingt gehetzt. »Chrissy, geh zur Polizei und gib ihr diese Karte und … und die Proben. Es ist wichtig! Auf der Baustelle … es ist … falls mir etwas passiert … verdammt, tu es einfach, ja? Es tut mir so leid, dass ich dir nichts erzählt habe, aber ich wollte dich da nicht mit reinziehen … pass gut auf dich auf, Schatz! Auf meinem Laptop und auch hier auf der Karte sind Kopien von Dateien. Scans, Fotos von Unterlagen – *belastenden* Unterlagen, wer da alles mit drinsteckt … es wird wie eine Bombe einschlagen. Namen und Hinweise auf Leute, die gef…«

Meine Hand zittert, als ich die Kamera ausschalte. Verstört hebe ich den Kopf.

Der Angler hat einen großen Fisch gefangen. Das Tier windet sich und zappelt im Netz.

SONNTAG 03. SEPTEMBER 2006, DECHSENDORF

Die warme Luft des Spätsommerabends duftete nach Bratwurst und gebrannten Mandeln. Hinter mir hörte ich den fröhlichen Lärm der Kerwa im Erlanger Stadtteil Dechsendorf, in dem ich seit Ostern zu Hause war. Nicht weit von hier bewohnte ich in einem Mehrfamilienhaus ein Appartement unter dem Dach. Wenn ich die Fenster öffnete und die Geräusche vom nahegelegenen Badesee hörte, kam es mir manchmal vor, als sei ich irgendwo im Süden. Der sandige Boden, die unzähligen Kiefern und das Fehlen von Hochhäusern unterstrichen diese Atmosphäre. Es war eine Gegend, in der ich mich sehr wohl fühlte. Im Laufe des Abends hatte ich einige nette Leute kennengelernt und flüchtige Bekanntschaften aus der Nachbarschaft vertieft.

Jetzt war mir allerdings die Lust vergangen. Ich schluckte und versuchte dadurch, das enge Gefühl in meiner Kehle los zu werden. Verstohlen rieb ich mir über die Augen. Gerade war mir jemand über den Weg gelaufen, mit dem ich nicht gerechnet hatte.

Mein Blick streifte noch einmal den Festbetrieb am Dechsendorfer Platz. Lachen wehte zu mir herüber. Als ich spürte, wie meine Augen zu brennen begannen, wandte ich mich abrupt ab. Rasch beschleunigte ich meine Schritte und bog an der Feuerwehr in die Teplitzerstraße ein. Im Vorbeigehen rempelte ich eine Mutter an, die mit ihrer Tochter an der Hand gerade die Straßenseite wechseln wollte.

»Entschuldigung.«

»Nichts passiert … nanu?« Verwundert sah mich die Frau an und blieb stehen. »Ist etwas nicht in Ordnung?«

Jetzt erkannte ich die Rothaarige. Vorhin hatte ich mich kurz mit ihr unterhalten, während sie neben dem Karussell auf ihre Tochter wartete.

»Nein, schon gut«, wiegelte ich ab. Ich war ebenfalls stehen geblieben und versuchte mich an einem Lächeln. Es gelang mir allerdings kaum, also setzte ich erklärend nach: »Ich fühle mich nicht wohl und gehe lieber nach Hause.«

Sie musterte mich besorgt. »Haben Sie es denn weit?« Das Mädchen neben ihr zerrte an ihrer Hand, um sie zum Weitergehen zu bewegen.

»Gleich um die Ecke in der Naturbadstraße.«

»Mami, komm endlich!«

»Einen Moment, Franzi«, mahnte die Mutter. »Sollen wir Sie vielleicht begleiten?«

»Nein, danke. So schlimm ist es nicht«, lehnte ich ab.

»Ja, dann …« Die Frau schien nicht ganz überzeugt zu sein. »Ich wünsche Ihnen jedenfalls gute Besserung.«

»Danke«, erwiderte ich höflich.

»Gute Nacht«, wünschte sie noch lächelnd und ging dann mit ihrer Tochter weiter.

Das Zusammentreffen hatte mich nur kurz abgelenkt. Schon ein paar Meter weiter, war mir wieder zum Heulen zumute. Kurz darauf vor meiner Haustür liefen mir Tränen über die Wangen. Mit dem Handrücken wischte ich sie ab und unterdrückte ein Schluchzen. Im Hausflur ging das Licht an und ich hörte, wie jemand die Treppe herunter kam. Ohne darüber nachzudenken, drehte ich mich herum und ging weiter die Straße entlang. Überall waren Leute auf dem Weg nach Hause. Als ich schließlich an den großen Weiher kam, nahm ich den Trampelpfad über die Wiese. Ich zögerte, nachdem ich die kleine Brücke überquert hatte, von der aus der Weg durch den Wald rings um das Gewässer abzweigte. Die Sonne war untergegangen und es wurde rasch dunkler. Mit einer energischen Handbewegung wischte ich nicht nur meine Tränen, sondern auch meine Bedenken fort und folgte dem Weg am Ufer entlang.

Allmählich beruhigte ich mich wieder. Was war nur los mit mir?

Plötzlich ließ mich ein Geräusch innehalten. Hinter mir war etwas. Oder jemand. Mit klopfendem Herzen sah ich mich um. Hier unter den Bäumen war es schon ziemlich dunkel. Das Geräusch wiederholte sich nicht. Energisch versuchte ich mir einzureden, dass es besser sei, nach Hause zu gehen. Aber da bist du ganz allein und hast viel Zeit zum Grübeln, zischte ein Teufelchen in meinem Kopf. Hier bist du auch allein, erwiderte ein anderes Teufelchen gehässig. Aber hier hatte ich wenigstens Bewegung, entschied ich und setzte meinen Weg fort. Schließlich war ich schon oft im Dunklen spazieren gegangen. Aber nie allein, sondern zusammen mit Mike!

Ich schniefte.

Zwischen den Bäumen sah ich, wie sich der Mond im Weiher spiegelte. Ich ging hinüber zum Ufer, das nur wenige Meter entfernt war. Bei dem Anblick des Vollmonds wären Mike bestimmt irgendwelche Gruselgeschichten über herumstreifende Werwölfe eingefallen. Überwältigt von der Erinnerung blieb ich stehen, presste beide Hände vor das Gesicht und versuchte vergeblich nicht zu weinen.

Mike war tot! Er konnte mir keine Geschichten mehr erzählen.

»Kann ich Ihnen helfen?« Die tiefe Stimme war unmittelbar hinter mir.

Erschrocken fuhr ich herum. Die Tränen machten es mir unmöglich den Mann zu erkennen. Automatisch wich ich etwas zurück und hatte die reichlich surreale Vision eines Werwolfs.

»Frau Reuther?«

Völlig mit der Situation überfordert, machte ich einen weiteren Schritt rückwärts. Ich strauchelte, weil sich der Boden senkte. Der Mann ergriff meinen Ellbogen und hinderte mich daran, ins Wasser zu fallen.

»Johannes Ducros«, antwortete er knapp und ließ mich los, sobald ich wieder sicher stand.

»Oh …« Ausgerechnet er.

»Es geht Ihnen nicht gut«, stellte er fest.

Ich traute meiner Stimme noch nicht und murmelte daher nur etwas Unverständliches.

»Kann ich etwas für Sie tun?«

Ich nahm mich zusammen. »Nein, schon gut. Es ist nur …«

Neue Tränen brannten in meinen Augen. Eigentlich konnte er sich denken, was mit mir los ist, schoss es mir ärgerlich durch den Kopf. Und warum zum Henker war er überhaupt hier? Wortlos drehte ich mich herum. Es war mir egal, ob ich ihn brüskierte. Ich machte Anstalten zu gehen, doch da spürte ich eine Hand auf meiner Schulter.

»Hier, ich glaube, das brauchen Sie.«

Er hielt mir eine Packung Taschentücher hin. Ohne ihn anzusehen, angelte ich danach und putzte mir gründlich die Nase. Bevor ich meine Gedanken wieder soweit sortiert hatte, dass ich etwas sagen konnte, ergriff er das Wort.

»Ich wohne im Seeanemonenweg und wollte gerade nach Hause, als ich Sie in Richtung See gehen sah. Es ist nicht gut, wenn Sie allein im Dunklen unterwegs sind. Ich begleite Sie.«

Es war eine simple Feststellung. Kein Angebot und erst recht keine Frage. Umgehend setzte er sich in die Richtung in Bewegung, die ich schon zuvor eingeschlagen hatte. Zögernd folgte ich ihm. Er war mir also nachgegangen und ich war unschlüssig, wie ich das finden sollte. Doch so ganz wohl war mir nicht mehr bei dem Gedanken, mutterseelenallein im Wald herumzustreunen, selbst wenn sich der vermeintliche Werwolf als Mann aus Fleisch und Blut entpuppt hatte.

Als ich schließlich neben ihm ging, schielte ich zur Seite. Viel konnte ich nicht erkennen, doch weder mein Gefühlsausbruch noch die zunehmende Dunkelheit schienen ihn in irgendeiner Form zu beeindrucken. Ungerührt marschierte er neben mir her.

Stockend und wegen eines diffusen Gefühls wenigstens höflich sein zu müssen, murmelte ich schließlich doch ein paar zusammenhanglose Sätze über die Kerwa. Doch er antwortete nur einsilbig und schien zu spüren, dass mir in Wirklichkeit nicht nach einer Unterhaltung zumute war. Dankbar verfiel ich wieder in Schweigen, während wir den großen Weiher umrundeten. Es war bereits spät, als wir die Naturbadstraße entlang schlenderten.

Ich spürte, dass mein gewohnter Verdrängungsmechanismus eingesetzt hatte. Ich atmete tief durch. Der Bewegungsmelder neben der Haustür ließ das Licht aufflammen. Unvermittelt fiel mir ein, dass ich bestimmt vollkommen verheult aussah. Aber da ich sowieso keine andere Wahl hatte, räusperte ich mich nur umständlich und strich mir eine wirre Haarsträhne aus der Stirn. Mein Blick streifte meinen Begleiter.

Er war ungefähr Ende dreißig, fast einen Kopf größer als ich und seine klaren Gesichtszüge wirkten unbeteiligt. Das kurze, dunkelblonde Haar war modisch frisiert. Erst jetzt fiel mir auf, dass er Jeans und eine sportliche Jacke über dem Hemd trug, anstatt seines geschäftsmäßigen Anzugs. Persönlich war ich ihm nur wenige Male begegnet, aber er strahlte immer dieselbe kühle Reserviertheit aus. Jetzt musterte er mich eingehend.

»Auch wenn Sie nicht so aussehen, scheint es Ihnen besser zu gehen«, stellte er mit einem Anflug von Sarkasmus fest.

»Wenn ich es nicht besser wüsste, würde ich glatt behaupten, es sei Ihr Verdienst«, konterte ich, ohne lange zu überlegen.

Prompt zog er seine Brauen zusammen. »Dann können Sie das also beurteilen?«

»Es gefährdet auf jeden Fall Ihren schlechten Ruf in der Firma, wenn ich dort verbreite, Sie hätten am Ende doch so etwas wie Mitgefühl.« Im Gegensatz zu seinem Bruder hatte er auf Mikes Beerdigung recht emotionslos gewirkt und ich wusste, dass in der Firma darüber gelästert worden war.

»Das wäre unverantwortlich«, stimmte er nüchtern zu.

Doch dann huschte ein kleines Lächeln über seine Lippen und sein Blick wurde warm und teilnahmsvoll. Genau wie damals, als er mir nach der Beerdigung kondolierte. Mikes Tod hatte ihn nicht so kalt gelassen wie es schien, aber er war kein Mensch, der seine Gefühle zur Schau stellte.

»Nehmen Sie mich heute Abend einfach nicht mehr ernst, in Ordnung?« Ich streckte ihm meine Hand entgegen.

Er drückte sie kurz. »Wie könnte ich einer Dame einen solchen Herzenswunsch abschlagen!« Seine Stimme troff jetzt vor Ironie.

Ich widerstand sowohl dem Impuls zu lachen wie auch dem, ihm die Zunge herauszustrecken. »Ihre Mutter wird sich freuen, dass Sie Ihre gute Kinderstube nicht vergessen haben und wissen, was sich einer Dame gegenüber gehört, Dr. Ducros!«

Er hob einen Mundwinkel. »Gute Nacht, Frau Reuther.«

Während ich die Haustür aufschloss, hörte ich, wie sich seine Schritte entfernten. Damit ebbte auch die kurze Phase der Heiterkeit ab. In meinem Kopf herrschte nur noch wohltuende Leere, so als hätten die Tränen alle Gefühle fortgespült. Aber als ich mich schließlich ins Bett legte, vollführten ungebetene Gedanken einen grotesken Tanz durch meine Gehirnwindungen. Ich kniff die Augen zusammen und begann krampfhaft Schafe zu zählen.

MONTAG, 04. SEPTEMBER 2006, DECHSENDORF

Blind tastete ich nach dem Wecker, dessen durchdringendes Geräusch mir vorkam wie der nervtötende Lärm einer Kreissäge. Es dauerte viel zu lange, bis ich endlich die richtige Taste erwischte. Ich ließ mich wieder in die Kissen sinken und versuchte erst gar nicht meine Augen zu öffnen. Meinem Gefühl nach zu urteilen waren sie so geschwollen, als sei ich in eine Schlägerei verwickelt gewesen. Also lauschte ich nur den morgendlichen Geräuschen, die durch das halb geöffnete Dachfenster in mein Schlafzimmer drangen und bedauerte mich selbst, weil ich arbeiten gehen musste, anstatt mir bei dem schönen Wetter ein paar Tage frei nehmen zu können. Die Schulkinder hatten noch eine Woche Ferien. Die Glücklichen.

Einige Minuten später schaffte ich es endlich, meine Lider einen Schlitz weit zu öffnen und schälte mich aus meiner vollkommen verschlungenen Bettdecke. Vage gingen mir die letzten Traumfetzen durch den Kopf, die ich aber entschlossen verdrängte. Es waren keine angenehmen Träume gewesen.

Auf dem Weg ins Bad stieß ich mir mein Knie an der Ecke meiner Kommode. Leise vor mich hin fluchend schlurfte ich weiter. Als ich es schließlich wagte, einen Blick in den Spiegel zu werfen, verdrehte ich die Augen.

»Kennen wir uns?«

Missmutig stieg ich in die Dusche. Das Wasser tat mir gut. Etwas besser gelaunt, war auch der nächste Blick in den Spiegel befriedigender. Mein Gesicht sah nicht mehr aus wie ein aufgeblasener Luftballon und meine Haut hatte durch das kalte Wasser eine gesunde rosige Farbe bekommen. Nicht, dass ich jemals blass war, aber vorhin hatte ich beinahe schon krank ausgesehen. Meine schwarzen Locken glänzten vor Nässe. Ich rubbelte noch einmal kräftig, verteilte eine großzügige Portion Schaum und begann zu föhnen.

Entnervt gab ich nach einigen Minuten auf. »Ist Medusas Föhn mal wieder explodiert?«, erkundigte ich mich bei meinem Alter Ego im Spiegel, weil meine Haare in alle Himmelsrichtungen abstanden.

Wenigstens waren sie inzwischen lang genug, um sie zu einem ansehnlichen Knoten zu schlingen. Dann betrachtete ich skeptisch noch einmal mein Gesicht und streckte mir selbst die Zunge heraus.

»Aber Chrissy!«, schimpfte ich in gespielter Empörung. »Nun sei doch nicht immer so albern!«

Als ich einige Minuten später in einem hellen Sommerkleid den Wohnraum mit der Küchenecke betrat und mir Frühstück machte, fiel mein Blick gewohnheitsmäßig auf das Bild über dem kleinen Tisch.

»Hallo Mike«, grüßte ich. »Nein, ich habe nicht gut geschlafen und ja, ich lass mich nicht hängen!«

Das Bild stammte aus unserem Sommerurlaub vor ziemlich genau einem Jahr. Es war am zweiten Tag unserer Hüttenwanderung in den Alpen gewesen. Seine dunklen Haare verschwitzt, das Gesicht von der Sonne und der Hitze gerötet, seine Augen spitzbübisch funkelnd. Unmittelbar nach der Aufnahme hatte er mit mir in dem Bergbach daneben eine Wasserschlacht angefangen. Hinterher waren wir klatschnass von dem eiskalten Wasser und hatten gelacht, bis wir keine Luft mehr bekamen.

Wenigstens in diesen paar Tagen schien meine Welt in Ordnung. Energisch hielt ich mir vor, dass sie das inzwischen auch wieder war. Ich traf mich mit Freunden, ging Squash spielen und in vier Wochen begann bei der VHS ein Französischkurs. Manchmal half ich meinen Eltern im Garten oder ging zu Jule, die Anfang Dezember ihr drittes Kind erwartete. Jedenfalls tat ich mein Bestes, um keine Langeweile aufkommen zu lassen. Ich lächelte Mike auf dem Foto zu und glaubte, dass er zufrieden gewesen wäre, weil ich mein Leben anpackte. Während ich meinen Kaffee trank und Butter auf mein Brot strich, dachte ich an die Begegnung mit Dr. Ducros. Eigentlich konnte ich mich schon seit einer Weile an Mike erinnern, ohne gleich den Tränen nahe zu sein. Während ich die Erdbeermarmelade verteilte und dabei eine lästige Fliege verscheuchte, bemühte ich mich, das seelische Tief von gestern abzuhaken.

Ich massierte mir die Schläfen. Kopfschmerzen mussten jetzt nicht auch noch sein. Seufzend sah ich auf das Brot. Hunger hatte ich kaum. Während ich trotzdem versuchte, etwas zu essen, musste ich mir wohl oder übel eingestehen, dass mich die Umstände von Mikes Tod und dieser vertrackte Streit wahrscheinlich nie loslassen würde. Ich nahm noch einen Bissen Brot und spülte ihn mit Kaffee herunter. Mehr konnte ich jetzt beim besten Willen nicht essen. Ein paar Sekunden lang starrte ich in meine Tasse. Dann riss mich ein Klingeln aus meinen Gedanken. Ich sprang auf und fahndete nach dem Telefon. Auf dem Sofa wurde ich fündig.

»Reuther?«

»Chrissy! *Hoe gaat het ermee*!«

Diese unverwechselbare Sprechweise kannte ich doch. »Thies! Hast du in Tibet etwa immer noch keinen Wunderheiler für deine ewige Halsentzündung gefunden?«

Thies lachte laut und gutmütig. »*Nee, hoor*! Aber ich verspreche dir, ich geh gleich morgen zum Arzt.«

»Das sagst du schon seit Jahren und tust es doch nicht«, kicherte ich. »Seit wann bist du wieder da? Ich dachte, du kommst erst nächsten Monat.«

»Vorgestern«, antwortete er und gähnte unverblümt ins Telefon. »Oder nein, ich glaube, es war gestern. Demnächst muss ich nach Peking, daher habe ich meinen Urlaub vorgezogen. Wie spät ist es eigentlich?«

»Jetlag, du Ärmster«, bedauerte ich ihn mit mildem Spott. »Kurz vor acht und mein Bus kommt gleich. Ich wohne doch jetzt nicht mehr in der Stadt.«

»Oh«, machte er nur.

Ich wartete, dass er fortfuhr, doch offenbar war er noch nicht ganz wach. Dem schabenden Geräusch nach zu urteilen rieb er sich gerade über seine Bartstoppeln. Er gähnte noch einmal und murmelte dabei etwas in den Hörer. Im Hintergrund plätscherte es.

»Wie bitte?«, erkundigte ich mich verständnislos.

»Ich sagte, ich muss bald los. Ich fliege heute nach Amsterdam.« Etwas, das sich verdächtig nach Klospülung anhörte, rauschte.

Ich verdrehte die Augen. »Thies!«

»Hm?« Es folgte ein Geräusch, das mich daran erinnerte, dass ich auch noch meine Zähne putzen musste.

»Du bist also gerade auf der Durchreise«, stellte ich fest, angelte mir im Bad meine Zahnbürste und versuchte einhändig die Zahnpastatube aufzuschrauben. »Aber du rufst doch nicht an, um mir das zu sagen.«

»*Nee, nu, äh, toch*«, kam es sehr undeutlich zurück. Er spuckte aus. Während ich darauf wartete, dass er weiterredete, begann ich meinerseits meine Zähne zu bearbeiten.

»Du wusstest doch, dass ich vorerst nicht in Deutschland bin, *hoor*!«, meinte er.

Ich nickte mir selbst im Spiegel zu und lauschte weiter.

Das Schrubben übertönte fast seine Worte: »Warum hast du mir nicht schon längst eine Mail geschickt?«

»Ich habe dir eine ganze Menge Mails geschickt«, antwortete ich mit dem Mund voller Zahnpasta. »Sind die etwa beim Dalai Lama gelandet anstatt bei dir?«

Er gurgelte. »Der Dalai Lama ist nicht in Tibet!«

»Aha.« Ich spuckte die Zahnpasta ins Becken.

Während Thies ebenfalls seine Mundhygiene beendete, machte ich mich auf den Weg, um mein Frühstücksgeschirr abzuräumen.

»Du hast mir den Umschlag von Mike nicht auf den Schreibtisch gelegt, *of wel*?«

»Nein!« Die Butter rutschte mir aus der Hand und landete auf den Fliesen. »Welchen Umschlag?« Ich versuchte, soviel es ging, von der Butter zu retten und den Rest mit Küchenpapier zu beseitigen. »Ich war doch gar nicht in deiner Wohnung. Jule und Bernd haben Mikes Schlüssel behalten und ab und zu nach dem Rechten bei dir gesehen.«

Ein tiefer Seufzer kam vom anderen Ende der Leitung. »Ich bin nächste Woche wieder da. Ich ruf dich an!«

Das ging mir jetzt eindeutig zu schnell. »Moment!« Ich warf das Küchenpapier in den Müll.

»Chrissy«, wiegelte Thies ab. »Ich melde mich bei dir, dann treffen wir uns. Wurde diese Ferienanlage eigentlich inzwischen eröffnet?«

»Ja, vor ein paar Wochen. Warum willst du das denn wissen?«

»*Jeetje*! *Ik moet weg. Hoi*!«

Er legte auf. Kopfschüttelnd starrte ich auf den Hörer. Dann zuckte ich die Schultern, schnappte mir eine Jacke und verließ die Wohnung.

SAMSTAG, 09. SEPTEMBER 2006, ERLANGEN

»Da sind wir!«

Bei strahlendem Sonnenschein parkte ich das Auto meiner Schwester auf dem Großparkplatz hinter dem Bahnhof. Ihr Sohn Lukas, der die ganze Fahrt über keine Sekunde still gewesen war, schnallte sich schon ab und rüttelte an der Tür, die sich wegen der Kindersicherung aber nicht öffnen ließ. »Mach auf!«

»Langsam!«, bremste ich ihn. Die zweijährige Lea blinzelte schläfrig. Schnell drückte ich ihr das Schnuffeltuch wieder in die Hand, das sie sich durchs Gesicht rieb. Prompt schlummerte sie weiter. Zusammen mit Lukas zog ich einen Parkschein und schaffte es anschließend, den Kinderwagen aufzuklappen, ohne mir die Finger zu klemmen und Lea hineinzusetzen, ohne dass sie aufwachte.

»Und wo essen wir jetzt ein Eis?«, fragte Lukas.

Ich grinste listig. »Was hältst du davon, wenn wir zuerst im Buchladen vorbeigehen? Dann kann ich den Roman für deine Mama besorgen und wir schauen nach einem neuen Rätselbuch für dich. Und beim Eis essen können wir schon mal anfangen. Ich hab nämlich extra Stifte mitgenommen.« Dass ich außerdem vorhatte nicht auf direktem Weg zu meinem Lieblingscafé am Schlossplatz zu gehen, damit Lea noch ein wenig schlafen konnte, behielt ich für mich.

Lukas spitzte die Lippen. »Aber das müssen richtig schwere Rätsel sein!«, forderte er. »Nicht so babyleichte wie letztes Mal. Immerhin bin ich jetzt ein Vorschulkind!«

»Oh ja. Klar. Natürlich. Vielleicht kannst du dann ein *babyleichtes* Malbuch für Lea aussuchen? Nur, damit sie nachher auch was zu tun hat und uns nicht immer dazwischenfunkt … du weißt schon.«

Lukas war mit dieser Aussicht voll und ganz zufrieden. Ohne besondere Eile schlenderten wir durch die Unterführung in Richtung Rolltreppe. Ich hatte Jule angeboten, mich bis zum späten Nachmittag um die Kinder zu kümmern. Sie war begeistert gewesen, denn sie war im siebten Monat schwanger, außerdem ziemlich verschnupft und ihr Mann kam erst nachmittags von einer Dienstreise zurück.

Während Lukas über seine zukünftige Karriere als Profirennfahrer sinnierte, bugsierte ich den Kinderwagen die Rolltreppe in die Bahnhofshalle hoch. Wir überquerten den Vorplatz und marschierten die Calvinstraße entlang. Plötzlich blieb Lukas wie angewurzelt stehen. Ein rotes BMW Cabrio mit geöffnetem Verdeck bog vor uns in die Hofeinfahrt des Grundstücks der Hugenottenkirche ein.

»Boo, ist der cool! So einen will ich auch mal.« Lukas spähte begeistert in den Innenhof, wo zwei der Insassen gerade ausstiegen.

»Na, da musst du noch ein bisschen wachsen, junger Mann! Aber wenn du magst, darfst du dich mal reinsetzen.«

Lukas riss die Augen auf. »Eceeeecht?«

Da erkannte ich den Fahrer. »René!« Ich schob den Kinderwagen mit der schlafenden Lea in den Hof. Lukas folgte, völlig fasziniert von dem unerwarteten Angebot. Ein dunkelhaariger Teenager saß im Fond und drückte konzentriert auf seiner Playstation herum. Eine Frau mit graumelierten Locken kam um das Auto herum und streckte mir freundlich die Hand entgegen.

»Guten Tag, Frau Reuther«, sagte Evelyn Ducros und nach kurzer Pause: »Wie geht es Ihnen?«

Ich antwortete mit einem Allgemeinplatz und hoffte, dass mir nicht dasselbe passierte wie am Sonntag. René Ducros ließ derweil den Jungen auf dem Fahrersitz Platz nehmen. »Aber nur schauen! Und zwar mit den Augen, nicht mit den Fingern, klar?« Lukas biss sich auf die Unterlippe und nickte hingerissen. »Tim, hast du ein Auge drauf?«

Der Angesprochene brummte nur, machte aber keine Anstalten, sein Spiel zu unterbrechen.

René kam zu mir, zögerte genau wie seine Mutter, umarmte mich dann aber kurzerhand zur Begrüßung so wie früher. »Chrissy! Schön, dich wiederzusehen!« Er grinste schief. »Irgendwie weiß ich nicht, was ich jetzt sagen soll. Salbaderndes Geschwätz hast du vermutlich zur Genüge gehört.«

»René! Also wirklich!« Seine Mutter schnalzte missbilligend mit der Zunge.

»Schon in Ordnung, Frau Ducros. Das Leben geht schließlich weiter«, bemühte ich eine Phrase, die ich eigentlich auch nicht mehr hören konnte – aber die nun mal der Wahrheit entsprach. Außerdem ließ Renés entwaffnende Ehrlichkeit den Impuls in Tränen auszubrechen gar nicht erst aufkommen.

»Der fährt bestimmt über dreihundert«, meldete sich Lukas in diesem Moment.

»Ne, höchstens zweihundertdreißig«, kam es von hinten.

»Woher weißt du das?«

Frau Ducros, die dem Auto am nächsten stand, drehte sich zu den Jungs herum. Zu Lukas sagte sie: »Na, weil sein Vater leider manchmal so schnell fährt. Ich heiße übrigens Evelyn. Und du?«

»Lukas«, sagte Lukas. »Und ich bin schon ein Vorschulkind!«

»Wirklich?«, erwiderte Evelyn in gespieltem Erstaunen und verwickelte den Jungen in ein munteres Gespräch, an dem sich auch Tim bald beteiligte.

René grinste. »Typisch Mama.« Er warf einen Blick auf Lea. »Ganz schön groß geworden die zwei.«

Zwar wusste ich nicht mehr genau, wann er die beiden zuletzt gesehen hatte, aber es war sicher irgendwann im letzten Jahr gewesen, als ich Mike von der Firma abgeholt hatte. Ich wollte das empfindliche Thema nicht weiter vertiefen, daher fragte ich: »Arbeitet deine Mutter immer noch im Kindergarten?«

»Ja, in Spardorf. Und wie man sieht, macht sie gern Überstunden.« Amüsiert beobachteten wir, wie Frau Ducros das Spielzeug ihres Enkels in ihrer Tasche verschwinden ließ, und er stattdessen Lukas die Funktionen der zahlreichen Knöpfe im Auto erklärte.

»Wie alt ist dein Sohn eigentlich inzwischen?«

»Der Lausebengel ist zwölf und ziemlich anstrengend. Ich mag gar nicht daran denken, wie es in zwei oder drei Jahren ist, wenn er mitten in der Pubertät steckt. Auf mich hört er am wenigsten.«

»Das ist wohl das Los der Eltern«, versuchte ich ihn zu trösten. »Sagt meine Schwester zumindest, wenn ihre Kinder mir aufs erste Wort gehorchen, anstatt auf ihr Hundertstes.«

»Vielleicht«, erwiderte René seufzend. »Meine Mutter hat ihn jedenfalls ganz gut im Griff, seit Feli vor sechs Jahren starb. Aber Kinder erziehen ist schließlich ihr Beruf.«

»Dem eigenen Enkel die Mutter zu ersetzen ist bestimmt etwas anderes, als anderer Leute Kleinkinder zu betreuen.«

Er lächelte vielsagend und sah dabei auf die Uhr.

»Oh, ihr habt noch was vor«, stellte ich fest. »Ich will euch nicht aufhalten. War jedenfalls schön dich wiederzusehen. Lukas, wir gehen!«

»Och, nö!«

»Keine Eile«, bremste René und Lukas bettelte: »Chrissy, machst du ein Foto? Das kann ich dann Marvin zeigen, der ist bestimmt total neidisch.«

Evelyn Ducros animierte Lukas und Tim, wie Models rund um das Auto zu posieren, was ich unter viel Gekicher aller Beteiligten auf einem Dutzend Bildern festhielt.

»Sind Sie auch hier in der Kirche konfirmiert worden?«, erkundigte sich Frau Ducros, während ich meine Kamera wegpackte und deutete auf den Anhänger meiner Kette: ein ziseliertes silbernes Malteserkreuz mit acht kleinen Kugeln an den Enden, zwischen den Kreuzarmen vier Lilien, am unteren Ende eine herabhängende Taube.

Unwillkürlich legte ich die Hand darauf. »Nein. Ich bin evangelisch. Ich meine lutherisch«, verbesserte ich mich. »Nicht reformiert. Das Hugenottenkreuz gehörte meinem Verlobten. Er war hier Gemeindemitglied.« Ich räusperte mich und hoffte, dass ich aus Unwissenheit keine Taktlosigkeit begangen hatte. Besonders religiös war Mike nicht gewesen – und ich eigentlich auch nicht, daher hatte ich mir nicht viele Gedanken um das Symbol der Reformierten gemacht.

Zu meiner Erleichterung drückte Frau Ducros'

Miene nur Mitgefühl aus. »Entschuldigen Sie. Es fiel mir nur auf. Wissen Sie, Tim ist auch bald soweit.« Seufzend sah sie zu ihrem Enkel, der gerade mit Lukas die Felgen inspizierte. »Die Zeit vergeht so schnell. Es kommt mir vor, als seien René und Johannes erst gestern hier konfirmiert worden. Und jetzt ist René sogar im Presbyterium.« René verdrehte die Augen und ich unterdrückte ein Schmunzeln. Frau Ducros registrierte beides und verzog ihre Lippen zu einem selbstironischen Lächeln. »Wo bleibt eigentlich Johannes? Er ist doch sonst immer pünktlich.«

Ich unterdrückte den Impuls, mich schnell zu verabschieden. Wenn ich ihm begegnete, würde er mich sicher auf Sonntag ansprechen.

»Keine Ahnung«, meinte René schulterzuckend. »Vielleicht hat er einfach keine Lust.«

Frau Ducros hob die Brauen. »Ausgerechnet zu dem Interview? Das kann ich mir nicht vorstellen. Ich rufe ihn an.«

Während sie das tat, fragte ich René neugierig: »Interview?«

Nach einem Seitenblick auf seine Mutter, wandte er sich mir zu. »Für die Sonderausstellung über die Altstadt ab Oktober. Im Stadtmuseum.«

Nachdenklich runzelte ich die Stirn. In Punkto Stadtgeschichte war ich nicht besonders sattelfest, und wusste nur, dass die Ducros eine der drei letzten Erlanger Familien waren, die ihren Stammbaum direkt auf ihre hugenottischen Vorfahren zurückführen konnten.

René bemerkte, dass bei mir der Groschen nicht fiel und verzog den Mund zu einem schiefen Grinsen. »Anscheinend hat dir Mike unsere Familiengeschichte erspart. Unser Ahnherr, der selige Joseph August, fungierte nach dem Edikt von Nantes als Mittelsmann bei der Unterbringung der Glaubensflüchtlinge in Deutschland. Es heißt, er habe persönlich die Familien ausgesucht, die Markgraf Christian schließlich hierher nach Erlangen holte. Sein Sohn – Jean Jaques – ging bei der Kaufmannsfamilie Marchand in die Lehre. Vom guten alten Abraham Marchand weißt du aber, oder?«

Ich kratzte mich am Hinterkopf. »Er war doch ein großer Wohltäter und hat der Gemeinde viel Geld vermacht. Und Häuser.«

»Genau. Die Entbindungsanstalt. Er hat Geld für den Kirchturm aufgetrieben, das Geländer gestiftet, die Orgel bezahlt und was weiß ich noch alles. Er war ungefähr im gleichen Alter wie Jean Jaques und als junge Männer haben sie beim Altstadtbrand 1706 und nach dem Wiederaufbau kräftig mit angepackt. Von Abraham Marchand hängt ein Bild im Calvinsaal und dort soll ein Foto von uns gemacht werden.«

Frau Ducros hatte inzwischen das Gespräch beendet und sah nachdenklich auf das Telefon. »Er hat eine andere Uhrzeit notiert und schafft es nicht so schnell hier zu sein.« Sie sah René fragend an.

»Oh«, sagte der nur und drehte die Handflächen nach oben. »Ich hatte ihm den Termin über Frau Beck mitteilen lassen. Keine Ahnung, was da schief gelaufen ist.«

Frau Ducros seufzte. »Nun, es ist nicht zu ändern. Dort kommt Herr Wenzel schon. Ich werde es ihm sagen, vielleicht kann er mit Johannes einen anderen Termin ausmachen.«

Grübelnd schob ich mein Fahrrad durch die Hintertür in den Keller. Ich hatte die Kinder nach Hause gebracht und war anschließend die sieben Kilometer von Hemhofen nach Dechsendorf zurückgeradelt. Seit der Begegnung mit René und seiner Mutter dachte ich wieder an Mike. Mit dem Abstand von einem dreiviertel Jahr und je länger ich darüber nachdachte, desto stärker gewann ich den Eindruck, dass ihn nicht nur unsere vermeintliche Trennung beschäftigt haben konnte. Er *hatte* sich verändert. Aber warum?

Während ich die Treppe zu meiner Wohnung hinaufstieg, fielen mir Mikes alte Notizbücher und Kalender ein. Seine Kürzel und Stichworte waren ein bisschen wie persönliche Tagebücher. Deswegen hatte ich sie auch behalten und nun boten sie mir vielleicht eine Möglichkeit, etwas über Mike herauszufinden. Selbst, wenn es etwas Unangenehmes war – es war allemal besser, sich mit der Wahrheit zu beschäftigen, als sich weiterhin vage Vorwürfe zu machen.

Kurz darauf saß ich auf dem Teppich im Wohnzimmer und blätterte in einem fünf Jahre alten Kalender. Alltägliche Termine. Zahnarzt, Verabredungen mit Freunden ins Kino, Abendessen zu unserem Jahrestag. Unser Sommerurlaub in den Dolomiten. Eine Hüttenwanderung, ähnlich der im letzten Jahr. Thies war mit seiner damaligen Freundin dabei gewesen. Ich schmunzelte bei der Erinnerung daran, wie erbost sie gewesen war, dass Thies eines Nachmittags mit spärlicher Begründung den Urlaub einfach abgebrochen hatte und verschwunden war. Erst später erfuhren wir, dass er zu seiner Schwester nach Amsterdam gefahren war, weil sie sich ein Bein gebrochen hatte und Hilfe brauchte.

Viele melancholische Erinnerungen wurden wach. Schließlich nahm ich mir den Kalender vom letzten Jahr vor. Die erste Seite, die ich erwischte, war ein Tag im Mai.

Quer über der Seite stand: *»Wahnsinnsauftrag in Tschechien in Aussicht und ich soll es machen!!!!!«*

Fünf Ausrufezeichen. Für Mike war es der Ritterschlag gewesen, als er die Bauleitung für das Feriendorfprojekt bekam. Ich schluckte und schloss den Kalender wieder. Meine Entschlossenheit schwand. Vielleicht sollte ich doch lieber aufhören und mich einfach damit abfinden, was geschehen war. Mike war unvorsichtig gewesen. Der Grund war letztendlich egal. Ich holte mir etwas zu trinken aus der Küche und setzte mich auf das Sofa.

Jáchymov.

Dr. Ducros hatte die Leitung zuerst selbst übernehmen wollen, doch René hatte stattdessen Mike vorgeschlagen. Es war notwendig, jede Woche zwei oder mehr Tage vor Ort zu sein und diese Zeit hätte Dr. Ducros nur schwer erübrigen können. Mike kannte kein anderes Thema mehr und mir ging das bald ziemlich auf die Nerven. Natürlich gönnte ich ihm den Erfolg, aber als es hieß, wir müssten unseren Sommerurlaub sausen lassen, hatten wir den ersten Streit wegen dieses Projekts. Damals rief ich René an und bat ihn darum, Mike wenigstens einen Teil des Urlaubs zu genehmigen. Mike war daraufhin sauer auf mich – besonders, weil Dr. Ducros spitze Bemerkungen gemacht hatte – bekam aber tatsächlich frei. Danach war das Thema Jáchymov zwischen uns tabu. Im Urlaub beschlossen wir zu heiraten. Bis zum Jahresende standesamtlich und im Frühjahr oder Sommer, je nachdem, wann er wieder mehr Urlaub bekommen würde, wollten wir dann eine richtig große Feier mit Hochzeitsreise und allem Drum und Dran machen.

Doch daraus wurde ja nichts.

Mein Blick fiel auf einen ungeöffneten Briefumschlag zwischen all den Kalendern und Notizbüchern. Es war der Unfallbericht, den ich angefordert, aber nie gelesen hatte. Mit gemischten Gefühlen öffnete ich ihn. Das Original in tschechischer Sprache legte ich beiseite und überflog die Übersetzung. Beamtendeutsch. Eine nüchterne, distanzierte Beschreibung von Mikes Tod. Plötzlich blieb ich an einer Stelle hängen.

Die Fahrtüchtigkeit war möglicherweise durch einen Blutalkoholgehalt von 0,19 ‰ und die Einnahme von Benzodiazepinen (Flunitrazepam) beeinträchtigt.

Ich stutzte. Alkohol? Vielleicht dieser unsägliche, nach Hustensaft schmeckende Kräuterschnaps, der von den Auftraggebern gelegentlich spendiert wurde. Aber was war das für ein Wirkstoff? Ich machte meinen Computer an und gab die Begriffe in eine Suchmaschine ein. Kurz darauf saß ich verwirrt vor dem Bildschirm: Flunitrazepam war gängiger Bestandteil von Schlaf- und Beruhigungsmitteln.

Ich wusste nicht, was ich erwartet hatte, aber ganz sicher nicht so etwas. Ich las den Bericht nun noch einmal gründlich. Ich wusste bereits, dass Mike verletzt gewesen war. Auch, seine Ohnmacht und sein daraus resultierender Tod durch Unterkühlung war mir nicht neu – nur hatte ich nicht näher über den Grund dafür nachgedacht. Aber dass Alkohol in Verbindung mit einem Medikament zu der tiefen Bewusstlosigkeit geführt hatte, warf ein ganz anderes Licht auf die Sache.

Ich war mir nicht sicher, wie ich mich fühlte. Niemand hatte das bisher erwähnt. Aber wahrscheinlich wusste auch, abgesehen von der Polizei, niemand davon und aus irgendeinem Grund hatte die es für nicht weiter erwähnenswert gehalten.

Warum hatte Mike so ein Medikament genommen? Er hatte oft schlecht geschlafen. Daran erinnerte ich mich, weil ich erwacht war, wenn er mitten in der Nacht aufstand. Aber spätestens beim Auszug hätten mir Arzneimittel auffallen müssen. Oder war es kein Schlafmittel, sondern ein Beruhigungsmittel, das er dieses eine Mal genommen hatte, weil er wegen mir so aufgeregt gewesen war?

Einige Zeit saß ich einfach nur da. Ich las noch einmal den Bericht, doch ich fand keinen Hinweis auf die Art des Medikamentes. Da ich besser nachdenken konnte, wenn ich mich bewegte, ließ ich die Papiere liegen und ging in den Trockenraum neben meinem Apartment, um meine Wäsche abzunehmen. Warum noch war Mike so überstürzt nach Jáchymov aufgebrochen? Innenausbau? Schwimmbad? Da wir so gut wie nicht mehr über seinen Job geredet hatten, wusste ich nichts Genaues. Es musste etwas Außergewöhnliches gewesen sein. Aber was?

Mit dem vollen Wäschekorb kehrte ich in meine Wohnung zurück. Ich nahm noch einmal den Kalender in die Hand, doch dann hielt ich inne. Vielleicht konnte mir René etwas darüber sagen. Nach kurzer Suche stellte ich fest, dass ich keine Privat- oder Handynummer mehr von ihm hatte. Nachdenklich zupfte ich an meinem Kinn. Es gab aber noch jemanden, den ich fragen konnte – und im Gegensatz zu René war der sogar an dem Nachmittag auf der Baustelle gewesen.

Schon zum dritten Mal stand ich wieder vor meiner Haustür und zückte den Schlüssel. Und zum dritten Mal ließ ich ihn wieder sinken.

»Frau Reuther! Haben Sie etwa schon wieder etwas vergessen?« Ausgerechnet die neugierige Frau Siebert aus dem Erdgeschoss steckte den Kopf aus ihrem geöffneten Küchenfenster.

»Diesmal habe ich …« Ich winkte ab. »Ach, nichts Wichtiges!«

»Vielleicht das Licht im Wohnzimmer nicht ausgemacht? Den Herd angelassen? Oder die Tür vom Trockenraum wieder mal nicht abgeschlossen?«, stichelte sie gutmütig und schien zu ahnen, dass ich aus reiner Unentschlossenheit zurückkam.

»Nein, alles in Ordnung«, erklärte ich entschieden, obwohl mir in diesem Moment einfiel, dass ich die Tür vom Trockenraum tatsächlich nicht zugesperrt hatte.

Frau Siebert lachte: »Frau Reuther, wenn Sie keine Flasche Wein dabei hätten, würde ich sagen, Sie haben eine Wurzelkanalbehandlung beim Zahnarzt vor sich.«

Ich lächelte schief zurück. »Ich gehe jetzt wirklich.«

»Was Sie nicht sagen«, meinte Frau Siebert vergnügt und zwinkerte mir zu.

Abrupt drehte ich mich herum, schob den Schlüssel wieder in die Jackentasche und marschierte los. Mir war warm, daher zog ich die Strickjacke aus und legte sie mir nur über die Schulter. Schließlich überquerte ich die Straße und bog kurz vor dem Parkplatz am Weiher in den Seeanemonenweg ein. Bald stand ich vor einem schmucken Reihenendhaus. Bevor ich es mir wieder anders überlegen konnte, ging ich zur Haustür und drückte den Klingelknopf. Im selben Moment verwünschte ich zum vielleicht hundertsten Mal meine blödsinnige Idee. Nervös überlegte ich, ob ich vielleicht doch schnell wieder verschwinden und stattdessen am Montag René anrufen sollte, da öffnete sich die Tür. Vor mir stand Dr. Ducros mit mürrischem Gesichtsausdruck.

»Ja?« Er klang nicht gerade erfreut.

»Ähm«, war alles, was ich nicht besonders geistreich hervorbrachte.

»Guten Abend, Frau Reuther. Was kann ich für Sie tun?« Gesicht und Stimme waren mit einem Mal neutral und ich hätte ihm auch wegen einer geschäftlichen Angelegenheit gegenüberstehen können.

Entschiedener als mir eigentlich zumute war, holte ich Luft und hielt ihm die Flasche Rotwein unter die Nase, die ich mitgebracht hatte.

»Guten Abend, Dr. Ducros. Ich wollte mich bei Ihnen bedanken – für neulich. Sie wissen schon. Und Sie zu einem Glas Wein einladen«, leierte ich herunter und beglückwünschte mich, dass ich dabei so wunderbar deutlich ins Stocken geriet.

Sorgfältig musterte er mich. Ich kam mir plötzlich vor wie bei meiner mündlichen Abschlussprüfung und konnte mich gerade noch davon abhalten, von einem Bein auf das andere zu treten. Die Sekunden verstrichen, ohne dass er irgendeine Reaktion zeigte. Ich verstand plötzlich, warum viele seiner Angestellten mit ihm nicht besonders gut zurechtkamen. Mir fiel plötzlich siedendheiß ein, dass er bestimmt nicht allein wohnte und holte schon Luft, um mich wortreich zu entschuldigen und schnell wieder zu gehen, als er die Türe aufstieß.

»Kommen Sie herein!«

Ohne sich von der Stelle zu bewegen, deutete er ins Innere. Zaghaft drückte ich mich an ihm vorbei und hatte immer noch keine Ahnung, ob er mich nicht aus reiner Höflichkeit draußen abfertigte. Nachdem er die Tür hinter mir geschlossen hatte, machte er eine knappe Geste durch die Diele. Unsicher machte ich ein paar Schritte auf die halb geöffnete Tür am anderen Ende zu. Da er nicht protestierte, war ich offenbar auf dem richtigen Weg. Im Vorbeigehen warf ich einen verstohlenen Blick in die Küche, die in dunkelrot und Chrom sehr modern wirkte. Ein paar Regalbretter lagen auf einer Art Tresen und warteten offenbar darauf, aufgehängt zu werden. Mehr konnte ich im Vorbeigehen nicht erkennen. Eine Holztreppe führte nach oben. Dann betrat ich das Wohnzimmer. Mitten im Raum blieb ich stehen und sah mich auch hier möglichst unauffällig um.

Auf dem Fußboden waren Terrakottafliesen, die Wände in einem hellen Erdton gestrichen. Massive Holzmöbel und ein Rattansofa rundeten das Bild ab. Eine Landkarte von Zentralamerika sowie gerahmte Fotografien hingen an der Wand. Besonders auffällig waren exotische schwarz-weiß Aufnahmen. Zwei halb ausgepackte Kartons standen herum, in denen sich Bücher und irgendwelcher Kleinkram befanden. Die Einrichtung war absolut nicht so, wie ich von einem Mann wie Dr. Ducros erwartet hatte. Keine teuren Designermöbel, nicht einmal offenkundige Zweckmäßigkeit, sondern ein Haus, dessen Bewohner wert auf eine behagliche Atmosphäre legte. Ich war angenehm überrascht – und zugegebenermaßen auch neugierig geworden.

Die Terrassentür stand offen. Auf einem Tisch draußen brannte eine Kerze, daneben lag ein aufgeschlagenes Buch. Ein kleiner verwilderter Garten grenzte an die Terrasse. Erst jetzt fiel mir auf, dass er immer noch nichts gesagt hatte und drehte mich herum. Mit verschränkten Armen stand er fast unmittelbar hinter mir. Seine Augen waren erstaunlich grün. Und sie blitzten unverhohlen amüsiert.

»Wenn Sie Ihre Bestandsaufnahme beendet haben, ist Ihnen vielleicht aufgefallen, dass auf dem Schrank dort drüben ein Korkenzieher liegt. Wollen Sie die Weinflasche öffnen oder soll ich das tun?«

Die Raumtemperatur war in den letzten Sekunden sicher konstant geblieben, aber mir war plötzlich heiß. Ich öffnete meinen Mund, um irgendetwas Intelligentes zu sagen, mit dem ich die Situation noch retten konnte, doch mir fiel nichts ein. Also klappte ich den Mund wieder zu und fühlte mich dabei wie ein Fisch auf dem Trockenen. Mit einem süffisanten Lächeln nahm Ducros mir die Weinflasche ab und öffnete sie kurzerhand. Dann holte er zwei Weingläser und deutete einladend nach draußen. Einen Moment später saßen wir auf der Terrasse und prosteten uns zu.

Ich räusperte mich und zupfte an meiner Jacke herum, die ich über die Armlehne gehängt hatte. Der Haustürschlüssel klimperte dabei leise. Ducros gab sich keine Mühe zu verbergen, dass er meine Nervosität bemerkte. Also hielt ich mich mit beiden Händen am Weinglas fest und hoffte, dass er irgendetwas sagen würde, weil ich keine Ahnung hatte, wie ich beginnen sollte. Natürlich tat er mir den Gefallen nicht, sondern lehnte sich zurück und beobachtete mich mit der Andeutung eines spöttischen Lächelns.

Plötzlich stieg ein hysterisches Kichern meine Kehle hinauf. Krampfhaft versuchte ich es zu unterdrücken. Doch der Drang zu Lachen wurde immer stärker.

»Entschuldigung«, prustete ich. »Was müssen Sie eigentlich von mir denken.«

Er zuckte nonchalant mit den Schultern. »Wollen Sie das wirklich wissen?«

»Behalten Sie es lieber für sich.«

Er prostete mir noch einmal zu, trank einen Schluck und stellte sein Glas wieder ab. »Vielleicht erklären Sie mir einfach, warum Sie wirklich hier sind.«

Verblüfft über diese Direktheit, schnappte ich kurz nach Luft. »Ähm … wie ich schon sagte: Um mich bei Ihnen zu bedanken.«

»Tatsächlich?«

Ich zuckte mit den Schultern und bewegte vage den Kopf hin und her. »Warum denn sonst?«

»Sagen Sie es mir«, forderte er mich gelassen auf.

Ich blies leise durch die beinah geschlossenen Lippen, schob mir ein paar Haare aus dem Gesicht und nippte am Wein. Zu hoffen, dass er fortfuhr und mir jetzt ein unverfängliches Stichwort lieferte, mit dem ich erst einmal eine Plauderei beginnen und nicht gleich mit der Tür ins Haus fallen musste, war wohl aussichtslos.

»Ich wollte nicht, dass Sie ein schlechtes Gewissen haben«, versuchte ich nun eine andere Strategie und nestelte an meiner Strickjacke herum.

Seine Augenbrauen wanderten in Richtung Haaransatz. »Wieso sollte ich denn ein schlechtes Gewissen haben?«

»Ich dachte, dass Sie dachten, dass ich wegen Ihnen so durcheinander bin.«

»Waren Sie das denn?«

»Naja … nicht direkt, aber …«, antwortete ich zögernd, während ich weiter mit meiner Jacke hantierte.

»Also waren Sie es – *vielleicht*?«

»Und Sie sind mir *vielleicht* nachgelaufen, weil Sie ein schlechtes Gewissen hatten?«, erkundigte ich mich hoffnungsvoll. Die Jacke fiel hinunter.

Er stand auf und bückte sich. »Nein!«

»Nein?«

»Nein«, insistierte er. Dann ging er hinein und nahm die Jacke mit.

Diesmal fiel der Schluck Wein deutlich größer aus, während ich darüber nachdachte, wie ich es fertig bringen sollte, nicht allzu viel Blödsinn zu reden und gleichzeitig keinen Seelenstriptease zu machen. Ich verriss mich zusammen. Schließlich hatte ich kein Verbrechen begangen, sondern wollte lediglich mit ihm über Mike reden.

Ducros setzte sich wieder und legte eine Tafel Zartbitterschokolade auf den Tisch. »Bedienen Sie sich.«

Er schob sich ein Stück in den Mund. Ich überlegte immer noch, ob ich wirklich mit ihm reden wollte oder ob es eine Schnapsidee gewesen war und ich mich besser verabschieden sollte. Einen erneuten Gefühlsausbruch wie letzten Sonntag wollte ich weder ihm noch mir zumuten.

Ducros' leises Lachen riss mich aus meinen Gedanken. Es klang allerdings weder spöttisch noch boshaft. »Sie können ruhig bleiben, Frau Reuther. Und *vielleicht* haben Sie tatsächlich ein klein wenig Recht.«

»Und meine Schwester ist *vielleicht* ein *klein wenig* schwanger«, bemerkte ich trocken.

Als Antwort zwinkerte er nur. Um seine Augen erschienen winzige Fältchen.

»Eigentlich geht es mir inzwischen ganz gut«, fühlte ich mich nun doch bemüßigt zu erklären. »So wie letzte Woche war es schon lange nicht mehr. Als ich Sie sah, kam ganz plötzlich alles wieder hoch.«

Er beugte sich vor und schenkte mir Wein nach. »Mit der Zeit kommt es seltener vor«, sagte er sanft. »Aber auch nach vielen Jahren werden Sie manchmal das Gefühl haben, es sei erst gestern passiert. Verdrängen Sie es nicht, denn das macht es meist nur schlimmer.«

Er wich meinem erstaunten Blick aus und ich hatte den Eindruck, als sei es nicht nur ein gut gemeinter Ratschlag. Eine Minute verstrich, ohne dass einer von uns etwas sagte.

»Warum sind Sie nach Dechsendorf gezogen?«, fragte er. »Sie haben doch vorher im Zentrum gewohnt. In der Luitpoldstraße, wenn ich mich recht erinnere.«

Ich war erleichtert, dass er anscheinend doch soviel Feingefühl besaß und nun erst einmal ein unverfängliches Thema anschnitt. »Ich stamme aus Hemhofen und meine Eltern und meine Schwester wohnen noch dort. Als ich mich entschlossen hatte, die alte Wohnung aufzugeben …«, ich stockte kurz. »Ich wollte ganz gern wieder ins Grüne. Und von hier aus kann ich alles mit dem Bus oder mit dem Rad erreichen. Ein Auto habe ich nicht mehr.«

»Arbeiten Sie immer noch beim Reisebüro Schwab?«

Ich nickte. »Aber leider schicke ich immer nur die anderen Leute in Urlaub. Ich war dieses Jahr noch gar nicht in Urlaub. Sie?«

»Nein, die Renovierung und der Umzug haben viel Zeit gekostet und gerade haben wir in der Firma einen großen Auftrag reinbekommen. Außerdem gibt es hier im Haus immer noch viel zu tun.«

»Ein Umzug ist wirklich furchtbar«, stimmte ich zu. »Und das Auspacken dauert noch länger als das Einpacken. Ich habe ewig gebraucht, um mich einzurichten und bin immer noch nicht ganz zufrieden. Dabei ist meine Wohnung nicht mal so groß wie Ihr Erdgeschoss.«

»Ich wohne immerhin schon seit drei Wochen hier«, gab er zu bedenken.

In gespielter Entrüstung riss ich die Augen auf.

»Aber da stehen ja immer noch Kartons rum. Also wirklich, Dr. Ducros, Sie enttäuschen mich!«

Er spießte mich mit seinem Blick auf. Einen Moment war ich unsicher, doch unvermittelt wandelte sich seine Miene und er brach in leises Gelächter aus. Er hob sein Glas. »Sie haben Recht. Tagsüber sehe ich genug Baustellen, da sollte ich nicht auch noch auf einer wohnen.«

Ich stieß mit ihm an und war fasziniert davon, wie perfekt er sein wirkliches Dafürhalten verbergen konnte. Mike hatte ihn oft als undurchschaubar bezeichnet.

»Ich werde Ihre Fortschritte kontrollieren!«, sagte ich feierlich, wobei mir wohl eher nicht gelang, auch dementsprechend ernst auszusehen.

Er nippte an seinem Wein und blähte dünkelhaft die Nasenlöcher, doch in seinen Augen funkelte eindeutig der Schalk. »In Anbetracht dieser Drohung, bleibt mir dann wohl keine andere Wahl, als mich zu beeilen.«

Der Rotwein entspannte mich und ich lehnte mich zurück. »Und was hat Sie hierher verschlagen?«

Der Schalk verschwand und machte einem neutralen Ausdruck Platz. »Manchmal braucht man eben einen Tapetenwechsel.«

Da ich ihn nicht verärgern wollte, ging ich nicht weiter darauf ein, auch wenn ich insgeheim neugierig war, warum er ans entgegengesetzte Ende der Stadt gezogen war. Die Firma nebst großzügigem

Wohnhaus der Familie Ducros befand sich schließlich in Tennenlohe. Um ein wenig Zeit zu gewinnen, aß ich Schokolade. Während ich sie langsam im Mund zergehen ließ, griff ich nach dem Buch auf dem Tisch.

»*Sie* lesen ›Eragon‹?« Ich pfiff durch die Zähne.

Ducros zog eine leidende Miene. »Manchmal bin ich tatsächlich versucht, in Erfahrung zu bringen, welche Gerüchte über mich im Umlauf sind«, sagte er zynisch. »Passt es eher zu Ihrem Bild von mir, wenn ich Ihnen verrate, dass ich es nur lese, weil mein Neffe vorhat, mich demnächst in den Film zu schleppen? Bei Buchverfilmungen weiß ich gerne, was mich erwartet, denn häufig fehlt ein großer Teil der Geschichte.«

»Deswegen lesen Sie jetzt auch den zweiten Teil«, antwortete ich sinnierend. »Damit Sie die Verfilmung des Ersten besser verstehen.«

Er schmunzelte vielsagend.

»Und da Sie die Bücher im Original lesen, werden Sie als wohlmeinender Onkel Ihren Neffen natürlich auch dazu nötigen, sich den Film in der Originalversion anzusehen«, mutmaßte ich. »Damit sich wenigstens ein Lerneffekt einstellt, wenn das Genre schon so trivial ist.«

»Natürlich!«

»Ihr armer Neffe.«

Ein paar Sekunden sahen wir uns an, dann lachten wir beide. Seine Augen blitzten wieder. Einen so ausgeprägten Sinn für trockenen Humor hätte ich ihm wirklich nicht zugetraut.

»Was lesen Sie denn gern?«, erkundigte er sich nun interessiert.

Wir plauderten über verschiedene Romane und Sachbücher und landeten schließlich bei Reiseliteratur, die ich aus beruflichen Gründen und er aus echtem Interesse las. Ich war noch nicht aus Europa herausgekommen, doch er erzählte bereitwillig von seinen Reisen auf andere Kontinente und berichtete von seinem mehrjährigen USA-Aufenthalt. Von Mike wusste ich, dass er Anfang der Neunziger einen hervorragenden Abschluss mit anschließender Promotion an der Stanford Universität in Kalifornien geschafft und dann in Florida gearbeitet hatte, bevor er nach Tennenlohe zurückkehrte. Er zeigte mir Aufnahmen von Nationalparks quer durch die Vereinigten Staaten und auf meine Nachfrage erzählte er mir, dass er die exotischen Aufnahmen aus dem Wohnzimmer bei seinem Besuch in San Carlos im Vorjahr selbst gemacht hatte – und dass er mit dem Gedanken spiele, sich endlich eine anständige Kamera zu kaufen. Ich erzählte ihm von meiner neuesten Errungenschaft, einer digitalen Spiegelreflexkamera und er mir von seinen vergeblichen Versuchen, sich mit den Details eines Fotobearbeitungsprogramm zu beschäftigen oder mit wenig Aufwand ein schönes Fotobuch zustande zu bringen. Da dies die einzigen Dinge waren, die mich an einem Computer überhaupt interessierten, bot ich ihm spontan meine Hilfe an. Im Gegenzug schlug er mir vor, mich mitzunehmen, wenn er im Herbst zur Jagd ging. Durch das Klingeln des Telefons wurden wir unterbrochen. Er entschuldigte sich, kam aber unmittelbar wieder zurück. Das Telefon klingelte weiter. Anscheinend hatte er kein Interesse mit dem Anrufer zu sprechen.

»Die Atmosphäre früh morgens im Wald ist außergewöhnlich«, nahm er den Gesprächsfaden wieder auf. »Das Licht, der Nebel. Alles ist wie verzaubert. Die Landschaft und die Tiere sind wunderbare Motive.« Sein Tonfall war verhalten, aber seine Begeisterung trotzdem unverkennbar.

»Und dann knallt es plötzlich im Paradies!« Diesen Sarkasmus konnte ich mir nicht verkneifen. »Jagen ist doch ziemlich grausam!«

»Ich kann Ihnen kaum widersprechen. Wenn man sich ungeschickt anstellt, kann es für das Tier tatsächlich qualvoll enden. Schon als Kind habe ich meinen Vater auf der Jagd begleitet und dabei viel gesehen und erlebt – auch unschöne Dinge. Bisher ist es mir zumindest gelungen, unnötige Grausamkeit zu vermeiden. Es mag Ihnen archaisch oder überholt vorkommen, aber selbst in unserem modernen Deutschland ist die Jagd immer noch notwendig.« Er lächelte. »Und auch, wenn es Sie schockiert – es macht mir Spaß. Nicht das Töten, sondern die Jagd. Vielleicht kommen Sie einmal mit mir, bevor Sie ein endgültiges Urteil fällen.«

»Jedenfalls bleibe ich lieber beim Fotoapparat«, sagte ich entschieden. »Aber ich überlege es mir. Danke für das Angebot.«

Anstatt zu antworten, prostete er mir zu. Unsere Blicke begegneten sich dabei ungewöhnlich lang. Mit einem Mal kribbelte mein Magen, so als habe ein Bataillon Ameisen beschlossen, auf Wanderschaft zu gehen. Verlegen nippte ich am Wein. Dass ausgerechnet Ducros so unvermittelt eine Saite in mir zum Klingen brachte, die ich seit Mikes Tod völlig außer Acht gelassen hatte, war irgendwie skurril. Wahrscheinlich hatte ich es mir sowieso nur eingebildet. Es war einfach ein netter Abend und ich konnte nicht mal beurteilen, wie ernst er die Einladung meinte. Ich stellte mein Glas zurück auf den Tisch und verschränkte meine Arme. Es war kühl geworden und ich fröstelte ohne meine Jacke, doch ich wollte nicht aufstehen, um sie zu holen.

»Darf ich Sie etwas fragen, Dr. Ducros?«

»Jetzt verraten Sie mir also endlich, weswegen Sie mich besuchen«, kommentierte er mit freundlichem Spott.

Ich räusperte mich. Etwas von meinem vormaligen Unbehagens kam zurück. »Es geht um Mike.«

Er wirkte nur milde überrascht und sah mich abwartend an.

»Warum musste Mike an dem Tag nach Jáchymov fahren? Für gewöhnlich war er doch Montags in Tennenlohe.«

»Hat er Ihnen das nicht erzählt?« Ganz im Gegensatz zu unserem lockeren Gesprächston zuvor, klang Ducros nun distanzierter.

Ich kaute auf meiner Unterlippe herum. »Er hat von unvorhergesehenen Schwierigkeiten auf der Baustelle gesprochen. Innenausbau oder Schwimmbad. Keine Ahnung«, überlegte ich laut. »Aber er … er kam mir komisch vor … so als sei irgendetwas Außergewöhnliches los.«

»Die Einzelheiten von damals habe ich allerdings nicht mehr im Kopf. Dazu müsste ich in den Unterlagen über das Bauvorhaben nachsehen.«

»Ja, das wäre nett.« Ich drehte mein Rotweinglas in der Hand. »Vielleicht finde ich zu Hause ja auch noch was.«

»Was meinen Sie?«, erkundigte sich Ducros stirnrunzelnd. »Wir haben doch die Unterlagen, die Herr Hartmann damals bei sich hatte, alle erhalten, oder nicht?«

»Ja, natürlich. Aber vielleicht steht in seinem Kalender etwas. Oder in seiner Kladde. Sie wissen schon, diese Notizbücher mit festem Einband. Er fand das praktischer, als irgendwelchen elektronischen Kram oder lose Zettel, die man verlieren konnte. Die habe ich behalten. Als Erinnerung – darin hat er ja auch Privates notiert.« Ich machte eine Pause, während der Ducros mich mit leicht zusammengekniffenen Augen betrachtete. »Wissen Sie, der Unfall … es ist irgendwie seltsam, aber … ist Ihnen an Mike irgendetwas aufgefallen? Sie haben ihn doch noch auf der Baustelle getroffen.«

»Worauf wollen Sie eigentlich hinaus?« Ducros' Ton war scharf.

Mit einem Mal hatte ich das Gefühl, dass mir der Rotwein zu Kopf gestiegen war. »Mike war verletzt, aber es waren nicht die Verletzungen, an denen er gestorben ist, sondern eine Verkettung von verschiedenen Umständen. Er hatte durch die Schnittwunden Blut verloren. Sein Bein war gebrochen und er war eingeklemmt. Und er war bewusstlos. Im Unfallbericht stand, dass eine Blutuntersuchung veranlasst wurde. Mike hatte etwas getrunken – nicht viel, aber das war auch nicht das einzige Problem. Bevor er losfuhr hat er ein Medikament genommen – ein Beruhigungsmittel oder so etwas Ähnliches.«

Ducros' Gesicht hatte jeglichen Ausdruck verloren.

Für einen Moment vergrub ich mein Gesicht in den Händen und atmete durch. Dann fuhr ich leise fort: »Möglicherweise verlor er deswegen die Kontrolle über das Fahrzeug. Und vermutlich war er deshalb bewusstlos und konnte sich nicht befreien. Oder Hilfe holen. Ich hatte keine Ahnung, dass er so etwas nimmt. Und jetzt möchte ich gerne wissen, warum.«

Ein Klingeln an der Eingangstür unterbrach mich. Ducros warf mir einen seltsam durchdringenden Blick zu, bevor er aufstand.

Ich sah auf meine Armbanduhr. Es war beinahe zehn. Ziemlich spät für Besuch. Wahrscheinlich sollte ich auch besser gehen und das Gespräch ein anderes Mal fortsetzen. Etwas zu schwungvoll nahm ich mein Glas, um es auszutrinken. Ein Spritzer Rotwein landete auf meinem hellblauen Pullover. Leise schimpfend tupfte ich den Fleck mit einem zerknautschten Taschentuch auf, das ich zufällig in meiner Hosentasche fand.

»Meine Güte, Jo! Es ist Samstag. Und du sitzt zu Hause rum!« Überrascht erkannte ich die Stimme des späten Besuchers.

»Erstens geht es dich nichts an und zweitens habe ich jetzt keine Zeit.« Die Stimme von Ducros war nur leise aus der Diele zu hören, aber der Tonfall erschien mir auch auf die Entfernung sehr frostig.

»Ich habe vorhin angerufen, um zu sagen, dass ich nach der Presbyteriumssitzung vorbeikomme, aber wahrscheinlich hast du *zufällig* gerade nichts ge-«

»Ich kann mich nicht daran erinnern, dich hereingebeten zu haben«, unterbrach Ducros ihn. »Habe ich nicht deutlich gesagt, dass ich am Wochenende nicht von dir gestört werden will? Vor allem nicht mitten in der Nacht.«

»*Erstens* ist es noch nicht mal zehn und *zweitens*: Wie kommst du darauf, dass ich dich stören will?«

Als Antwort schnaubte Ducros unwillig. Obwohl

ich wusste, dass Auseinandersetzungen der beiden an der Tagesordnung waren, war es mir unangenehm, Zeuge zu sein. Johannes und René Ducros waren im Geschäftsleben ein erfolgreiches Team. René – der Praktiker, der auch auf einer Baustelle mit anpackte, wenn es nötig war, und Johannes, der argusäugig über alles wachte. Privat harmonierten sie allerdings wohl nicht besonders. Nach allem, was ich über die beiden gehört hatte, fand ich es fast schon verwunderlich, dass sie seit dem Tod ihres Vaters vor rund sechs Jahren gemeinsam die Firma führten.

Ich betrat das Wohnzimmer.

Überrascht fuhr René herum, als er mich hörte. »Da brat' mir doch einer … Chrissy! Was machst du denn hier?«

»Ich wohne hier.«

»Hier?« René riss in gespieltem Erstaunen die Augen auf.

Ducros, der die dunkelhaarige Gestalt seines Bruders deutlich überragte und mit verschränkten Armen schräg hinter ihm stand, verdrehte die Augen.

Ich musste allerdings lachen. »Hier in Dechsendorf, du Witzbold! Letztes Wochenende habe ich deinen Bruder zufällig auf der Kerwa getroffen.«

René warf einen übertrieben verwunderten Blick über die Schulter. »Du gehst auf eine Kerwa?«

Ducros war nun sichtlich genervt. »Sofern es dir nichts ausmacht.«

René hob abwehrend die Hände. »Wie könnte

ich etwas dagegen haben, dass du dich einmal im Jahr amüsierst.« Er beugte sich etwas näher in meine Richtung und senkte verschwörerisch die Stimme. »Also hat Jo dich eingeladen, ihn zu besuchen?«

Ich wollte gerade antworten, als Ducros nachdrücklich einhakte: »Ich glaube nicht, dass es dich irgendetwas angeht, warum Frau Reuther hier ist!«

René grinste. »Ah. Frau Reuther. Schon klar. Ich unterbreche euer Tête-á-Tête ja nur ungern, aber ich muss dich kurz sprechen, Jo.«

»Was du nicht sagst«, murmelte Ducros düster. »Dreimal darf ich raten weswegen.«

»Ich wollte sowieso gerade gehen«, warf ich rasch ein.

Ducros sah mir direkt in die Augen. Für einen Moment hatte ich das Gefühl, er versuchte meine Gedanken zu lesen. Dann wandte ich mich an René.

»Kann ich dich nächste Woche mal im Büro anrufen?«

»Sicher«, erwiderte er. »Gib mir auch mal deine Nummer. Dann kann ich zurückrufen, wenn ich nicht da sein sollte.«

Bereitwillig nannte ich ihm die Nummer und auch meine Adresse, die er in sein Handy eintippte.

»Übrigens hat Lukas jedem, der es nicht hören wollte, von deinem Auto vorgeschwärmt«, meinte ich. »Die Fotos hat er sich bestimmt hundert Mal angesehen.«

René lachte. »Kleine Jungs kann man so leicht glücklich machen.«

»Wir haben uns heute Nachmittag an der Hugenottenkirche getroffen«, erklärte ich an Ducros gewandt, dessen Miene zwar ausdruckslos war, dessen Blick aber zwischen René und mir hin und her wanderte.

Es entstand ein Moment geradezu peinlicher Stille und ich hatte das Gefühl, in ein Fettnäpfchen getreten zu sein, auch wenn mir nicht sofort klar war, warum. René räusperte sich umständlich.

»Tut mir leid wegen des Termins, Jo. Frau Beck muss dir die falsche Uhrzeit gegeben haben.«

Ducros stieß einmal kurz die Luft aus der Nase. »Sicher.« Dann ging er in Richtung Tür.

Ich sah René an, deutete hinter Ducros her und fragte tonlos: »Sauer?«

René zog blinzelnd den Kopf leicht ein und grinste. Ich verabschiedete mich von ihm. Als ich in die Diele kam, hatte Ducros bereits meine Jacke in der Hand und half mir galant hinein. »Seien Sie vorsichtig.«

»Wieso?« Seine Hände ruhten auf meinen Schultern und er beugte sich nahe zu mir. Ein Hauch seines Aftershaves kitzelte in meiner Nase.

»Nur für den Fall, dass Rotkäppchen vorhat, wieder allein im Wald herumzulaufen!«

Lächelnd wandte ich ihm mein Gesicht zu. »Oh, diesmal rettet mich der Jäger wohl nicht vor dem bösen Wolf?«

Seine Lippen kräuselten sich leicht und in seinen Augenwinkeln erschienen kleine Fältchen. Auf meinen Schultern spürte ich das Gewicht seiner Hände und er hielt meinen Blick intensiver fest als nötig. Die Ameisen marschierten wieder.

»Gute Nacht, Dr. Ducros.«

Eine Hand rutschte wie zufällig meinen Rücken entlang. »Gute Nacht, Frau Reuther.«

Während ich nach Hause schlenderte, verscheuchte ich energisch das Weibchen in meinem Kopf, das sich durch die Flirterei ausgesprochen geschmeichelt fühlte. Seit Mikes Tod war ich in Gefühlsdingen wie gelähmt gewesen und verspürte jetzt ein schlechtes Gewissen – auch wenn ich eigentlich nicht vorhatte, eines Tages als alte Jungfer zu sterben. Aber es war schon seltsam festzustellen, dass mir die Aufmerksamkeit eines anderen Mannes etwas bedeutete – Mike war irgendwie immer noch ein Teil von mir.

Ach, Mike! Ich hatte es wirklich nicht ernst gemeint. Ich hätte ihn nicht verlassen. Und wenn ich ihn nun schon nicht zurückhaben konnte, dann wollte ich wenigstens versuchen zu verstehen, was mit ihm los gewesen war.

Morgen würde ich die alten Kalender und Notizbücher durchsehen. Vielleicht gab es ja noch irgendwelche Aufzeichnungen auf dem Computer, auf irgendeiner CD, einem USB-Stick. Eine Andeutung, einen Hinweis, der mir erklären konnte, wieso er das Medikament genommen hatte.

Als ich vor der Haustür ankam, hielt mir Herr Siebert, der gerade mit seinem Dackel zu seiner abendlichen Runde aufbrechen wollte, zuvorkommend die Tür auf.

»Schon so früh am Abend wieder zurück, Frau Reuther? Die jungen Leute heutzutage …«

»… sind gar nichts mehr gewohnt«, ergänzte ich und versuchte mir nicht anmerken zu lassen, dass ich diesen Spruch allmählich nicht mehr hören konnte. »Sie haben sicher Recht.«

Ich war dem Dackel sehr dankbar, der just in diesem Moment zu kläffen begann und an der Leine zerrte. So blieb Herrn Siebert nichts anderes übrig, als mir eine gute Nacht zu wünschen, anstatt mir eine Unterhaltung aufzudrängen. Schnell lief ich die Treppe hinauf. Im Erdgeschoss und in der ersten Etage gab es jeweils zwei Wohnungen. Unter dem Dach lag jedoch nur mein Apartment und der von allen Hausbewohnern benutzte Trockenraum. Als ich die letzten Stufen hochstieg, hörte ich mein Telefon klingeln. Eilig kramte ich nach dem Schlüssel, fand ihn jedoch nicht. Dann war es ruhig.

»Mist!«

Für gewöhnlich steckte der Schlüssel in meiner rechten Jackentasche, aber weder dort noch anderswo war er. Auf dem Nachhauseweg hatte ich meine Hände in den Taschen gehabt und konnte mich nicht erinnern, ihn dort gefühlt zu haben. Also musste er bereits bei Ducros zu Hause herausgefallen sein. Es waren nur ein paar Minuten bis zu ihm, aber ich hatte keine Lust noch einmal zurückzugehen. Das Licht im Flur ging aus und ich ärgerte mich über mich selbst. Jule besaß einen meiner Schlüssel, aber jetzt mit dem Rad nach Hemhofen zu fahren war noch unsinniger. Während ich versuchte, mich davon zu überzeugen, dass mir nichts anderes übrig blieb, als noch einmal in den Seeanemonenweg zurückzukehren, fiel mein Blick auf die Tür des Trockenraums. Mit einer vagen Idee im Kopf, drückte ich die Klinke. Tatsächlich. Ich hatte sie offen gelassen. Und Frau Siebert war nicht mehr kontrollieren gewesen.

Ich schlüpfte hinein und machte Licht. Es verblüffte mich immer wieder, wie groß der Raum wirkte. Er war exakt spiegelverkehrt zu meinem Apartment, doch ohne Zwischenwände und Möbel hatte man einen ganz anderen Eindruck. Der Hauseigentümer hatte erwähnt, dass irgendwann ein zweites Apartment entstehen sollte, doch bisher zeugten lediglich die mit Folie verklebte Dämmung, ein paar heraushängende Kabel und provisorische Wasseranschlüsse von seiner Idee. Seit meinem Einzug war hier jedenfalls nicht weitergearbeitet worden. Mein Badezimmer lag genau auf der andere Seite der Wand links von mir. Ich öffnete das Dachfenster auf dieser Seite und spähte hinaus.

»Bingo!«

Wie vermutet war das Fenster meines Badezimmers nur einen guten Meter entfernt. Und wie gewöhnlich hatte ich es nach dem Duschen ein Stück offen gelassen. Ich knetete meine Unterlippe und musste plötzlich kichern, weil ich mir vorstellte, wie irgendein Nachbar die Polizei rief, weil er mich auf dem Dach herumkraxeln sah.

»Klettern oder nicht, das ist hier die Frage!«, deklamierte ich mit todernster Mine und kicherte erneut. »Meine Güte, ich hätte nicht so viel trinken sollen!«

Ohne Licht war es jedenfalls unauffälliger, also knipste ich die Deckenbeleuchtung aus. Der Mond schien am wolkenlosen Himmel und für meine Akrobatikeinlage würde der matte Schein reichen. Ich probierte ein wenig mit diesem Fenster herum und stellte fest, dass ich mein Badezimmerfenster – das den gleichen Mechanismus besaß wie dieses Fenster – auch von außen weit genug öffnen konnte, um hineinzuklettern. Dann stemmte ich mich etwas umständlich hoch. Bei der Dunkelheit sah ich wenigstens nicht, wie tief es hinunter ging. Ich setzte mich auf die untere Kante des Fensters, ließ die Beine in den Raum baumeln und überlegte meine Schuhe auszuziehen. Es waren bequeme Leinenschuhe mit dünner Gummisohle, die nicht rutschig war. Ich ließ sie an. Vorsichtig reckte ich mich, doch ich reichte nicht ganz bis zum anderen Fenster hinüber. Ich sollte doch noch einmal zu Ducros gehen. Andererseits besaß ich genug Klettererfahrung, sodass ich mir diesen Meter zutraute. Vorsichtig stellte ich mich auf den unteren Rand des Fensters und blieb dabei in der Hocke. Mit meiner Schuhsohle prüfte ich wie glatt die Dachpfannen waren. Es war weniger rutschig als gedacht. Mit einem Fuß auf dem Dach lehnte mich also weit nach rechts und angelte nach meinem Badezimmerfenster. Es dauerte nicht lang, bis ich es tatsächlich schaffte, das Fenster nach oben aufzustoßen.

»Ja!«

Vor lauter Begeisterung hätte ich beinahe meinen Griff am Fensterrahmen gelockert. Es wurde wirklich Zeit, dass ich in meine Wohnung kam. Vorsichtig tastete ich mich hinüber, erstaunt wie gut es klappte.

Als ich schließlich wohlbehalten in meinem Badezimmer angekommen war, zeigte ich meinem Spiegelbild breit grinsend die Zähne und machte das Siegeszeichen. Wenn Thies in den nächsten Tagen aus Amsterdam zurück war, würde ich mit ihm in die Kletterhalle gehen. Oder in die Fränkische Schweiz – vorausgesetzt, das Wetter hielt. Ich freute mich schon sehr auf ihn.

»Dann aber mit Gurtzeug und Seil«, riet ich mir.

Ich verließ das Bad, zog Schuhe und Jacke aus und gähnte herzhaft. Im Wohnzimmer kontrollierte ich, wer vorhin angerufen hatte. Vielleicht Ducros, der bemerkt hatte, dass mein Schlüssel bei ihm war.

»Dann würde er doch nicht anrufen, weil ich ja nicht rein käme.« Ausgelassen kicherte ich über meinen eigenen Scharfsinn.

»Nanu?« Meine Augenbrauen schossen in die Höhe, als ich die Handynummer erkannte. »Zehn mal innerhalb der letzten zwei Stunden?«

Während ich dic angegebene Nummer wählte, fiel mein Blick auf den Rotweinfleck an meinem Pullover.

»Chrissy! *Eindelijk*«, erklang gleich darauf die markante Stimme von Thies. Ich wand mich derweil aus dem Pullover und stapfte ins Bad.

»Ja, ich freu mich auch, dich zu hören«, erwiderte ich trocken, während ich nach etwas Ausschau hielt, mit dem ich den Rotwein herausbrachte. »Hast du plötzlich solche Sehnsucht nach mir oder warum rufst du so oft an?« Ich stellte eine Dose mit Waschbenzin zurück auf das Regal und holte lieber Salz und Zitronensaft aus der Küche.

»Inderdaad, mooie meid!«, gab er zuckersüß zurück. *»Ik moest je stim horen, anders kon ik niet slapen.«*

Seine niederländischen Schmeicheleien verstand ich inzwischen »Meine Stimme beschert dir höchstens Albträume, wenn du nicht aufhörst zu schleimen.« Unterdessen ertränkte ich gnadenlos den Rotweinfleck in Zitronensaft und dekorierte ihn mit ordentlich Salz.

»*Hou maar op!* Bist du morgen zu Hause?«

»Wann genau?«, wollte ich vorsichtshalber wissen, denn Pünktlichkeit war noch nie seine Stärke gewesen.

»Irgendwann am Nachmittag.«

»Geht es etwas exakter?«

»*Nee*. Ich komme mit dem Auto aus Amsterdam und weiß nicht, wie voll es sein wird. Hast du was vor?« Er klang, als zünde er sich beim Reden eine Zigarette an.

»*Nee*«, ahmte ich ihn nach.

Im Hintergrund rief eine Frau ärgerlich seinen Namen. *»Ben zo weer terug!«*, hieß er mich warten.

Ich seufzte ergeben und ließ den Pullover einfach auf der Waschmaschine liegen, damit ich am nächsten Morgen nicht vergaß, bei Tageslicht noch mal nachzusehen, ob ich wirklich alles erwischt hatte. Thies diskutierte lautstark mit einer Frau, dann polterte und schepperte es.

»Hé! Hou op!« Thies klang empört. Kurz darauf hörte ich Straßenlärm. »Chrissy?«

»Was war los?«

Er paffte. »Sanne. Sie will nicht, dass ich drinnen rauche.«

»Deine Schwester ist eine kluge Frau. Hat sie dich wenigstens ordentlich erwischt?«

»Pfff! *Vrouwen! Jullie doen me de das om*!«

»Wie bitte?«

»Ich sagte, ihr Frauen macht mich echt fertig!«

»Na, den Grund dafür muss ich dir wohl nicht näher erklären, mein Herzblatt«, säuselte ich, während ich einhändig versuchte, meine Hose loszuwerden.

»Du denkst völlig falsch von mir, *Zonnetje.* Morgen werde ich dir beweisen, dass ich ganz anders bin, als du denkst.«

»Schon klar. Apropos morgen: Du könntest von unterwegs aus …« Ich verlor das Gleichgewicht. »Au! Verdammt!« Ich rieb meinen Kopf, den ich mir beim Fallen an meiner Kommode gestoßen hatte, krabbelte über den Boden und suchte das Telefon. »Thies? Bist du noch dran?«

»*Is alles goed, Liefje*?«

»Mir ist das Telefon runtergefallen.«

»Nur das Telefon?«

Brummend und mit der Hose um die Füße tippelte ich ins Schlafzimmer. »Hör zu, ich melde mich morgen einfach bei dir, dann kannst du auch nicht vergessen, mich anzurufen. Also mach gefälligst dein Handy an!« Ich plumpste aufs Bett.

»Wenn ich daran denke«, erwiderte er und gähnte ungeniert.

»Sag mal«, begann ich zögernd. Eigentlich hatte die Frage auch noch Zeit bis morgen, aber ich stellte sie trotzdem. »Weißt du eigentlich, ob Mike Schlaf- oder Beruhigungsmittel genommen hat?«

Überraschtes Schweigen. »Wie kommst du denn darauf?«

»Nach dem Unfall wurde ein Wirkstoff in seinem Blut gefunden. Mike hatte ja ziemlich viel Stress und ich weiß, dass er schlecht geschlafen hat. Es ist zwar komisch, dass er mir nichts davon erzählt hat. Aber … es könnte doch sein, oder?«

Thies antwortete nicht. Ich ließ mich auf den Rücken fallen und schlagartig war meine gute Laune vorbei. »Thies?«

Er atmete sehr tief ein. Dann wieder aus. »Lass uns morgen darüber reden.«

Ich massierte mit einer Hand meine Schläfe. »Also hat er?«

»Mach dir heute keine Gedanken mehr, *Liefje.*« Seine Stimme klang sehr weich. »Ich mache mich gleich morgen früh auf den Weg. Nur heute Abend kann ich nicht mehr fahren. Etwas zu viel Bier, *hoor.*«

Ich lächelte schwach. »Nur Bier?«

Er lachte laut. Da war es wieder, das unbeschwerte Lachen, das ich von ihm kannte. Aber es klang nicht ganz echt.

»Warum fliegst du eigentlich nicht?«

»Oh. Ich hätte nur noch einen Nachmittagsflug nach Nürnberg bekommen und bis dahin bin ich mit dem Auto auch da. Außerdem ist es wunderbar nach all den Schotterpisten endlich wieder ordentliche Straßen unter den Rädern zu haben. Also dann, *mijn Schatje. Slaap lekker en droom iets leuks. Bijvoorbeeld van mij.*«

»Von wem sollte ich auch sonst träumen«, bemerkte ich ironisch. Bevor ich noch mehr sagen konnte, hatte er schon aufgelegt. Ich starrte den Hörer an. »Scheiße!«, sagte ich laut und deutlich.

Wenn ich Thies Reaktion richtig interpretierte, dann hatte Mike Medikamente genommen, von denen ich nichts wusste. Aber warum hatte er nicht mit mir darüber gesprochen? Die Tatsache, dass Mike Geheimnisse vor mir gehabt hatte, behagte mir gar nicht.

Ich rieb mir über die Augen und überlegte, ob mir ein Melissentee vor dem Schlafengehen gut täte. Seit Jule ihn mir nach Mikes Tod aufgedrängt hatte, trank ich hin und wieder abends welchen – ich bildete mir ein, dass er mich besser schlafen ließ. Es war paradox, dass ich ausgerechnet jetzt daran dachte, etwas zu nehmen, das mich beruhigte.

Nachdem ich mir ein Nachthemd angezogen hatte, ging ich in die Küche, um den Wasserkocher anzumachen. Als ich gerade im Schrank nach dem Tee suchte, wurde es plötzlich dunkel. Vor Schreck stieß ich mir den Kopf an der Schranktür. Natürlich fiel mir nicht sofort ein, wo meine Taschenlampe war. Wenigstens lagen die Streichhölzer da, wo sie hingehörten, nämlich in der Schublade. Es fiel genug Licht von der Straße herein, sodass ich im Wohnzimmer eine Kerze fand und in der Diele die Sicherung wieder einschalten konnte. Ärgerlich stellte ich den kaputten Wasserkocher auf den Boden neben den

Mülleimer und suchte nach meinem alten Wasserkessel. Ich wollte ihn gerade aufsetzen, als die Türglocke schellte.

Unwillkürlich erstarrte ich. Um diese Zeit klingelte für gewöhnlich niemand mehr. Es sei denn … es war etwas passiert. Schnell schob ich den unangenehmen Gedanken beiseite und sah durch den Spion. Im Hausflur brannte kein Licht, also konnte es kein Hausbewohner sein. Ich drückte den Knopf der Gegensprechanlage.

»Ja?«

»Chrissy? Hier ist René. Du wolltest mich anrufen, aber ich dachte, ich komm einfach vorbei.«

Ich war erleichtert, denn wenigstens bekam ich keine Hiobsbotschaft überbracht. Auch wenn ich müde war, wäre es mir unhöflich vorgekommen, René an der Sprechanlage abzufertigen. Also betätigte ich den Türöffner. Doch Herr Siebert hatte nach seiner Runde mit dem Hund offenbar die Haustür abgeschlossen. Ich bat René zu warten und flitzte ins Schlafzimmer, um mir wahllos Pullover und eine bequeme Hose über mein Nachthemd zu ziehen, bevor ich ich mir die Ersatzschlüssel griff und die zwei Stockwerke nach unten stieg. Vergeblich versuchte ich ein Gähnen zu unterdrücken, als ich René hineinließ. Er fuhr sich durch seine halblange Mähne, die wie immer gekonnt zerzaust aussah und trottete hinter mir die Treppe hoch.

»Möchtest du was trinken? Ich wollte mir gerade

einen Tee machen. Melisse. Aber ich habe auch anderen da.«

»Lieber Apfelschorle, wenn du hast. Ansonsten tut es auch ein Wasser.« Er blieb lässig mit seiner Jacke über der Schulter im Türrahmen zum Wohnzimmer stehen. »Schöne Wohnung!«

»Etwas klein«, meinte ich. »Häng deine Jacke auf, wenn du noch Platz findest und nimm die Gläser!« Ich setzte Teewasser auf und holte auch noch Wasser und Apfelsaft.

Währenddessen sprach ich wie ein Fremdenführer. »Beim Durchqueren der großzügig bemessenen Eingangshalle ist Ihnen sicher die Tür zum Wellnessbereich aufgefallen. Gerade gesehen: Küche und Speisesaal. Hier, nimm die Gläser.« Wir gingen ins Wohnzimmer. Während ich mit dem Fuß die Kalender und Kladden beiseite schob, meinte ich: »Die Bibliothek mit Arbeitszimmer.« Wir setzten uns aufs Sofa. »Der Empfangssalon und dort«, ich zeigte nach rechts, »das hochherrschaftliche Schlafgemach. Damit endet die Schlossbesichtigung schon. Die Gegend ist relativ teuer, aber ich wollte unbedingt hierher.«

René lachte und schenkte uns beiden ein, während ich eine Kerze anzündete.

»Es ist ja auch sehr schön, so in der Nähe vom See«, meinte er. »Und Antiquitäten für dein Schloss hast du ja immerhin.« Er deutete auf die alte Kommode unter der Dachschräge.

»Stimmt, die habe ich von meiner Oma. Ich habe sie vor ein paar Jahren mal von Grund auf restauriert. Das war eine Heidenarbeit. Jetzt braucht sie wieder eine Auffrischung, denn beim Umzug hat sie viele Macken abbekommen.« In der Küche pfiff der Wasserkessel. »Bin gleich wieder da.«

Als ich mit der Teetasse in der Hand zurückkam, besah sich René gerade interessiert die Kommode.

»Willst du sie damit behandeln?« Er hielt eine Dose Leinöl hoch.

»Genau – aber vorher muss ich sie mit Schleifpapier bearbeiten.« Ich stellte die Tasse auf den Tisch und ging zu ihm. »Schau mal, diese Kratzer da. Ich hoffe, ich bekomme sie raus.«

Fachmännisch begutachtete er das Holz und das Schleifpapier, das neben der Dose auf dem Boden lag. »Mit einer Maschine würde es sicher gehen.«

»Um Himmels Willen, das staubt ja noch mehr. Aber davon mal abgesehen habe ich keine und kenne niemanden, der eine besitzt.«

»Ich hab' eine. Wenn du möchtest, dann helfe ich dir. Wir könnten die Kommode dazu runter tragen, dann macht das hier nicht so viel Dreck. Gibt es einen Garten oder Hof?«

»Klar, hinter dem Haus neben dem Kellereingang wäre Platz«, sagte ich und setzte mich wieder. »Strom ist auch unten. Aber du hast doch bestimmt wenig Zeit. Dein Sohn, die Firma und die Gemeinde – da hast du an den Wochenenden bestimmt auch viel vor.«

Er nahm ebenfalls wieder Platz. »Ach, dafür reicht es noch. Wenn ich nichts zu tun habe, wird mir langweilig.« Er lehnte sich zurück und streckte seine Beine aus. »Den Wohnzimmerschrank von Jo habe ich kürzlich auch generalüberholt. Also, falls du möchtest: Nächstes Wochenende? Oder bist du da wieder mit Jo verabredet?«

»Bisher noch nicht«, erwiderte ich und amüsierte mich über seine Neugier. »Ach sag mal: Dein Bruder hat nicht zufällig meinen Haustürschlüssel gefunden? Ich muss ihn dort verloren haben.«

Er hob die Brauen. »Keine Ahnung. Aber wie bist du denn dann reingekommen?«

Ich erzählte ihm von meinem kleinen Abenteuer. Verblüfft prustete er. »Weißt du, wie hoch das hier ist? Warum bist du nicht einfach zurückgegangen? Vielleicht liegt er ja auf dem Weg.«

Unbestimmt zuckte ich mit den Schultern. »Glaube ich nicht. Außerdem hatte ich vorhin den Eindruck, ich störe euch beim Streiten.«

»Streit? Du hast uns noch nicht streiten hören.« Er lächelte schief.

»War er noch sauer wegen heute Nachmittag?«

»Jo kann es nicht leiden, wenn er Fehler macht. Das mit dem Termin hat er mit Sicherheit selbst vergeigt. Frau Beck ist nämlich beinahe noch akribischer als er und ich kann mir wirklich nicht vorstellen, dass sie ihm die falsche Uhrzeit genannt hat. Aber das wollte ich ihm nicht auch noch unter die Nase reiben.«

Ich kicherte. »Sehr diplomatisch. Kann er das Interview nachholen? Oder ist es ihm nicht wichtig?«

Gleichgültig zuckte René die Achseln. »Darum muss er sich jetzt selbst kümmern. Aber er nutzt ja gern jede Gelegenheit, sich in Szene zu setzen.«

»Ob es ihn da stört, wenn er nicht mit euch zusammen auf dem Foto ist?«

René klang bitter. »Unwahrscheinlich. Es könnte sogar sein, dass es ihm am Ende sogar besser gefällt.«

»Nanu? Warum das denn?«, fragte ich überrascht.

René antwortete nicht sofort und ich wollte mich schon für meine Neugier entschuldigen, als er sagte: »Naja, es ist schließlich kein Geheimnis. Seine Mutter … war alleinstehend und starb bei seiner Geburt. Sie war die Schwester meiner Mutter – deswegen haben meine Eltern ihn adoptiert.«

Ich war verblüfft. »Das wusste ich nicht.«

»Nein, woher auch. Jedenfalls kommt es mir manchmal so vor, als wolle er sich von uns abgrenzen.« René zog eine Grimasse komischer Verzweiflung.

»Ist er deswegen ausgezogen? An mangelndem Platz kann es bei euch ja nicht gelegen haben.«

Geringschätzig pustete René die Luft durch die Lippen. »Bestimmt nicht. Der alte Kasten ist ja riesig. Aber du hast ja vorhin gehört, dass er ›nicht gestört werden wollte‹. Wenn du mich fragst: Er hasst das Gefühl, kontrolliert zu werden, selbst wenn man das gar nicht vorhat. Tja, Jo ist immer ziemlich speziell.«

Ich kicherte. »Speziell ist gut. Vorhin erschien er mir allerdings gar nicht so schlimm, wie ich immer gedacht habe. Andererseits kannte ich ihn ja bisher kaum.«

René schmunzelte ebenfalls. »Klar, wenn er will, dann ist er ein richtiger Charmebolzen. Aber seit Papas Tod führt er sich auf, als habe er das Sagen. Dabei sind wir in der Firma gleichberechtigt!« Er klang ehrlich empört

»Also gab es Stress?«, schlussfolgerte ich.

»Nicht mehr als sonst.«

»Ihr seht euch doch trotzdem jeden Tag in der Firma.«

Er spitzte die Lippen. »Du glaubst gar nicht, wie erfinderisch wir beide sein können, wenn es darum geht, uns aus dem Weg zu gehen.«

»Er auch?«, wollte ich belustigt wissen.

»Selbst der wunderbare Dr. Ducros ist nur ein Mensch mit Nerven, auch wenn er das gut verbergen kann.«

Plötzlich musste ich gähnen und hielt mir gerade noch die Hand vor den Mund. »Entschuldige.«

»Kein Problem. Ich langweile dich wohl mit unseren Familienproblemchen. Vielleicht gehe ich besser. Wir können ja telefonieren.«

»Das sollte kein Rauswurf sein«, winkte ich ab. »Bleib ruhig. Ich habe bei deinem Bruder etwas zu viel Rotwein getrunken. Der macht mich müde.«

»Was hat dich denn eigentlich zu Jo verschlagen, wenn ich fragen darf?«

»Darfst du.« Ich gähnte noch einmal, diesmal aber verhaltener. »Letzten Sonntag haben wir uns auf der Kerwa hier getroffen und …«, ich stockte kurz und beschloss meinen Gefühlsausbruch nicht weiter zu erwähnen, »… naja – mir gehen seitdem ein paar Dinge über Mike durch den Kopf. Und dann traf ich dich heute … jedenfalls hielt ich es für eine gute Idee, mich noch mal ein bisschen mit Mikes Tod zu beschäftigen.« Ich lächelte gezwungen. »Traumabewältigung oder so etwas in der Art. Deswegen wollte ich ihn sprechen.«

»Oh«, machte er und nickte verstehend. »Natürlich.« Mir fiel auf, dass seine Augen eine andere Farbe hatten als von Dr. Ducros – ein warmer Braunton anstelle des kühlen Grün. Plötzlich wirkte er wie ein Hundewelpe, der etwas angestellt hat. »Als ich dich heute gesehen habe, hatte ich plötzlich ein ganz schlechtes Gewissen. Kennst du das? Man verdrängt es und verdrängt es und dann – peng – ist es plötzlich wieder da. Ich komme mir so schäbig vor. Immerhin war Mike in unserem Auftrag unterwegs und dann kommt von der großartigen Firma Ducros nichts, außer ein paar Blumen am Grab, eine Anzeige in der Tageszeitung und eine Karte, auf der alle unterschrieben haben.«

»Und deiner wundervollen Rede«, ergänzte ich. »Mehr konntest du doch nicht tun.«

Er sah mich von unten herauf an. »Ich bin echt ein Feigling, weil ich dich hinterher nicht mal angerufen habe.«

Ich tätschelte seine Hand. »Hey, hör auf damit. Ich habe auch Zeit gebraucht – und Abstand von allem.«

»Dann bist du nicht böse auf mich?«

»Quatsch«, antwortete ich im Brustton der Überzeugung. Ich zog die Beine hoch und machte es mir in meiner Sofaecke bequem.

Er nahm seine Apfelschorle und betrachtete sinnierend die goldene Flüssigkeit. »Weißt du, bei uns Reformierten gibt es keine Beichte im herkömmlichen Sinn. Beim Gottesdienst bittet jeder still für sich um Vergebung – man kann natürlich auch den Pfarrer um ein Gespräch bitten, aber irgendwie …« Er seufzte tief. »Jedenfalls möchte ich dich gern um Verzeihung bitten, Chrissy, dass ich … dass wir dich so allein gelassen haben.«

Ich lächelte gerührt und nickte nur. Wortlos erwiderte er das Lächeln – doch er wirkte immer noch ein wenig bedrückt.

»Vielleicht kannst du mir ja jetzt ein bisschen helfen«, sagte ich aufmunternd. »Es gibt nämlich ein paar Dinge, die ich nicht verstehe. Kam dir Mike in der Zeit vor dem Unfall irgendwie komisch vor?«

René wuschelte sich nachdenklich durchs Haar. »Wie meinst du das?«

»Weiß ich auch nicht so genau. Ich glaube, dass es ihm nicht gut ging. Vielleicht war es wegen der Baustelle.«

»Kann ich mir nicht vorstellen«, erwiderte er stirnrunzelnd und rieb sich über das Kinn. »Soweit ich mich erinnere, war alles in Ordnung. Bis auf die üblichen Katastrophen eben, aber nichts Außergewöhnliches. Denkst du an was Bestimmtes?«

»Es ist mehr ein Gefühl. Bisher war ich damit beschäftigt, alles zu verdrängen. Aber ich mache mir auch Vorwürfe.«

»Weswegen?«, fragte René überrascht. »Jo und ich sind ja direkt hin gefahren und waren ausnahmsweise der gleichen Meinung. Dieser Unfall hätte wirklich jedem passieren können. Ein kleiner Moment Unaufmerksamkeit und schon geht es …« Er machte ein lautmalerisches Geräusch und unterstrich es mit einer entsprechenden Geste.

Ich holte den Unfallbericht. »Hier lies mal. Mike hatte ein Beruhigungsmittel genommen, bevor er losfuhr.«

René griff nach dem Bericht und überflog ihn. »Das gibt's doch nicht!«

»Siehst du, das wundert mich auch.«

»Ist die Polizei dem nachgegangen?«, fragte er zögernd und warf den Bericht auf den Tisch.

»Jedenfalls wusste ich nichts davon. Ich habe das erst heute gelesen«, gab ich zerknirscht zu. »Aber das ist schon komisch. Weißt du … wir hatten schon länger Probleme miteinander und haben uns ziemlich heftig gestritten, bevor er mittags nach Jáchymov fuhr.«

Renés Miene drückte Mitgefühl aus, als er begriff. »Und jetzt glaubst du, dass er deswegen das Zeug genommen hat?«

»Ja. Vielleicht. Ich habe nämlich gesagt … naja, ich habe gesagt, es sei Schluss, wenn er schon wieder fahren würde.«

René pfiff durch die Zähne. »Starker Tobak. Das haut viele erst mal aus den Socken.«

Ich nickte betrübt.

»Aber irgendwie habe ich trotzdem das Gefühl, dass es nicht nur unser Streit war«, fuhr ich fort. »Es gab etwas, das er mir nicht erzählt hat.«

René griff nach seinem Glas und hielt mitten in der Bewegung inne. »Eine andere Frau?«

Mir klappte der Mund auf. Daran hatte ich bisher überhaupt nicht gedacht. Dann prustete ich leise. »Nein. Nicht Mike.«

René hob die Brauen, als ich entschieden den Kopf schüttelte. Mike war schließlich nicht Thies. Der hatte manchmal mehr als eine Freundin zur selben Zeit.

»Du glaubst es nicht oder du willst es nicht glauben?«, hakte René nach. »Man sieht es den Leuten jedenfalls nicht an der Nasenspitze an.«

»Ich weiß nicht«, sagte ich zögernd.

»Also warum glaubst du, dass Mike dir etwas verschwiegen hat?«

»Weibliche Intuition? Begehrenswerte Selbsttäuschung, weil ich nicht gern schuld sein möchte? Außerdem gab es bei uns zu Hause solche Medikamente nicht, die hätte ich gefunden. Später meine ich. Und jetzt will ich einfach so viel wie möglich wissen. Vielleicht kann ich dann endlich aufhören, ständig daran zu denken. Ich kann doch nicht den Rest meines Lebens mit Grübeln verbringen.«

René nippte an der Apfelschorle. »Ja, das kann ich gut verstehen.«

Nachdenklich trank ich meinen Tee aus und überlegte, ob ich mir eine zweite Tasse machen sollte. »Warum musste Mike so dringend nach Jáchymov?«, wollte ich schließlich wissen und schüttete mir stattdessen Wasser ein. »Sonst war er doch immer Montags im Büro und fuhr erst Dienstag oder Mittwoch hin.«

René drehte die Handflächen zur Decke und hob die Schultern. »Frag Jo danach. Er hat das Projekt ja zu Ende geführt.«

»Deswegen war ich ja bei ihm, aber er wusste auch nicht mehr, warum. Jetzt will ich Mikes Unterlagen durchsehen – Kalender, Kladden, E-Mails, Dokumente. Außerdem kommt morgen ein alter Freund von Mike. Und manchmal weiß die beste Freundin ja mehr als der eigene Partner.«

René schmunzelte. »Beste Freundin? Ich dachte immer, Männerfreundschaften funktionieren anders.«

»Tun sie das?«

Er zwinkerte und stand auf. »Darf ich mal deinen Wellnessbereich benutzen?«

»Nein, Gäste müssen immer hinters Haus gehen. Nimm den ersten Baum links.«

»In Ordnung«, grinste er und verließ das Wohnzimmer.

Während ich mit geschlossenen Augen wartete, drückte ich mir das kühle Glas vor die Stirn. Es wurde Zeit, dass ich ins Bett kam.

»Ich glaube, ich störe dich nicht länger«, bemerkte er, als er mich sah. Er griff nach seiner Apfelschorle und stieß sie dabei um. »Mist.«

Mit den Händen versuchte er zu verhindern, dass sich die Flüssigkeit ausbreitete und machte es dadurch nur schlimmer. Ich stellte mein Glas ab und stand auf, um einen Lappen zu holen.

»Entschuldigung, jetzt mache ich dir auch noch Arbeit«, meinte er, während ich den Tisch abwischte.

Ich leerte mein Glas. »Kommt vor. Mir passiert so etwas ständig.«

Wir trugen alles in die Küchenecke. René lehnte sich mit dem Hintern an den Herd. »Chrissy«, begann er langsam. »Weißt du, nachdem Feli gestorben war, habe ich mir auch noch lange Vorwürfe gemacht.«

»Deine Frau hatte Leukämie, René«, erinnerte ich ihn. »Das war doch etwas anders. Genauso schlimm. Aber eben anders.«

Er wiegte mit dem Kopf. »Schon. Ich habe oft darüber nachgedacht, ob ich nicht mehr für sie hätte tun können. Du weißt schon: Früher etwas bemerken. Noch mehr Therapiemöglichkeiten suchen. So was in der Art.«

Ich lächelte müde und holte noch einen Teebeutel aus dem Schrank. Ich sehnte mich nach meinem Bett und tiefem Schlaf, aber mein Kopf war so furchtbar voll.

»Bisher habe ich alles ziemlich verdrängt und ich glaube, das war nicht gut. Frag mal einen Psychologen, der findet es bestimmt auch richtig, dass ich versuche das zu verarbeiten.«

René nickte verständnisvoll. »Es ist ja auch nur ein guter Rat, von jemandem, der das auch schon durch hat. Man fühlt sich ziemlich mies dabei.«

Schnell hielt ich meine Hand vor den Mund, weil ich schon wieder gähnen musste. »Ach du lieber Himmel. Entschuldige.«

»Wie viele Flaschen Rotwein hast du eigentlich mit Jo getrunken?«, spöttelte René.

Ich rieb mir die Augen und blinzelte. »So viel war das gar nicht«, verteidigte ich mich.

Blitzschnell hielt mir René seine Hand hin und zog sie wieder weg. »Wie viele Finger waren das?«

Ich schielte übertrieben. »Ähm – dreizehn?«

Wir alberten noch ein wenig herum, während ich Wasser in den Kessel füllte.

»Also telefonieren wir in den nächsten Tagen wegen deiner Kommode. Und wenn du mit mir reden möchtest, dann ruf mich an. Ich bin zwar weder Psychologe noch Pfarrer, aber vielleicht hilft es dir.«

Ich tätschelte ihm den Oberarm. »Danke. Und wenn ich das sagen darf: Ich habe den Eindruck, du wärst ein guter Seelsorger.«

»Oh«, erwiderte er verlegen. »Ja … ich … naja, danke. Ist unten mittlerweile wieder abgeschlossen?«

»Ganz bestimmt!«, stöhnte ich. »Die Leute hier im Haus sind ziemlich kleinkariert, was das betrifft.« Wir gingen in die Diele, wo ich den Ersatzschlüssel aus dem Kasten nahm. »Also los, gehen wir. Sonst schlafe ich noch im Hausflur ein.«

SONNTAG, 10. SEPTEMBER 2006, 0:13 UHR

Der Teppich dämpfte seine Schritte. Er lauschte. Draußen fuhr ein Auto vorbei. Doch hier drinnen war es ruhig. Leise durchquerte er den Raum. Ein Knacken ließ ihn innehalten. Es war nur das Holz der Deckenverkleidung, das arbeitete. Wie ein Schatten bewegte er sich weiter.

Leise und regelmäßig erklang ihr Atem aus dem Schlafzimmer.

Während er sich beinahe lautlos ihrem Bett näherte, tastete er in seiner Jackentasche nach dem Feuerzeug.

Im schwachen Lichtschein sah er sie auf der Seite liegen. Schwarze Locken ringelten sich um ihr Gesicht. Von den Grübchen, die sich auf ihren Wangen bildeten, wenn sie lachte, war keine Spur zu sehen. Entspannt lag ihre Hand auf der Matratze. Schlanke, zarte Finger.

Vorsichtig holte er ein Glasfläschchen aus seiner Tasche. Nach Mike Hartmanns Unfall hatte er sich die Tropfen besorgt. Geschmacklos. Unauffällig. Nur für den Fall – um nicht wieder improvisieren zu müssen wie damals, wo er vier Tabletten seines eigenen Schlafmittels zerstoßen und aufgelöst hatte, bevor er sie in den Kaffee rührte. Und dann gebangt hatte, ob der Zucker die Bitterstoffe überdeckte. Dazu einen Becherovka – aus eigener Erfahrung wusste er um die verstärkende Wirkung – mehr hatte er diesem Neunmalklugen nicht aufschwatzen können. Wie leicht hätte das alles schiefgehen können.

Er beugte sich näher zu ihr. Sie hatte den Mund geschlossen. Wenn er versuchte ihre Lippen zu öffnen, um ihr etwas in den Mund zu träufeln, bestand vielleicht die Gefahr, dass sie erwachte. Sie würde ihn sehen. Erkennen. Sich wehren. Es war zu riskant.

Er löschte die Flamme des Feuerzeugs und verharrte einige Minuten bewegungslos. Sie rührte sich immer noch nicht. Wenn er leise genug war, würde sie vielleicht nichts bemerken. Der erste Schlaf war der tiefste, hieß es. Schließlich verließ er den Raum und schloss die Tür.

Er machte Licht. Nur eine kleine Stehlampe in der Ecke, das musste genügen. Dann sah er sich um.

Da.

Der Unfallbericht.

Dieser lächerliche, junge Arzt. Hatte etwas von unnatürlicher Bewusstlosigkeit gefaselt. Ihm war nahegelegt worden, das zu ignorieren. So wie die Polizei die fremden Lackspuren am Unfallfahrzeug geflissentlich übersehen hatte. Niemand hatte nachgeprüft, ob der Arzt sich daran gehalten hatte.

Er schluckte. Es war seine Aufgabe gewesen, dafür zu sorgen, dass alles glatt lief.

Sein Blick glitt zur Schlafzimmertür. Was wusste sie? Wahrscheinlich nicht viel. Aber musste sie ausgerechnet jetzt anfangen Fragen zu stellen? Konnte sie Antworten finden, die sie nichts angingen?

Eigentlich hatte er gedacht es sei vorbei. Der Laptop war bei dem Unfall beschädigt worden. Trotzdem hatte er die Festplatte überprüft und war entsetzt gewesen, was er dort gefunden hatte. Es war knapp gewesen.

Verdammt knapp.

Ein solch fataler Fehler durfte ihm nicht noch einmal unterlaufen.

Er machte sich an die Arbeit. Je länger er suchte, desto mehr geriet er außer sich. Kalender, Notizbücher, Zettel, gespickt mit Hinweisen. Nicht viel, aber vielleicht genug für jemanden, der einen vagen Verdacht hatte.

Genug in jedem Fall, um die Polizei aufmerksam zu machen.

Mit zitternden Fingern schaltete er den Computer ein. Jede Menge Daten, die er unmöglich durchsehen konnte. Unruhig erhob er sich. Er konnte einzelne Verzeichnisse löschen, die ihm verdächtig vorkamen. Aber mit etwas Geschick konnten sie wiederhergestellt werden. Und vielleicht übersah er was. Er konnte die Festplatte formatieren und sämtliche Notizen mitnehmen und vernichten. Aber dann würde sie merken, dass jemand hier gewesen war. Nervös fingerte er in seiner Tasche herum. Plötzlich durchzuckte ihn eine Idee. Er zog das Feuerzeug heraus und betrachtete es.

Ein Feuer würde schnell um sich greifen und alle Probleme lösen. Er bückte sich und hob wahllos ein Stück Papier auf. Dic Flamme des Feuerzeugs leckte an dem Papier. Er beobachtete, wie es schwarz wurde. Schließlich brannte es.

Sekundenlang starrte er darauf. Dann löschte er die Flammen wieder und warf das Papier auf den Boden. Nein. Nicht so.

Einige Minuten durchstreifte er die Wohnung, bis seine Idee konkrete Formen annahm. Nachdem er alles vorbereitet hatte, öffnete er noch einmal die Tür zum Schlafzimmer. Im Schein des Feuerzeugs sah er, dass sie jetzt auf dem Rücken lag, ihre Hände links und rechts neben dem Kopf. Fasziniert sah er zu, wie unvermittelt ein kleines Lächeln über ihre Lippen huschte.

Süß und unschuldig.

Plötzlich ballte er die Fäuste und wandte sich ab. So leise wie möglich zog er das Dachfenster zu. Dann kehrte er ins Wohnzimmer zurück und schloss die Tür hinter sich. Er nahm ein Bündel Papier, faltete es zu einem festen Keil zusammen und schob ihn unter die Tür, sodass sie sich nicht von innen öffnen ließ. Er ging er in die Küche.

Seine Hand ruhte auf dem Wasserkessel, während

er Flüssigkeit auf einem Handtuch verteilte. Ein beißender Geruch stach in seine Nase. Es würde ein paar Minuten dauern, bis die hintere Herdplatte heiß genug war.

Genug Zeit für ihn, sich aus dem Staub zu machen.

Dann würde alles ganz schnell gehen. Explosionsartig würde das Handtuch auf der Herdplatte Feuer fangen. Einen Wimpernschlag später würde es der nassen Spur folgen – bis zum Teppich, über die Möbel, die Holzdecke. Das Papier auf dem Boden würde brennen, der Computer verschmoren. Der ganze Raum würde in Flammen stehen.

Alles würde vernichtet.

Der Rauch würde ins Schlafzimmer eindringen – lautlos und unaufhaltsam.

Tödlich.

Ein paar Atemzüge.

Nicht mehr.

Viele Menschen starben im Schlaf, wenn es brannte.

Er schaltete den Herd ein.

1:07 UHR

Irgendetwas piepste laut und durchdringend. Ich hustete. Schlaftrunken setzte ich mich auf, doch es wurde nicht besser. Im Gegenteil. Ich hatte den Eindruck, dass ich von Sekunde zu Sekunde weniger Luft bekam.

Ich rappelte mich hoch, riss das Dachfenster über mir auf und schnappte nach Luft. Das Piepen hörte nicht auf und jetzt nahm ich einen brenzligen Geruch wahr. Ich drehte mich herum und erkannte entsetzt, dass Rauch unter der Tür hindurch quoll. Der Brandmelder aus dem Wohnzimmer hatte mich geweckt.

»Scheiße«, fluchte ich. »Scheiße, Scheiße, Scheiße!«

Ich versuchte, nicht panisch zu werden. Rauch bedeutete Feuer. Aber wo? Und warum? Egal, ich musste auf jeden Fall raus. Ich nahm noch einen tiefen Atemzug und sprang dann vom Bett. In gebückter Haltung schnappte ich mir eine herumliegende Bluse, hielt sie mir vor Mund und Nase und versuchte so flach wie möglich zu atmen. Die Tür verströmte eine Hitze wie der Kachelofen meiner Eltern. Anstelle der Bluse hielt ich mir den Arm vor Mund und Nase und schützte mit dem Stoff meine

Hand. Dann drückte ich die Klinke, um die Tür zu öffnen.

Sie klemmte!

So fest ich konnte, rüttelte ich. Nichts. Wieder musste ich husten. Ein eisiger Schauer lief mir über den Rücken. Neben dem Piepen des Rauchmelders konnte ich jetzt das Getöse des Feuers nebenan hören. Möglichst flach atmend hastete ich zurück zum Fenster. Ich zwang mich zur Ruhe, um nicht zu hyperventilieren.

»Denk nach, verdammt, denk nach!« Mit bebenden Fingern strich ich mir eine Haarsträhne aus dem Gesicht.

Rufen! Einfach rufen.

»Hilfe!«, brüllte ich mit sich überschlagender Stimme. Und noch einmal. »Hilfe!« Prompt hustete ich würgend.

Niemand antwortete. Natürlich nicht, es war mitten in der Nacht und alle schliefen. Noch ein paar Mal schrie ich mir zwischen den Hustenanfällen die Seele aus dem Leib, in der Hoffnung, dass irgendwer mich hörte.

»Was mach ich nur?«

Schluchzend warf ich einen Blick zur Tür. Ich hatte keine Ahnung, wie lange Tür oder Wände, überhaupt der Hitze standhalten würden. Rigips brannte zwar nicht, aber ewig würde es dem Feuer bestimmt auch nicht widerstehen. Hier drin wurde es jedenfalls immer heißer. Verzweifelt beugte ich mich weiter aus dem Fenster. Hinter dem Küchenfenster rechts von mir flackerte es, doch dahinter im Bad war es dunkel. Ein Auto bog in die Straße links vom Haus. Wieder schrie ich laut. Das Auto hielt an und der Fahrer stieg aus.

»Hilfe! Feuer!« Meine Stimme überschlug sich.

Irgendetwas krachte. Ich kreischte und ohne zu überlegen kletterte ich auf das Dach hinaus. Irgendwie hielt ich mich am Fenster fest und versuchte einigermaßen sicheren Halt zu finden. Auf dem schrägen Dach kauernd, die Hände krampfhaft am Fensterrahmen, sah ich den Mann telefonieren und dabei aufgeregt gestikulieren. In anderen Häusern gingen Lichter an. Ganz vorsichtig verlagerte ich mein Gewicht. Hier draußen fühlte ich mich sicherer, obwohl ich bei einer unbedachten Bewegung vermutlich abstürzen würde.

Zwischen einigen Dachziegeln quoll Rauch hervor. Krampfhaft bemühte ich mich, nicht zu husten, um das Gleichgewicht nicht zu verlieren. Doch durch die frische Luft hatte der Hustenreiz deutlich nachgelassen. Vorsichtig reckte ich den Hals und sah in mein Schlafzimmer. Das Getöse des Feuers war so laut und unheimlich, dass mich keine zehn Pferde dazu gebracht hätten wieder hineinzuklettern.

Die Sirene am Gebäude der Freiwilligen Feuerwehr ein paar Straßen weiter heulte. Erleichtert atmete ich auf – und musste husten. Sofort verlor ich etwas von meinem vermeintlich sicheren Halt.

»Ganz ruhig, Chrissy. Alles wird gut«, japste ich panisch nach Luft ringend.

Ich traute mich nicht, meine Augen zu schließen, daher fixierte ich einen festen Punkt auf den Dachziegeln zu meinen Füßen und zählte meine Atemzüge. Als ich das Gefühl hatte, wieder halbwegs normal zu funktionieren, wagte ich einen Blick in Richtung Straße.

Eine Traube von Menschen hatte sich unten auf der Straße versammelt. Jemand zeigte zu mir hinauf. Ich glaubte die Worte »Bleiben« und »Feuerwehr« zu verstehen. Ich nickte, auch wenn mir bewusst war, dass das ja niemand sehen konnte. Doch meiner Stimme traute ich nicht. Von hier oben sahen die Menschen so klein aus. Es war verdammt hoch. Ich schluchzte. Tränen liefen über mein Gesicht und ich traute mich nicht mal eine Hand loszulassen, um sie wegzuwischen. Schon wieder hustete ich. Wie lange war ich hier in Sicherheit? Was, wenn ich ohnmächtig wurde?

Ich bemühte mich, nicht hektisch zu atmen. Verzweifelt versuchte ich mich daran zu erinnern, ob Mike mir jemals etwas über den Brandschutz beim Bau erzählt hatte. Es gab Vorschriften, wie lange Dies oder Jenes stand zu halten hatte. Aber wie lange war das? Und wie lange brannte es eigentlich schon? Der Eigentümer hatte nicht gerade die teuersten Materialien beim Ausbau des Dachgeschosses verwendet. Und die Decke im Wohnzimmer bestand aus Holz!

Es kam mir vor, als hockte ich schon seit Stunden auf dem Dach. Aus dem Lärm ringsum konnte ich Sirenen und Motorengeräusche ausmachen. Reifen quietschten, Türen schlugen. Die Nacht war erhellt von zuckendem Blaulicht. Ich konnte ein Stück der Straße vorn und die Seitenstraße sehen. Ein Feuerwehrmann lief herum, offenbar um sich einen Überblick zu verschaffen. Ein zweiter kam hinzu. Dann tauchten zwei Männer mit schwerem Atemschutz auf, die Anweisungen erhielten und gleich wieder verschwanden.

Der Nachtwind kam mir eisig vor und ich fror erbärmlich. Am ganzen Körper schlotterte ich. Unten herrschte ein Durcheinander wie in einem Ameisenhaufen. Polizisten in Uniform drängten Schaulustige zurück. Feuerwehrmänner rollten Schläuche aus und befestigten sie an einem Löschfahrzeug. Noch mehr Fahrzeuge trafen ein.

Der Lärm aus meiner Wohnung hatte zugenommen. Ich spürte die Hitze an meinen Händen. Ich schielte hinein und erschrak. Das Feuer hatte die Schlafzimmertür erreicht.

»Beeilt euch, verdammt!«

Ein großes Feuerwehrfahrzeug mit Drehleiter fuhr in die Straße neben dem Haus ein. Für meine Begriffe geschah alles viel zu langsam, auch wenn mir klar war, dass die Feuerwehr ihr Möglichstes tat. Zwei Männer mit Atemschutz bestiegen den Korb. Endlich bewegte sich die Leiter.

Es knallte. Ich zuckte zusammen und schrie gellend. Eine Schwall glühend heißer Luft fegte neben mir durch das Dachfenster, doch ich besaß genug Geistesgegenwart, um wenigstens nicht loszulassen. Die Sekunden dehnten sich zu Stunden. Stück für Stück fuhr die Leiter aus und drehte sich dabei in meine Richtung.

»Wir sind gleich bei Ihnen«, erklang eine gedämpfte Stimme, als sich der Korb mit den Feuerwehrmännern näherte.

Ich verbot mir, erleichtert zu sein und konzentrierte mich darauf, nicht noch in allerletzter Sekunde herunter zu fallen. So nahe es ging fuhren sie zu mir heran. Einer der beiden öffnete eine kleine Tür am Korb und kletterte vorsichtig zu mir auf das Dach. Eine Leine sicherte ihn dabei.

»Ist noch jemand drinnen?«, rief er mir dabei zu.

»Nein!«

Sofort gab sein Kamerad die Meldung über Funk weiter.

»Ich werde Ihnen ein Seil umlegen! Bleiben Sie einfach, wo Sie sind.« Durch die Maske hörte er sich an wie Darth Vader, aber mir wäre auch der Imperator höchstpersönlich recht gewesen. Hauptsache er holte mich hier runter.

»Ganz ruhig!« Der Mann klang so gelassen, als löse sich die Wohnung unter uns nicht gerade in Wohlgefallen auf.

Durch die halb geschlossenen Lippen pustete ich Luft aus, während er mir mit geübten Bewegungen das Seil um den Nacken legte. Dann zog er es von vorn nach hinten unter meinen Armen durch, überkreuzte es auf dem Rücken und sicherte es unter meiner Brust mit einem Knoten. Es dauerte bestimmt nicht lang, aber es kostete mich alle Kraft, die mir geblieben war, ruhig stehen zu bleiben. Mir war schwindelig. Ich schluchzte. Und ich wollte nur noch hier weg.

»Fertig! Jetzt klettern Sie mit mir in den Korb.«

Bevor ich protestieren konnte, löste er mit großer Bestimmtheit meine Hände vom Fensterrahmen. Meine Füße rutschten. Erschrocken sog ich die Luft ein und krallte reflexartig meine Finger in den festen Stoff seiner Jacke. Wir schwankten. Mein Herz schlug mir bis zum Hals. Doch sein Kamerad hatte schon das Sicherungsseil straffgezogen und half uns beim Hineinklettern.

Die kleine Tür am Korb schlug zu. Als ich spürte, dass ich sicher stand, gönnte ich mir eine gründliche Hustenattacke. Fürsorglich legte einer der Männer einen Arm um mich und redete beruhigend auf mich ein. Schlotternd klammerte ich mich an ihm fest. Als wir unten ankamen zog der Mann sein Atemschutzgerät aus und half mir beim Aussteigen. Ein Sanitäter erwartete mich bereits und legte mir eine Decke um die Schultern.

»Danke«, rief ich den Feuerwehrmännern zu.

Im Vorbeigehen klopfte mir der eine herzlich auf die Schulter. »Hauptsache, mit Ihnen ist alles klar.«

»Frau Reuther! Kindchen!« Herr und Frau Siebert, ebenfalls mit Decken ausgestattet, stürzten auf mich zu. Herr Siebert hatte sich den verängstigten Dackel unter den Arm geklemmt. »Wir haben uns solche Sorgen gemacht! Was ist denn überhaupt bei Ihnen da oben passiert?«

»Entschuldigen Sie bitte, aber die junge Frau braucht jetzt erst mal Ruhe«, erklärte da jemand streng. Der Mann hatte kurz geschorenes graues Haar, ein energisches Gesicht und eine schmale Brille, die weit vorn auf seiner Nase saß. Seine leuchtend orangefarbene Weste trug die Aufschrift »Rettungsassistent«.

Die Sieberts versicherten mir noch schnell, dass keinem Hausbewohner etwas passiert war und trollten sich dann gehorsam.

»Ich bin Stefan Frohwieser. Und wie heißen Sie?«, wandte sich der der Rettungsassistent nun freundlich an mich. Dabei musterte er mich mit leicht gerunzelter Stirn.

»Christine Reuther«, antwortete ich und räusperte mich.

»Haben Sie Beschwerden?«

»Mein Hals kratzt etwas, aber sonst nichts«, erwiderte ich. Tatsächlich war meine Kehle noch rau, aber mit festem Boden unter den Füßen fühlte ich mich schon viel besser. »Ach du lieber Himmel!«

Erst jetzt registrierte ich richtig, was um mich herum passierte. Es herrschte ein Höllenlärm. Auf die Schnelle erkannte ich drei Löschfahrzeuge, mehrere kleine Feuerwehrautos, zwei Polizeiwagen und drei Rettungswagen. Ein Gewirr aus Schläuchen lag auf dem Boden. Dutzende Menschen, von denen jeder anscheinend genau wusste, was er zu tun hatte, rannten herum. Feuerwehrleute hielten einen Schlauch, mit dem sie Wasser auf das Dach spritzten. Es qualmte gewaltig. Was im Haus vorging konnte ich nicht erkennen, aber anhand der Schläuche konnte ich erahnen, dass auch dort eifrig gelöscht wurde.

»Scheiße!«, entfuhr es mir. Von meiner Wohnung würde nichts übrig bleiben. Das gleiche leere Gefühl wie damals, als mir die Polizei Mikes Tod mitteilte, machte sich in mir breit. Alles war unwirklich, so als geschähe es gar nicht mir. Für den Moment war das vielleicht ganz gut und allemal besser, als in Hysterie zu verfallen.

Frohwieser nahm mich bei der Schulter. »Kommen Sie mit zum Krankenwagen, Frau Reuther.«

»Aber mir fehlt nichts«, wandte ich ein und sah mich immer noch fassungslos um.

Der Blick, den Frohwieser mir über den Rand seiner Brille zuwarf, sprach Bände.

»Es ist nur zur Vorsicht«, sagte er entschieden.

Da ich keine Kraft hatte, ihm zu widersprechen und mir außerdem auch nichts Besseres einfiel, ließ ich mich von ihm zu einem der Rettungswagen führen. Allerdings weigerte ich mich entschieden, mich hinzulegen, sondern setzte mich nur auf den Rand der Pritsche.

»Frau Reuther«, ermahnte mich Frohwieser nun geduldig und rollte dabei die ›r‹ genüsslich im Mund herum. »Es ist besser, wenn Sie sich richtig daraufsetzen. Schauen Sie, ich stelle das Kopfteil aufrecht und Sie können Ihre Beine hochlegen. Martin, gib ihr bitte Sauerstoff.«

Widerstrebend gehorchte ich. Der Sanitäter machte sich in einer Ecke zu schaffen und zog dann von irgendwo oberhalb einen Schlauch herunter, dessen Ende er unter meine Nase hielt und mit einem Gummiband an meinem Kopf befestigte. Durch zwei Sonden strömte frische Luft direkt in meine Nase. Es tat ziemlich gut.

»Pulsoximeter?«, fragte er, während er die Wolldecke fachmännisch um mich herum feststopfte.

Frohwieser, der inzwischen meinen Blutdruck maß, nickte nur. »140/90. Das ist etwas hoch, aber nach diesem Abenteuer kein Wunder. Ihr Adrenalinpegel sitzt jedenfalls noch immer oben auf dem Dach, aber den bekommen wir bald auch wieder runter. Also Frau Reuther, wir werden jetzt …«

»Entschuldigung!« Jemand stand an der offenen Tür.

Ich blinzelte, weil meine Augen brannten.

»Ja bitte?«, fragte Frohwieser ungehalten über die Störung.

Überrascht richtete ich mich auf und machte Anstalten meine Beine herunterbaumeln zu lassen. »Dr. Ducros!«

Energisch rückte Frohwieser mich samt Wolldecke wieder zurecht.

»Der Aufruhr war kaum zu überhören und ich wollte wissen, ob mit Ihnen alles in Ordnung ist.« Ducros wirkte besorgt.

Ich lächelte nur matt und lehnte mich wieder an. Der Sanitäter hatte inzwischen einen Clip an meinem Finger befestigt.

»Also Herr Dr. Ducros!«, mischte sich Frohwieser betont ein und warf dabei einen Blick auf die Anzeige des Pulsoximeters. Er machte eine kurze Pause, wohl um anzuzeigen, dass er sich durch den bekannten Namen nicht beeindrucken ließ. Da Ducros aber nicht weiter reagierte, fuhr er fort: »Ich muss Frau Reuther jetzt behandeln. Darf ich Sie also bitten zu gehen?«

»Natürlich«, willigte Ducros ein. »Fahren Sie ins Krankenhaus?«

»Sobald wie möglich«, informierte ihn der Rettungsassistent. »Martin, wir schreiben ein EKG.«

»Aber ich will gar nicht ins Krankenhaus. Es geht mir gut«, beschwerte ich mich.

Vorsichtshalber blieb ich aber diesmal wo ich war. Frohwieser warf mir wieder einen unendlich geduldigen Blick über den Rand seiner Brille zu. Diese Art Protest hatte er wohl schon tausendfach gehört und sich wahrscheinlich ebenso oft darüber hinweggesetzt.

»Sicher, Frau Reuther. Aber Ihre Lunge sollte in jedem Fall geröntgt werden. Das kann ich hier nicht tun.«

Dem Argument konnte ich schlecht widersprechen und da ich außerdem auch kein Dach mehr über dem Kopf hatte, blieb mir sowieso keine andere Alternative. Während Ducros sich verabschiedete, kam ein Notarzt herein. Frohwieser erstattete kurz Bericht, während der Arzt mich seinerseits untersuchte, einen Blick auf das EKG warf und mir dabei Fragen stellte. Frohwieser versorgte derweil eine Schürfwunde an meinem linken Handgelenk, die ich bisher gar nicht bemerkt hatte. Ein paar Minuten später stimmte ich genervt zu, mir einen Zugang für eine anschließende Infusion mit Kochsalzlösung legen zu lassen.

»Falls Sie doch irgendwelche Medikamente benötigen sollten, dann können wir sie Ihnen viel schneller verabreichen«, sagte Frohwieser, während er meinen Arm desinfizierte.

Ich verzog das Gesicht, als er die Nadel in die Vene stach und anschließend mit geübten Handgriffen die Infusion anschloss. Der Notarzt hatte inzwischen seinen Bericht geschrieben und wurde von seinem Piepser schon wieder zu einem weiteren Einsatz beordert. Er wünschte mir noch alles Gute und verschwand. Der Lärm von draußen hatte die ganze Zeit nicht nachgelassen. Ein uniformierter Polizist steckte den Kopf herein.

»Frau Reuther? Mein Name ist Kammleiter. Kann ich kurz mit Ihnen sprechen?«

»Hier geht es zu wie in einem Taubenschlag«, beschwerte sich Frohwieser. »Hat das nicht Zeit bis später?«

Ich ignorierte den Einwand. »Was denn?«

»Können Sie mir sagen, was passiert ist?«, erkundigte sich der Polizist. Frohwieser verschränkte die Arme und funkelte den Mann an.

»Nein«, seufzte ich. »Ich habe geschlafen und bin von dem Rauchmelder wach geworden.«

»Und Sie waren allein in der Wohnung?«

Ich nickte. »Als ich ins Bett ging, war alles in Ordnung.«

»Herr Kammleiter«, unterbrach Frohwieser den Polizisten energisch, als dieser offenbar weiter fragen wollte. »Ich möchte Frau Reuther jetzt ins Krankenhaus bringen.«

Kammleiter sah mich fragend an, doch ich schüttelte den Kopf. »Ich kann Ihnen wirklich nicht mehr sagen. Tut mir leid.«

Der Polizist lächelte. »Das macht nichts. Wir kommen dann später auf Sie zu, Frau Reuther.«

»Ist das Feuer inzwischen gelöscht?«, fragte ich und versuchte dabei nicht näher darüber nachzudenken, was da eigentlich alles verbrannt oder durch das Löschwasser vernichtet worden war.

»So gut wie, glaube ich«, erwiderte Kammleiter. »Also dann, alles Gute.«

In der Notaufnahme des Uniklinikums herrschte Hektik. Kurz vor meinem Eintreffen waren ein paar schwerverletzte Jugendliche eingeliefert worden. Von Frohwieser flankiert schob der Sanitäter meine Liege über den Flur. Als wir an einem Raum vorbeikamen, in dem gerade ein junger Mann mit schmerzverzerrtem Gesicht umgebettet wurde, schüttelte Frohwieser leicht den Kopf.

»Autounfall?«, fragte ich leise.

Eine blonde Ärztin eilte mit wehendem Kittel in den Raum, in dem der junge Mann lag.

»Ich denke lieber gar nicht mehr darüber nach, was diese Verrückten manchmal anstellen«, brummte Frohwieser, während ich in einen Raum mit der Aufschrift »Schockraum I« gebracht wurde. »Ansonsten wird man eines Tages selbst noch verrückt.«

Einladend deutete Frohwieser auf das Bett. »Das ist bequemer.«

Ich verzog das Gesicht. »Muss ich wirklich? Ich bin doch nicht krank.« Ich sah seinen strengen Blick und ließ mir ergeben hinüber helfen. »Ist ja schon gut!«

Der Sanitäter grinste breit und deckte mich zu. Eine etwas korpulente Schwester kam herangewieselt, gefolgt von der blonden Ärztin.

Frohwieser kam gleich zur Sache. »Patientin Christine Reuther, 28 Jahre, Zustand nach Wohnhausbrand. Sie wurde von der Feuerwehr vom Dach gerettet. Keine Atemnot, keine Anzeichen von Schock. Blutdruck 140/90, hat sich normalisiert, Sauerstoffsättigung 99 %, Pulsfrequenz anfänglich 100, später fallend. Die Patientin erhielt 4 l/min Sauerstoff. Es wurde ein Zugang gelegt. Infusion mit Kochsalzlösung …«

»Wurde Blut abgenommen?«, fragte die Ärztin, nachdem Frohwieser seinen Bericht beendet hatte und warf einen Blick auf das EKG.

Frohwieser schüttelte den Kopf.

»Schwester Heidi, bitte Blutabnahme und Röntgen der Lunge in zwei Ebenen. Ich komme später wieder zu Ihnen, Frau Reuther.« Sie lächelte kühl und war schon durch die Tür.

Frohwieser verabschiedete sich nun ebenfalls.

»›Auf Wiedersehen‹ sage ich lieber nicht zu Ihnen«, bemerkte ich.

Frohwieser lachte. »Ich nehme das auch nicht persönlich. Machen Sie's gut.«

Dann war auch er fort.

»Hallo, ich bin Schwester Heidi«, machte sich jetzt die Krankenschwester mit mir bekannt. »Ich werde mich jetzt um Sie kümmern. Können Sie gehen oder möchten Sie im Bett bleiben?«

»Oh, ich kann gehen«, sagte ich begeistert und schwang zur Demonstration meine Beine aus dem Bett.

»Nicht so schnell«, bremste mich Schwester Heidi und schnappte sich die Infusionsflasche. Dann fiel ihr Blick auf mein kurzes Nachthemd. »Ach du lieber Himmel, Sie haben ja kaum etwas an. Nehmen Sie am Besten die Decke mit.«

Sie führte mich aus dem Raum, um ein paar Ecken, durch eine Glastür, den Gang entlang, bis zu einem kleinen Zimmer, das den Charme einer Besenkammer verströmte. Dort setzte ich mich gleich auf den Stuhl, anstatt auf die Liege.

Schwester Heidi, die das mit einem Lächeln quittierte, hängte die Infusionsflasche an einen Ständer und nahm auf einem Hocker Platz. »Also Frau …?«

»Christine Reuther«, ergänzte ich hilfsbereit.

»Entschuldigen Sie, dass ich Ihren Namen nicht behalten habe, Frau Reuther. Hier ist im Moment die Hölle los. Die neue Notaufnahme wurde erst vor ein paar Tagen eröffnet und da läuft noch nicht alles wie es soll. Und wenn sich dann so viele auf einen Schlag dazu entschließen, ein Notfall zu werden … aber das sollte nicht Ihre Sorge sein. Gut, dass Ihnen nicht so viel passiert ist.« Sie klang gutmütig und tätschelte mich wohlwollend. »Ich werde jetzt erst einmal Ihre Daten aufnehmen und Ihnen etwas Blut abzapfen.«

Während sie genau das tat, telefonierte sie zwischendurch mit der Röntgenabteilung.

»Sie haben Glück. Ich kann Sie gleich hinbringen«, informierte sie mich.

Das Röntgen dauerte nicht lange und bald saß ich mit den Röntgenaufnahmen und meinen Papieren sowie der Infusionsflasche auf dem Schoß am Rand der Wartezone der Notaufnahme. Den halbwegs bequemen Stuhl hatte mir Schwester Heidi in aller Eile organisiert, weil ich mich weigerte, wieder im Bett Platz zu nehmen. Sie hatte mich angewiesen, sofort zu rufen, falls ich mich plötzlich schlecht fühlen sollte. Obwohl Leute in meiner Nähe saßen, immer wieder Klinikpersonal vorbeilief und regelmäßig Schwester Heidi oder eine ihrer Kolleginnen um die Ecke sah, fühlte ich mich ziemlich einsam.

Einige Zeit saß ich einfach nur da. Mein Kopf brummte ein wenig, aber das war auch schon alles. Selbst das Kratzen im Hals hatte nachgelassen. Ich hatte überhaupt nicht das Gefühl noch hier sein zu müssen. Andererseits konnte ich auch nicht einfach nach Hause gehen, denn das existierte ja nicht mehr. Nicht einmal Geld für ein Taxi besaß ich.

Ich hatte nichts mehr.

Gar nichts.

Ich zog die Decke fester um mich und versuchte mich mit dem Gedanken zu trösten, dass ich wenigstens Mikes Kette noch hatte. Beim Röntgen war es mir aufgefallen, weil ich sie abnehmen musste. Aber es half nichts. Tränen liefen mir über das Gesicht. Mit dem Handrücken wischte ich darüber und verschmierte mehr, als dass es half. Plötzlich ärgerte ich mich darüber hier herumzusitzen. Aber in meinem dreckigen, verrauchten Nachthemd, der Infusion und den Wolldecken konnte ich mir nicht einmal im Gang die Füße vertreten, ohne das Risiko einzugehen, von irgendwem einen Rüffel zu bekommen. Heftig rieb ich mir über die Augen. Nicht mal Taschentücher hatte ich.

»So ein verdammter Scheiß! Warum, zum Henker, passiert eigentlich immer mir so ein Mist!« Verdrossen benutzte ich einen Zipfel der Decke als Taschentuchersatz. »Und jetzt kann ich nicht mal hier weg! Himmel, Arsch und …«

Ein missbilligendes Schnalzen unterbrach mich. Erschreckt sah ich auf.

»Wer hätte gedacht, dass eine Dame so fluchen kann?«, bemerkte Ducros, der an einer Ecke lehnte.

»Was machen Sie denn hier?«, fuhr ich ihn an.

»Rotkäppchen retten«, erwiderte er lapidar. Er kam näher. »Wie geht es Ihnen?«

»Beschissen!«, antwortete ich bissig und stellte mit paradoxer Befriedigung fest, dass auch er nicht so adrett wirkte wie sonst. »Oder wie würden Sie sich fühlen, wenn ihre Wohnung gerade abgebrannt ist, Sie fast vom Dach gefallen sind und jetzt stundenlang in der Notaufnahme hocken, sich kein Mensch um Sie kümmert und Sie nicht mal weg können!« Ich war immer lauter geworden.

»Beschissen«, stimmte er trocken zu.

Ich starrte ihn einen Moment an. Dann musste ich widerwillig lachen. »Entschuldigung, Sie können ja nichts dafür. Wo kommen Sie denn auf einmal her?«

»Aus dem dunklen Wald«, sagte er todernst.

Ich lachte, schniefte und heulte gleichzeitig.

»So gefallen Sie mir schon besser.«

»Sie lügen, ohne Rot zu werden.« Mein Gesicht war nass und dreckig, meine Nase voller Rotz.

Aus seiner Jackentasche zauberte er Taschentücher hervor. Unwirsch rupfte ich eines heraus, putzte mir die Nase und wischte mir gründlich das Gesicht ab. Dann atmete ich tief durch.

»Ich dachte, Sie benötigen vielleicht ein wenig Unterstützung. Jemanden für Sie benachrichtigen konnte ich ja nicht, da ich niemanden aus Ihrer Familie kenne.« Er zuckte mit den Schultern. »Ich war zuerst im Waldkrankenhaus, deswegen hat es etwas gedauert.«

Er war nicht nur hier, sondern hatte sogar nach mir gesucht. Ich wusste nicht, was ich dazu sagen sollte. Stattdessen heulte ich wieder.

Ducros blieb noch einen Moment stehen, doch dann zog er sich einen Stuhl heran und setzte sich neben mich. Zögernd nahm er meine Hand.

»Entschuldigung«, murmelte ich und versuchte mich zu beruhigen. Dankbar hielt ich mich an ihm fest.

»Sie müssen sich nicht entschuldigen. Was ist denn überhaupt passiert?«, erkundigte er sich sanft. Anstatt zu antworten schluchzte ich nur noch mehr.

»Oh je«, sagte er, rückte noch näher und nahm mich so gut es ging in den Arm.

Minutenlang konnte ich nichts tun, außer ihm das Hemd nass heulen, zittern und froh sein, dass ich nicht allein war. Irgendwann kamen nur noch trockene Schluchzer und ich schilderte ihm, was ich erlebt hatte, nachdem mich der Rauchmelder geweckt hatte. Er hörte einfach nur zu und hielt mich die ganze Zeit fest. Es tat gut, dass er bei mir war. Schließlich stand er auf, um den Haufen Taschentücher, der sich zwischen den Papieren auf meinem Schoß angesammelt hatte, zu entsorgen.

»Und jetzt weiß ich nicht, was ich hier noch soll«, brummte ich, als er sich wieder setzte.

Er musterte mich kritisch. »Unter Schock stehen Sie anscheinend nicht. Was ist mit einer Rauchvergiftung? Brandwunden?«

Ich schüttelte den Kopf und zeigte ihm das Pflaster an meinem Handgelenk. »Etwas aufgeschürft, aber das ist alles. Und soviel Rauch habe ich gar nicht abbekommen. Meine Lunge wurde geröntgt, über das Ergebnis weiß ich noch nichts, aber der Husten ist inzwischen weg.« Ich sah ihn mit meinem besten Hundeblick an. »Eignen Sie sich zufällig als Fluchthelfer?«

»Anstiftung zu einer Straftat?«

»Höchstens dazu, mir diese Frau Dr. Cerny herzuschaffen, damit ich sie davon überzeugen kann mich gehen zu lassen.«

Ein Lächeln huschte über seine Lippen »Dazu könnte ich mich eventuell breitschlagen lassen.«

Ich strahlte ihn an. »Sie sind ein Engel!«

Er lachte leise und erhob sich. »Erzählen Sie das bloß nicht weiter.«

»Tue ich nicht, wenn Sie mir hier raushelfen«, rief ich hinter ihm her.

Es dauerte nicht lange, bis Ducros die blonde Ärztin aufgetrieben hatte. Er nahm die Röntgenaufnahmen und die Infusionsflasche und begleitete mich in ein Behandlungszimmer. Die Ärztin schien nicht gerade bester Laune, als sie sich auf dem Hocker niederließ und die Papiere und die Röntgenbilder in Empfang nahm. Sie war etwas älter als ich, vielleicht Mitte dreißig. Aus ihrem geflochtenen Zopf hatten sich ein paar Strähnen gelöst und ihrem schmalen Gesicht sah man die anstrengende Nachtschicht an. Sie hängte die Bilder auf und wandte sich mir zu.

»Frau Reuther, also.« Sie hatte einen harten Akzent und lächelte das gleiche kühle Lächeln wie vorhin.

Sie musterte Ducros, der neben mir stand. »Warte draußen«, wies sie ihn knapp an.

Während Ducros wortlos den Rückzug antrat, fragte ich überrascht: »Sie kennen Ihn näher?«

Sie musterte mich. »Ja. Ansonsten wäre ich jetzt noch bei meinen anderen Patienten.« Es kam mir vor, als hätte sie den Satz ›die es nötiger haben als Sie‹ gerne noch dazu gesetzt.

»Oh«, machte ich. Es war mir unangenehm, dass ich mich vorgedrängelt hatte.

Sie seufzte und versuchte sich an einem Lächeln. »Schon gut. Machen Sie sich keine Gedanken. Es ist schwer, ihm etwas abzuschlagen.« Ihre Stimme klang jetzt ein wenig weicher. Resolut stand sie auf. »Ich werde Sie jetzt noch einmal untersuchen.«

Ich nickte folgsam. Schwester Heidi traf ein und tippte eifrig in den Computer, was Dr. Cerny ihr diktierte. Leicht verschnupft reagierte die Ärztin, als ich eine vorsorgliche Tetanusspritze wegen der Schürfwunde ablehnte. Mein Impfschutz war ausreichend, nur da ich das nicht belegen konnte, war sie skeptisch.

Schließlich war sie fertig. »Sie haben Glück gehabt, dass der Rauchmelder sie rechtzeitig geweckt hat. Der Röntgenbefund ihrer Lunge ist unauffällig.«

»Kann ich dann gehen?«, fragte ich hoffnungsvoll. Den Rest der Nacht hier im Krankenhaus verbringen zu müssen, war so ziemlich das Unangenehmste, was ich mir jetzt noch vorstellen konnte.

Dr. Cerny zögerte. »Eigentlich müssten Sie bis morgen zur Beobachtung hier bleiben. In Ihrem Fall erwarte ich zwar keine Komplikationen, aber ich weise Sie darauf hin, dass trotz allem die Gefahr eines toxischen Lungenödems besteht. Wenn Sie allerdings darauf bestehen zu gehen, dann können Sie die Klinik auf eigene Verantwortung verlassen. Sie sollten allerdings jemanden in Ihrer Nähe haben und sofort einen Arzt rufen, falls Sie auch nur das geringste Anzeichen von Atemnot spüren.«

Ich überlegte nicht lange. »Gut. Dann möchte ich …« Beinahe hätte ich ›nach Hause‹ gesagt, aber stattdessen ergänzte ich einfach »… gehen.«

Dr. Cerny wandte sich an die Krankenschwester, doch die war bereits auf dem Weg hinaus. »Ich mache sofort die Papiere fertig.«

Die Ärztin reichte mir die Hand. »Schwester Heidi wird Sie noch etwas unterschreiben lassen. Auf Wiedersehen.«

Ich verkniff mir die Bemerkung bezüglich eines Wiedersehens, die ich Frohwieser gegenüber gemacht hatte, denn im Gegensatz zu ihm schien sie wenig Humor zu haben und begnügte mich mit einem schlichten: »Danke.«

Sie verzog den Mund zu einem schmallippigen Lächeln und öffnete die Tür. Als sie auf den Flur trat, erschien Ducros.

Die Ärztin blieb stehen. »Du kannst sie mitnehmen.«

»Danke, Tereza.«

Es schien, als wolle sie noch etwas antworten,

überlegte es sich dann aber anders und verschwand ohne ein weiteres Wort. Ducros sah ihr nach und kam herein.

»Dr. Cerny schien aber nicht begeistert, davon, dass Sie sie geholt haben«, stellte ich fest. »Ist sie sauer?«

Ducros schüttelte den Kopf. »Tereza ist schlecht gelaunt, aber wenn es ein Problem gewesen wäre, dann hätte ich sie kaum überreden können. Was ihre Arbeit betrifft, ist sie ziemlich eigen.«

Ich hätte gern gefragt woher er das so genau wusste, ließ es aber dabei bewenden.

»Ich komme dann mit dem Auto zum Haupteingang«, sagte er noch und weg war er.

Kurz darauf kam Schwester Heidi zurück. »Nehmen Sie ein Taxi oder möchten Sie jemanden anrufen?«

»Nein, ein Bekannter wartet draußen«, antwortete ich.

»Gut, dann beeilen wir uns. Sie sehen nämlich aus, als müssten Sie schleunigst ins Bett«, sagte sie munter und machte sich daran, die Infusion zu entfernen.

Schließlich saß ich in eine der Krankenhausdecken gewickelt neben Ducros, der in seinem Mercedes direkt neben dem Eingang hinter den Taxis auf mich gewartet hatte.

»Wo soll ich Sie hinbringen?« Er startete den Wagen.

»Gute Frage.« Unschlüssig kratzte ich mich am Kopf. »Wie spät ist es?«

»Gleich halb vier.« Langsam fuhr er los.

Ich stieß die Luft aus. »Meine Eltern sind wirklich sehr lieb, aber nicht mehr die Jüngsten und wenn ich mitten in der Nacht dort ankomme …«

Ich brauchte den Satz nicht zu beenden, denn er schmunzelte wissend und umrundete den Platz vor dem Eingang der chirurgischen Uniklinik. »Sie erwähnten während unseres Gesprächs vorhin, dass Sie eine Schwester haben.«

»Das wissen Sie noch?«

»Ich vergesse selten etwas«, behauptete er mit einem Anflug von Überheblichkeit.

»Dann ergänzen wir uns perfekt«, erwiderte ich sarkastisch. »Ich vergesse ständig alles Mögliche.«

Mit heulenden Sirenen rauschte ein Rettungswagen die Zufahrt entlang. Ducros ließ ihn passieren. Als wir auf den Katholischen Kirchenplatz einbogen, fuhr ein Polizeiwagen Richtung Haupteingang.

»Meine Güte, was für ein Betrieb hier mitten in der Nacht«, murmelte ich. Fröstelnd rieb ich meine Oberarme und beugte mich vor, um die Sitzheizung anzumachen.

Hilfsbereit erhöhte Ducros auch die Innenraumtemperatur. »Besser?«

Ich kuschelte mich in den Sitz, der schnell behaglich warm wurde und lächelte schwach. »Viel besser.«

Während wir die Neue Straße entlangfuhren, erkundigte sich Ducros: »Ihre Eltern und Ihre Schwester wohnen in Hemhofen?«

»Sie bekommen ein Fleißkärtchen für Ihr Gedächtnis!« Ich unterdrückte ein Gähnen.

»Dann fahre ich Sie dorthin.«

Gemächlich rollten wir durch die leeren Straßen. Alles sah normal aus. Genau wie damals, als Mike gestorben war. Die Welt drehte sich weiter. Einfach so. Schon bald überquerten wir die Brücke am Europakanal.

Ducros' Stimme riss mich aus meinen Gedanken. »Sie wirken unentschlossen.«

»Und ein weiteres Fleißkärtchen für eine gute Beobachtungsgabe.« Ich seufzte. »Meine Schwester ist im siebten Monat schwanger. Ehrlich gesagt, würde ich ihr die Aufregung mitten in der Nacht lieber ersparen.« Ich zuckte mit den Schultern. »Dann wohl doch besser zu meinen Eltern. Bei denen werde ich mich sowieso für die nächste Zeit einquartieren müssen.« Ich raufte mir in komischer Verzweiflung die Haare. »Ach verflixt. Mein Kopf ist so leer und ich will am Liebsten gar nicht mehr über den Mist nachdenken!«

»Wenn Sie möchten, können Sie heute Nacht mit zu mir kommen.«

Überrascht sah ich ihn von der Seite an. »Meinen Sie das ernst?«

»Ansonsten würde ich es Ihnen nicht anbieten«,

erwiderte er. »Sie können ausschlafen und ich bringe Sie morgen zu Ihren Eltern. Dann ist es weniger aufregend für alle Beteiligten.«

Ich antwortete nicht sofort. Aber die Aussicht war verlockend.

»Danke«, sagte ich schlicht.

Die restliche Fahrt verlief schweigend. In Dechsendorf angekommen bog er nicht in die Naturbadstraße ein, sondern fuhr einen Umweg über mehrere Seitenstraßen zum Seeanemonenweg. Wahrscheinlich mit Absicht, damit ich zu allem Überfluss nicht noch einen Blick auf meine zerstörte Wohnung werfen musste. Als ich ausstieg, atmete ich die kühle, klare Nachtluft sehr bewusst ein. Sekundenlang schloss ich die Augen. Es fühlte sich großartig an.

Dann stand ich zum zweiten Mal innerhalb weniger Stunden in Ducros' Diele.

»Dürfte ich wohl duschen?«

»Das Bad ist oben. Kommen Sie mit.« Er führte mich hinauf. »Benutzen Sie einfach, was Sie brauchen. Handtücher und einen Föhn finden Sie in dem Schrank neben dem Waschbecken. Am Türhaken hängt ein Bademantel. Ich suche Ihnen in der Zwischenzeit etwas zum Anziehen heraus.«

Im Bad warf ich mein Nachthemd auf den Boden. Unter der Dusche rann das warme Wasser angenehm prickelnd über meine Haut. Ich wusch mich gründlich, als würde ich dadurch auch einen Teil der Erlebnisse loswerden können. Schließlich tappte ich barfuß und in den weichen, mir viel zu großen Bademantel gehüllt die Treppe hinunter in die Küche. Ducros saß auf einem Hocker am Tresen. Auf seinen Wangen konnte ich die Schatten von Bartstoppeln entdecken.

»Möchten Sie eigentlich etwas trinken? Einen Tee vielleicht?«, erkundigte er sich.

»Ein Wasser, bitte.« Plötzlich fiel mir etwas ein und ich schlug mir auf die Stirn. »Oh nein!«

Ducros drückte mir ein Glas in die Hand. »Was ist los?«

»Tee!«, stöhnte ich. »Vielleicht habe ich vergessen den Wasserkessel auszumachen?«

Er lupfte die Augenbrauen.

Ich rieb mir die Stirn und versuchte mich zu erinnern. Getrunken hatte ich jedenfalls keinen Tee mehr. »Ach, keine Ahnung. Mein Kopf streikt.« Missmutig stieß ich die Luft aus. »Ich dumme Nuss.«

Verständnisvoll drückte er meinen Oberarm. »Sie wären jedenfalls nicht die Erste, der so etwas passiert.«

Ich verzog das Gesicht und sah ihn von unten herauf an. »Sie haben gut reden.«

Ein aufmunterndes Lächeln erschien auf seinem Gesicht. »Sie sollten sich ausruhen. Oben im Schlafzimmer habe ich Ihnen etwas zum Anziehen für die Nacht hingelegt.« Er ruckte auffordernd mit dem Kopf. »Und vorher bekommen Sie noch ein neues Pflaster. Dieses ist beim Duschen ganz nass geworden.«

Als ich keine Anstalten machte zu gehen, nahm er meine Hand und zog mich mit sich die Treppe hinauf.

»Und jetzt Marsch ins Bett«, ordnete Ducros kurz darauf an und deutete auf das Schlafzimmer. »Ich schlafe im Zimmer nebenan.«

Ich lächelte schwach und trollte mich gehorsam. Er war es gewohnt, Dinge in die Hand zu nehmen und spürte offenbar, dass ich heute Nacht jemanden brauchte, der das für mich tat.

Im Schlafzimmer hängte ich den Bademantel an einen Haken hinter der Tür und zog das T-Shirt und die Shorts an, die er mir hingelegt hatte.

»Willkommen in der Zeltabteilung«, murmelte ich, als ich an mir herunter sah.

Dann sank ich auf das Bett. Jetzt, wo ich allein war, wanderten meine Gedanken unwillkürlich zu meiner Wohnung. Aber ich wollte nicht darüber nachdenken.

Nicht jetzt. Morgen. Das war früh genug.

Obwohl der Raum wirklich nicht kalt war, fror ich mit einem Mal. Die Arme um meinen Körper geschlungen, hockte ich auf der Bettkante. Es klopfte und auf meine Antwort steckte Ducros den Kopf herein.

»Tut mir leid, ich muss noch etwas holen.«

»Kein Problem«, murmelte ich, legte die Hände in den Schoß und rang mir ein Lächeln ab.

»Alles in Ordnung mit Ihnen?«

»Ja!«, sagte ich sofort energisch. »Es geht mir gut. Es ist nur …« Ich zuckte mit den Schultern.

Er setzte sich neben mich und legte seinen Arm um mich. Diesmal war keine Armlehne zwischen uns, wie vorhin im Krankenhaus. Ich schniefte und barg mein Gesicht an seiner Schulter. Sein Hemd war offen und durch die Bewegung verrutscht, daher lag meine Wange direkt auf seiner Haut. Es war ein seltsam fremdes und zugleich vertrautes Gefühl.

»Es war wohl einfach ein bisschen viel für Sie«, sagte er sanft. Er legte auch seinen anderen Arm um mich und seine Wange ruhte auf meinem Kopf. »Brauchen Sie noch irgendetwas?«

Ich schüttelte den Kopf und rückte näher zu ihm. Während er mich beruhigend streichelte, fühlte ich mich wieder besser.

»Sie sollten versuchen zu schlafen. Ich lasse die Türen auf. Sie können mich jederzeit rufen oder zu mir kommen.«

Er ließ mich los, um aufzustehen, doch spontan hielt ich ihn fest. »Nein. Bleiben Sie.« Zaghaft lächelte ich. »Natürlich nur, falls es Ihnen nichts ausmacht … ich möchte nicht gern allein sein.«

Einen Moment lang musterte er mich. Seine Miene ließ nicht erkennen, was er dachte. Doch dann nickte er. »Ich komme gleich wieder.«

Nachdem er den Raum verlassen hatte, kroch ich unter die Decke. Die Laken waren kühl und ich spürte, dass meine Unruhe zurückkehrte. Ich riss mich zusammen. Es war vorbei. Ich war in Sicherheit. Wie ein Mantra sagte ich mir das immer wieder in Gedanken vor. Mit gemischten Gefühlen drehte ich mich auf den Rücken und starrte an die Decke.

Als die Tür aufging, wandte ich den Kopf. Zunächst blieb Ducros neben dem Bett stehen. Er hatte ein Kissen und eine Wolldecke dabei. Dann legte er sich neben mich, breitete die Decke über sich und knipste die Nachttischlampe aus. Er hielt taktvoll Abstand, was in dem eineinhalb Meter breiten Bett allerdings nicht sehr viel war. Ein paar Minuten verstrichen. Dann drehte ich mich auf die Seite und sah ihn an. Durch einen Spalt zwischen den Vorhängen fiel das Licht einer Straßenlaterne, sodass ich sein Gesicht erkennen konnte. Mit geöffneten Augen lag er auf dem Rücken, eine Hand hinter dem Kopf, die andere locker auf seinem Bauch.

»Danke«, flüsterte ich.

Er sah in meine Richtung. »Versuchen Sie zu schlafen.«

Zögernd streckte er die Hand aus und strich mir eine Haarsträhne aus dem Gesicht. Es war eine sehr persönliche Geste. Meine Haut prickelte. Ich schloss die Augen. Ein feiner Geruch stieg in meine Nase. Der herbe, männliche Duft weckte Erinnerungen. Schöne Erinnerungen. Während ich mit geschlossenen Augen Ducros' Atemzügen lauschte, breiteten sich sinnliche Emotionen in mir aus. Ich brachte es nicht fertig, sie zu verdrängen. Bislang war mir gar nicht klar gewesen, wie sehr ich das vermisst hatte, aber es tat gut, endlich wieder etwas anderes zu fühlen als Trauer und Schmerz. Oder panische Angst. So wie vorhin.

Ich bin nicht tot! Euphorie schwappte über mich hinweg wie eine warme Welle.

Ich lebe noch!

Sehnsucht stieg in mir hoch. Überwältigende Sehnsucht danach, endlich aus der Starre zu erwachen, in der mein Körper und meine Seele schon viel zu lange steckten. Mit allen Sinnen zu erfahren, dass ich nicht nur existierte.

Dass ich *lebte.*

Ohne die Augen zu öffnen streckte ich meine Hand aus, bis meine Fingerspitzen warme Haut berührten. Ducros' Atem setzte einen Moment aus, doch er bewegte sich nicht. Behutsam streichelte ich erst einen Finger, dann einen zweiten, erkundete schließlich seine ganze Hand. Irgendwann erwiderte er sachte meine vorsichtigen Berührungen. Ich schlug die Augen auf und begegnete seinem Blick. Ineinander verschlungen lagen unsere Hände auf seinem Bauch. Seine Lippen zogen mich geradezu magisch an. Ich näherte mich, doch mit einer Bewegung seines Kopfes hielt er mich zurück.

»Das sollten Sie nicht tun, Christine.«

Seine leise, dunkle Stimme jagte mir eine wohlige Gänsehaut über den Rücken. Niemand nannte mich sonst bei meinem vollen Namen. Aber es passte zu Ducros' spröder Art. Neugierig fragte ich mich plötzlich, ob er eigentlich in jeder Hinsicht so nüchtern und sachlich war. Es war lange her, dass ich mich so unbekümmert gefühlt hatte.

So lebendig!

»Warum denn nicht?«

Seine Lippen waren warm, doch erst als ich neckend meine Zunge zwischen seine Lippen gleiten ließ, legte er eine Hand in meinen Nacken und erwiderte verhalten meinen Kuss. Beglückt seufzte ich und streichelte seine Brust. Seine Augen glitzerten verräterisch, als wir uns nach einer Weile voneinander lösten. Beherzt schob ich nun die Decken beiseite. Der Griff in meinem Nacken wurde fester, als ich meine Hand unter das Oberteil seines Schlafanzuges schob. In diesem Moment zwang er mich auf den Rücken. Halb auf mir liegend hielt er meine Arme neben meinem Kopf fest. Er bedachte mich mit einem forschenden Blick, aus dem immer noch ein Rest Skepsis sprach. An meinem Oberschenkel spürte ich jedoch, dass seine Selbstbeherrschung nur noch Fassade war. Aufreizend rieb ich mich an ihm.

Er unterdrückte ein Stöhnen. »Hör auf …« Es klang ziemlich halbherzig.

»Nein!« Ich wand mich und versuchte, mich zu befreien, doch es gelang mir nicht.

»Ich glaube nicht, dass du das wirklich tun willst!«, sagte er heiser.

»Woher weißt du, was ich will, Johannes?«

Er schloss die Augen und stieß leise die Luft aus. Langsam beugte er sich tiefer, bis seine Lippen meine beinahe berührten und ich spürte seine Worte mehr, als dass ich sie hörte.

»Ich weiß es eben.«

Sein Kuss war temperamentvoll, keine Spur mehr von Zurückhaltung. Flüchtig fragte ich mich, warum er das gesagt hatte, doch ich wollte nicht mehr denken. Ich wollte vor allem eins: Endlich wieder fühlen.

Berühren.

Lieben.

Wie auf einer Klaviatur spielte er mit mir, mal zärtlich, mal leidenschaftlich. Dabei schien er von einer Sehnsucht getrieben, die mir schmerzlich vertraut war. Als er schließlich von mir hinunterglitt und mich in seine Arme nahm, war ich ausgefüllt von tiefer Zufriedenheit. Ich fühlte eine Geborgenheit, die ich so schrecklich lange vermisst hatte. Während ich mich an ihn schmiegte, suchte er meine Hand und küsste mich noch einmal zärtlich. Unsere Finger fest ineinander verschlungen, schliefen wir ein.

10:02 UHR

Welcher Idiot ruft mitten in der Nacht an?

An dem Telefonklingeln, das mich geweckt hatte, war irgendetwas anders als gewöhnlich. Aber ich war noch müde und meine Knochen bleischwer, sodass ich einfach nicht darauf kam. Neben mir regte sich etwas. Jemand murmelte eine Verwünschung und stand auf. Ich versuchte mein Gehirn zum Nachdenken zu bewegen. Vorsichtig rekelte ich mich unter der Bettdecke und drehte mich dabei auf die andere Seite. Etwas wacher geworden, registrierte ich immerhin, dass sich die Bettwäsche ungewohnt anfühlte.

Und dass ich nackt war.

Ich fuhr hoch und riss die Augen auf. Die Vorhänge waren zugezogen, aber das Licht reichte, um zu erkennen, dass ich eindeutig nicht in meiner Wohnung war.

Natürlich nicht, die war ja abgebrannt!

Schlagartig fiel mir alles wieder ein. Stöhnend ließ ich mich zurück in die Kissen sinken, drückte die Handballen auf meine Augen und versuchte mich an die delikaten Einzelheiten zu erinnern. Dabei kam ich zu dem beruhigenden Schluss, dass es zwar nicht unbedingt ein alltägliches Schäferstündchen gewesen war, ich aber nichts getan hatte, weswegen ich mich schämen musste – zumindest, wenn man davon absah, wen ich dazu angestiftet hatte. Dieser Punkt lag auf einer Peinlichkeitsskala von null bis zehn wahrscheinlich bei zwölf. Oder dreizehn.

Vielleicht sollte ich wieder einmal aus dem Fenster klettern, darin hatte ich inzwischen ja Übung. Aber in Anbetracht der Tatsache, dass ich außer einem nach Rauch stinkenden Nachthemd nichts zum Anziehen besaß und das Schlafzimmer in der ersten Etage lag, war das keine echte Alternative.

Ich überlegte, noch im Bett zu bleiben. Andererseits musste ich dringend aufs Klo und außerdem würde es kaum weniger peinlich, je länger ich die Begegnung mit meinem Bettgenossen hinauszögerte. Etwas steif schwang ich meine Füße aus dem Bett und öffnete die Vorhänge. Während ich mich nach irgendetwas umsah, das ich anziehen konnte, fiel mein Blick auf ein Foto auf dem Nachttisch. Es zeigte eine hübsche, schwarzhaarige Frau, die einen pausbäckigen Säugling auf dem Arm hielt. Ob es sich um Johannes Frau oder Freundin und sein Kind handelte? Aus der Klatschpresse war mir nichts bekannt. Doch plötzlich fiel mir das Foto ein, das ich im Erlanger Amtsblatt gesehen hatte, kurz bevor die Polizisten kamen, die mir Mikes Tod mitteilten – seltsam, dass einem so etwas manchmal im Gedächtnis bleibt. Die blonde Frau neben Johannes Ducros hatte große Ähnlichkeit mit Dr. Cerny gehabt. Und Mike hatte einmal erwähnt, dass er mit einer Ärztin liiert sei.

Mich hatte das nicht besonders interessiert.

Damals zumindest.

Und jetzt auch nicht, befand ich energisch. Johannes lebte jedenfalls allein und objektiv betrachtet war es nicht mein Problem, wem er seinen Fehltritt beichten musste – oder ihn lieber verschwieg.

Ich sah mir ein zweites Foto an, das daneben stand und den verblichenen Farben und der Mode nach zu urteilen aus den Siebzigern stammte. Es zeigte eine vierköpfige Familie im Sommerurlaub irgendwo im Süden: eine Frau, damals ungefähr in meinem Alter, mit dunkelbraunen, hochtoupierten Locken und einer riesigen Sonnenbrille auf der Nase, ein großer, breitschultriger Mann mit hellen Haaren und einem strengen Gesichtsausdruck sowie zwei Jungen, die gerade dem Kindergarten entwachsen waren. Der dunkelhaarige Lockenkopf – wahrscheinlich René – zog eine lustige Grimasse, wohingegen der blonde Johannes ernst in die Kamera sah.

»Stille Wasser sind eben doch tief«, befand ich.

Gähnend riss ich mich von den Bildern los und sah mich nach etwas um, das ich anziehen konnte. Neben dem Bett fand ich den Schlafanzug, den Johannes getragen hatte, aber Shorts und T-Shirt waren verschwunden. Da mir die Schlafanzughose gleich wieder von den Hüften rutschte, nahm ich der Einfachheit halber den Bademantel vom Haken hinter der Tür. Der schwache Duft, der ihm anhaftete, bescherte mir prompt die lebhafte Erinnerung an letzte Nacht.

Kopfschüttelnd über mich selbst, schlüpfte ich ins Bad und betrat kurz darauf in die Küche.

»Guten Morgen!« Forsch klang anders, aber wenigstens schaffte ich es, mich nicht zu räuspern.

Johannes warf mir einen entspannten Blick über die Schulter zu. Im Gegensatz zu mir wirkte er keinesfalls verlegen. »Guten Morgen«, erwiderte er. »Kaffee?«

»Gern.«

Zumindest wusste ich jetzt, wo die Shorts geblieben waren. Ich ertappte mich dabei, dass mein Blick an Johannes unbekleidetem Rücken klebte. Vorsichtshalber riss ich mich von seinem Anblick los und sah aus dem Fenster. Johannes machte sich an einer futuristisch aussehenden Kaffeemaschine zu schaffen. Da mir nichts Besseres einfiel, räumte ich die Regalbretter hinunter, die immer noch auf dem Tresen lagen und setzte mich auf einen Hocker. Ich sollte aufhören, mir etwas einzubilden, was es nicht gab. Er war Dr. Ducros, Mikes ehemaliger Chef. Sonst nichts!

»Hat Sie das Telefon auch geweckt?«, fragte ich betont munter und bemerkte viel zu spät meinen Fauxpas.

Ich biss mir auf die Lippe und hoffte, dass es ihm nicht aufgefallen war. Oder dass er es als Zeichen wertete, dass wir die Episode auch ganz einfach vergessen konnten. Möglicherweise kam ihm das im Hinblick auf Dr. Cerny ja gelegen.

In diesem Moment drehte er sich herum und reichte mir die Kaffeetasse. »Milch? Zucker?«

»Milch, bitte.«

Aus dem Kühlschrank holte er eine Milchtüte. Dann stellte er sich ziemlich dicht neben mich. Er war unrasiert und seine Haar verstrubbelt. Ein paar sehr attraktive Fältchen erschienen um seine Augen, als er einen Mundwinkel ein Stück hob. Mein Magen rutschte eine Etage tiefer.

Vergiss es, Chrissy! Es war nur ein Versehen – so etwas Ähnliches zumindest.

»Ja, es hat mich auch geweckt«, sagte er. »Aber ich finde es ziemlich albern, plötzlich wieder förmlich zu werden.«

Ich lief dunkelrot an und griff etwas zu hektisch nach der Milch. Möglichst beiläufig sagte ich: »Ich hoffe, du denkst nicht, dass ich so was öfter tue.«

»So was?«

»Ich mag keine One-Night-Stands«, erklärte ich entschieden und tat so, als kontrolliere ich das Haltbarkeitsdatum.

»Oh. Tatsächlich. Warum denn nicht?«, erkundigte er sich in dem gleichen Tonfall wie am Vorabend, als er fragte, weshalb ich kein Sushi mag.

Ich schnaubte, weil mir spontan keine allgemeingültige Antwort einfiel außer ›Weil ich es noch nie ausprobiert habe‹. Stattdessen konzentrierte ich mich ganz darauf, die Milch *in* die Tasse zu schütten. Ich hatte absolut nicht vor, mit ihm mein Intimleben zu diskutieren. Das, was er letzte Nacht zwangsläufig über mich mitbekommen hatte, war mehr als genug.

»Soll ich das Aufgebot bestellen?«, spottete er, als ich nichts sagte, und hinderte mich daran, die Tasse überlaufen zu lassen.

»Was? Nein! Natürlich nicht!«, fuhr ich hastig auf und ärgerte mich gleichzeitig, dass ich überhaupt auf seine Stichelei einging. Ich richtete meinen Blick gleich wieder auf die randvolle Kaffeetasse. »Aber normalerweise gehe ich nicht einfach so mit Männern ins Bett.«

»Mehrzahl?«

»Idiot!« Empört funkelte ich ihn an.

Seine grünen Augen blitzten amüsiert. »Ärger macht dich jedenfalls genauso hübsch wie Leidenschaft.«

»Und dir tut gleich irgendetwas hübsch weh«, erwiderte ich energisch und versuchte vergeblich, nicht peinlich berührt auszusehen.

»Darf ich dich daran erinnern, dass es deine Idee war?«

»Ja schon! Aber du hättest doch nicht …«

Er legte einen Finger auf meine Lippen, um mich zu unterbrechen und meinte betont liebenswürdig: »Ich habe dir doch gesagt, dass du das eigentlich gar nicht willst!« Ich schnappte nach ihm. Er zuckte zurück. »Hey! Auch, wenn ich zugebe, dass ich es dir nicht gerade vehement ausgeredet habe.«

Ich zog eine Grimasse. »Was du nicht sagst.«

Er nahm seine eigene Kaffeetasse, die noch auf der Anrichte stand und setzte sich auf den anderen Barhocker mir gegenüber. Erleichtert entspannte ich mich. Allerdings nur minimal.

»Aber da ich mich ein wenig für Psychologie interessiere, habe ich so eine Ahnung, warum du so versessen darauf warst, mich zu verführen.« Er hob vielsagend die Brauen und nippte an seinem tiefschwarzen Kaffee.

»Ich wollte dich nicht verführen!«, widersprach ich spitz und verschränkte die Arme. Dem diabolisch grinsenden Weibchen in meinem Kopf versetzte ich im Geiste einen Stoß in die Rippen.

»Wie würdest du dann eine eindeutige Aufforderung zum Beischlaf bezeichnen?«, gab er zurück, wartete aber nicht auf eine Antwort, sondern dozierte: »Akute Überlebensängste setzen Unmengen von Adrenalin und anderen Hormonen frei, die manchmal ungewöhnliche Reaktionen auslösen. Zum Beispiel plötzliche Lust auf Sex – vollkommen egal, mit wem, wann und unter welchen Bedingungen. Unter Psychologen nennt es sich auch ›Post-desaster-Sex‹, was als Phänomen sogar schon massenweise aufgetreten ist. Und da ich nur ein schwacher Mann bin, konnte ich der Versuchung einfach nicht widerstehen.«

»Opportunist!«

»Scheint so«, bemerkte er trocken.

Dem Weibchen in meinem Kopf streckte ich die Zunge raus und fand es beruhigend, dass es wohl nicht nur an der monatelangen Abstinenz gelegen hatte.

Er tippte meine Tasse an. »Übrigens wird dein Kaffee gerade kalt.«

Immer noch nicht ganz versöhnt, fragte ich: »Tut es dir wenigstens leid?«

Er schien tatsächlich darüber nachzudenken, schüttelte dann jedoch sehr entschieden den Kopf. »Nein.«

Jetzt musste ich wider Willen lachen. Ich stützte die Ellbogen auf den Tisch und legte mein Kinn auf die Hände. »Ehrlich währt am längsten oder wie war das?«

Er lächelte süffisant. »Ist es dir peinlich?«

»Kaum«, erwiderte ich ironisch. »Aber vielleicht wird es für dich noch peinlich, wenn zum Beispiel … deine Freundin davon erfährt?« Wie du mir, so ich dir, dachte ich gehässig und hoffte, dass ihn das verunsicherte.

Er zuckte allerdings nur die Achseln und lächelte zweideutig. Beunruhigt schien er jedenfalls nicht. Ich ignorierte das penetrante Weibchen, das nachbohren wollte, ob Dr. Cerny noch seine Freundin oder er inzwischen vielleicht solo war.

»Also haken wir das jetzt einfach ab und wechseln ganz elegant das Thema«, forderte ich stattdessen bestimmt.

»Nein, das finde ich nicht!«

Ehe ich mich versah, küsste er mich ausgiebig. Obwohl ich anfangs protestierte, erwischte ich mich dabei, dass ich viel zu schnell nachgab. Gleichzeitig war ich sehr froh, dass sich die Theke zwischen uns befand.

»Dafür, dass dir der Ruf anhaftet, erzkonservativ und rational zu sein, bist du ein ganz schöner Draufgänger«, gab ich atemlos zurück, als er mich losließ.

»Ich *bin* erzkonservativ und rational«, erklärte er überzeugt.

»Sicher. Ein Chorknabe«, kicherte ich nun.

Johannes spitzte die Lippen. »Aber kein Mönch.«

»Frühstück wäre übrigens schön«, erwiderte ich mit unschuldigem Augenaufschlag und war mir immer noch nicht sicher, wie ich finden sollte, was sich hier gerade anbahnte und überhörte geflissentlich das kichernde Weibchen.

»Sehr elegant, dieser Themenwechsel!«, meinte er trocken. »Wo bist du eigentlich versichert?«

»Versichert?« Ich sah ihn an, als hörte ich dieses Wort zum ersten Mal.

»Hausratversicherung«, erläuterte er geduldig. »Du musst den Brand melden. Am Besten sofort.«

Ich kratzte mir nachdenklich den Kopf. Den Grund meines Hierseins hatte ich wohlweislich noch ignoriert. »Meine Güte, woran du schon alles denkst.«

»An alles zu denken ist mein Job. Also wo?«

»Ich weiß doch gar nicht, was passiert ist. Und meine Unterlagen sind bestimmt verbrannt!«

Inzwischen hatte er bereits das Telefon in der Hand. »Die Versicherung besteht trotzdem weiter. Außerdem geht es nur darum, den Schaden zu melden. Sonst nichts. Und je eher das erledigt ist, desto besser. Wie heißt deine Versicherung?«

Ich nannte ihm den Namen und bevor ich etwas einwenden konnte, hatte er bereits über die Auskunft die Telefonnummer der Versicherungs-Hotline herausgefunden und sich verbinden lassen. Mit aufforderndem Blick reichte er mir den Hörer. Während ich daraufhin telefonierte, verließ er den Raum. Als ich fertig war, legte ich das Telefon auf die Anrichte.

»So ein Mist!« Ich rieb mir über die Augen, die verdächtig brannten.

Mit T-Shirt und Jogginghose bekleidet, kam Johannes gerade wieder herein und runzelte die Stirn. »Probleme?«

»Nein, aber ich glaube, ich habe noch gar nicht wirklich begriffen, dass alles futsch ist.«

Freimütig nahm er mich in den Arm. Ich lehnte auch prompt meinen Kopf an seine Brust und ließ mich von ihm hin und her wiegen. Ein wohliger Schauer überlief mich, als er dabei meinen Nacken liebkoste.

Vorsicht!, dachte ich, denn aus der Versenkung aufgetauchte Frühlingsgefühle sind ein genauso schlechter Ratgeber, wie ein Überschuss an Adrenalin. Auch, wenn ich mir plötzlich eingestehen musste, dass ich einer neuen Beziehung nicht mehr grundsätzlich abgeneigt war – noch vor Kurzem hätte ich geschworen, dass mich andere Männer nicht weiter interessierten. Aber natürlich wollte ich mich nicht Hals über Kopf in etwas stürzen, das sich einfach nur zufällig ergeben hatte und das ich nicht einschätzen konnte. Zu meiner Beruhigung beschränkte er sich auf Berührungen, bei denen ich mir immerhin einbilden konnte, dass sie nur tröstend gemeint waren.

»Geht schon wieder«, meinte ich, als ich mich endlich dazu aufraffen konnte, mich von ihm zu lösen. »Ich rufe jetzt meine Schwester an. Und meine Eltern.«

Zärtlich wuschelte er durch mein Haar. »Ich kann dich später hinfahren, wenn du möchtest.«

Die Ameisen von gestern Abend waren wieder da und hatten anscheinend beschlossen, einen Staat in meinem Magen zu gründen. Es fiel mir schwer, sie zu ignorieren.

»Warum machst du das eigentlich? Du bist ins Krankenhaus gekommen, hast mich hier übernachten lassen … ich meine«, ich grinste verlegen, »andere Absichten hattest du doch eigentlich nicht.«

»Hört, hört«, bemerkte er süffisant.

Ich lachte und sah ihn von unten herauf an. »Warum?«

»Ich fürchte, ich habe eine Schwäche für Hilfsbedürftige«, erwiderte er mit einem Anflug von Ironie und küsste mich auf die Stirn.

»Also hilfst du auch alten Leuten über die Straße?«, neckte ich ihn. »Jeden Tag eine gute Tat?«

»Pfadfinderseele«, stimmte er zu. »Jetzt geh telefonieren!«

Seine Erklärung nahm ich ihm nicht ganz ab, aber vielleicht war er genauso unsicher wie ich und wollte es nur nicht zugeben. Ich schnappte mir das Telefon und verzog mich ins Wohnzimmer. Draußen schien die Sonne und ihre Strahlen fielen durch die großen Fenster hinein. Auf dem Weg zum Sofa betrachtete ich die Fotos von San Carlos. So ganz abwegig war seine Anmerkung vielleicht doch nicht, denn bei unserem Gespräch am Vorabend, hatte er von dem Gesundheitsprojekt dort berichtet – und ich hatte das Gefühl gehabt, es läge ihm wirklich am Herzen. Pfadfinderseele?

Auf dem Sofa machte ich es mir bequem und wählte Jules Nummer. Wie immer dauerte es ziemlich lange, bis jemand abhob.

»Winkler!« Durch lautes Geschrei war Bernd, Jules Mann, kaum zu verstehen.

»Hier ist Chrissy!«

»Ruhe!«, brüllte Bernd. Ich zuckte zusammen und hielt mir den Hörer ein Stück vom Ohr weg.

»Kann man denn hier nicht mal normal telefonieren.« Er entfernte sich von der Quelle des Lärms. »Wer ist da?«

»Chrissy«, sagte ich. »Was ist denn –«

»Chrissy! Um Himmels Willen! Geht es dir gut? Wo bist du? Die Polizei sucht dich!«

»Wie bitte?«, fragte ich verblüfft.

Er gab keine Antwort, sondern schrie noch lauter. »Lukas! Hör auf deine Schwester an den Haaren zu ziehen.« Im Hintergrund klang es eher, als würde Lukas seiner Schwester jedes Haar einzeln ausreißen. »Bleib dran!« Ich hörte Bernd schimpfen, dann zweistimmiges Geheule. Ich wartete einfach. Nach einer Weile wurde es ruhiger.

»Ich werde noch wahnsinnig.« Bernd schnaufte ins Telefon. »Also jetzt noch mal. Wo bist du?«

»Bei einem Bekannten in Dechsendorf. Wieso sucht mich die Polizei?«

»Das fragst du mich? In aller Herrgottsfrühe waren zwei Polizisten hier. Sie haben gesagt, deine Wohnung sei abgebrannt und du seist in die Uniklinik gebracht worden. Dort habe man dich aber entlassen und niemand wüsste, wer dich abgeholt hat und wo du bist. Deine Eltern sind total durchgedreht. Wir haben schon bei allen möglichen Leuten angerufen. Das war echt der Schreck unseres Lebens!«

»Oh«, machte ich kleinlaut. »Den wollte ich euch eigentlich ersparen.«

»Ganz toll.« Bernd seufzte. »Na egal, Hauptsache dir geht es gut. Was ist denn überhaupt passiert?«

Ich schilderte kurz, was geschehen war. »Jedenfalls hielt ich es für eine gute Idee, nicht mitten in der Nacht bei euch aufzukreuzen. Weißt du, was die Polizei von mir will?«

»Sie brauchen deine Aussage. Mehr haben die nicht gesagt.«

»Ach so«, antwortete ich. »Wie geht es Jule eigentlich? Wo ist sie?«

»Das kommt ja auch noch dazu«, stöhnte Bernd. »Seit letzter Nacht hat sie Fieber. Heute morgen war auch schon ein Arzt da. Der hat ihr was verschrieben und sagt, es sei nicht gefährlich für das Baby, aber sie soll auf jeden Fall im Bett bleiben.« Er klang besorgt und überfordert zugleich. »Jetzt schläft sie – das heißt, sie versucht es.«

Ich verzog das Gesicht und hatte ein ziemlich schlechtes Gewissen. »Au weia. Und die Kinder sind wieder in Hochform.«

»Leider.« Bernd seufzte theatralisch. »Ich geb' dir mal die Nummer von der Polizei. Hast du was zu schreiben?«

»Moment!«

Mit dem Hörer in der Hand flitzte ich in die Küche und bat Johannes um Zettel und Stift.

Nachdem ich mir Namen und zwei verschiedene Nummern notiert hatte, meinte Bernd: »Ich will später mit den Kindern nach Nürnberg in den Zoo. Soll ich dich vielleicht eben abholen?«

»Und da sag noch einer, Männer sind nicht praktisch veranlagt«, kicherte ich.

Johannes, der gerade die Semmeln im Ofen begutachtete, warf mir einen vielsagenden Blick über die Schulter zu. Ich sollte das Angebot meines Schwagers annehmen.

Stattdessen hörte ich mich sagen: »Nein, lass ruhig. Aber ich könnte etwas zum Anziehen gebrauchen. Kannst du mir das auf dem Weg vorbeibringen?«

Ich nannte Johannes' Adresse und legte dann auf.

Mit dem Hörer tippte ich gegen das Kinn und betrachtete die Telefonnummern, die Bernd mir gegeben hatte. Eine hatte eine Nürnberger Vorwahl, die andere war eine Handynummer. Doch zuerst musste ich meine Eltern anrufen. Wie befürchtet, war meine Mutter aufgeregt. Nur schwer ließ sie sich davon abhalten, auf der Stelle vorbei zu kommen. Vorsichtshalber erwähnte ich nur vage, wo ich gerade war, und vertröstete sie darauf, dass ich später noch bei ihnen vorbeischauen würde.

Inzwischen duftete es nicht nur nach Brötchen, sondern auch nach Rührei. Der Tisch war ansprechend gedeckt. Es gab Orangensaft, Honig, Marmelade, Nuss-Nugat-Creme und ein Stück Käse, eigentlich alles, was für mich zu einem gelungenen Sonntagsfrühstück dazugehörte.

»Ist das Show oder entgeht der Damenwelt womöglich eine Perle?«

Er holte die Brötchen aus dem Ofen. »Was hättest du denn gern?«

Ich verengte die Augen zu Schlitzen. »Das ist bestimmt eine Fangfrage!«

»Bei der richtigen Antwort bekommst du das hier«, meinte er und hielt mir ein Brötchen hin.

»Ich bin für die Show.« Ich wollte es ihm aus der Hand nehmen, doch er hielt es fest – genau wie meinen Blick.

»Leider falsch. Aber du bekommst es ausnahmsweise trotzdem.« Unvermittelt beugte er sich zu mir und gab mir einen flüchtigen Kuss auf den Mund, bevor er mir das Brötchen auf den Teller legte. Dann hielt er mir die Schüssel mit dem Rührei hin.

Um meine Verlegenheit zu überspielen, probierte ich eine Gabel voll. »Hm, sogar mit Kräutern – aber echte Perlen können auch richtig kochen.«

Zuvorkommend füllte er mir Rührei auf meinen Teller. »Was verstehst du unter ›richtig‹?«

»Heute ist Sonntag«, erwiderte ich, drapierte das Ei auf mein Brötchen und nahm einen herzhaften Bissen. »Wie wäre es da mit Schäufele mit Klößen?«

»Nein – höchstens etwas Einfaches«, gab er zu. »Schäufele überlasse ich lieber meiner Mutter.« Er aß Rührei direkt aus der Schüssel und schnitt sich dann ein Brötchen auf.

Mit halbvollem Mund sagte ich: »Ich glaube, Schäufele gab es bei uns früher fast jeden Sonntag.«

»Bei uns auch. Aus der flachen Schulter vom Reh wird es übrigens besonders zart. Und Wildschwein hat eine ganz eigene Note – meine Mutter hat da verschiedene Varianten auf Lager. Wenn du das mal ausprobieren möchtest, bringe ich dir nach der nächsten Jagd ein Stück mit.«

Ich verzog das Gesicht. »Zerlegst du das arme Tier eigentlich selbst, nachdem du es erschossen hast?«

»Das gehört dazu«, bestätigte er.

Ich schüttelte mich demonstrativ. Mein Blick wanderte dabei zu dem Messer, mit dem er sich gerade Käse abschnitt. Es war schon eine merkwürdige Vorstellung, dass er kaltblütig genug war, um ein Tier zu jagen und zu töten. Und dass diese Hände – seine Hände – auch sehr grob sein konnten. Er bemerkte meinen Blick. Bedächtig spießte er eine Scheibe Käse auf und hielt sie mir vor den Mund.

»Was findest du an der Vorstellung so abstoßend? Jeder Metzger tut das.«

»Ja, schon ...« Vorsichtig nahm ich den Käse mit den Zähnen.

Er betrachtete erst das leere Messer, dann mich. Sein Blick war nicht zu deuten. »Aber mit dem Metzger, der deine Bratwurst umbringt, hast du nicht geschlafen.«

Ich wurde rot und sah auf meinen Teller. »Ja«, bestätigte ich knapp.

Geschickt ließ er den Messergriff einmal durch seine Finger gleiten und hieb es in das Holzbrett. Ich zuckte zusammen.

Er lachte leise. »Wolltest du nicht noch jemanden anrufen?«

»Anrufen …« Zerstreut versuchte ich mich wieder auf das vorrangige Problem zu konzentrieren. »Ach ja. Mein Schwager sagte, die Polizei sei heute Nacht noch im Krankenhaus gewesen. Aber wir waren schon weg und da niemand wusste, wer mich abgeholt hat, haben sie bei meinen Eltern und meiner Schwester nachgefragt.« Ich zog eine Grimasse und widmete mich nun wieder meinem Brötchen. »Soviel dann zu dem Thema ›weniger Aufregung für alle Beteiligten‹. Aber eins verstehe ich nicht – Dr. Cerny wusste doch, dass du mich abgeholt hast, also warum hat sie das der Polizei nicht gesagt?«

»Vielleicht hat sie niemand gefragt«, erwiderte Johannes und ließ nicht erkennen, dass ihn die neuerliche Erwähnung der Ärztin beeindruckte.

»Hm«, machte ich nach einer Weile. »Jetzt ist es sowieso egal. Und warum wollten die mich so dringend sprechen?«

»Ruf an und frag nach.«

Ich rollte mit den Augen. »Ja, Papa.«

Also wählte ich die Nummer in Nürnberg. Es dauerte nicht lange, bis sich ein Mann am anderen Ende meldete.

»Kriminaldauerdienst Nürnberg, Holzapfel am Apparat.«

»Guten Morgen. Hier ist Christine Reuther. Mein Schwager Bernd Winkler hat mir Ihre Telefonnummer gegeben. Es geht um den Brand in meiner Wohnung heute Nacht in Dechsendorf.«

»Frau Reuther! Wir haben uns schon gefragt, wo Sie abgeblieben sind. Geht es Ihnen gut?« Holzapfel sprach extrem schnell.

»Ja, danke«, antwortete ich etwas verwirrt über diese Begrüßung. »Ich nehme an, Sie wollen wissen, was passiert ist.«

»Natürlich. Aber das besprechen wir nicht am Telefon. Wo genau sind Sie jetzt?«

»In Dechsendorf. Bei einem … Bekannten.«

»Bei wem?«

»Dr. Johannes Ducros, Seeanemonenweg 7b.«

Kurze Stille. »Oh.« Holzapfel war der Name anscheinend ein Begriff. »In Ordnung«, sagte er dann langsam. »Ist die Nummer, die angezeigt wird, korrekt? 09135 – 76 10 85.«

»Ähm – kann sein, ich weiß nicht – Moment, bitte – 76 10 85 – ist das deine Nummer, Johannes?« Er nickte bestätigend. »Herr Holzapfel? Ja die Nummer stimmt.«

»Gut, dann bleiben Sie bitte unbedingt dort. Ich melde mich gleich wieder bei Ihnen.«

Damit war das Gespräch beendet.

»Und?«, fragte Johannes beiläufig.

»Er meldet sich gleich wieder«, antwortete ich und hatte plötzlich ein seltsames Gefühl, was den Brand in meiner Wohnung betraf.

10:58 UHR

Die Stimme klang müde. »Ammon.«

»Maria?«

Maria gähnte ins Telefon. »Morgen, Paul.«

Kommissar Paul Holzapfel kam gleich zur Sache. »Christine Reuther hat sich endlich gemeldet.«

»Wann?«

»Gerade eben. Und du rätst nie, bei wem sie ist.«

»Gut. Dann sag es mir einfach.«

»Ducros.«

»Ducros?«

»Ducros. Dr. Ducros. *Der* Dr. Ducros.«

Maria stöhnte. »Es wäre ja auch zuviel verlangt gewesen, wenn ihn jemand in der Uniklinik mitten in der Nacht erkannt hätte. Was macht sie denn bei dem?«

Holzapfel lachte. »Weiß ich nicht. Aber soll ich dir noch was verraten? Irgendeine Nachbarin von Frau Reuther hat sich heute Nacht in meine Arbeit eingemischt, weil sie behauptet hat, am Montag sowieso den Fall auf dem Tisch zu haben.«

»Wer macht denn sowas?« Maria schnalzte missbilligend.

»Du zum Beispiel«, erwiderte Holzapfel ungerührt. »Ducros wohnt neuerdings übrigens auch in Dechsendorf, …«

»Ach deswegen war er neulich hier auf der Kerwa.«

»… also tu mir einen Gefallen, geh hin und verschaff dir einen ersten Eindruck von Frau Reuther. Ich erledige hier den Schriftkram und bin – sagen wir gegen 13 Uhr bei dir. Er wohnt im Seeanemonenweg 7b. Brauchst du die Telefonnummer?«

»Nein. Gibt es sonst was Neues? Vom LKA?«

»Soviel ich weiß, hat das Präsidium in den letzten Stunden weder ein Überschallflugzeug angeschafft noch hat unser Feuer Sondermeldungen bei der Presse verursacht. Da wir also nicht wichtiger sind als alle anderen in Bayern, müssen sich unsere Brandschuttsäcke mit den Proben brav einreihen. Und du weißt, wie lange das beim LKA dauern kann. Ab morgen kannst du denen dann selbst auf die Nerven gehen.«

»Hm.«

Holzapfel zögerte. »Maria, ich habe mir das noch mal durch den Kopf gehen lassen. Dass es Brandstiftung war, können wir nicht zu hundert Prozent sagen, auch wenn Vieles dafür spricht. Gestern Abend sagte Frau Reuther zu einem Beamten, sie sei allein in der Wohnung gewesen und habe geschlafen. Bisher haben wir weder Einbruchsspuren gefunden noch irgendetwas anderes, das auf unbefugtes Eindringen hindeutet. Aber es ist schwer zu glauben, dass sie den Brand selbst gelegt hat. Sich den Fluchtweg abzuschneiden kommt zwar vor, aber dazu muss man entweder sehr dumm sein oder einen Selbstmord begehen wollen.«

»Oder sehr gerissen sein, damit niemand darauf kommt und man die Versicherung kassieren kann. Denk an den Fall letztes Jahr in Frauenaurach.«

»Bei dem Autohaus ging es um ein paar Millionen, aber bei Frau Reuther springt da nicht genug raus. Also irgendetwas passt da nicht – es könnte also tatsächlich sein, dass du Recht hast.«

Maria lachte. »Bekomme ich das schriftlich von dir?«

»Ich erwähne es wohlwollend in meinem Bericht«, bemerkte Holzapfel trocken.

»Danke für die Blumen. Selbstmordabsichten oder Mordversuch sollten wir also auf alle Fälle in Betracht ziehen. Was hast du auf die Schnelle Interessantes über sie?«

»Achtundzwanzig Jahre und ledig. Unbescholtene Bürgerin. Nicht mal ein Strafzettel wegen überhöhter Geschwindigkeit oder Falschparkens in letzter Zeit.«

»Vielleicht hat sie kein Auto«, mutmaßte Maria.

»Zumindest gibt es keins auf ihren Namen«, bestätigte Holzapfel. »Seit April lebt sie in Dechsendorf. Außer ihr ist niemand in der Wohnung gemeldet. Vorher hat sie in der Luitpoltstraße gewohnt. Ihr Verlobter kam letztes Jahr im Dezember bei einem

Autounfall in Tschechien ums Leben. Seinen Tod habe sie nur schwer verkraftet, sagte ihre Schwester. Als ich mit ihr sprach, hatte sie Befürchtungen, dass Frau Reuther jetzt einen Rückschlag erleidet. Also wenn du mit ihr sprichst, achte auf Anzeichen von Depressionen, Maria – Gründe für einen Selbstmord.«

»Jaja. Logisch.«

»Und noch was: Ducros ist der ehemalige Arbeitgeber ihres Verlobten.«

»Findest du das verdächtig?«, erkundigte sich Maria und unterdrückte ein Gähnen.

»Bin ich Hellseher?«, fragte Holzapfel. »Keine Ahnung. Wenn sie mit ihm näher bekannt wäre, dann hätte das wohl jemand von ihrer Familie gewusst, aber wir haben alle Namen und Adressen, die uns genannt wurden, überprüft. Seiner war nicht dabei. Er wohnt auch erst seit drei Wochen in Dechsendorf. Ansonsten muss ich dir über ihn ja nicht viel sagen. Also mach dich auf den Weg, aber fall nicht gleich mit der Tür ins Haus – von wegen Anschlag auf ihr Leben oder Suizid.«

»Paul, ich bin keine Anfängerin«, brummte Maria säuerlich. »Du kannst es auch gern selbst erledigen.«

Holzapfel seufzte. »Entschuldige. Also bis später.«

11:02 UHR

Nach dem Gespräch mit Kommissar Holzapfel wurde ich wortkarg. Wie war es zu dem Brand gekommen? Außerdem wollte ich allmählich wissen, wie es in den Überresten meiner Wohnung aussah und ob noch irgendetwas zu retten war. Hoffnung hatte ich jedoch kaum. Was nicht verbrannt war, war sicher durch das Löschwasser zerstört. Omas Kommode, meine neue Kamera, Bilder, Erinnerungsstücke – alles reif für die Müllhalde. Und auch mein Computer war bestimmt nur noch ein Haufen Schrott, die CDs womöglich unbrauchbar, die Bücher, Papiere, Zeugnisse – Mikes Kalender.

Mike – ein Kloß machte sich in meinem Hals breit, wenn ich daran dachte, dass jetzt alles, was ich noch von ihm besessen hatte, verloren war. Nein, nicht ganz. Ich trug seine Kette. Entschlossen schluckte ich meine Tränen jedoch herunter. Ich wollte nicht schon wieder in Schwermut versinken, nachdem ich endlich aus dem Loch herausgekrabbelt war.

Ich lebte immer noch! Außerdem hatte ich meine Erinnerungen an ihn und unsere gemeinsame Zeit. Die konnte mir niemand nehmen.

Eine Hand berührte meine. »Christine?«

»Was?« Ich schreckte aus meinen Gedanken.

Blinzelnd registrierte ich die Sonne, die durchs Fenster schien. Sie wärmte meine Haut und verlieh dem dunklen Rot der Küche etwas durch und durch Lebendiges. Johannes' Augen funkelten wie polierte Jade. Jäh flammte die Erinnerung an letzte Nacht wieder auf.

Verdammt, verdammt, verdammt!

Ich zwang mich, nicht an die Illusion von neuer Liebe zu denken, nicht an das schöne Gefühl, endlich die Einsamkeit hinter mir gelassen zu haben. Dann fiel mir auf, dass er meine Hand streichelte – und ich die ganze Zeit wie ein hypnotisiertes Kaninchen an seinem Blick festklebte.

»Der Honig tropft.« Seine Stimme war seidenweich.

Ich starrte ihn weiter an. Erst als ich mit reichlich Verspätung den Sinn seiner Worte erfasste, sah ich hastig auf die Brötchenhälfte, die ich die ganze Zeit in der anderen Hand gehalten hatte. Tatsächlich lief mir der Honig über die Finger auf den Tisch. Ich warf Johannes einen gereizten Blick zu und wusch mir am Spülbecken die Finger. Dann wischte ich schwungvoll den Honig vom Tisch. Dabei fegte ich beinahe meinen Teller herunter. Die ganze Zeit beobachtete er mich wortlos, aber mit spöttischer Miene.

»Was willst du eigentlich von mir?«, fauchte ich gereizt, weil ich mich über mich selbst ärgerte.

»Ich bin zwar sehr froh darüber, dass du mir gestern …«

Er hob beschwichtigend die Hände. »Christine.«

»… geholfen hast. Aber nur, weil ich anschließend meine Libido nicht im Griff hatte, heißt das nicht …«

»Christine! Ich …«

»… dass ich an einer Affäre mit dir …«

»… hör mir zu, was …«

»… interessiert bin! Schließlich habe ich gerade genug anderes am Hals …«

»Hör mir zu!«

»… und außerdem …«

»Sei ruhig!« Seine Stimme war nicht laut, aber sehr scharf.

Unwillkürlich fuhr ich zurück. Er fixierte mich mit leicht zusammengekniffenen Augen, die jetzt eher an einen eiskalten, grünen Bergsee erinnerten als an einen Edelstein. Von einer Sekunde zur anderen strahlte er bemerkenswerte Autorität aus.

Der Herr des Hauses duldet also keinen Widerspruch! Aber ich hatte keinen Grund, vor ihm zu kuschen.

Also hielt ich seinem frostigen Blick stand. »Du vergreifst dich im Ton«, sagte ich so ruhig wie möglich.

Tatsächlich unterbrach er den Blickkontakt und atmete einmal kräftig aus. Als er mich wieder ansah, war seine Miene neutral, nur in seinen Augen flackerte noch ein Rest Unmut.

»Gehst du mit deinen Mitarbeitern eigentlich auch so um?«, erkundigte ich mich bissig. »Dann würde ich nach spätestens einer Woche kündigen!«

»Wahrscheinlich würde ich dir zuvorkommen«, entgegnete er im selben Tonfall. »Unverschämtheiten toleriere ich nicht.«

Ich verschränkte die Arme und hob die Brauen. »Unverschämt? Ich?«

»Du hast mir nicht zugehört«, erklärte er kategorisch.

»Du hast mich unterbrochen«, erwiderte ich nun etwas lauter und richtete mich auf.

Er tat das gleiche. »Wenn du mir zugehört hättest, dann hättest du dich nicht aufregen müssen!«

»Warum zum Henker hätte ich dir zuhören sollen, wenn du mich nicht ausreden lässt!« Empört stützte ich die Hände in die Seiten.

Das Missfallen darüber, dass ich immer noch nicht parierte, sondern weiter Widerworte gab, war ihm anzusehen. »Hör mir endlich zu!«, knirschte er mit zusammengebissenen Zähnen.

»Nein!«

Ich stapfte aus der Küche, sah mich planlos in der Diele um und rannte dann die Treppe hinauf. Oben ging ich ins Bad. Die Tür knallte laut ins Schloss. Ich funkelte mich selbst im Spiegel an. Der Bademantel war verrutscht und zu allem Überfluss entdeckte ich einen Knutschfleck auf meinem rechten Brustansatz. Ich raffte den Bademantel zusammen und fluchte kurz, aber deftig. Anschließend wusch ich mir das Gesicht mit kaltem Wasser und holte tief Luft. Ratlos fragte ich mich, warum ich mich eigentlich von ihm so in Rage bringen ließ. Ein Flirt, ein paar überbordende Hormone – mehr Beziehung gab es nicht. Und ich hatte auch nicht vor in seiner Firma anzufangen. Das Einzige, was ich gerne noch von ihm haben wollte, war eine Auskunft über Mike. Aber falls er nun beleidigt war und sie mir deswegen vorenthielt, konnte mir das eigentlich auch egal sein – in diesem Fall würde ich einfach René fragen, der Mike sowieso viel besser gekannt hatte.

Von Johannes musste ich mir absolut nichts gefallen lassen!

Also kehrte ich in die Küche zurück. Johannes saß immer noch auf dem Hocker und sah mich an, als sei er gerade dabei, meine Kündigung zu formulieren.

»Klischeehaftes Streitgespräch«, bemerkte ich trocken und nahm wieder Platz. »Ich hasse diese blödsinnigen Phrasen! Können wir vielleicht einfach noch mal von vorn anfangen?« Ich stützte meine Ellbogen auf den Tisch und legte das Kinn auf die verschränkten Hände.

Diesmal wirkte er verblüfft. »Wie bitte?«

»Ich versuche, aus meinen Fehlern zu lernen. Bevor Mike starb, hatten wir eine ziemlich schlechte Zeit«, informierte ich ihn bemüht friedfertig, freute mich jedoch, dass es mir gelungen war, ihn wenigstens etwas zu verwirren. »Wir hatten jede Menge solcher und ähnlicher Streitereien mit Vorwürfen, die zu nichts führen. Jeder ist am Ende eingeschnappt, das eigentliche Thema hat man völlig vergessen und eine Lösung ist erst Recht nicht in Sicht. Ich nehme an, du weißt, was ich meine oder hattest du etwa bisher noch nie das Vergnügen?«

Widerwillig nickte er. Schön, dachte ich zufrieden, weil auch diese Spitze gesessen hatte. Fühl' dich ruhig unbehaglich – ich tue das schließlich auch. Ich holte Luft, um erst einmal klarzustellen, wie ich die ganze Angelegenheit mit uns beiden sah, als es klingelte. Johannes sah stirnrunzelnd auf die Uhr. Als er sich auf den Weg zur Tür machte, blieb er vor mir stehen und berührte mit einem Finger meine Wange.

»Es war nie ein Vergnügen«, stellte er mit leisem Lächeln fest. »Und auch ich lerne aus Fehlern.« Dann ging er, um die Tür zu öffnen.

Jetzt war ich diejenige, die ihm verblüfft hinterher starrte. Ich hatte mich noch nicht wieder gefangen, als er einen Moment später mit einer rothaarigen Frau zurückkam. Sie hielt überrascht inne, dann streckte sie mir ihre Rechte entgegen.

»Hallo Frau Reuther, ich bin Maria Ammon. Wir sind uns letzte Woche auf der Kerwa begegnet, vielleicht erinnern Sie sich noch.« Sie zeigte mir einen Ausweis. »Ich bin bei der Kripo Erlangen. Es ist wohl eine Berufskrankheit, dass man sich nicht raushalten kann, wenn in der Nachbarschaft etwas passiert. Heute Nacht habe ich mitbekommen, was los war, denn ich wohne ja gleich in der Teplitzerstraße.«

Mir fiel es schwer nach der Auseinandersetzung mit Johannes jetzt wieder das Thema zu wechseln. »Ich erinnere mich an Sie«, sagte ich daher erst mal unverbindlich. »Sie hatten doch Ihre Tochter dabei.«

»Genau. Mein Kollege Paul Holzapfel vom Kriminaldauerdienst aus Nürnberg hat mich gerade verständigt. Er hat noch etwas zu tun und mich daher gebeten, mit Ihnen zu sprechen.« Sie wirkte sympathisch. Ihre langen roten Haare hatte sie zu einem Zopf geflochten. Im Gesicht hatte sie jede Menge Sommersprossen und muntere hellbraune Augen.

»Möchten Sie etwas trinken?«, erkundigte sich Johannes, der dicht neben mir stehen geblieben war und Frau Ammon mit einer Geste seinen Platz anbot.

Die Kommissarin lehnte dankend ab, setzte sich aber und holte einen Notizblock hervor. Johannes rückte sein Frühstücksgeschirr neben meines und zog sich den dritten Hocker heran.

»Wie geht es Ihnen denn?«, erkundigte sich Frau Ammon. »Als meine Kollegen im Krankenhaus mit Ihnen reden wollten, sagte man, Sie seien auf eigenen Wunsch entlassen worden.«

»Die Untersuchungen haben nichts ergeben und … naja, ich lege nicht besonders viel Wert auf Krankenhäuser.«

Die Kommissarin lachte. »Das kann ich Ihnen nicht verdenken. Dann ist also alles in Ordnung? Körperlich, meine ich?«

»Ja«, sagte ich. Dann fragte ich zögernd. »Waren Sie eigentlich schon in meiner Wohnung?«

»Heute Nacht, nachdem die Feuerwehr ihr okay gegeben hat. Sie wollen sicher wissen, ob noch etwas heil geblieben ist.«

Ich nickte zaghaft. Eigentlich wollte ich das gar nicht – oder besser gesagt kannte ich die Antwort wohl schon.

Frau Ammons Gesicht nahm einen mitfühlenden Ausdruck an. »Es tut mir leid, aber Sie sollten sich darauf einstellen, dass nichts mehr zu retten ist.«

Ich schluckte und meine Stimme klang dünn. »Gar nichts?«

Sie schüttelte den Kopf. »Soweit ich das beurteilen kann – nein. Machen Sie sich lieber keine Hoffnung.«

Ich hatte es geahnt. Aber anstatt in Tränen auszubrechen, fühlte ich mich einfach nur müde und leer.

Ich hatte nicht bemerkt, dass Johannes meine Hand genommen hatte, doch jetzt spürte ich sanften Druck. »Es ist viel mehr wert, dass dir nichts passiert ist, Christine«, sagte er leise.

Irgendwie traute ich mich nicht ihn anzusehen, weil ich befürchtete, dass ich mich gleich in seine Arme flüchten würde, daher nickte ich nur.

»Dr. Ducros hat recht, Frau Reuther«, sagte Frau Ammon freundlich. »Sie haben viel Glück gehabt. Sie dürfen nicht den Kopf hängen lassen.«

»Ich gebe mir Mühe«, murmelte ich.

Frau Ammon musterte mich teilnahmsvoll. »Es ist ein schwerer Schlag, wenn man so plötzlich vor dem Nichts steht.« Sie machte eine kurze Pause. »Haben Sie schon eine Vorstellung, wie es für Sie weitergeht oder benötigen Sie vielleicht Hilfe?«

Ich pustete Luft zwischen den geschlossenen Lippen aus. »Ich kann vorläufig zu meinen Eltern. Also rein materiell … das schaffe ich schon. Glaube ich. Und sonst … ach Mist …« Ich kniff die Augen zusammen, um die Tränen aufzuhalten.

Wieder drückte Johannes sanft meine Hand. »Du musst das nicht allein durchstehen, Christine.«

Ich gab ein ersticktes Geräusch von mir. War das eine Floskel? Anstatt die Augen geschlossen zu lassen, sah ich ihn an. Dummerweise wirkte er ganz so, als meine er es ernst, daher konnte ich nicht verhindern, dass sich meine Mundwinkel verselbstständigten und ich ihn anlächelte. Die Fältchen um seine Augen vertieften sich, als er es erwiderte. Frau Ammon hatte unseren Blickwechsel bemerkt, beschäftigte sich aber taktvoll mit ihren Notizen.

»Was war denn eigentlich die Ursache für das Feuer, Frau Ammon?«, fragte ich, als ich meine Stimme wiedergefunden hatte.

Die Kommissarin lehnte sich zurück. »Ihr Herd war eingeschaltet. Durch die Hitze hat sich ein Küchenhandtuch an der Herdplatte entzündet.«

Ich stöhnte. »Der Wasserkessel!«

Fragend hob Maria Ammon eine Braue. »Wie kommen Sie auf den Wasserkessel?«

»Ich wollte mir vor dem Schlafengehen noch einen Tee machen, aber … eigentlich dachte ich, ich hätte es nicht getan. Nur, wenn die Herdplatte an war, dann … so ein Mist!«

Ärgerlich auf mich selbst, griff ich nach meiner Kaffeetasse. Sie war jedoch leer. Johannes nahm sie mir ab, um neuen zu machen.

Frau Reuther zückte einen Bleistift und kratzte sich damit am Kopf. »Ich nehme doch einen Kaffee, wenn es Ihnen nichts ausmacht, Dr. Ducros. Also sind Sie sich gar nicht sicher, Frau Reuther, dass Sie den Herd angemacht haben. Erfahrungsgemäß hilft es einem sich zu erinnern, wenn man an einem deutlich früheren Zeitpunkt anfängt und dann den Ablauf rekonstruiert. Also erzählen Sie einfach. Waren Sie die ganze Zeit zu Hause?«

»Nein. Bis ungefähr zehn Uhr war ich hier. Dann bin ich gegangen.«

»Ab da waren Sie dann allein zu Hause«, schlussfolgerte Frau Ammon.

Ich schüttelte den Kopf. »Um kurz nach halb elf hatte ich noch Besuch. René ist vorbeigekommen.«

Johannes, der gerade die Tassen zurück auf den Tisch stellte, sah auf. »René?«

»Wer?«, hakte die Kommissarin nach und pustete über ihren schwarzen Kaffee.

»Mein Bruder«, antwortete Johannes an meiner Stelle. Seine Miene ließ nichts erkennen, aber ich hatte den Eindruck, diese Tatsache gefiel ihm nicht. Der Grund war mir aber schleierhaft.

»Wie lange war er da?«, wollte die Kommissarin wissen.

»Keine Ahnung. Um halb zwölf war er auf jeden Fall weg, denn da habe ich das letzte Mal auf die Uhr gesehen, bevor ich ins Bett ging. Als er kam, habe ich mir einen Tee gemacht. Und später wollte ich noch eine Tasse trinken, aber nachdem ich ihn runter gebracht hatte, war ich sehr müde.« Ich zog die Stirn kraus. »Ich kann mich wirklich nicht daran erinnern, ob ich den Herd angemacht habe.«

Maria Ammon kaute auf dem Bleistiftende herum. An den Bissspuren sah man, dass sie das wohl häufiger tat. »Haben Sie die Haustür hinter ihm abgeschlossen?«

»Ja, das ist im Haus nach 22 Uhr so gewünscht. Warum?«

»Nur der Vollständigkeit halber. Und Ihre Wohnungstür auch?«

»Ja, die auch … ach Johannes, hast du zufällig meinen Haustürschlüssel gefunden?«

»Deinen Haustürschlüssel?«

»Als wir gestern Abend auf der Terrasse saßen, hatte ich ihn noch. Aber als ich zu Hause aufschließen wollte, war er weg.«

»Ich habe deine Jacke an die Garderobe gehängt. Vielleicht ist er herausgefallen. Moment.« Er ging hinaus.

»Wie sind Sie dann in Ihre Wohnung gekommen?«, erkundigte sich Frau Ammon.

»An der Haustür ist mir ein Nachbar begegnet. Oben … hatte ich meinen Ersatzschlüssel im Trockenraum versteckt«, log ich spontan. Meine Kletterpartie tat nun wirklich nichts zur Sache. »Weil ich mich schon mal ausgesperrt habe, als ich die Wäsche aufhängte.«

»Aha«, machte Frau Ammon nur.

Mit dem Schlüssel in der Hand kam Johannes zurück. »Er war im Schirmständer. Da hätte ich ihn vorläufig kaum gefunden.«

Seufzend nahm ich ihm den Schlüssel ab. »Vorläufig brauche ich ihn ja auch nicht. Wann darf ich eigentlich in meine Wohnung, Frau Ammon? Nicht, dass ich es mir gerne ansehe.« Ich verzog das Gesicht.

»Sie können gleich mit mir kommen, wenn Sie wollen«, bot sie an.

Ich zupfte an dem Bademantel herum. »Ich habe nichts anzuziehen. Da warte ich lieber auf meinen

Schwager. Er bringt mir etwas von meiner Schwester.«

»Oh, natürlich. Verzeihung«, erwiderte die Kommissarin und sah dann auf die Uhr. »Treffen wir uns doch gegen eins dort. Mein Kollege ist dann ebenfalls da.«

»Ja, gut«, stimmte ich zu. Was blieb mir auch sonst übrig?

Frau Ammon trank ihren Kaffee aus und erhob sich. »Bleiben Sie bis dahin bitte hier, Frau Reuther. Falls sich etwas anderes ergibt, dann weiß ich wenigstens, wo ich Sie erreichen kann.« Sie lächelte Johannes an.

»Natürlich«, erwiderte er. »Ich begleite Sie hinaus.«

Während die beiden zur Haustür gingen, vergrub ich mein Gesicht in den Händen und gab ein leises, aber zorniges Quieken von mir. So blöd konnte auch nur ich sein und den Herd anschalten, bevor ich ins Bett ging.

»Hallo, Onkel Jo!«, schallte draußen eine Jungenstimme fröhlich über die Straße. »Oma ist heute morgen mit Tante Anneliese nach Bayreuth gefahren und Papa will jetzt schon weg.«

»Schön, Tim.« Ich fand, Johannes klang nur mäßig erfreut. »Ich habe erst in einer Stunde mit euch gerechnet, René. Was hättest du getan, wenn ich nicht da gewesen wäre?«

»Stell dich nicht so an, du bist doch da. Wer war die Rothaarige? Kenne ich sie?«

»Hey, Onkel Jo, vielleicht können wir ja heute –« Wie angewurzelt blieb der schwarzhaarige Junge im Türrahmen zur Küche stehen.

»Guten Morgen«, grüßte ich möglichst unbefangen.

»Oh. Hallo«, sagte Tim.

Keine zwei Sekunden später sah René um die Ecke.

»Guten Morgen«, wiederholte ich.

»Was machst du denn hier?«

Ich zog Johannes' Bademantel etwas enger um mich. »Frühstücken.«

Johannes kam hinzu und warf ein paar Werbeprospekte auf einen Stapel Altpapier in der Küchenecke.

»Krieg ich auch noch ein Brötchen?«, fragte Tim unterdessen. »Wo hast du denn deine Teller? Und Besteck? Und wo ist der Kakao?« Ohne irgendeine Antwort abzuwarten, riss der Junge sämtliche Schränke und Schubladen auf und suchte sich zusammen, was er brauchte.

Johannes ließ seinen Neffen gewähren und setzte sich wieder neben mich. »In Christines Wohnung hat es letzte Nacht gebrannt.«

»Echt gebrannt? Woooow!« Tim blieb stehen und sah mich mit großen Augen an. »So richtig?«

»Ich fürchte schon.« Wieder einmal berichtete ich, was passiert war.

11:25 UHR

Als Maria Ammon auf den Gehsteig trat, hielt vor dem Haus von Dr. Ducros ein rotes BMW Cabrio, aus dem ein dunkelhaariger Mann und ein Junge ausstiegen.

»Hallo, Onkel Jo!«, rief der Junge.

Eine Sekunde lang überlegte Maria umzukehren, denn sie erkannte René Ducros. Laut Frau Reuther war er abends noch bei ihr gewesen. Aber er war bereits über eine Stunde vor Ausbruch des Brandes gegangen. Der Notruf des Nachbarn hatte die Zentrale gegen zehn nach eins erreicht. Laut Brandsachverständigem musste das Feuer rund zwanzig Minuten zuvor entstanden sein. Maria hatte der jungen Frau nicht widersprochen, als sie den Wasserkessel erwähnte, doch dessen Herdplatte war gar nicht eingeschaltet gewesen – sondern die dahinter liegende. Außerdem konnte es keine Stunde gedauert haben, bis der Brand ausgebrochen war.

Maria konnte es drehen und wenden wie sie wollte – immer wieder kam sie zu demselben Schluss: Die Sache war nicht so einfach, wie es auf den ersten Blick schien. René Ducros Befragung hatte Zeit bis später, entschied sie. Seine Aussage würde kaum etwas Neues bringen. Stattdessen holte sie ihr Handy aus der Tasche.

»Paul? Ich habe gerade mit Frau Reuther gesprochen.«

»Und?«

»Sie wirkt ziemlich gefasst. Suizid erscheint mir sehr unwahrscheinlich.«

»Schon mal was von Theater spielen gehört?«

Maria rollte mit den Augen. »Doch, stell dir vor, deswegen behalten wir es trotzdem im Auge.« Während sie weiter schlenderte, berichtete sie von dem Gespräch. »Ich bin kein Psychologe, Paul, aber ganz spontan wirkte sie auf mich nicht wie ein Selbstmordkandidat. Und erst recht nicht wie jemand, der seinen Tod mit so etwas Spektakulärem wie einen Brand inszeniert.«

»Ein Hilferuf, Aufmerksamkeit erregen, es nicht wirklich ernst meinen«, zählte Holzapfel lapidar auf.

»Ja, schon gut.« Maria lehnte sich an den Holzzaun, der das Strandbad am Weiher umgrenzte. »Aber was ist mit Dr. Ducros? Du hättest die beiden Turteltäubchen sehen müssen. Jemand, der so verliebt ist, begeht keinen Selbstmord.«

»Wie lange läuft das denn schon?«, erkundigte sich Holzapfel nüchtern.

»Solche intimen Fragen gehören für mich in die Kategorie ›nicht mit der Tür ins Haus fallen‹«, konterte Maria. »Allzu lange können die beiden aber noch nicht zusammen sein, denn ihre Familie weiß nichts davon.«

»Sie will eine feste Beziehung, er nicht. Sie inszeniert eine Gefahrensituation, um ihn dazu zu bringen …«

»Paul!«, stöhnte Maria. »Hör auf diese Schnulzen zu lesen.«

Holzapfel lachte dröhnend.

Maria stimmte ein. Dann wurden beide wieder ernst. »Übrigens kommt sie gegen eins in ihre Wohnung, da kannst du dir selbst ein Bild von ihr machen – und unbequeme Fragen stellen. Außerdem will ich Friedrich dazubitten. Du weißt schon, vom K12. Kannst du mir seine Nummer geben?«

»Moser? Der ist doch am Wochenende gar nicht im Dienst.«

»Gib mir seine Privatnummer. Auf das LKA können wir nicht warten. Wir brauchen das PID und er ist der einzige, der sich damit gut genug auskennt.«

»Maria …«, begann Holzapfel, doch er wurde gleich von ihr unterbrochen.

»Ich will einfach sichergehen, Paul.«

»Jetzt kommt gleich wieder dein berüchtigter Instinkt ins Spiel«, grunzte Holzapfel.

»Exakt«, antwortete Maria. »Ich ruf ihn auch selbst an und überrede ihn.«

»Wahrscheinlich solltest du lieber erst seine Frau besänftigen, wenn du ihnen schon das Wochenende verdirbst – also schreib auf.«

11:32 UHR

René lehnte mit verschränkten Armen an der Arbeitsplatte. Tim, der sich mit an die Theke gesetzt hatte, lauschte fasziniert meinem Bericht. Johannes nahm ihm die Milch aus der Hand, weil die Tasse des Jungen überzulaufen drohte, so wie bei mir vorher. Ich stockte kurz im Redefluss und lächelte unwillkürlich. Johannes, der das bemerkte und offenbar dasselbe dachte, berührte flüchtig meine Hand. Entschlossen scheuchte ich einen Trupp Ameisen beiseite, der schon wieder durch meinen Bauch flanierte.

»Aufs Dach! Voll krass!« Tim verzog sein Gesicht zu einer bewundernden Grimasse.

René starrte auf die Stelle an meiner Hand, die Johannes gerade berührt hatte. Dann fixierte er mit zusammengezogenen Brauen seinen Bruder, der das jedoch nicht bemerkte – oder bemerken wollte?

»Gerade war eine Kommissarin von der Kripo da und meinte, ein Handtuch habe sich am eingeschalteten Herd entzündet«, schloss ich meinen Bericht. »Du weißt nicht zufällig, ob ich den Herd angemacht habe, bevor du gegangen bist, René?«

René reagierte nicht sofort. Erst, als einige Sekunden niemand etwas sagte, sah er mich an. »Entschuldige, ich habe nicht zugehört.«

»Mein Herd war eingeschaltet und ich kann mich

nicht daran erinnern, ob ich den Wasserkessel noch mal aufgesetzt habe«, wiederholte ich. »Weißt du das noch?«

Er bedeckte mit der flachen Hand Mund und Nase und prustete nachdenklich. Dann schüttelte er den Kopf. »Keine Ahnung.«

Wieder sah er Johannes an, der diesmal den Blick mit stoischer Gelassenheit erwiderte.

»Ich hatte jedenfalls Glück, dass ich einen Rauchmelder im Wohnzimmer hatte. Davon bin ich nämlich wach geworden.«

»Wie gut, dass ich allen Bauherrn diese Dinger empfehle«, stellte René fest. »Jetzt habe ich noch ein Beispiel aus der Praxis auf Lager.«

»Na, danke auch«, bemerkte ich sarkastisch. »Aber besser ein Gutes, als ein Schlechtes.«

»Wohnst du dann jetzt bei Onkel Jo?«, fragte Tim neugierig.

Prompt wurde ich rot. »Nein, dein Onkel Jo war nur so nett, mich hier übernachten zu lassen. Meine Wohnung ist nämlich nicht weit von hier.«

»Ach so«, sagte Tim gedehnt, aber ich konnte ihm ansehen, dass seine präpubertäre Phantasie wohl gerade Purzelbäume schlug.

Johannes und René tauschten wieder einen Blick – mir schien die Spannung zwischen den beiden greifbar und ich war froh, dass es klingelte.

»Das ist bestimmt mein Schwager«, sagte ich und stand auf, um diesmal selbst zur Tür zu gehen.

Johannes begleitete mich, für den Fall, dass es doch jemand anderes war. Aber es war in der Tat Bernd. Er wirkte etwas abgehetzt. Johannes begrüßte ihn mit einem Kopfnicken und kehrte dann wieder in die Küche zurück.

Bernd drückte mir eine kleine Reisetasche in die Hand. »Hier, ich hoffe, da ist alles drin, was du brauchst.«

»Danke! Du bist ein Schatz!«

»Ja, ich weiß«, grinste er unbescheiden. »Deine Eltern waren gerade noch da, deswegen hat es ein bisschen länger gedauert. Sie wollten zum Wandern und haben angeboten die Kinder mitzunehmen, aber die ließen sich nicht vom Zoo abbringen. Deine Mutter hat mir unglaublich wichtige Ratschläge für dich gegeben«, er rollte mit den Augen, »aber ich glaube, die willst du nicht hören.«

»Vermutlich«, kicherte ich.

»Lukas und Lea sitzen im Auto, aber die kann ich auch noch vertrösten und dich zu uns oder zu deinen Eltern bringen, wenn du willst.«

Ich winkte ab. »Nein, ich gehe um eins erst noch in meine Wohnung. Bis dahin bleibe ich hier.«

»Ich bin gerade dran vorbeigefahren«, erwiderte Bernd. »Von außen sieht es nicht ganz so schlimm aus.«

»Aber es ist wohl nichts übrig«, seufzte ich. »Gerade war schon eine Kommissarin von der Kripo da – naja … wie geht es Jule?«

»Sie will ein bisschen ihre Ruhe, aber sie sagt, du sollst sie später mal anrufen oder vorbeikommen.«

»Werde ich tun.«

In der Küche klingelte ein Telefon. Aus dem Augenwinkel bemerkte ich René, der mit seinem Handy am Ohr durch die Diele ins Wohnzimmer ging.

»Deine Eltern kommen erst am Abend wieder«, sagte Bernd und spähte neugierig an mir vorbei. »Ich hab dir einen Schlüssel mit in die Tasche getan. Wie kommst du dann eigentlich nachher da hin?«

»Notfalls mit dem Fahrrad. Das steht schließlich im Keller und da hat es nicht gebrannt. Vielleicht kann mich auch Johannes bringen.«

»Johannes *Ducros.*« In Bernds Stimme schwang eine Mischung aus Überraschung, Neugier und Spekulation mit. »Und wer ist das?« Er deutete ins Wohnzimmer.

»Sein Bruder René. Mike hat bei ihnen gearbeitet. Vor ein paar Wochen ist Johannes hierher gezogen und ich hab ihn kürzlich auf der Kerwa getroffen. Letzte Nacht war die ganze Nachbarschaft auf den Beinen und er hat es natürlich auch mitbekommen.«

»Aha«, meinte Bernd und ich konnte ihm an der Nasenspitze ansehen, dass er gern noch mehr wissen wollte. Aber er hielt sich zurück. »Also melde dich später, ja.« Er winkte und flitzte dann eilig zu seinem Auto. Bevor ich die Tür geschlossen hatte, drehte er sich noch einmal um. »Übrigens hast du gestern deine Kameratasche bei uns stehen lassen! Samt Kamera.«

»Was? Echt?«

Ich strahlte. Auch, wenn es wahrscheinlich Wichtigeres gab, das sich nicht mehr retten ließ, hob die Aussicht, dass meine Kamera und ein Teil meiner Fotos noch da waren, meine Stimmung gewaltig. Als ich mich umdrehte, bedeutete mir René, immer noch sein Handy am Ohr, zu ihm ins Wohnzimmer zu kommen. Ich stellte die Reisetasche in der Diele ab.

»Natürlich«, sagte René zu seinem Gesprächspartner. »Es ist es viel schöner, wenn der Chor etwas erhöht steht.« Er warf einen Blick in Richtung Küche, aus der man Tim ohne Punkt und Komma reden hörte, und schloss die Wohnzimmertür hinter mir. »Wir sehen uns das am Besten zusammen an, Herr Mansfeld. Das Angebot, das Sie bekommen haben, ist jedenfalls viel zu teuer, aber – Moment, da fällt mir gerade Herr Neukirch aus Höchstadt ein. Sie wissen schon, er ist erst seit kurzem Gemeindemitglied und er ist ... ja, genau ... Schreiner ... wir könnten ihn fragen und ich kann ihm bei der Arbeit helfen ... Sie auch? ... Ach ja ... gut ... ich komme morgen um zehn und wir sehen uns das Ganze an ... ja, schönen Sonntag noch!« Er legte auf und knetete nachdenklich seine Unterlippe.

»Geht es um die Kirche?«, fragte ich beiläufig.

Er nickte und steckte das Handy ein. »Die Empore

soll ein Podest für den Chor erhalten. Wir werden wohl wieder selbst mit anpacken, damit es bezahlbar wird.«

»Nächstes Wochenende hast du ja Zeit«, erwiderte ich mit zynischer Belustigung. »Das mit meinem Schrank hat sich wohl erledigt.«

René nickte nur und schien nicht ganz bei der Sache. »Hör mal«, begann er langsam. »Es geht mich zwar nichts an, dass Jo und du was miteinander habt, aber pass' lieber ein bisschen auf dich auf, okay?«

Ich versuchte möglichst neutral auszusehen. »Ich habe nur hier übernachtet!«

René hob vielsagend die Brauen. »Du kannst mir nicht weismachen, dass Jo die Gelegenheit nicht – sagen wir mal – vorteilhaft ausgenutzt hat.«

Ich spürte die Hitze in meinen Wangen und antwortete vorsichtshalber nicht.

René machte prompt eine selbstgefällige Miene. »Dachte ich es mir doch.«

»Du hast Recht, es geht dich nichts an«, erklärte ich kühl.

René versuchte sich an einem Grinsen, aber es gelang ihm nicht ganz. »Lass lieber die Finger von ihm, Chrissy«, riet er mir ernst. Er hatte seine Geldbörse aufgeklappt und zog eine Karte hervor. »Da ist meine Handynummer drauf.«

»Danke.« Mein Blick fiel auf ein Foto, das in einer Klarsichttasche steckte. Die Schwarzhaarige mit dem Baby von Johannes Nachttisch! »Wer ist das?«

René warf einen Blick darauf, der traurig schien – der aber noch etwas anderes enthielt, das ich nicht gleich deuten konnte. »Meine Frau«, antwortete er knapp und steckte die Börse weg.

Mir fiel seine Bemerkung von gestern Abend ein. *Man sieht es den Leuten jedenfalls nicht an der Nasenspitze an.* Hatte Johannes eine Affäre mit Renés Frau gehabt?

»Chrissy …, ich glaube, ich kann dir wegen Mike noch ein paar Dinge erklären«, unterbrach er meine Gedanken.

Überrascht sah ich ihn an. »Was denn?«

Er warf einen Blick zur Tür. »Nicht hier. Ich … bin mir auch nicht sicher, aber … ruf mich sobald wie möglich an, okay?« Er musterte mich einige Sekunden, dann verließ er den Raum.

Er steckte kurz den Kopf in die Küche und rief: »Ich bin weg!«

Dann umarmte er mich und klopfte mir freundschaftlich auf den Rücken. Dabei flüsterte er mir ins Ohr: »Lass dich nicht von ihm verarschen.«

Anstatt zurück in die Küche, ging ich hoch ins Bad. In Gedanken bei Renés Bemerkungen durchforstete ich die Tasche. Jule war etwas größer als ich und wenn sie nicht gerade schwanger war, trug sie eine Kleidergröße mehr, aber sie hatte mir ein halbwegs passendes Bustier, ein gelbes Top sowie eine weiße Leinenbluse herausgesucht, die ich später als Jacke tragen konnte. Die dreiviertel lange Jeans hatte einen Gürtel und saß etwas locker. Ihre Sandalen waren eine Nummer zu klein, aber es war besser als barfuß gehen. Als ich mir schließlich die Zähne putzte und meine störrischen Haare zu einem Zopf band, war ich zu dem Schluss gekommen, dass zwischen Feli und den Brüdern wirklich etwas vorgefallen sein musste. Mit schiefgelegtem Kopf betrachtete ich mich im Spiegel. Auch meine Haare waren schwarz und möglicherweise reichte diese Ähnlichkeit, um die beiden daran zu erinnern. Aber was auch immer – eigentlich hatte es nichts mit mir zu tun. Viel mehr interessierte mich, was René mir bezüglich Mike wohl zu sagen hatte.

Schließlich kehrte ich in die Küche zurück, in der Tim gerade begeistert von seinem Fußballspiel am Tag zuvor berichtete. »Fünf zu zwei gegen Bruck! Und die Saison hat gerade erst angefangen«, erzählte er, während er die Spülmaschine einräumte. »Aber mit der Mannschaft schaffen wir bestimmt einen der vorderen Plätze. Kommst du zum nächsten Spiel, Onkel Jo?«

»Wenn du mir verrätst, wann und wo es stattfindet«, erwiderte Johannes und verstaute den Käse unter einer Glocke.

»Heimspiel in Tennenlohe gegen Herzogenaurach am nächsten Samstag um zehn! Ich schreib es dir am Besten sofort in deinen Terminkalender«, rief Tim und war schon weg.

Ich sah ihm nach. »Er weiß anscheinend sehr genau wie er von dir bekommt, was er will.«

Johannes' Gesichtszüge waren ungewöhnlich weich. Er mochte den Jungen, das sah man ihm an.

»Behandelst du ihn eigentlich auch so wie deine Mitarbeiter und fährst ihn an, wenn er nicht gehorcht?«, erkundigte ich mich spitz – seine autoritären Anwandlungen von vorhin hatte ich nicht vergessen.

Johannes kam zu mir und strich mir eine lose Haarsträhne aus dem Gesicht. »Du bist nachtragend«, stellte er fest. »Es tut mir leid. Ich wollte dich nicht verärgern«

Mit einer so glatten Entschuldigung hatte ich nicht gerechnet. »Schon gut«, lenkte ich ein.

»Und schnell zu besänftigen«, setzte er spöttisch hinzu.

»Sehr witzig«, knurrte ich.

Er legte seine Arme um meine Taille. »Was hat René über mich gesagt? Er war doch mit dir im Wohnzimmer.«

Bestürzt wollte ich mich befreien. »Über dich? Nichts!«

Johannes zog mich nur fester an sich. »Ach?«

Tim stürmte in die Küche und bremste abrupt. Ohne mich loszulassen, sah Johannes seinen Neffen an.

»Onkel Jo?«, fragte der gedehnt und mit unschuldigem Augenaufschlag. »Ich hab gerade ganz zufällig gesehen, dass du den neuen Flugsimulator gekauft hast …«

Johannes lächelte nachsichtig. »Zufällig. Aber er ist noch nicht installiert.«

Tim strahlte über das ganze Gesicht. »Och, das macht nichts. Das geht doch bei deinem Computer ganz schnell.«

»Brauchst du Hilfe?«

»Nö!« Tim flitzte schon wieder zu Tür raus. »Ich stör' euch dann auch nicht länger.«

»Wie schön«, murmelte ich sarkastisch, als oben eine Tür knallte.

Energisch machte ich mich los und gemeinsam räumten wir die Reste des Frühstücks weg. Meine Gedanken waren wie Hunderte Seifenblasen, von denen ständig neue auftauchten und alte zersprangen, kaum dass ich mich mit einer davon näher befassen konnte.

»Also was hat René gesagt?«, fragte Johannes betont nebensächlich.

Ich war versucht, das ›Nichts‹ zu wiederholen, doch andererseits kam ich mir lächerlich vor, wenn ich mich nur störrisch gab, weil meine Gefühle in Johannes' Gegenwart gleich wieder mit mir Achterbahn fuhren. Ich raufte mir die Haare, woraufhin sich mein Zopf in Wohlgefallen auflöste.

Johannes lehnte sich dann an die Arbeitsplatte. »Du sollst dich nicht von mir um den kleinen Finger wickeln lassen und am besten sofort verschwinden?«

Ich schwieg beharrlich, weil ich ja das Haargummi im Mund hatte und meine Haare neu ordnete.

»Du weißt ja, wo der Ausgang ist.« Er deutete einladend in die entsprechende Richtung.

»Höchstens einen Tag würde ich es aushalten«, erklärte ich bissig am Haargummi vorbei.

»Du wirkst etwas überfordert«, bemerkte er in einem Tonfall, für den ich ihm am liebsten vor das Schienbein getreten hätte.

Nachdrücklich schlang ich das Haargummi um den Zopf. »Bist du eigentlich schon mal auf die Idee gekommen, dass du auch ein Grund dafür sein könntest?« Ich funkelte ihn an.

»Ach so.« Er rieb sich das Kinn. »Natürlich! Andere Probleme hast du gerade nicht. Dass ich darauf nicht gleich gekommen bin!« Geziert schlug er sich vor die Stirn.

»Du machst mich wahnsinnig!«

Lachend verließ er die Küche. Einige Minuten blieb ich einfach stehen, wo ich war. Was Johannes wohl dazu sagen würde, wenn ich seinem Vorschlag folgte? Ich musste nur Jules Reisetasche nehmen und gehen. Mit Daumen und Zeigefinger rieb ich mir über die Nasenwurzel und schnaubte. Ich hatte keine Ahnung, ob er alle Menschen so manipulieren konnte, aber bei mir funktionierte es perfekt. Und ich war mir sicher, dass es ihm Spaß machte. Ob es das war, wovor mich René warnen wollte?

»Ach, scheiß drauf!«

Ich fand ihn lesend auf dem Sofa im Wohnzimmer und setzte mich ihm gegenüber auf den Sessel.

Er legte das Magazin beiseite und sah mich erwartungsvoll an.

»Ja, ich bin überfordert«, gab ich zu, zog meine Beine hoch und umschlang meine Knie. »Mit allem.«

Er verschränkte die Arme. »Womit möchtest du beginnen?«

»Keine Ahnung.« Am liebsten wäre ich weggelaufen, um über gar nichts mehr nachdenken zu müssen.

»Gut, dann fange ich an«, ergriff Johannes das Wort, als ich nicht fortfuhr. »Gestern Abend wolltest du mit mir über Mike reden. Kann es vielleicht sein, dass ihr im Streit auseinander gegangen seid? Und dass es etwas mit der Baustelle zu tun hatte?«

Ich brummte zustimmend. Zögernd begann ich schließlich: »Das letzte Mal, als ich mit Mike gesprochen habe, stritten wir uns, dass die Fetzen flogen. Ich habe ihm gesagt, dass ich ihn nicht heiraten werde, wenn er schon wieder nach Jáchymov fährt. Als er abends anrief, bin ich nicht ans Telefon gegangen. Vielleicht hat er deswegen dieses Beruhigungsmittel genommen, das im Unfallbericht stand. Aber irgendwie habe ich das Gefühl, dass ich – sagen wir, dass ich etwas verpasst habe, was ihn betrifft. Ich war schon seit Wochen – nein eigentlich schon seit Monaten – damit beschäftigt, auf ihn und dieses Projekt wütend zu sein. Es gab ja nichts anderes mehr für ihn. In den letzten Monaten habe ich alles verdrängt. Aber letzte Woche auf dem Sommerfest – als ich dich sah, kam es ganz plötzlich wieder hoch. Dass ich eigentlich gar nicht weiß, wie es ihm in den letzten Wochen vor seinem Tod ging – was er dachte, wie er fühlte. Irgendetwas hat ihn beschäftigt, da bin ich sicher.«

Johannes hatte mir aufmerksam zugehört. »Ich rede nicht mit meinen Mitarbeitern über Privates, aber das bedeutet nicht, dass ich gar keine Ahnung von ihrem Leben habe und mir nicht hin und wieder Gedanken über sie mache.«

»Oh«, sagte ich leise. Ein flaues Gefühl im Magen machte sich breit. Ich war mir nicht sicher, ob ich tatsächlich hören wollte, welche Gedanken er sich über Mike gemacht hatte.

»Bis zum letzten Jahr war er mit kleineren Projekten betraut, die er immer sehr zuverlässig erledigte. Jáchymov war für ihn eine Herausforderung und er wusste, dass er eine Menge Vorschusslorbeeren erhalten hatte. Er war ehrgeizig und konnte es sich nicht leisten, einen Fehler zu machen, weil er die Erwartungen erfüllen wollte. Es ist verdammt schwer, so einem Druck standzuhalten. Durch die Größe des Projekts und die Entfernung war es heikel und Komplikationen gibt es auf jeder Baustelle. Damit musste er auch zurechtkommen.«

Es war eine nüchterne Zusammenfassung der Situation und ich fragte mich plötzlich, wie ich es überhaupt fertigbringen konnte, Mike in dieser schwierigen Zeit auch noch Scherereien zu machen. Vielleicht war ich einfach zu empfindlich gewesen.

»Euer privater Ärger hat den Druck noch verschärft«, stellte Johannes sachlich fest. Er beugte sich vor und stützte die Unterarme auf seine Knie. »Mike wäre nicht der Erste, der in so einer Situation zu Medikamenten greift. Vielleicht hat er schon vor dem Unfall welche genommen. Dass du nichts davon wusstest, heißt nichts.« Er klang sehr entschieden, als er das sagte. »Er hat auf der Baustelle hin und wieder einen Becherovka getrunken. Wahrscheinlich auch an dem Tag – und man muss schon sehr dumm sein, wenn man nicht weiß, was passieren kann, wenn man zusätzlich Beruhigungsmittel nimmt und dann ins Auto steigt!«

»Aber …«

»Er wusste, was er tat, Christine. Und du kannst nichts dafür«, insistierte Johannes. Dann fügte er etwas sanfter hinzu: »Wahrscheinlich ist es ganz egal, was ich dazu sage, du fühlst dich trotzdem auf die eine oder andere Weise dafür verantwortlich.«

»Wahrscheinlich.« Traurig rieb ich über mein Gesicht. Seine Sichtweise auf Mike erschien mir zwar vernünftig aber so einfach konnte ich das nicht abhaken.

Er betrachtete mich versonnen – dann streckte er eine Hand aus. »Komm her.«

Ich rührte mich nicht, auch wenn ein Teil von mir am liebsten sofort aufgesprungen wäre. Stattdessen legte ich meine Stirn auf die Knie und fragte mich, wie es überhaupt passieren konnte, dass ich mich so zu diesem Mann hingezogen fühlte, der vor nicht einmal zwölf Stunden ein Fremder für mich gewesen war.

»Nun komm schon«, wiederholte er sanft. »Ich tue auch nichts, worum du mich nicht ausdrücklich bittest.«

»Keine Sorge, Hasso beißt nicht. Der will nur spielen.«

Ich zögerte noch ein paar Sekunden, doch dann ging ich hinüber. Er zog mich zu sich, sodass ich neben ihm saß und meine Beine quer auf seinem Schoß lagen, während ich es mir in seinen Armen bequem machte. Du bist naiv, dachte ich und verjagte energisch das Weibchen in meinem Kopf, das irgendwie doch auf einen Hauch Ernsthaftigkeit hoffte. Im Geiste leistete ich Mike Abbitte.

»Und welches Problem hast du nun mit mir?«, erkundigte sich Johannes nach einer Weile.

Anstatt zu antworten vergrub ich mein Gesicht an seiner Halsbeuge. Ihn zu fragen, wie ernst es ihm war, kam nicht in Frage. Ich wusste ja selbst nicht einmal, was ich wollte. Plötzlich hob er mein Kinn, sodass ich ihn ansehen musste.

»Also?«

Wenigstens konnte ich das Terrain abstecken. »Das Foto auf deinem Nachttisch. Wer ist die Frau?« Auch wenn ich die Antwort kannte, wollte ich seine Reaktion sehen.

Verblüfft riss er die Augen auf. »Du meinst das

Bild neben dem alten Urlaubsfoto? Das sind Tim und seine Mutter. Sie ist schon seit ein paar Jahren tot und Tim ist mein Patenkind. Was dachtest du denn?«

Ich wurde rot. »Keine Ahnung.« Zumindest wertete ich es als gutes Zeichen, dass er daraus kein Geheimnis machte.

Ich wollte ihm mein Kinn entziehen, aber er hielt es fest und grinste schalkhaft. »Du willst wissen, ob ich eine Freundin habe, richtig?«

Als Antwort zog ich die Nase kraus.

»Tereza hat mich heute morgen angerufen«, sagte er mit süffisantem Unterton und in seinen Augen blitzte es. »Sie hat sich nach dir erkundigt.«

»Also wusste sie, wo ich bin?«

»Nein, aber sie dachte, ich wüsste es vielleicht. Sie ist eine wirklich gute Ärztin und war froh zu hören, dass du keine weiteren Beschwerden hattest.«

»Ach?«, meinte ich betont desinteressiert. »Aber warum hat sie der Polizei nichts von dir gesagt?«

»Danach habe ich sie nicht gefragt, weil ich da noch nicht wusste, dass die Polizei dich sucht«, erwiderte er. »Und im Übrigen ist sie nicht meine Freundin.« Er streichelte mit dem Daumen mein Kinn. »Nicht mehr.«

Vergeblich versuchte ich das Weibchen in meinem Kopf daran zu hindern, begeistert auf und ab zu hüpfen. Sein Blick ließ wieder meinen Magen kribbeln.

»Christine«, begann er etwas zögernd. »Das mit uns beiden letzte Nacht – nenne es wie du willst: eine zufällige Gelegenheit, ein kleines Abenteuer. Danach bleibt meist ein schaler Nachgeschmack zurück. Man versucht so zu tun, als sei nichts geschehen …« Er legte mir den Zeigefinger auf die Lippen, weil ich Luft geholt hatte, um ihn zu unterbrechen. Dabei zog er seine Brauen zusammen und wirkte für einen Moment genau so autoritär wie vorhin. Ich atmete durch die Nase aus und lächelte entschuldigend. »Braves Mädchen … Au!« Vorsichtig zog er seinen Finger zwischen meinen Zähnen hervor. »Natürlich weiß ich, wovon ich rede.«

Vielsagend hob ich die Brauen, während er lässig mit den Schultern zuckte. Die kurze Pause nutzte ich aus: »Du hast doch nicht wirklich darüber nachgedacht, wie du dich hinterher fühlst?«

»Was glaubst du, warum ich gezögert habe?«, stellte er eine wohl rhetorisch gemeinte Gegenfrage.

Ich dachte an Renés Ansicht über ihn und fragte mich weniger rhetorisch, worauf ich mich eigentlich gerade einließ.

Behutsam streichelte Johannes mein Gesicht. »Und jetzt tut es mir noch nicht einmal leid«, wiederholte er, was er mir vorhin schon einmal gesagt hatte.

»Du klingst ja, als fändest du das ärgerlich.«

Er hob einen Mundwinkel. »Eher bemerkenswert.«

»Bemerkenswert?«

»Fällt dir eine bessere Bezeichnung ein?«

»Eigentlich fällt mir im Moment gar nichts mehr ein.« Ich ließ mich wieder gegen ihn sinken und seufzte tief.

»Denk darüber nach«, riet er mir, während er meinen Scheitel küsste.

»Hm.« Ziemlich resigniert kapitulierte ich endgültig vor meinen eigenen Gefühlen. »Tust du mir einen Gefallen?«

»Kommt darauf an.«

Ich richtete mich auf. »Küss mich! Dabei muss ich wenigstens *nicht* denken.«

Mit unverhohlenem Eifer nahm er mein Gesicht zwischen seine Hände. »Sicher?«

»Nein«, erwiderte ich sarkastisch. »Aber tu es trotzdem.«

In den nächsten Minuten dachte ich wirklich nicht. Höchstens daran, dass wir nicht allein im Haus waren.

»Tim ist oben«, murmelte ich.

»Schade«, antwortete er ebenso leise, machte aber keine Anstalten, unsere Lage unverfänglicher zu gestalten.

Wie zwei verliebte Teenager lagen wir ineinander verschlungen auf dem Sofa und gaben uns Mühe nicht hinunterzufallen. Meine Hände hatte ich unter sein T-Shirt geschoben und streichelte hingebungsvoll seinen Rücken. Mein letztes bisschen Vernunft schickte sich an, mir eine gehörige Standpauke zu halten. Ich hörte vorsichtshalber nicht hin, denn diesmal konnte ich mich nicht einmal mit emotionaler Unzurechnungsfähigkeit herausreden.

Gedankenverloren spielte er mit dem Hugenottenkreuz um meinem Hals.

»Kommst du nachher mit mir zu meiner Wohnung? Ich möchte nicht gern allein dorthin.«

Er sah auf und verwob seine Finger mit meinen Locken. Mein Zopf hatte sich längst aufgelöst.

»Natürlich komme ich mit.«

Dann küsste er mich wieder. Das Weibchen taumelte glückselig durch meinen Kopf.

12:56 UHR

Zu dritt waren wir auf dem Weg zu den Überresten meiner Wohnung. Tim war ganz wild darauf mitzukommen und ich hatte nichts dagegen. Johannes war im Bad gewesen und hatte sich umgezogen. Rasiert und mit ordentlicher Frisur sowie mit Hemd, Sakko und Jeans bekleidet, sah er dem stadtbekannten Dr. Ducros wieder so ähnlich, dass ich mich befangen fühlte. Doch wie selbstverständlich nahm er meine Hand. Tim registrierte das natürlich und ich war dankbar, dass er es nicht weiter kommentierte. Während wir zügig die Straße entlang gingen, beschloss ich, mir zumindest jetzt keine Gedanken darüber zu machen, ob unsere kleine Affäre eine tiefere Bedeutung hatte oder am Ende doch nur eine Laune war. Ich nahm mir fest vor, nicht enttäuscht zu sein. Meine Gedanken fühlten sich aber allmählich nicht mehr an wie ein unentwirrbares Knäuel.

»Ach Mist!« Ich blieb stehen, weil mir plötzlich etwas einfiel.

»Was ist los?«

»Thies! Den habe ich völlig vergessen. Ein Bekannter – er wollte mich heute besuchen.«

»Ruf ihn an«, schlug Johannes vor und reichte mir sein Handy.

Ich versuchte mich an Thies' Nummer zu erinnern. Natürlich fiel sie mir nicht ein, daher schüttelte ich nur den Kopf. Johannes schob sein Handy zurück in seine Brusttasche.

»Wann wollte er denn kommen?«

»Na, wenn er da ist«, antwortete ich. »Bei Thies weiß man das nie so genau.«

»Ah.« Johannes Tonfall drückte ziemlich exakt aus, was er von derart vagen Aussagen hielt.

»Thies ist ein alter Freund von Mike und mir«, fühlte ich mich bemüßigt zu erklären, während wir langsam weitergingen. »Er ist Geologe und arbeitet momentan in Tibet. Eigentlich stammt er aus Amsterdam … Ach egal, jedenfalls hatte ich seit Ende letzten Jahres nur ab und zu per E-Mail Kontakt zu ihm.«

Mein Blick streifte Tim, der vor uns her ging und zwar so tat, als höre er nicht zu, aber mit Sicherheit trotzdem interessiert die Ohren spitzte. Ich senkte die Stimme. »Thies kannte Mike ziemlich gut. Vielleicht hast du Recht, mit dem, was du gesagt hast, aber ich hoffe, dass Thies mir auch noch etwas sagen kann.«

Mitfühlend drückte Johannes meine Hand. »Ich bin auch weiter für dich da.«

Diesmal scheuchte ich die Ameisen nicht fort, die aufgebracht durch meinen Magen krabbelten, sondern erinnerte mich nur daran, es zwanglos zu sehen. Genau da kam das Haus in Sicht, in dem sich meine

Wohnung befand – befunden hatte. Ich war heilfroh, nicht allein zu sein.

Je näher wir kamen, desto nervöser wurde ich. Rauchgeruch lag in der Luft. Das Dach war stellenweise rußgeschwärzt, Fenster durch die Hitze zerborsten. Die Haustür und sämtliche Fenster im ganzen Haus standen weit offen. Meine Füße waren plötzlich bleischwer. Wir waren noch gut zwanzig Meter entfernt, als mein Vermieter zusammen mit Frau Ammon aus dem Haus kam und dabei einen missmutigen Blick auf die zertrampelten Blumen im Vorgarten warf. Mein schlechtes Gewissen, weil ich wahrscheinlich Schuld an der ganzen Misere war, meldete sich vehement.

Wie angewurzelt blieb ich stehen. »Scheiße! Was mache ich eigentlich, wenn die Versicherung nicht bezahlt?«, fragte ich, von plötzlicher Panik ergriffen.

Johannes hob die Brauen. »Und warum sollte sie das nicht?«

»Na ja«, sagte ich gedehnt und rieb mir die Stirn, um mich daran zu erinnern, was die Dame von der Hotline alles gesagt hatte. »Wenn ich nun wirklich schuld bin? Es war keine Absicht, aber …« Ich wedelte mit den Händen, weil mir vor Schreck das Wort nicht einfiel.

»… grob fahrlässig«, ergänzte er sachlich. »Da wir in der Firma auch gelegentlich mit derartigen Dingen konfrontiert werden«, er lächelte gequält,

»kann ich dir nur raten, erst einmal abzuwarten. Deine Mitbewohner und der Eigentümer melden ihre Schäden sowieso ihren eigenen Versicherungen und du hast deine informiert. Falls irgendjemand glaubt, Ansprüche an dich zu haben, wird er sich bei dir melden. Die Versicherungen regeln das dann untereinander. Lass es erst einmal auf dich zukommen.«

»Du hast gut reden.«

»Falls es nötig sein sollte, kann ich dir einen guten Anwalt empfehlen.« Bei seinen Worten zog ich eine Grimasse, woraufhin er seinen Arm um meine Schulter legte. »Warte einfach ab, Christine. Mehr kannst du nicht tun.«

Beruhigt war ich ganz und gar nicht, aber er hatte Recht. Ich notierte den Punkt auf meiner langen, gedanklichen Liste all der Dinge, mit denen ich mich beschäftigen musste. Dann legten wir die letzten Meter bis zum Haus zurück. Dumpf klingelte ein Handy. Frau Ammon, die uns gesehen hatte, hob kurz die Hand und holte ihr Telefon aus der Tasche. Etwas Abseits lehnte sie sich an ein Auto und vertiefte sich in ein Gespräch.

»Hallo, Herr Kirchmayr«, begrüßte ich zwischenzeitlich meinen Vermieter kleinlaut.

»Frau Reuther«, erwiderte er sehr kurz angebunden und würdigte mich kaum eines Blickes, sondern blickte jetzt verdrossen nach oben zum Dach.

»Es tut mir wirklich sehr leid.« Ich bemühte

mich, genauso zerknirscht auszusehen, wie ich mich fühlte.

»Gschmarre«, knurrte Kirchmayr sich in seinen grauen Vollbart. »Erst die Bud'n ozünd'n und dann so tun, als könnert Sie nichts dafür!«

Ich brachte vor Verblüffung über seine rüde Abfuhr kein Wort hervor.

»Verzeihung«, mischte sich Johannes da ein. Er zauberte eine Visitenkarte hervor und drückte sie dem verdutzten Herrn Kirchmayr in die Hand. »Johannes Ducros. Vielleicht kann ich Ihnen behilflich sein, Herr Kirchmayr.«

Kirchmayrs Blick streifte Johannes. Dann streckte er seinen Arm aus und versuchte offensichtlich die Visitenkarte zu entziffern.

»Herr …«, er kniff ein Auge zu, dann wurden seine Augen groß, »Dr. Ducros. Was wollen's mir denn helfen?«

Johannes überhörte den unfreundlichen Tonfall. »Nun, Herr Kirchmayr, ich bin vom Fach und wenn Sie gestatten, dann verschaffe ich mir einen Überblick über die Schäden an Ihrem Haus. Ich kann Ihnen eine grobe Einschätzung über Aufwand und Dauer der Arbeiten geben. Im Sinne Ihrer Mieter ist es ja wünschenswert, dass alles so schnell und reibungslos wie möglich über die Bühne geht.«

Kirchmayr rieb sich den Bart. »Und warum wollen's des tun?«

»Ich bin mit Frau Reuther gut bekannt …«

Sieh an, sieh an, dachte ich, das war ja nicht einmal richtig gelogen.

»… und sie bat mich um diesen Gefallen, um ihren Teil dazu beizutragen, den Schaden wieder gutzumachen.«

Das klang zwar wunderbar, wenn auch ein klein wenig dick aufgetragen, war allerdings eine glatte Lüge und das sogar, ohne mit der Wimper zu zucken. Ich fragte mich, ob es ein spontaner Einfall von ihm war, oder ob er sich darüber schon vorher Gedanken gemacht hatte, hütete mich aber etwas anderes zu tun, als zu lächeln.

Kirchmayr wirkte skeptisch und betrachtete noch einmal die Visitenkarte. »Ducros. Aus Tennenlohe.« Er schien zu überlegen, ob ihm gerade ein Märchen aufgetischt wurde.

Johannes nickte gnädig.

Kirchmayr zog die Nase hoch. »Hab scho a weng von Ihne g'hört. Also. Kommen's mit!« Er drehte sich um und stapfte ins Haus.

Johannes winkte Tim und mir mitzukommen. Auf dem Weg nach oben gab Kirchmayr sich weiter ruppig, doch er schien zumindest besänftigt. Ich hielt mich vorsichtshalber mit irgendwelchen Äußerungen zurück und überließ Johannes das Gespräch.

Oben angekommen, stand auf dem Treppenabsatz vor meiner Wohnung ein Mann, der eifrig etwas in ein Notizbuch schrieb. Als er uns sah, lächelte er freundlich.

»Frau Reuther, nehme ich an? Guten Tag – obwohl der Tag für Sie ja gar nicht so gut ist! Wir haben vorhin miteinander telefoniert. Ich bin vom Dauerdienst aus Nürnberg. Hauptkommissar Holzapfel«, stellte der rundliche Mann mit der Glatze sich vor. Er redete wieder ausgesprochen schnell und seine Augen huschten dabei unruhig umher.

»Ähm, guten Tag.« Ich reichte Holzapfel die Hand.

Johannes begrüßte den Kommissar ebenfalls und stellte sich vor. Kirchmayr und der Kommissar kannten sich offenbar schon.

»Dürfen wir hinein?«, erkundigte sich Johannes. »Ich möchte mir gern die Schäden ansehen.«

»Ja, ja, natürlich, natürlich. Aber seien Sie vorsichtig. Steigen Sie auf nichts, verändern Sie nichts und fassen Sie um Himmels Willen nichts an. Die Spurensicherung ist noch nicht ganz abgeschlossen.« Holzapfel deutete einladend auf die Tür. »Nur der junge Mann hier bleibt draußen.«

»Och.« Tim klang enttäuscht. »Darf ich wenigstens ganz kurz hineinsehen?« Johannes warf ihm einen mahnenden Blick zu. »Bitte«, setzte der Junge schnell hinterher.

»Aber nur kurz«, meinte Holzapfel nach kurzem Zögern. Er hob den Zeigefinger. »Und nichts berühren!«

Die Männer und Tim gingen hinein. Ich blieb jedoch im Hausflur stehen. Die Diele war ziemlich verrußt, das Bad geradeaus ebenfalls. Die Tür war offen, das Dachfenster ebenfalls. Der Pullover mit dem Rotweinfleck lag immer noch auf der Waschmaschine. Der stechende Brandgeruch kitzelte unangenehm in meiner Nase.

Johannes, der mein Zögern bemerkt hatte, kam zurück. »Möchtest du lieber nicht hineingehen?« Ich blinzelte, weil meine Augen plötzlich brannten.

»Das liegt nur am Rauch«, meinte er lapidar, küsste mich flüchtig auf die Stirn und zog ein zerknittertes Taschentuch hervor.

Ich nahm es ihm aus der Hand und tupfte mir über die Augen. Dann atmete ich tief durch und bereute es gleich wieder, weil der Rauch in meine Kehle biss und ich husten musste. Ich fasste nach seiner Hand und betrat vorsichtig meine Wohnung.

Tim stand im Türrahmen zum Wohnzimmer und warf einen Blick in den Rest des Apartments. Er hielt sich Mund und Nase zu. »Bäh, stinkt das hier.« Demonstrativ wedelte er mit der anderen Hand.

Johannes legte ihm eine Hand auf die Schulter. »Geh bitte hinunter, Tim«, sagte er in einem Ton, der keinen Widerspruch zuließ.

»Aber – «, setzte Tim zum Protest an.

Johannes hob die Brauen. »Tim!«

Tim zog den Kopf ein. »Schon gut. Wenn du so

guckst, dann hat es eh keinen Zweck mit dir zu diskutieren.« Ich musste unwillkürlich lachen. Tim grinste mich an und erinnerte mich dabei stark an René. »Solltest du dir merken!« Er senkte verschwörerisch die Stimme und neigte sich zu mir. »Aber es gibt trotzdem ein paar Tricks, ihn rumzukriegen. Die verrate ich dir irgendwann mal.« Dann duckte er sich, weil Johannes ihm eine Kopfnuss versetzen wollte und verschwand schleunigst.

»Rotzlöffel«, bemerkte ich trocken.

»Kaum«, erwiderte Johannes ironisch und hob einen Mundwinkel.

Ich wagte einen vorsichtigen Blick durch die Tür. Kirchmayr stand mitten im Raum und sah sich um, die Hände in die Seiten gestützt und die Stirn gerunzelt. Kommissar Holzapfel stapfte mit kritischem Blick über den nassen Fußboden und machte sich zwischendurch weiter Notizen. Zuerst sah ich dorthin, wo meine Küche gewesen war. In der Schlafzimmerwand klaffte ein Loch. Schließlich betrachtete ich den Rest des Zimmers.

»Scheiße!«, sagte ich inbrünstig.

Johannes stand schräg hinter mir. »Das fasst es kurz und prägnant zusammen.«

»Ein Hoch auf den Galgenhumor«, bemerkte ich düster.

»Manches lässt sich nicht anders ertragen«, stellte er fest und drückte sich an mir vorbei.

Mit fachkundigem Blick nahm er nun die Schäden in Augenschein. Kirchmayr schloss sich ihm sofort an. Ich konnte mich nicht durchringen noch einen Schritt weiter zu gehen. Meine Hände schob ich in die Hosentaschen. Tun konnte ich ganz offensichtlich nichts. Und mitnehmen ganz sicher auch nichts. Der Geruch war kaum herauszubekommen. Und dann der Ruß, der viele Dinge bedeckte, die nicht verbrannt oder durch das Löschwasser zerstört waren. Schließlich ging ich doch ganz hinein und versuchte ziemlich hoffnungslos irgendetwas zu finden, das ich vielleicht retten konnte. Mit spitzem Zeigefinger wollte ich ein verkohltes Etwas antippen, das auf meinem Schreibtisch lag. Rechtzeitig fiel mir jedoch ein, dass Holzapfel darum gebeten hatte, nichts anzufassen. Schnell steckte ich die Hände wieder in die Taschen. Mutlos streifte ich umher. Küche, Wohnzimmer, sogar bis ins Schlafzimmer war das Feuer vorgedrungen. Wieder einmal hatte ich das Gefühl, nur unbeteiligter Beobachter zu sein. Das ganze Ausmaß dessen, was hier passiert war, konnte ich gar nicht richtig fassen. Irgendwie wollte ich es auch nicht. Nicht jetzt. Am liebsten überhaupt nicht.

Frau Ammon erschien. Als sie mich erblickte, kam sie auf mich zu. »Frau Reuther, schön, dass Sie da sind.«

Zuzustimmen fand ich unangebracht, denn schön fand ich es nicht gerade, daher sagte ich lieber nichts.

»Warum sind Sie eigentlich auf das Dach geklettert?«, wollte sie wissen. »Hatten Sie keine Angst, hinunter zu fallen?«

»Ich hatte mehr Angst vor dem Feuer. Und der Qualm war furchtbar, ich habe kaum Luft bekommen. Großartig nachgedacht habe ich in dem Moment nicht.«

Kommissar Holzapfel, der die ganze Zeit geschäftig durch die Wohnung gelaufen war, erhob die Stimme. »Meine Herrn, dürfte ich Sie nun bitten, hinauszugehen. Wir müssen mit Frau Reuther allein sprechen.«

Kirchmayr wollte offensichtlich protestieren und auch Johannes schien überrascht.

»Selbstverständlich«, sagte er jedoch. »Vielleicht zeigen Sie mir noch den Trockenraum, Herr Kirchmayr.«

Als er an mir vorbeiging, berührte er kurz meine Hand.

»Erzählen Sie mir doch bitte, was Ihrer Meinung nach passiert ist«, forderte Holzapfel mich ohne Umschweife auf.

Ich tat es.

»Wann sagten Sie, sind Sie ins Bett gegangen?«, fragte Holzapfel, als ich geendet hatte.

»Ich habe um halb zwölf das letzte Mal auf die Uhr gesehen«, antwortete ich gereizt. Allmählich hatte ich keine Lust mehr, alles wieder und wieder zu sagen. »Dann bin ich ins Bett und habe kurz darauf geschlafen.«

»Auf welche Uhr?«

»In der Küche.«

»Und dann sind Sie direkt ins Bett?«

»Ja.«

Holzapfel winkte mir, mitzukommen. In der Küche deutete er auf die Knöpfe am Herd. »Sehen Sie, welche Platte eingeschaltet ist?«

»Hinten rechts«, antwortete ich gehorsam.

»Und wo steht der Wasserkessel?«

»Vorne rechts«, erwiderte ich. »Also habe ich die falsche Herdplatte eingeschaltet?«

»Ich dachte, Sie haben den Herd nicht eingeschaltet.« Holzapfel hatte seine Hand an die Wange gelegt und tippte sich mit einem Finger dagegen.

»Nein. Also, ich meine, ich kann mich nicht erinnern, aber es war doch niemand hier und wenn die Herdplatte der Grund war, dann muss ich das doch getan haben, oder?«

Holzapfel wiegte langsam den Kopf hin und her, was im krassen Gegensatz zu seiner sehr schnellen Sprechweise stand und meiner Ansicht nach weder ja noch nein bedeutete. Kritisch beäugte er den Herd, als würde der ihm irgendein Geheimnis verraten. Dann wechselte er einen Blick mit Frau Ammon, die nur zugehört hatte.

Sie reichte mir eine Karte. »Kommen Sie bitte um sechzehn Uhr in mein Büro in der Schornbaumstraße. Ganz so einfach wie Sie glauben, liegt der Fall wohl nicht.«

Ich starrte die beiden abwechselnd mit offenem Mund an. »Warum?«

»Das werde ich Ihnen nachher sagen, Frau Reuther«, beschied mir Frau Ammon. »Wir benötigen noch ein Untersuchungsergebnis. Ein Kollege aus Nürnberg ist mit einem Spezialgerät hierher unterwegs.«

»Ach?«, fragte ich verwirrt. »Aber ich verstehe nicht, was …«

»Falls Sie nicht kommen können, dann rufen Sie mich unbedingt an«, erklärte Frau Ammon nachdrücklich. »Erreiche ich Sie notfalls bei Dr. Ducros?«

Ich nickte mechanisch. In diesem Moment hörte ich eine bekannte Stimme im Hausflur rufen: »Chrissy? Bist du da, *mijn Schatje*?«

»Ja, hier«, antwortete ich automatisch.

»Wir sehen uns später.« Mit diesen Worten komplimentierte mich Holzapfel endgültig hinaus.

Perplex über diese Abfertigung tappte ich in den Hausflur und wurde im nächsten Moment mit der Feinfühligkeit eines Rugbyspielers umarmt. Thies überschüttete mich mit einer Flut holländischer Koseworte und drückte mir ein paar feuchte und sehr kratzige Küsse ins Gesicht. Quiekend befreite ich mich. Er hatte sich kaum verändert. Nur sein Zopf war länger als früher. Zusammen mit seinem Dreitagebart entsprach er ziemlich exakt dem Bild des verwegenen Abenteurers, der gerade vom anderen Ende der Welt zurückkam.

»Ich hab versucht, dich zu erreichen«, sagte er. »Auch auf deinem Handy. Dann habe ich mir Sorgen gemacht und als ich gerade sah, dass es gebrannt hat, blieb mir fast das Herz stehen.« Theatralisch griff er sich an die breite Brust.

Er verrenkte sich den Hals, um in meine Wohnung zu sehen. Dabei erntete er einen bösen Blick von Holzapfel, der gerade in die Diele trat. Thies machte eine entschuldigende Geste. »Was ist passiert?«

»Es hat gebrannt«, antwortete ich nicht sehr geistreich, weil ich noch mit dem seltsamen Benehmen der beiden Kommissare beschäftigt war. Was war nicht so einfach?

»Das sehe ich doch!«, unterbrach Thies meine Gedanken. »Aber warum?«

»Erzähle ich dir alles, aber lass uns erst mal hinuntergehen«, bat ich ihn. »Der Geruch macht mich noch ganz wirr im Kopf.«

Auf der Treppe begegneten wir Frau Seeg aus der Wohnung unter mir, die ein paar Sachen holen wollte. Überschwänglich erkundigte sie sich, wie es mir ginge. Sie versicherte mir, alle seien froh, dass ich rechtzeitig hinausgekommen war. Jeder sei irgendwo untergekommen und allen ginge es gut.

Als Thies und ich schließlich aus der Haustür kamen, wartete Johannes allein.

»Dein Vermieter überlässt uns wahrscheinlich die gesamte Sanierung«, berichtete er und schien zufrieden mit diesem Ergebnis. »Ich konnte ihn davon überzeugen, dass es das Beste ist, alles von einem koordinieren zu lassen, anstatt sich selbst um jeden Handwerker einzeln zu kümmern. Und möglicherweise wird der Trockenraum gleich mit ausgebaut. Es würde sich schließlich anbieten. Wir können anfangen, sobald die Polizei die Wohnung freigibt.«

»Pragmatisch bist du anscheinend gar nicht.«

»Doch, absolut«, erwiderte er gelassen. »Und außerdem dachte ich, es sei dir recht, wenn sich die Sanierung deiner Wohnung nicht ewig hinzieht, weil ein Terminverzug den Nächsten jagt. Aber man kann Dinge beschleunigen, wenn man die richtigen Hebel kennt.«

Ich machte eine ergebene Geste. »Schon gut, ich streite grundsätzlich nicht mit Fachleuten.« Ich stellte mich auf die Zehen und gab ihm einen flüchtigen Kuss auf die Wange. »Danke. Wo ist eigentlich Tim?«

Prompt legte er eine Hand auf meine Hüfte. »Schon vorgegangen. Ihm war langweilig.«

Plötzlich fiel mein Blick auf Thies, der uns mit zusammengekniffenen Augen beobachtete. Befangen trat ich zwei Schritte zurück.

»Das hier ist übrigens Thies Huizen.« Den niederländischen Umlaut brachte ich nach all den Jahren immer noch nicht richtig zustande – ich sprach ihn einfach wie in ›Eule‹.

Thies verlagerte sein Gewicht auf einen Fuß und verschränkte seine Arme. Johannes' Brauen zuckten kurz hoch, und er nannte lediglich seinen Namen, anstatt seine Hand anzubieten. Sekundenlang herrschte Schweigen.

»Ja, also …«, begann ich zögernd. »Hier sind wir ja fertig und …«

»Wo willst du jetzt hin?«, hakte Thies nach. »Ich habe Zeit. Ich bringe dich.«

Johannes' Miene nach zu urteilen, hatte er denselben Plan gehabt, doch er sagte nichts, sondern schien auf meine Antwort zu warten.

»Ich soll um vier an der Schornbaumstraße sein. Eigentlich wollte ich vorher noch zu meinen Eltern«, sagte ich unschlüssig.

»Prima, dann steig ein!« Thies deutete auf den Mietwagen mit niederländischem Kennzeichen, der auf der anderen Straßenseite parkte.

»Ich muss zuerst meine Tasche bei Johannes abholen«, bremste ich ihn. »Da vorn im Seeanemonenweg. Haus Nummer 7b. Komm einfach mit dem Auto rüber, ja?«

Bevor Thies anbieten konnte, mich auch dorthin zu fahren, drehte ich mich auf dem Absatz um und marschierte los. Johannes brauchte nur Sekunden, um zu mir aufzuschließen. Kurz darauf fuhr Thies langsam an uns vorbei und warf uns einen Blick zu, bevor er abbog.

Ich suchte gerade nach unverfänglichen Worten,

um die Situation zu überspielen und noch einmal beiläufig zu erwähnen, dass ich ja mit Thies verabredet war, als Johannes abrupt stehen blieb. »Christine?«

Ich drehte mich zu ihm herum. Er kam näher und sah mir geradewegs in die Augen. »Was ist los mit dir?«

»Was soll denn los sein?«

Er musterte mich. »Das möchte ich gern von dir wissen.«

»Nichts«, erwiderte ich und klang schnippisch, obwohl ich es gar nicht vorgehabt hatte.

Ich wollte weitergehen, doch er hielt meinen Arm fest. Da ich nicht wusste, was ich noch sagen sollte, starrte ich nur auf seine Hand. Nach ein paar Sekunden ließ er mich los und wir gingen weiter. Langsamer diesmal.

»Ich weiß nicht, was du meinst.«

»Soll ich dich wieder küssen?«, bot er mir mit fast schon sardonischem Lächeln an. »Dann musst du nicht nachdenken.«

»Nein«, antwortete ich hastig. »Doch nicht ...« Ich stockte.

»Hier?«, ergänzte er zynisch. »Wo uns jeder sehen kann? Vielleicht auch dieser Thies?« Er lächelte unfroh.

»Verflixt noch eins! Was soll das? Ich bin schließlich mit Thies verabredet!«

»Ich weiß«, erklärte er nachdrücklich. »Aber

ich dachte, du legst keinen Wert auf eine flüchtige Affäre.«

»Schreib mir doch einfach einen Zettel, so wie früher in der Schule. ›Willst du mit mir gehen? Ja. Nein. Vielleicht‹!«

»Hältst du mich wirklich für so kindisch?«

Ich stützte meine Hände in die Seiten und stieß die Luft durch die Nase aus. »Keine! Ahnung! Ich kenne dich doch kaum!«

»Ich dich auch nicht. Also?«

»Stur ist jedenfalls dein zweiter Vorname.«

»Verdammt, Christine! Ist es dir etwa peinlich, wenn dieser Thies glaubt, wir haben etwas miteinander? Was soll der Blödsinn? Wovor hast du Angst?« Sein Blick war so durchdringend, als versuche er mich allein kraft seines Willens zu einer Antwort zu bewegen. Kein Wunder, dass seine Mitarbeiter alle nach seiner Pfeife tanzten.

Ich wandte die Augen ab. »Weiß ich nicht.«

Er schnaubte. Dann marschierte er weiter. »Und Ungeduld womöglich dein Dritter«, seufzte ich und machte, dass ich hinterher kam. Schon nach ein paar Schritten wurde er langsamer, bis wir wieder nebeneinander hergingen. Zögernd ergriff ich seine Hand. Als er kurz zurückzuckte, spürte ich einen kleinen Stich Enttäuschung. Doch dann verschränkte er seine Finger mit meinen.

»Es geht mir einfach viel zu schnell«, sagte ich schlicht. Schließlich war das die Wahrheit.

Er nickte knapp, ohne mich anzusehen. Ich betrachtete ihn aus den Augenwinkeln. Rein äußerlich wirkte er gleichmütig, aber sein Griff war viel fester, als vorhin. Meine Reaktion schien ihm nicht zu passen, denn anscheinend war ich nicht nur ein Zeitvertreib für ihn. Oder war es nur gekränkte männliche Eitelkeit, weil ich ihn nicht vor aller Augen anhimmelte? Ich wusste einfach viel zu wenig über ihn.

Wir hatten sein Haus fast erreicht. Thies lehnte rauchend an seinem Auto und sah in unsere Richtung. Meine Finger zuckten, denn reflexartig wollte ich Johannes Hand wieder loslassen, doch just in dem Moment, wo ich sie wieder fest in seine schob, weil mir auffiel, dass nicht er, sondern ich mich eigentlich ziemlich kindisch benahm, entzog er mir seine.

»Tut mir leid«, sagte er leise mit einem zerknirschten Lächeln auf den Lippen. »Ich habe kein Recht, dich zu etwas zu drängen.«

Mein Lächeln war eine Spur breiter als seines. »Schon in Ordnung.«

»Ich bringe dir deine Tasche.«

»Danke. Sie steht gleich neben dem Eingang.«

Er ließ mich stehen und ging zum Haus. Ich stellte mich zu Thies. »Er holt meine Tasche«, informierte ich ihn. »Dann können wir fahren.« Thies warf seine Zigarette schwungvoll auf den Boden, sagte aber nichts. »Was ist eigentlich los mit dir? Ist dir dein Frühstück nicht bekommen?«

Er trampelte ausgiebig auf dem Zigarettenstummel herum und öffnete wortlos den Kofferraum. Johannes kam mit der Reisetasche in der Hand aus dem Haus. Thies schnappte sie sich und warf sie in den Kofferraum, den er schwungvoll zuknallte. Johannes hob fragend seine Brauen. Ich zuckte nur mit den Schultern.

»Steig ein«, rief Thies.

»Auf Wiedersehen, Herr Huizen«, sagte Johannes betont freundlich. Er war deutlich talentierter bei der niederländischen Aussprache, doch im Gegensatz zu sonst, wenn jemand das schaffte, ließ Thies es unkommentiert.

»Los komm schon, Chrissy.« Der große Niederländer sah mich auffordernd an.

Johannes ignorierte ihn jetzt ebenfalls. »Tim sitzt wieder vor dem Computer. Er sagt, ich soll dich grüßen.«

»Grüß ihn zurück«, sagte ich und bedeutete Thies, schon mal einzusteigen. »Habt ihr noch etwas vor?«

»Wir gehen schwimmen. Weißt du meine Nummer noch?«, fragte Johannes und kramte dabei in der Tasche seines Sakkos, wohl auf der Suche nach einer Visitenkarte.

»Lass ruhig«, antwortete ich. »Die Nummer vom Büro kenne ich in jedem Fall noch und Frau Taler kann mich dann ja verbinden oder mir deine Handynummer geben – falls dir das Recht ist.«

»*Mir* ist es Recht«, erwiderte er trocken.

Ich rieb mir die Nase und verkniff mir einen Kommentar. Vorsichtshalber ließ ich unerwähnt, dass ich auch René fragen konnte, der mir ja seine Karte gegeben hatte. »Falls Frau Ammon anruft, dann sag ihr, ich bin bei meinen Eltern.«

»In Ordnung.«

»Chrissy! Komm endlich!«, erklang gedämpft Thies' Stimme, der sich quer über die Vordersitze gelegt hatte und ungeduldig an die Scheibe der Beifahrertür klopfte.

Ich warf einen Blick über die Schulter zurück. »Ja, Moment.« Dann streckte ich Johannes die Hand hin. »Danke. Für alles.«

Sachte drückte er zu und streichelte mich mit seinem Daumen, während wir uns sekundenlang ansahen. Eine kleine Ameise tippelte durch meinen Magen.

Vielleicht, dachte ich plötzlich. Vielleicht.

Schon während ich einstieg, startete Thies den Motor und fuhr los, kaum dass die Tür geschlossen war.

»Hey!«, beschwerte ich mich, als ich in den Sitz gedrückt wurde.

Mit viel zu hoher Geschwindigkeit fuhr Thies durch den kleinen Ort. »Meine Eltern wohnen übrigens in Hemhofen«, sagte ich, kurz bevor wir das Ende der Naturbadstraße erreichten. »Hier musst du – « Thies kurbelte am Lenkrand, ohne den Blinker zu setzen und schaffte es gerade noch, auf der engen Straße nicht von einem Traktor in die Fahrerseite gerammt zu werden. »Rechts«, sagte ich matt. »Das andere Rechts, Thies!«

Er zog die Nase hoch, brauste um eine Kurve und hielt an der Ampel. Als diese auf Grün schaltete, nahm er zielgerichtet die Weisendorfer Straße nach links Richtung Erlangen.

»Herr Huizen?«, fragte ich und klopfte ihm auf die Schläfe. »Jemand zu Hause? Meine Eltern wohnen in Hemhofen!«

»Wir fahren zu mir!«

»Ach?«, fragte ich, während meine Augenbrauen knapp unter meinem Haaransatz hingen.

»Du willst mir doch wohl keinen Korb geben, *Zonnetje*«, sagte er und lächelte mich strahlend an. »Ich bin extra den ganzen weiten Weg von Amsterdam für dich gefahren!«

Ich knuffte ihn in die Seite. »Schleimer!«

Kurz überlegte ich, darauf zu bestehen, dass er mich zu meinen Eltern fuhr. Schließlich waren sie nicht zu Hause und wir konnten uns genauso gut dort unterhalten, doch dann fiel mir ein, dass die Polizeiinspektion ganz in der Nähe seiner Wohnung lag.

Ich gähnte verhalten. Die Aufregung der letzten zwölf Stunden hatte Spuren hinterlassen. »Du hättest ja auch fliegen können. Wie lange hast du eigentlich gebraucht?«

»*Niet lang.*« Er grinste und bog schwungvoll auf die Straße ab, die am Europakanal entlang führte.

»Zu schnell gefahren oder zu tief geflogen?«, bemerkte ich sarkastisch und tätschelte ihm das Knie. »Jedenfalls schön, dass du da bist. Ich hab dich vermisst.«

»Das wollte ich doch endlich hören!«

Ich lachte. »Ich weiß. Sag mal, kennst du Johannes eigentlich irgendwoher?«

»*Nee.*«

»Schön, dann haben wir das auch besprochen«, bemerkte ich ironisch, nachdem ich sekundenlang vergeblich auf eine weitere Erklärung gewartet hatte.

Er zeigte mir sein bestes Zahnpastalächeln. Sympathie und Antipathie waren manchmal schwer zu erklären und um nicht unnötig darauf herumzureiten, erzählte ich von dem Brand und wie ich anschließend bei Johannes gelandet war. Allerdings verschwieg ich vorsichtshalber die delikaten Einzelheiten und erwähnte der Vollständigkeit halber kurz die Kerwa und den Zweck meines Besuchs bei Johannes am Vorabend.

Als wir schließlich die schmale Treppe zu seiner winzigen Wohnung in der Hans-Geiger-Straße hinauf stiegen, kam es mir vor, als sei ich erst gestern zuletzt hier gewesen. Wie immer sah es dort aus wie ein Durchgangslager. Es gab weder Dekoration noch einen erkennbaren, persönlichen Stil – wenn man von der Unordnung, die Thies als ›organisiertes Chaos‹ bezeichnete und dem einsamen Kaktus auf der Fensterbank im Wohnzimmer, einmal absah. Allerdings fand er immer schnell, was er suchte und war auf seine Weise sehr zuverlässig. Seine Möbel waren aus zweiter Hand, bunt zusammengewürfelt und zweckmäßig. Es roch schwach nach kaltem Rauch.

»Geh doch schon mal ins Wohnzimmer«, sagte er und schleuderte seinen großen Rucksack durch die Schlafzimmertür. »Willst du einen Kaffee?«

Bei dem Gedanken an das Gebräu, das bei ihm als Kaffee durchging, schüttelte ich den Kopf. »Du hast nicht zufällig Tee mitgebracht?«, fragte ich, denn er hatte mir schon häufiger besondere Teesorten geschenkt, besonders wenn er im fernen Osten unterwegs gewesen war.

»*Oh, toch*«, fiel ihm ein. »*Dat was ik bijna vergeten.*«

Er verschwand im Schlafzimmer und ich fragte mich vorsichtshalber nicht, was Tee im Schlafzimmer zu suchen hatte. Stattdessen ging ich in die Küche, die gerade so groß war, dass man alles erreichen konnte, wenn man mitten drin stand. Immerhin besaß er einen Wasserkocher, der zwar hoffnungslos verkalkt, aber noch funktionstüchtig war. Ich setzte Wasser auf, suchte Tassen und etwas, das einer Teekanne ähnlich war. Naserümpfend stellte ich eine Thermoskanne wieder in den Schrank. Dem Geruch nach zu urteilen, war sie nass zugeschraubt und eine Ewigkeit nicht benutzt worden. Ganz hinten im Schrank fand ich eine alte Kaffeekanne aus vergilbtem Porzellan. Der Henkel fehlte und der Deckel hatte einen Sprung. Ich wusch sie gründlich und füllte sie mit dem heißem Wasser, um sie anzuwärmen.

»*Kijkes*!« Thies überreichte mir eine besonders schöne Teedose. »Für dich nur das Beste! Echter Lapsang Souchong!«

»Ich bin gerührt«, erwiderte ich flapsig, doch ich freute mich, dass er an mich gedacht hatte. Als ich die Dose öffnete, kam mir ein wunderbares Aroma entgegen. »Hm«, machte ich genießerisch. »Trinkst du mit oder bestehst du auf deine braune Brühe?«

»Da du den Tee machst, trinke ich lieber Tee.«

Ungezwungen legte er die Arme um meine Taille und sah mir über die Schulter, während ich neues Wasser aufsetzte. Munter über die Schwierigkeiten beim Einkaufen in Tibet plaudernd, wenn man der Sprache nicht mächtig war, legte er sein Kinn auf meine Schulter, schnüffelte zwischendurch erst in Richtung Tee, dann an meinem Hals, bis ich ihn lachend abwehrte. Schließlich schob ich ihn energisch aus der Küche.

»Schade, es war gerade so gemütlich mit dir«, bedauerte er mit einem Schmollmund.

»Leidest du nach einer Woche ohne Rachel etwa schon an Entzugserscheinungen?«, erkundigte ich mich süffisant nach der Kollegin, deren Namen er in seinen Mails erwähnt hatte und von der ich annahm, dass sie so etwas wie seine Freundin war.

»*Nee*. Sie hat mir längst den Laufpass gegeben.«

Meine Vermutung bestätigt zu hören überraschte mich genauso wenig, wie die Tatsache, dass sie schon wieder Geschichte war.

Ich tippte auf seine Brust. »Sie hat dich mit einer anderen erwischt!«

Er plinkerte mit den Wimpern. »Was hältst du von mir?«

Ich räusperte mich vielsagend. »Oder wollte sie dich heiraten? Und dich überreden mit ihr im Himalaja eine Ziegenfarm zu gründen? Los, sag schon!«

»Gibst du dann Ruhe?«

»Vielleicht.«

Unter gutmütigen Hänseleien gingen wir ins Wohnzimmer – oder vielmehr in das Zimmer, was er als solches bezeichnete, befreiten das Sofa von Zeitschriften und Büchern und setzten uns. Es war fast wie früher und es tat mir unendlich gut, ein bisschen alte Normalität zu spüren. Also quetschte ich ihn nicht nur über Rachel und seine neue Flamme namens Chan Wu aus – die kein Wort Englisch konnte, was er allerdings sehr nebensächlich fand – sondern erfuhr auch interessante Dinge über Tibet, die kürzlich stattgefundene Eröffnung der Lhasa-Bahn und den Stand der Planungen für den Weiterbau. Zwischendurch rief ich bei Jule an, die zwar verschnupft, aber recht munter klang und sprach bei meinen Eltern auf den Anrufbeantworter, dass es später würde, bis ich käme.

»Jetzt fehlt eigentlich nur noch Mike«, sagte ich in wehmütigen Gedanken an ähnliche Nachmittage.

Wohlig rekelte ich mich in meiner Sofaecke herum und wackelte mit meinen Zehen. Thies hatte meine Füße auf dem Schoß und massierte sie gekonnt. Das beherrschte er wie kein zweiter. Ich döste entspannt vor mich hin, bis er seine Fingerknöchel über meine Fußsohle rieb. Erschrocken quietschte ich.

Er seufzte tief. »*Het spijt me, Zonnetje*, dass ich nicht für dich da sein konnte.«

Ich griff nach der Teekanne, doch sie war leer. »Damals habe ich dir doch geschrieben, dass es in Ordnung war. So einfach konntest du schließlich nicht weg. Mach dir keine Vorwürfe deswegen.« Gleich zu Anfang seines Aufenthalts war er ein paar Wochen lang in einem abgelegenen Teil Tibets unterwegs gewesen und hatte keine Möglichkeit gehabt zu kommen – andernfalls hätte er seinen Job verloren und das wollte ich nicht. »Möchtest du vielleicht nachher mit mir auf den Friedhof fahren?«

Er verzog das Gesicht und zündete sich eine Zigarette an.

Ich wedelte demonstrativ den Rauch weg. »Nicht wegen mir. Ich gehe auch nicht oft dorthin. Für mich ist Mike nicht dort, sondern immer noch hier.« Ich klopfte auf meine Brust. »Aber seine Mutter zum Beispiel hat das Gefühl, ihm dort nahe zu sein. Also wenn du möchtest, fahren wir hin.«

Er überlegte eine Weile, während er Rauchkringel in die Luft paffte. »*Nee.*« Mit einem Seitenblick auf mich drückte er die halb gerauchte Zigarette aus. »*'t Is wel waar* – ich hätte dabei sein sollen, als ihr ihn beerdigt habt ... aber du hast Recht, er ist nicht dort. Friedhöfe sind sehr deprimierend.« Betrübt starrte er vor sich hin. Selten hatte ich ihn anders erlebt als gut gelaunt und das erste Mal fiel mir auf, dass ich gar nicht wusste, wie er Mikes Tod eigentlich verarbeitet hatte. E-Mails sagten nicht unbedingt etwas über die wahren Gefühle. Und er hatte sich sehr bedeckt gehalten. Ich rückte näher zu ihm. Er seufzte bis hinunter zu den Zehennägeln und ließ seinen Kopf gegen meine Schulter sinken. Ein paar Mal blinzelte er heftig, dann rieb er sich die Nase und seufzte noch mal.

»Er fehlt mir«, gab er mit belegter Stimme zu.

Jetzt legte ich die Arme um ihn. Es war seltsam, jemand anderem Trost zu spenden, denn bisher war ich immer diejenige gewesen, die getröstet wurde. Noch dazu einem Mann wie Thies, der den Eindruck erweckte, nichts könne ihn erschüttern. Ich zauselte ihm sanft die Haare, wie ich das manchmal bei Lukas oder Lea tat. Er vergrub sein Gesicht an meiner Brust.

Nach ein paar Minuten richtete er sich auf und

sah mich verlegen und mit geröteten Augen an. Ich tätschelte ihm das Knie. »Mir geht es auch immer noch so.«

Er raffte seinen Zopf wieder zusammen und ging auf die Suche nach Taschentüchern. Da er keine fand, holte er sich Klopapier im Bad und prustete lautstark hinein. Ich war ebenfalls aufgestanden und sah mich nach einer Uhr um.

»Wie spät ist es?«, rief ich, als ich keine fand.

»*Geen idee, even kijken* …« Mit seinem Handy in der Hand kam er ins Wohnzimmer. »Gleich halb vier. Gehen wir zu Fuß?«

Da wir noch genug Zeit hatten, mussten wir uns auch nicht sonderlich beeilen. Kurz darauf schlenderten wir die Jaminstraße entlang. Es war immer noch sonnig, doch eine drückende Schwüle hing nun über der Stadt.

»Sag mal, *mijn Snoes*, was war das eigentlich gestern mit dem Schnaps und den Medikamenten – Mike soll was genommen haben, bevor er losfuhr?«

Wir wichen einem Kind aus, dass mit seinem Fahrrad über den Bürgersteig flitzte. »Ja. Möglicherweise war das ein Grund für den Unfall. Verminderte Reaktionsfähigkeit, stand in dem Unfallbericht. Alkohol war nicht viel. Unter 0,2 ‰ – vielleicht dieser Kräuterschnaps, der wie Hustensaft schmeckt.« Ich seufzte. »Aber das war ja nicht alles. Weißt du ob Mike … hat er öfter Beruhigungsmittel genommen? Weil er Stress hatte? Ich habe zu Hause nie was gefunden. Auch hinterher nicht, als ich ausgezogen bin.«

Thies spitzte die Lippen und zögerte mit der Antwort. »Hat eine Obduktion stattgefunden?«

»Nein. Wieso?« Ich zog die Stirn kraus. »Es hieß damals, es sei alles klar – ein Unfall ohne Fremdverschulden und die Todesursache war Unterkühlung. Er wurde ja erst am nächsten Morgen gefunden. Gestern habe ich dann zum ersten Mal den Unfallbericht gelesen und – ich weiß es nicht mehr wörtlich, aber da stand, dass nicht allein die Verletzungen, sondern das Medikament und der Alkohol ihn bewusstlos gemacht haben. Tja und dann dachte ich …«, hilflos hob ich die Hände, »weißt du … Mike und ich haben uns ziemlich oft gestritten. Besonders schlimm an dem Tag, bevor er losfuhr. Ich dachte, das hätte ihn so fertig gemacht, und er hat deswegen etwas zur Beruhigung genommen. Aber … irgendwas ist komisch. Vielleicht hatte es nicht nur mit mir zu tun.«

Thies rieb sich die Nase. »Mit dir bestimmt nicht, *Liefje.* Er wollte dich heiraten.«

Im Vorbeigehen riss ich ein paar Blätter von einem Strauch ab und zerpflückte sie. »Aber er hatte ja nicht mal Zeit, um wegen eines Termins mit mir zum Standesamt zu gehen. Eigentlich hatte ich ja kaum noch Hoffnung, dass wir so kurzfristig überhaupt einen Termin bekommen würden, aber versuchen wollten wir es an dem Montag trotzdem. Tja und gerade, als ich auf dem Weg zum Rathausplatz war, rief er an.« Ich schnippte das letzte Blatt weg. »Als er sagte, er müsse nach Jáchymov fahren, war dass für mich ein rotes Tuch. Ich habe ihn nur noch angeschrien und ihm an den Kopf geworfen, dass er sich die Hochzeit und unsere ganze Beziehung irgendwo hinstecken könne. Er solle doch lieber die Firma heiraten. Und blicken lassen bräuchte er sich auch nicht mehr.«

Thies pfiff durch die Zähne und blieb stehen.

»Ich hab das aber gar nicht so gemeint, sondern war einfach nur furchtbar sauer.« Ich knetete meine Hände. »Aber vielleicht hat er das ernst genommen. Und weil er es geglaubt hat, war er so aufgelöst, dass er sich ein Beruhigungsmittel besorgt hat.« Ich bedeckte meinen Mund mit der hohlen Hand. »Normalerweise rief er abends an, wenn er in der Pension dort übernachtete«, murmelte ich dumpf. »Und er hat ja auch tatsächlich noch mal angerufen. Wahrscheinlich wollte er mir sagen, dass zu viel Schnee liegt und er vorsichtshalber nicht mehr zurückfahren möchte und wir noch mal über alles reden sollten. Aber ich bin nicht rangegangen.«

»Mich hat er auch versucht anzurufen«, sagte Thies langsam. »Kurz vor der Boarding Time. So gegen halb neun. Ich telefonierte gerade mit Sanne und als ich ihn zurückrufen konnte, ging er nicht mehr ran …«

Beklommen sahen wir uns an. »Scheiße.« Trübsinnig wollte ich weitergehen.

Thies hielt mich zurück. »Chrissy – er hätte nie solche Medikamente genommen und sich dann hinters Steuer gesetzt. Vor allem nicht, wenn er Schnaps getrunken hat.« Mit einem leisen Anflug von Sarkasmus setzte er nach: »Im Gegensatz zu mir, war er immer vorsichtig, wenn er fahren musste.«

Hilflos zuckte ich mit den Schultern. »Ja, eigentlich hast du Recht. Aber in den Wochen vorher – nach unserem Urlaub – er wurde immer verschlossener. Er hat schlecht geschlafen, ich hab ihn nachts gehört, wenn er aufstand. Er war nervös. Du hast ihn ja damals auch nicht so oft gesehen. Vielleicht ist dir das bei eurem letzten Treffen nicht aufgefallen, aber ich kann nicht beschwören, dass er wirklich nie was genommen hat.«

»Hm«, machte Thies nachdenklich und ging langsam weiter. »Pflanzliche Stoffe beeinflussen die Fahrtüchtigkeit nicht oder zumindest nicht in diesem Maße.«

»Tatsächlich?«, fragte ich müde, hakte mich bei ihm unter und lehnte meinen Kopf an seine Schulter.

Wir überquerten die Koldestraße. Nur ein paar Dutzend Meter weiter rechts bogen wir in die Schornbaumstraße ein.

»Also muss es irgendein Tranquilizer gewesen sein«, sinnierte Thies. »Erinnerst du dich an den Wirkstoff? Vielleicht ein Benzodiazepin?«

»Woher kennst du denn sowas?«, fragte ich

erstaunt. »Es war auf jeden Fall irgend so ein intelligent klingender Name. Irgendwas mit Fluma … Flinatri …«

»Flunitrazepam«, half Thies.

Verwundert hob ich die Brauen. »Ja. Aber ist so ein Zeug nicht verschreibungspflichtig?«

»*Ja, klopt.*«

»Wenn es verschreibungspflichtig ist, muss er doch beim Arzt gewesen sein. Ich könnte ja mal bei unserem Hausarzt fragen. Vielleicht sagt der mir etwas.«

»*Nee*«, antwortete Thies überzeugt. »Ich glaube nicht, dass er deswegen beim Arzt war.«

»Ja, aber woher hatte er es dann?«

Thies sah mich mit leicht schiefgelegtem Kopf an. »Man kann so etwas nicht nur in der Apotheke kaufen, *Liefje*.«

»Illegal?« Wie angewurzelt blieb ich stehen. »Im Leben nicht!« Abrupt ließ ich ihn los, weil mir plötzlich ein haarsträubender Gedanke kam. »Hast du ihm das Zeug etwa besorgt?«

»*Natuurlijk niet.*«

»Sicher?«

»*Zeker niet*! Aber der andauernde Konsum von Drogen und verschiedenen Medikamenten lässt sich im Blut und Urin nachweisen. Im Haar sogar noch nach Jahren. Nur hätte man ihn dazu obduzieren müssen.«

Ich öffnete den Mund, klappte ihn aber wieder zu ohne etwas zu sagen. Dann kniff ich ein Auge zu und legte den Kopf schief. »Du weißt aber ziemlich viel darüber.«

»Habe ich jemals von mir behauptet, dass ich ein braver Junge bin?«

»Wie bitte?«

Verlegen kratzte er sich am Hinterkopf. »*Nou ja …*«

»Thies, nimmst du etwa auch so ein Zeug?«

»*Nee, toch, Liefje*«, widersprach er mit Nachdruck, »so dumm bin ich nicht. Man wird viel zu schnell abhängig und ich brauche meinen Grips! Aber ich habe früher mal ein bisschen Geld damit verdient, alles Mögliche an weniger kluge Leute zu verkaufen.«

Jetzt war ich ehrlich schockiert. »Du hast gedealt?«

»Ist schon lange her, *hoor*!«

»Jetzt sag bloß noch, du warst jung und du brauchtest das Geld«, bemerkte ich zynisch. »Es gibt doch wohl noch andere Möglichkeiten, Geld zu verdienen!«

Er stützte die Hände in die Seiten. »Natürlich hätte es auch andere Möglichkeiten gegeben, aber eigentlich war mir mein Hintern zu schade dafür!«

Unfreiwillig brach ich in Gelächter aus. »Thies! Du bist unmöglich! Also hast du deinen Hintern rausgehalten und den Rest will ich lieber gar nicht wissen. Aber das ist nicht in Ordnung!« Ich sah ihn vorwurfsvoll an.

Er verdrehte die Augen und murmelte: »*Vrouwen*!«

»Ist doch wahr!«

Er grinste schief. Dann legte er eine Hand auf meinen Oberarm. »Chrissy, weißt du, dass Mike mit dir nach Las Vegas wollte, um dort zu heiraten? Wir hatten Sonntags schon überlegt, ob so kurzfristig noch Flüge zu bekommen waren. Er wollte durchsetzen, dass er zwischen Weihnachten und Neujahr frei bekommt. Sogar deinen Chef wollte er anrufen, damit er dir auch freigibt und dich damit überraschen. Er wusste ziemlich genau, dass er deine Geduld schon überstrapaziert hat.«

Im ersten Moment war ich verblüfft, dann schossen mir die Tränen in die Augen. »Glaubst du, er hat nicht ernst genommen, als ich gesagt habe, dass ich Schluss mache?«

»Du hättest ihm verziehen, *toch*?«

Ich hielt die Hand vor meinen Mund und schniefte. Spontan zog Thies mich an sich und wiegte mich hin und her.

»Wahrscheinlich«, nuschelte ich an seiner Brust. »Ach Quatsch. Sicher hätte ich das. Las Vegas! Ach Mensch, Mike!« Ich grinste unter Tränen, doch gleichzeitig tat es schrecklich weh, an ihn zu denken.

»Wieder besser?«, fragte Thies, nachdem ich mich beruhigt hatte.

Ich nickte. »Ist okay.« Da ich keine Taschentücher dabei hatte, wischte ich mir verstohlen mit dem Ärmel über die Augen. »Ich glaube, es ist gleich vier«, meinte ich und atmete einmal tief durch. »Willst du wirklich mit zur Kripo kommen?«

»*Natuurlijk*!« Er zwinkerte. »Los, die deutsche Polizei wartet bestimmt nicht gern!«

»Die Niederländische wohl auch nicht, was?« Wir gingen weiter, doch schon nach ein paar Metern blieb ich wieder stehen.

»Thies, das ergibt doch alles keinen Sinn! Alles, was du gesagt hast, würde doch eigentlich bedeuten, dass es unlogisch ist, dass Mike ein Beruhigungsmittel genommen hat. Aber laut Unfallbericht *hat* er das.« Thies machte keine Anstalten stehen zu bleiben, also lief ich hinter ihm her. »Was meinst du dazu?«

Er sah vor sich auf den Boden. »Hinterher, in Ordnung?«

Der Himmel war noch immer blau, doch die Luft fühlte sich an, als würde es bald ein Gewitter geben. Eine Kirchturmuhr in der Ferne schlug vier.

16:04 UHR

»Hallo«, grüßte ich befangen, als wir vor der Tür der Erlanger Polizeiinspektion auf Maria Ammon und Paul Holzapfel trafen. Der Parkplatz war leer und das große Gebäude wirkte schon von außen verlassen. Irgendwie machte es mich zusätzlich nervös, außerhalb der Dienstzeiten hergebeten zu werden.

»Entschuldigung, ich bin ein bisschen zu spät.«

Die Kommissarin lächelte freundlich. »Das macht nichts. Schön, dass Sie kommen konnten, Frau Reuther.« Holzapfel nickte nur. Beide betrachteten Thies, der hinter mir stand.

»Das ist Thies Huizen, ein Freund von mir. Darf er dabei sein?«

Die Kommissarin machte eine vage Geste. »Sie können gern mitkommen.« Sie deutete zur Tür. »Am Wochenende ist hier für gewöhnlich niemand, aber ich dachte, es sei Ihnen lieber, als nach Nürnberg ins Präsidium zu kommen.«

Frau Ammon zückte einen Schlüsselbund. Anschließend führte sie uns in ihr Büro in der ersten Etage.

Sie deutete auf einen Tisch in der Ecke. »Setzen Sie sich doch, bitte.«

Unsicher nahm ich Platz und war froh, dass Thies

sich auf dem Stuhl neben mir niederließ. Seit vorhin hatte ich nicht mehr über die kryptische Andeutung der Kriminalbeamten nachgedacht.

»Mein Kollege und ich sind auf Ungereimtheiten gestoßen und wir müssen Ihnen noch einige Fragen stellen, Frau Reuther«, begann Maria Ammon.

»Ungereimtheiten? Was meinen Sie damit?«

»Nun …« Holzapfel lehnte sich auf seinem Stuhl zurück und tappte mit seinen Fingern auf dem Tisch herum. Es schien, als schöpfe er Atem für seine anschließende Rede, die er nahezu ohne Punkt und Komma hielt. »Wie wir Ihnen erklärt haben, war die eingeschaltete Herdplatte Auslöser für den Brand. Ein Stück Stoff – vermutlich ein Handtuch – hat sich aufgrund der Hitze entzündet. Daraufhin hat sich der Brand von der Küche aus weiter ausgebreitet. So weit, so gut. Was uns allerdings Kopfzerbrechen machte, Frau Reuther, ist die Tatsache, dass genau das ziemlich schnell ging. Etwas zu schnell für unsere Begriffe.«

»Warum ist das wichtig?«, erkundigte ich mich vorsichtig.

Diesmal war es Maria Ammon, die das Wort ergriff. »Weil wir Grund zu der Annahme haben, dass das Feuer nicht zufällig entstanden ist. Da Sie behaupten, allein in Ihrer Wohnung gewesen zu sein, könnte das bedeuten, dass Sie den Brand selbst gelegt haben.«

Ich überlegte ernsthaft, ob ich mich verhört hatte,

doch beide Kommissare wirkten nicht, als machten sie Witze. »Wie bitte? Ich lege in meiner eigenen Wohnung Feuer und flüchte dann auf das Dach? Wäre es da nicht einleuchtender, dass ich dafür sorge rechtzeitig rauszukommen? Und wieso sollte ich das überhaupt getan haben?«

»Versicherungsbetrug«, stellte Holzapfel sachlich fest. »Sie zünden Ihre Wohnung an und kassieren die Prämie. Dass Ihr Plan einen Haken hatte und Sie dummerweise auf dem Dach gelandet sind, haben Sie vielleicht nicht bedacht, aber letztendlich macht Sie das nur glaubwürdiger.«

Vollkommen perplex schüttelte ich den Kopf und sah Thies an, der sich mit gerunzelter Stirn das Kinn rieb.

Frau Ammon faltete die Hände und stützte ihre Ellbogen auf die Tischplatte. »Die Feuerwehr und auch unsere Brandermittler haben anhand der Spuren festgestellt, dass sich das Feuer extrem schnell ausgebreitet hat. Normalerweise wären Sie vom Rauchmelder aufgewacht, bevor das Feuer Ihnen den Fluchtweg vollständig abschneiden konnte. Möglicherweise hätten Sie noch rechtzeitig fliehen können – zumindest hätten Sie es trotz der Rauchentwicklung versucht und Ihre Chancen es zu schaffen wären laut Feuerwehr nicht schlecht gewesen – andernfalls hätte die Feuerwehr Sie in Ihrer Wohnung oder im Treppenhaus gefunden.«

Ich war sprachlos. Und Frau Ammon noch nicht fertig.

»Sie haben mir gesagt, die Schlafzimmertür habe sich nicht öffnen lassen. Wir haben das überprüft.« Aus einer Schublade holte sie ein Tütchen, in dem verkohltes Papier war. Es sah aus, als sei es mehrfach zusammengefaltet worden. »Wir können es nicht mit Sicherheit sagen, aber wir vermuten, dass es als Keil von außen unter die Schlafzimmertür geschoben wurde. Außerdem war die hintere Herdplatte eingeschaltet. Ein Handtuch lag darauf, das mit einer brennbaren Flüssigkeit getränkt war. Ein Kollege vom Fachkommissariat aus Nürnberg hat mithilfe eines Photo Ionisations Detektors eine Analyse durchgeführt und zweifelsfrei festgestellt, dass ein Brandbeschleuniger im Spiel war. Das erklärt natürlich die rasante Ausbreitung des Feuers.«

Thies neben mir war alle Farbe aus dem Gesicht gewichen. Meine Gefühle schwankten zwischen absolutem Unglauben und hellem Entsetzen. Hatte ich irgendwann gedacht, es könne nicht schlimmer kommen?

Frau Ammon holte eine weitere Plastiktüte hervor, in der sich eine kleine Flasche befand. Sie reichte sie mir. »Wissen Sie, was das ist?«

Ich drehte und wendete die Flasche. »Waschbenzin … aus dem … Bad?«

Holzapfel nickte beifällig. »Wir haben es auf der Anrichte in der Küche gefunden. Wer auch immer das Feuer gelegt hat, wollte ganz sicher gehen, dass die Wohnung schnell abbrennt. Von der Küche aus bis ins Wohnzimmer wurde der gesamte Flascheninhalt verteilt. Das Feuer breitete sich im Bruchteil einer Sekunde im ganzen Raum aus. Und unter diesen Umständen fragen wir uns nun, was dahintersteckt.«

»Aber ich war doch allein in der Wohnung«, murmelte ich schwach.

»Ihre Wohnungstür war abgeschlossen. Die Feuerwehr hat die Tür aufgebrochen«, bemerkte Frau Ammon. »Wer hat alles einen Schlüssel zu Ihrer Wohnung?«

»Nur meine Schwester«, sagte ich. »Aber warum sollte denn jemand bei mir ein Feuer legen? Sie müssen sich irren.«

»Dr. Ducros hatte auch einen Schlüssel zu Ihrer Wohnung«, wandte Frau Ammon ein. »Ich war dabei, als Sie ihn danach fragten.«

Ich starrte sie an, als hätte sie sich vor meinen Augen in ein Monster verwandelt. »Johannes? Aber das ... das war Zufall. Außerdem ... ich meine, er ... und ich ...«

Sie schmunzelte verhalten. »Einen Sachverhalt aufzuklären heißt, dass wir alle Eventualitäten in Betracht ziehen. Wir haben übrigens Spuren gefunden, die darauf hindeuten, dass jemand über ihr Badezimmerfenster eingestiegen ist. Finden Sie das genau so abwegig?«

Ich stöhnte. »Ja, weil ich das selbst war. Die Fenster liegen nicht weit auseinander. Also bin ich einfach reingeklettert, als ich bemerkte, dass ich meinen Schlüssel verloren hatte.«

Frau Ammon runzelte die Stirn. »Warum haben Sie dann vorhin gesagt, dass Sie einen Ersatzschlüssel im Trockenraum hatten?«

»Weil … ach keine Ahnung. Erzählen Sie jedem, dass Sie einen Schwips hatten und etwas getan haben, an das Sie nüchtern nicht mal denken würden?«

»Sie haben getrunken?«, hakte Holzapfel nach. »Was und wie viel?«

»Rotwein. Zwei, drei Gläser, ich weiß nicht genau. Betrunken war ich nicht und ich weiß noch, was ich getan habe, falls Sie jetzt darauf anspielen wollen«, konterte ich ärgerlich.

»Sie glauben zu wissen, was Sie getan haben, Frau Reuther, oder Sie wissen, was Sie getan haben?«, fragte Holzapfel provokant.

»Wollen Sie mir etwa unterstellen, ich wüsste nicht mehr, dass ich meine Wohnung angezündet habe?«, rief ich aufgebracht.

In diesem Moment legte Thies mir eine Hand auf die Schulter. »Chrissy, du musst nichts mehr dazu sagen, wenn du nicht willst.«

Frau Ammon musterte Thies, der sich davon nicht beeindrucken ließ. »Frau Reuther, es geht nicht mehr darum herauszufinden, ob ein Verbrechen geschehen ist, sondern nur noch darum, wer es getan hat!

Wir haben handfeste Beweise dafür, dass es Brandstiftung war. Wenn Sie es nicht selbst waren, dann stellt sich die Frage, warum irgendjemand in Ihrer Wohnung Feuer gelegt hat – und dabei womöglich nicht nur in Kauf nahm, sondern wollte, dass Sie sterben!«

»Das ist doch absurd! Ich … ich … das kann nicht sein. Sie müssen sich irren.« Ich kam mir vor wie in einem schlechten Film.

»Hatten Sie irgendwelche Wertgegenstände in der Wohnung? Schmuck? Geld? Irgendetwas anderes, das für einen Dritten interessant gewesen sein könnte?«, fragte Holzapfel.

Ich schüttelte den Kopf. »Gar nichts.«

»Oder gibt es jemanden mit dem Sie zerstritten sind? Jemand, der Ihnen gedroht hat? Oder der sich Ihnen gegenüber auffällig benommen hat? Jemand auf der Arbeit? Eine Zufallsbekanntschaft?«

Ich schüttelte noch einmal den Kopf. »Ich weiß es nicht. Wirklich nicht.«

Frau Ammon lehnte sich zurück. »Frau Reuther, bitte denken Sie gründlich darüber nach.«

Ich vergrub mein Gesicht in den Händen. Es war totenstill im Raum. Thies Hand lag immer noch auf meiner Schulter.

Wer konnte das getan haben? Wer? Und warum?

Schließlich blickte ich auf. »Es tut mir leid. Ich bin völlig durcheinander.«

Frau Ammon sah mich verständnisvoll an. »Das kann ich mir vorstellen. Überschlafen Sie die Sache und kommen Sie bitte morgen früh um neun hier zu mir, dann sprechen wir noch einmal in Ruhe darüber. Aber zu Ihrer eigenen Sicherheit möchte ich gern wissen, wo Sie sich in der Zwischenzeit aufhalten.«

Thies antwortete an meiner Stelle. »Chrissy ist bei mir.« Er reichte der Kommissarin eine Visitenkarte.

»Später bin ich dann bei meinen Eltern«, warf ich ein. »Die Adresse haben Sie«

Frau Ammon nickte. »Ja, die habe ich. Falls Ihnen vorher noch irgendetwas einfällt, Sie Angst haben oder Ihnen etwas seltsam vorkommt, dann rufen Sie mich bitte auf meinem Handy an.« Eindringlich fügte sie hinzu: »Jederzeit! Oder Sie wählen den Notruf.«

Als Thies und ich einige Minuten später zurück auf der Straße waren, fühlte ich mich, als hätte mir jemand in den Magen geboxt.

»Das ist doch … Wahnsinn.«

Thies antwortete nicht, sondern schien genauso schockiert wie ich. Wir schlugen ohne Umwege den Weg zurück ein. Diesmal beeilten wir uns, denn am Himmel waren dunkle Wolken zu sehen. Unterwegs hing ich meinen Gedanken nach. Was die Kripo sagte klang absurd – aber je länger ich darüber nachdachte, desto mehr verstärkte sich mein Gefühl, dass ich irgendetwas übersah. Etwas Entscheidendes. In der Ferne zuckten bereits Blitze und dumpf grollte der Donner. Der Wind hatte aufgefrischt.

Immer noch wortlos betraten wir Thies' Wohnung.

»Chrissy. Wir müssen über etwas reden.« Im Wohnzimmer öffnete er eine Schublade und holte etwas heraus.

Bei seinem Tonfall stellten sich mir alle Nackenhaare auf. »Thies, egal, was du jetzt sagen willst. Können wir das nicht verschieben? Die letzten vierundzwanzig Stunden waren etwas viel!«

»Nein, *Liefje*, das sollten wir lieber nicht verschieben«, sagte er ernst.

Zu ernst für meine Begriffe. Meine Kehle wurde eng. »Was?«

»Das war in dem Umschlag, der auf meinem Schreibtisch lag, als ich nach Hause kam. Außerdem waren noch ein paar Tüten mit Erde darin. Auf dem Umschlag war Mikes Handschrift.«

Mit gemischten Gefühlen nahm ich den Gefrierbeutel entgegen. »Danach hast du mich letzte Woche gefragt. Jule sagte, es sei ein Umschlag mit deinem Namen bei Mikes Sachen gewesen. Angeblich habe ich gesagt, dass sie ihn mit zu dir nehmen soll. Aber daran kann ich mich nicht mehr erinnern.«

Thies winkte ab. »Wie er dahin gekommen ist, spielt jetzt keine Rolle mehr. *Kijkes.*«

Er reichte mir die Tüte. Darin war ein sehr unregelmäßig geformter, teilweise scharfkantiger Stein, der in meine hohle Hand passte. Einige Stellen glänzten metallisch, ansonsten war er bräunlichrot und mit tiefschwarzen, unregelmäßigen Streifen durchzogen. Diese wirkten wie eine ehemals zähflüssige Substanz, die durch das Gestein gequollen war, Blasen geworfen hatte und schließlich erstarrt war.

Thies rieb sich den Nacken und setzte sich. »Weißt du, was eine Typlokalität ist?«

»Eine angesagte Kneipe?«, fragte ich humorlos. Mit Blick auf den Stein, nahm ich neben Thies Platz.

Ich wusste nicht, was mir mehr Sorge machte: Dass er nicht auf meinen gezwungenen Scherz einging oder, dass ich mir plötzlich sicher war, dass dieser Stein Teil eines schockierenden Mosaiks war.

»Eine Typlokalität nennt man den Ort, von dem ein Gestein oder Mineral stammt, das zum ersten Mal wissenschaftlich beschrieben wird«, erklärte Thies in ungewohnt akademischem Tonfall. »Das, was du dort in der Hand hältst, ist schon seit ein paar Jahrhunderten als Pechblende bekannt. Das Material für diese erste Untersuchung stammte aus St. Joachimsthal, also dem heutigen Jáchymov. Ende des achtzehnten Jahrhunderts war das. Der Chemiker Klaproth entdeckte dabei ein neues Element.«

»Aha.« Ich betrachtete noch einmal den Stein und

fand außer seinem etwas seltsamen Aussehen nichts besonderes daran. Aber Thies war schließlich der Geologe. Draußen donnerte es.

»Sowas bringe ich manchmal den Studenten an der Uni bei. Jedenfalls verwendete ein Jahrhundert später ein Forscherpaar große Mengen Pechblende aus Joachimsthal für ihre Forschungen. Dafür bekamen sie den Nobelpreis für Physik: Pierre und Marie Curie.«

Der Stein in meiner Hand fühlte sich gar nicht mehr harmlos an. Ein Windstoß fuhr durch das gekippte Fenster und ließ die Tür knallen.

»Tja, *Zonnetje*, das da ist Uraninit.« Er nahm mir die Tüte ab, die ich jetzt nur noch an einem Zipfel weit weg vom Körper hielt. »Uran ist übrigens ein Alphastrahler.« Er ließ den Stein in der Tüte in seiner Hand auf und ab hüpfen, während er das Fenster schloss. Draußen setzte Regen ein.

»Ja und?«, fragte ich mit einem Anflug von Hysterie in der Stimme. »Radioaktiv ist radioaktiv!« Ich schielte auf das Uraninit.

»*Natuurlijk niet!*«, versetzte Thies und legte den Stein auf den Tisch. »Alphastrahlung ist zwar die mit der höchsten Energiedosis und zwanzig mal schädlicher als Beta- oder Gammastrahlung, dafür reicht sie aber höchstens zehn Zentimeter weit. Sie dringt kaum unter die Haut. Nur wenn du den Stein da sehr lange in der bloßen Hand hältst, werden die obersten Hautschichten geschädigt. Alphastrahlung kannst du ganz leicht durch Papier abschirmen. Verschlucken sollte man so ein Steinchen auch nicht unbedingt.«

Seine Erklärungen beruhigten mich jedoch ganz und gar nicht. »Und das Ding stammt von der Baustelle?«

»*Jawel, hoor.* Ob von dort oder aus der unmittelbaren Umgebung, weiß ich natürlich nicht. Aber auch die Bodenproben sind kontaminiert. Ich habe sie untersucht: Uran, Radium, Polonium, Thorium, das volle Programm.«

»Die Ferienanlage«, sagte ich matt und fuhr wegen eines besonders lauten Donners zusammen. »Aber Uran … so eine Belastung muss doch bekannt sein.«

»Zeker dat«, bestätigte Thies, den das Gewitter nicht weiter beeindruckte. »Bis ungefähr Mitte der Sechziger Jahre wurde in der Gegend um Jáchymov Uran abgebaut. Ich tippe, dass sich die Ferienanlage auf einem ehemaligen Tailing befindet. Einer Abraumhalde. Irgendwo in der Nähe muss es den Eingang zu den alten Stollen geben. Die Produktionsstätte selbst hat man verschrottet. Eigentlich ist es üblich, das Tailing mit einer dicken Schicht aus unbelastetem Erdboden zu bedecken, um eine Verwehung radioaktiver Partikel und übermäßige Radonemission zu verhindern. Wenn überhaupt, dann ist das dort nur sehr lückenhaft passiert. Die alten Ostblockstaaten waren in diesem Punkt ziemlich nach-

lässig. Aber eine Abdeckung wäre durch die Bauarbeiten sowieso durchlöchert wie ein Edamer.«

»Was ist mit den Leuten dort?«, erkundigte ich mich besorgt. Draußen regnete es immer stärker.

Thies stieß die Luft aus. »Weiß ich nicht. Alphastrahlung wird erst gefährlich, wenn sie vom Körper aufgenommen wird: durch Obst und Gemüse, das dort angebaut wird. Oder wenn man zu viel belasteten Staub einatmet. Kinder, die ihre dreckigen Hände in den Mund stecken. Die Zwangsarbeiter in den Uranbergwerken starben aus ganz unterschiedlichen Gründen und Radioaktivität war nicht immer schuld. Beim Abbau wurden jede Menge Schwermetalle freigesetzt. Dann Radon als Zerfallsprodukt aus Radium – davon war reichlich in den Proben. Es war ein ziemlich ungesundes Klima da unten im Bergwerk.«

Fassungslos hielt ich mir die Hand vor den Mund. »Das ist ja furchtbar! Dann können die Urlauber und Angestellten dort alle krank werden?«

»*Nee, zeker niet.* Über Tage besteht schon mal das Problem mit der schlechten Lüftung nicht. Und Jáchymov ist auch nicht Tschernobyl! Selbst da kann man sich unter bestimmten Bedingungen aufhalten, ohne gleich lebensgefährlich verstrahlt zu werden. Radioaktive Verseuchung und deren Folgen ist ein sehr kompliziertes Thema.«

»Und ich dachte, Jáchymov sei eine Kurstadt. Das steht doch in den Reiseführern.«

»*Klopt!* Aber woher hat wohl der Radium Palace seinen Namen? Medizinische Radonkuren gegen Atemwegserkrankungen! Radon kommt von Natur aus in unserer Luft vor. Den Bodenproben nach zu urteilen, ist die Belastung durch die Alphastrahlung nicht so hoch, dass es auf jeden Fall zu Folgeschäden kommt. Und die Ärzte in Jáchymov behaupten, dass niedrig dosierte Alphastrahlung sogar förderlich für die Gesundheit ist.« Er seufzte und hob etwas hilflos die Arme.

»Wir sollten trotzdem schleunigst was tun«, sagte ich und wollte aufstehen.

Er hielt mich zurück. »*Zachtjes*. Kannst du dir keinen Grund vorstellen, warum jemand eine Ferienanlage an so einer Stelle baut?«

Ich zuckte mit den Schultern. »Vielleicht ist es eine landschaftlich besonders reizvolle Stelle und die Betreiberfirma wusste nicht, dass es ein ehemaliges Tailing ist?«

Thies warf mir einen mitleidigen Blick zu. »Du bist *een lekker Meisje*, aber ziemlich naiv.«

Ich streckte ihm die Zunge raus und versuchte das Gewitter zu ignorieren. Blitz und Donner folgten dicht aufeinander.

»Natürlich wussten die davon. Sie konnten es deswegen besonders billig kaufen.«

»Aber bevor man irgendwo baut, erstellt man da nicht ein Bodengutachten? Und wenn etwas nicht stimmt, darf man nicht bauen.«

»Aha! Du bist also doch nicht auf den Kopf gefallen!«

Jetzt dachte ich, mir ginge ein Licht auf. »Mike als Bauleiter hat bemerkt, dass man da besser nicht bauen sollte und diese Firma – ›Dovolená Park‹ hieß die glaube ich – hat trotzdem darauf bestanden und er hatte die ganze Zeit ein schlechtes Gewissen – obwohl ... nein, eigentlich kann das doch nicht sein, weil dann hätten doch Johannes oder René ...«

»Das Gutachten war nicht auffällig.«

»Woher weißt du das?«

»Kein renommiertes Bauunternehmen kann sich leisten, auf einem Tailing zu bauen. Gäbe es ein offizielles Gutachten, in dem die Kontamination schwarz auf weiß steht, dann hätte die Firma Ducros den Bau nicht übernommen, *Liefje*, glaub es mir.«

»Dann hat Mike nichts davon gesagt und Johannes und René wissen gar nichts davon?« Ich war entsetzt, denn das hätte ich Mike wirklich nicht zugetraut.

»*Mijn Snoes*, du bist wirklich zu gut für diese Welt!«, sagte Thies ironisch.

»Wieso?«

»Es geht um Geld!«

»Ja. Schön. Und weiter?«

»Dovolená Park ist eine Scheinfirma.«

»Eine Briefkastenfirma kann doch so ein Projekt nicht finanzieren! Das kostet doch Millionen!«

»*Natuurlijk*!« Thies trommelte mit seinen Fingern auf dem Oberschenkel herum. »Eine gewisse Summe muss vorhanden sein, der fehlende Teil wird finanziert. Eine Bank, die das macht, lässt sich finden und als Sicherheit dient das Objekt selbst. Du sagtest, Beckmann-Reisen hätte die Anlage in ihren Katalog aufgenommen?«

»Ja. Meistens nehmen die Reisegesellschaften ein Objekt schon vor der Eröffnung mit hinein. Inzwischen steht es auch noch in weiteren Katalogen, nicht nur bei Beckmann.«

»Also sind von Anfang an kalkulierbare Einkünfte vorhanden. Zusammen mit etwas Eigenkapital und einem respektablen Leumund im Hintergrund hat man den Kredit schon in der Tasche. An das nötige Kleingeld zu kommen ist für jemanden, der sich in der Finanzwelt auskennt und öfter mit großen Beträgen jongliert, kein Problem. In Tschechien ist es leicht, eine Scheingesellschaft zu gründen. Passende Strohleute lassen sich finden und Verbindungen im Land machen es noch einfacher.« Thies musterte mich eingehend. »Der saubere Dr. Ducros hat doch eine tschechische Freundin.«

»Er ist nicht mehr mit ihr zusammen.« Meine Stimme klang schrill und ich hätte mir am liebsten die Ohren zugehalten. Ich wollte nichts mehr hören.

»Verdammt noch mal! Chrissy!« Thies hieb auf die Armlehne. »Kapierst du immer noch nicht? Es gibt keine Betreibergesellschaft. Ducros steckt dahinter!«

»Nein!« Es konnte nicht sein. Konnte, konnte, konnte nicht!

Thies stieß eine Flut holländischer Verwünschungen aus. »Mike war dabei, das Projekt zu stoppen! Damit wäre eine Menge Geld zum Teufel! Glaubst du wirklich, dass Mike das Flunitrazepam freiwillig genommen hat?«

Ich starrte ihn an, unfähig zu reagieren.

»Mikes Unfall geschah nicht zufällig. Und du hast letzte Nacht verdammtes Glück gehabt! Er wollte dich auch umbringen!«

Ich rannte über eine Wiese. Es regnete in Strömen. Ich wusste nicht, wie ich raus gekommen war und ich wusste nicht, wohin ich eigentlich wollte. Ich wusste gar nichts mehr. Der eisige Regen traf mich wie tausend Nadelstiche. Ich war bereits klatschnass.

»Chrissy!«

Thies war nicht weit hinter mir. Der Sturm übertönte ihn fast. Ich beschleunigte. Es blitzte und im selben Moment donnerte es ohrenbetäubend. Ich schrie auf, stolperte über einen heruntergewehten Zweig und konnte mich gerade noch fangen. Thies schloss zu mir auf. Im Gegensatz zu mir keuchte er nicht mal. Er fasste nach meiner Schulter, doch ich schüttelte ihn ab.

»Johannes ist kein Mörder!« Meine Stimme überschlug sich.

»Johannes!« Thies spie den Namen aus, als sei er

etwas Ekelhaftes. »Was hat *die klootzak* mit dir angestellt?« Grob packte er meinen Arm.

Energisch schlug ich ihn fort. »Hör auf!«

Wieder griff er zu, diesmal sehr grob mit beiden Händen und zwang mich dazu, stehen zu bleiben.

»Lass mich los!«

»Warum nimmst du ihn in Schutz?« Ich hätte nicht erwartet, jemals Angst vor Thies zu haben. Doch im Toben des Unwetters stand er vor mir wie ein wütender Stier. »Brauchst du etwa einen Mann? Kein Problem, ich hab Zeit! Vielleicht rutscht dein Gehirn dann ja wieder an den richtigen Platz!«

Er schüttelte mich heftig und ich verlor fast das Gleichgewicht. Reflexartig holte ich aus und versetzte ihm eine schallende Ohrfeige. Er ließ mich los, als habe er sich verbrannt. Ich drehte mich um und rannte weiter.

Weg.

Weit weg von diesem Wahnsinn.

Thies fluchte derb und setzte mir nach. Nur ein kurzes Stück weiter war er wieder neben mir. Ich musste stehenbleiben, weil ich Seitenstechen hatte. Nach Luft ringend, hielt ich mir die schmerzende Körperhälfte. Misstrauisch schielte ich ihn an. Wie ein begossener Pudel stand er im Regen und tätschelte mich ungelenk.

»*Sorry, Liefje.*«

Meine Augen brannten und heiße Tränen mischten sich mit dem kalten Regen. Ich zitterte und hatte das

Gefühl, auf der Achterbahn eine Schussfahrt abwärts zu machen. Ich richtete mich etwas auf, die Hand immer noch in der Seite.

»Warum hast du gerade bei der Kripo nichts gesagt?«

Lautstark zog er die Nase hoch und strich sich die triefenden Haare aus dem Gesicht. »Weil es nur Vermutungen sind, keine Beweise.«

Vermutungen. Mord. Johannes.

Johannes.

Schluchzend lehnte ich mich gegen einen Baumstamm. Das Gewitter tobte über uns. Ich wünschte mir sehnlichst, von einem Blitz getroffen zu werden. Thies lehnte sich neben mich. Er sprach laut, um das Unwetter zu übertönen.

»Ducros wollte das Projekt am liebsten selbst machen, *toch?* Als wir uns das letzte Mal gesehen haben, hat Mike mir ein bisschen darüber erzählt – dass es Diskussionen gab und Ducros wohl nur zähneknirschend nachgegeben hat. Er hat Mike ständig auf die Finger gesehen. Und als Mike dann zu viel wusste …« Demonstrativ fuhr er sich mit der Handkante über die Kehle. Ich sah weg. »Was wirklich an dem Nachmittag in Jáchymov passiert ist, weiß doch niemand. Der Kerl ist berechnend! Und absolut auf Profit aus! Dafür geht er über …« Thies stockte.

»… Leichen.« Meine Stimme klang dünn. »Meinst du das wirklich ernst?«

»Kannst du vielleicht wieder mit dem Kopf denken? Ansonsten steht mein Angebot noch.«

Unbehaglich dachte ich an seinen Jähzorn gerade eben und stieß mich von dem Stamm ab. Mit verschränkten Armen stand ich da. Verlegen rieb sich Thies über den Hinterkopf und schien zu bemerken, dass er schon wieder über das Ziel hinausgeschossen war.

»Ich wollte dir keine Angst einjagen.«

Vage mit den Schultern zuckend, bedeckte ich Mund und Nase mit meinen Händen und starrte vor mich hin. Mir war eiskalt, aber ich war unfähig mich zu bewegen. Thies streckte seine Hand nach mir aus.

»*Kom, Liefje.* Gehen wir zurück.«

Ich ignorierte seine Hand. Doch als er seinen Arm um mich legte und mich mitzog, wehrte ich mich nicht. Ein Teil meines Verstandes weigerte sich das alles zu begreifen. Doch Vieles passte einfach zu perfekt zusammen. Johannes – er *war* clever. Durchtriebene Pläne und geschickte Manipulation von anderen Menschen traute ich ihm zu. Mich hatte er auch mit Leichtigkeit um den Finger gewickelt.

Als wir völlig durchnässt in Thies' Wohnung zurückkamen, holte er zuerst Handtücher und schenkte dann großzügig Whisky in zwei Wassergläser ein. Eins drückte er mir in die Hand.

»Du siehst aus, als könntest du einen gebrauchen.«

Der Alkohol brannte in meiner Kehle. Thies zündete sich eine Zigarette an und hielt mir die Packung hin.

Ich winkte ab. Vorsichtig tastete ich mich durch meine Gedankenfetzen, während ich den Whisky schlückchenweise trank.

»Letzte Nacht – Dr. Cerny, die Ärztin, die mich behandelt hat – sie war oder wahrscheinlich ist sie noch seine Freundin. Als die Polizei in der Uniklinik nach mir fragte, wusste angeblich niemand, wer mich abgeholt hat …« Ich trank einen großen Schluck. »Es war sein Vorschlag, dass ich bei ihm bleiben sollte. Ich weiß nicht, was er … ich …« Ich stockte, doch jetzt war keine Zeit für Scham. »… ich habe mit ihm geschlafen, Thies.«

Thies biss die Zähne zusammen, verkniff sich aber einen Kommentar. Stattdessen zog er kräftig an seiner Zigarette. *»Hij is een rotzak!«*

Müde hob ich die Brauen. »Er hat es nicht darauf angelegt. Er … war selbst überrascht, dass es dazu kam und … es hat … ich glaube, er mag mich … was passiert wäre, wenn … wenn ich nicht … niemand wusste doch, wo ich bin …«

Thies nahm langsam die Zigarette aus dem Mund. *»Stik de moord!«*

Meine Gefühle waren ein einziger Scherbenhaufen. Doch trotzdem schaffte ich es immer noch nicht, Johannes als skrupellosen Mörder zu sehen. Ich war manchmal naiv, aber seine Gefühle für mich waren nicht gespielt. Das konnte ich einfach nicht glauben. Oder wollte ich es nur nicht glauben? Ich stellte das Whiskyglas ab und schlang meine Arme um meinen Oberkörper. Meine nassen Sachen klebten an mir wie die Erinnerung an Johannes.

»Dir ist kalt«, stellte Thies fest. »Geh unter die heiße Dusche. Ich hole deine Tasche aus dem Auto.« Er drückte seine Zigarette aus und verließ den Raum.

Ich ging derweil ins Bad. Unter dem heißen Wasserstrahl taute ich allmählich auf. Im Gegensatz zu vorhin fühlte ich mich jetzt seltsam ruhig, fast unbeteiligt. Vielleicht war das ganz gut so. Irgendwann öffnete sich schwungvoll die Tür.

»Es ist nicht nötig, dass du dich wegen ihm ertränkst, *mijn Schatje!*«

Ich lugte hinter dem Vorhang hervor. »Was machst du denn hier? Verschwinde!«

»Hier ist deine Tasche, aber da ist keine Hose mehr drin. Ich steck deine Jeans in den Trockner«, informierte er mich.

Ich hörte, wie er den Trockner in Gang setzte. Als er wieder draußen war, stellte ich das Wasser ab. Nachdem ich mich abgetrocknet hatte, zog ich einfach den Schlafanzug an, den meine Schwester mir eingepackt hatte. Im Wohnzimmer traf ich auf Thies, der immer noch seine nassen Sachen trug.

»Ist dir nicht kalt?«

»Ich bin ein Mann – *geen Meisje*.«

»Chauvi.«

Er grinste, dann musterte er meinen Schlafanzug. »Willst du dich hinlegen?«

»Ich glaube nicht, dass ich schlafen kann. Aber so viel Auswahl an Klamotten habe ich nicht. Der ist wenigstens bequem.« Unentschlossen zuckte ich mit den Schultern. »Wir müssen zur Polizei, oder?«

Thies nickte. »Bleib bis morgen hier und dann komme ich mit dir.«

»Meinst du nicht, wir sollten lieber gleich gehen?«

»Hier bist du vor diesem *smeerlap* sicher und wir sollten vorher noch über ein paar Dinge sprechen. Außerdem hast du keine Hose.«

Ich verzog das Gesicht. »Noch mehr Hiobsbotschaften?«

»*Nee*«, meinte er und tätschelte mir den Oberarm. »Und jetzt gehe ich auch erst mal duschen.«

»Also doch ein Mädchen!«

Während Thies unter der Dusche war, setzte ich mich auf das Sofa. Durch den plötzlichen Wetterumschwung war es ungemütlich geworden. Der Regen hatte nachgelassen, aber der Himmel war grau. Ich fröstelte und entschied mich daher, im Schlafzimmer unter die warme Decke zu schlüpfen. Im Versuch wenigstens etwas zu entspannen, streckte ich mich aus.

Konnte das wirklich alles wahr sein? Einige Dinge waren mir noch nicht klar. Zum Beispiel, woher Thies so genau Bescheid wusste. Nach ein paar Minuten öffnete sich die Tür und er kam mit einem Handtuch um die Hüften herein. Sein langes glattes Haar verlieh ihm im Halbdunkel das Aussehen eines nassen Seehundes.

Dann sah er mich. »*Sorry*, ich wollte dich nicht wecken.«

»Ich habe nicht geschlafen, mir war nur kalt.«

Ich blinzelte, als er die Deckenbeleuchtung anknipste. Das Zimmer war klein und er stand zwischen Bett und Kleiderschrank. Darin schien er nach etwas Bestimmten zu suchen, denn immer wieder holte er etwas heraus und stopfte es wieder zurück in den Schrank. Einige Sachen warf er auf das Fußende des Bettes. Schließlich machte er Anstalten, das Handtuch zu lösen.

»Halt!«

Er drehte sich zu mir herum. »Ich will mich doch nur anziehen!«

Ich krabbelte aus dem Bett und stand direkt vor ihm, die Nase in Höhe seines Schlüsselbeins. Die eine Hand am Bund des Handtuchs, sah er mich mit hochgezogenen Brauen an.

»Ich hab schlechte Erfahrung mit meiner Reaktion auf spärlich bekleidete Männer in meiner Nähe.« Ich legte eine Hand auf seine Hüfte, um ihn zur Seite zu schieben.

Er rührte sich keinen Millimeter. Sein Lächeln veränderte sich und wurde zynisch. »Tatsächlich?«

Ich sah ihn mit zusammengekniffenen Augen von unten herauf an. »Lass mich lieber durch«, beschied ich betont munter.

»Was passiert denn sonst?«

Ich zog eine kleine Grimasse und piekte mit meinem Zeigefinger auf seine breite, behaarte Brust. »Sonst überlege ich mir womöglich, dein Angebot von vorhin doch noch anzunehmen!«, erklärte ich launig und wollte mich an ihm vorbei zwängen.

In diesem Moment veränderte er seine Position. Mit sanftem Nachdruck drängte er mich gegen die geöffnete Schranktür, die bis zur Wand dahinter zurückschwang und stützte sich neben mir ab. Es kam mir vor, als habe Thies ungefähr dieselben Ausmaße wie der Schrank.

Auch das noch! Seit gestern hatte ich eine so reiche Gefühlspalette erlebt, wie in meinem ganzen Leben nicht. Davon brauchte ich nicht noch mehr. Also fixierte ich den Anhänger der Kette, die er um den Hals trug.

»Was ist das?«, fragte ich, um die Situation zu entschärfen und tippte auf das runde Silber, in das verschlungene Schriftzeichen eingraviert waren. »Ein tibetischer Liebeszauber?«

Er nahm meine Hand in seine. »So etwas in der Art«, bestätigte er mit einem angedeuteten Lächeln. »Aber ich hatte bisher noch keine Gelegenheit auszuprobieren, ob er funktioniert.« Abgesehen davon, dass er meine Hand festhielt, berührte er mich kaum.

Was war nur mit ihm los? Zotige Wortwechsel und Anspielungen kannte ich von ihm zur Genüge. Aber es war anders als sonst. Plötzlich dachte ich an Johannes. Seine behutsame Annäherung, dann seine Leidenschaft, aber auch die berauschende Zärtlichkeit mit der er mich berührt und geliebt hatte.

»Sieh mich an, Chrissy.« Vorsichtig suchte ich Thies' Blick. Sein Lächeln war hintergründig. »Du denkst wieder an ihn, nicht wahr?«

Ich fühlte mich ertappt, doch immerhin brachte ich es fertig zu nicken.

»Was hat er mit dir gemacht?« Thies' Haltung hatte etwas Lauerndes.

»Ich bin dir keine Rechenschaft schuldig«, erwiderte ich und wollte an ihm vorbei. »Lass mich gehen.«

Anstatt das zu tun, zog er mich zu sich heran. Ich sträubte mich, doch er ließ sich davon nicht beeindrucken. Mit Leichtigkeit hielt er mich so fest, dass ich keine Chance hatte, mich von ihm zu befreien.

»Thies! Hör auf mit dem Scheiß!«

Ich war drauf und dran, ihm ein Knie in die Weichteile zu rammen. Geschickt brachte er sich in Sicherheit – ohne mich dabei loszulassen.

»Warum wolltest du mit ihm schlafen, *Liefje*?«

»Das geht dich überhaupt nichts an!«, fauchte ich und versuchte noch einmal freizukommen.

»Natürlich tut es das«, behauptete er und hielt mich weiter davon ab ihn zu treffen.

»Willst du dich etwa als Moralapostel aufspielen? Ausgerechnet du?« Ich schnaubte. »Du gehst doch mit jeder Frau ins Bett, die nicht bei ›drei‹ auf dem Baum ist.«

Er zog eine Grimasse. »Eben, *mijn Snoes*. Ich will nur wissen, wie er es bei dir geschafft hat.«

Ich hörte auf mich zu wehren. »Was?«

Mit unschuldigem Augenaufschlag sah er mich an. Krampfhaft versuchte ich wütend auszusehen, doch nach einigen Sekunden prustete ich los. Kichernd ließ ich mich gegen seine breite Brust sinken.

»Du bist echt ein Armleuchter!«

Er schloss die Arme um mich. »*Klopt!*«

Seine Haut war noch warm und feucht vom Duschen und die drahtigen Haare auf seiner Brust kitzelten mein Gesicht. Prompt zog ich Vergleiche zu Johannes' athletischem Körper. Noch vor ein paar Stunden hatte er mich im Arm gehalten. Schnell lenkte ich meine Gedanken zu Mike, der ein ganzes Stück kleiner gewesen war als Thies und längst nicht so muskulös. Doch die Erinnerung an ihn war schon verblasst und es kostete mich viel Mühe, Johannes aus meinen Gedanken zu verbannen.

Behutsam strich Thies über mein Haar und ich spürte seine Lippen ganz leicht auf meiner Stirn.

Meine Befürchtungen waren anscheinend nicht aus der Luft gegriffen und seine Hand, die unter mein Schlafanzugoberteil wanderte, bestätigte das.

»Thies?«, murmelte ich mit geschlossenen Augen.

»Hm«, machte er und es hörte sich beinahe an, als würde er schnurren.

»Ich glaube nicht, dass es das Richtige wäre, wenn wir beide … naja, du weißt schon.«

»Warum denn nicht, *Liefje*?«, erkundigte er sich, während er mich weiter liebkoste.

Ich nahm den Kopf zurück und legte meine Hand an seine Wange. Prompt knabberte er an der Innenseite meines Handgelenks. »Warum? Keine Ahnung … wir sind Freunde … es wäre einfach seltsam.«

»Oh.« Er lächelte verschmitzt. »Das finde ich nicht.«

»Das glaube ich dir auf's Wort!« Da wir ziemlich dicht beieinander standen, war mir nicht entgangen, was sich unter seinem Handtuch tat.

Er streichelte meine Wange und seine Augen glänzten unternehmungslustig. »Findest du das unanständig?«

»Eigentlich schon, aber ich nehme es nicht persönlich«, bemerkte ich trocken.

Im Geiste erteilte ich allen Frauen, die er jemals verführt hatte, die Absolution. Bis gerade eben hätte ich Stein und Bein geschworen, dass ich immun war gegen seinen Charme. Eine Stimme in meinem Hinterkopf riet mir dringend davon ab, schon wieder eine Dummheit zu begehen – nur um Johannes aus meinen Gedanken zu verbannen.

Ich legte den Kopf schief. »Für dich ist das wohl wie eine Einladung ins Kino.«

Er grinste verwegen. »So etwas in der Art. Nur viel unterhaltsamer.« Schwungvoll hob er mich hoch und ließ sich mit mir zusammen auf das Bett fallen. »Und es macht auch viel mehr Spaß.«

Quietschend versuchte ich ihm zu entkommen, doch immer wieder erwischte er mich. »Lass uns lieber etwas essen«, schlug ich vor, als ich atemlos vor Lachen auf dem Rücken lag und er rittlings auf meinem Bauch hockte. »Pizza bestellen.« Das Handtuch hing nur noch sehr locker um seine Hüften.

»Das können wir hinterher immer noch tun«, befand er und rührte sich nicht. »Immerhin kannst du schon wieder lachen!«

»Du bist schwer!« Ich versuchte mich auf die Ellbogen zu stützen, was mir aber kaum gelang. »Los, runter.« Unvermittelt beugte er sich über mich. »Thies! Hör auf! Ich will nicht! Nur, weil ich … Thies!«

Ich sog tief die Luft ein, als er eine empfindliche Stelle an meinem Hals mit seinen Lippen bearbeitete und mich dabei völlig unter sich begrub. Er schien deutlich mehr als zwei Hände zu haben. Halbherzig trommelte ich mit meinen Fäusten auf seinem Rücken herum und dachte krampfhaft an Hausputz, Unkraut jäten oder Kataloge sortieren.

»Bedien dich einfach«, brummte ich halb ärgerlich, halb belustigt. »Du weißt ja schließlich, wo alles ist.«

»Das wollte ich doch endlich von dir hören!« Prompt entledigte er sich des Handtuchs.

»Das habe ich doch gar nicht so gemeint!«, protestierte ich.

»Ich schon, *mijn Snoes*«, teilte er mir mit und küsste mich hingebungsvoll auf den Mund.

Er schmeckte herb – nach Rauch und Whisky. Zusammen mit dem Whisky, den ich getrunken hatte, machte es mich schwindelig. Für ihn war die Sache klar. Ich wusste allerdings nicht, was ich davon halten sollte. Andererseits war dieses Wochenende sowieso alles andere als normal.

»Du bist unmöglich«, beschwerte ich mich, als er mich freigab, weil ihm mein Schlafanzug offenbar im Weg war.

Unbeeindruckt zog er mir das Oberteil über den Kopf und scherte sich nicht darum, dass ich mich sträubte. »Willst du denn wirklich, dass ich aufhöre?« Mit triumphierendem Gesichtsausdruck warf er es im hohen Bogen hinter sich.

»Würdest du das denn tun?« Anstandshalber hielt ich die Hose fest.

»Sehr ungern«, schnurrte er und rupfte mir nachdrücklich auch das letzte Kleidungsstück vom Leib.

»Was glaubst du, was Mike dazu sagen würde?«, erkundigte ich mich mokant und wickelte mich in die Bettdecke.

Thies zog eine Leidensmiene. »Er sagte, er dreht mir den Hals um, wenn ich auch nur daran denke!« Entschlossen buddelte er mich wieder aus und stützte sich auf meine Beine, damit ich nicht wieder das Weite suchte.

Ich saß mit verschränkten Armen da. »Du tust gerade eindeutig mehr als denken. Also trag die Konsequenzen!« Demonstrativ ließ ich jetzt meine Finger vor seinen Augen spielen.

»Später, *Liefje*«, erwiderte er süffisant. Seine Augen sprühten vor Eifer, als er näher kam und mich dadurch auf den Rücken nötigte. »Falls du dann überhaupt noch kannst! *Een!*« Er zwängte ein Knie zwischen meine Oberschenkel. »*Twee!*«

»Angeber!«

Ich versuchte mich an einem vorwurfsvollen Blick zu Thies, der ausgestreckt auf der Seite neben mir lag, seine Hand locker auf meinem Bauch. Allerdings gelang mir das wohl nicht überzeugend, denn er grinste nur träge und wirkte dabei wie eine Katze, die heimlich einen ganzen Topf Sahne geschleckt hatte.

»*Drie! Over tijd*«, sagte er und gähnte verhalten.

Ich hob die Brauen. »Dein männliches Ego kann es wohl aus Prinzip nicht ertragen, wenn eine Frau ›nein‹ sagt, oder?« Er betrachtete seine Fingernägel. Ich legte meine Nasenspitze an seine. »Ich bin keine Trophäe! Merk dir das!«

»*Geheid.*« Er umarmte mich und kniff mir in den Po. »Es war gar nicht so schwer, dich rumzukriegen, wie ich gedacht hatte.«

Diesmal bekam er einige Tritte und Schläge ab, bevor er mich im Griff hatte.

»Du bist ein verfluchter Mistkerl!«, zeterte ich und schnappte nach seiner Nase.

»*Jawel, hoor*«, bestätigte er ungerührt. »Aber ich habe noch keine Frau gezwungen.«

»Ich habe laut und deutlich gesagt: Ich will nicht!«, widersprach ich empört.

»Gesagt, *Zonnetje*, aber nicht gemeint. Du wolltest nämlich aufhören, an dieses Arschloch zu denken. Und bevor du dich aus lauter Verzweiflung wieder dem nächstbesten Kerl an den Hals wirfst ...«

»... hast du mir lieber ganz selbstlos geholfen meine Hormone in den Griff zu bekommen«, ergänzte ich ironisch seinen Satz und dachte resigniert, wie leicht ich offenbar zu durchschauen war. »Wirklich rührend.«

»Ich wollte sagen: Bevor du dich wieder dem nächstbesten Kerl an den Hals wirfst und ihm alles glaubst, was er dir ins Ohr säuselt.« Er drehte sich mit mir herum, sodass ich auf ihm saß. »Bei mir weißt du wenigstens, dass ich es ernst meine.« Er zog mich herunter, sah mir tief in die Augen und hauchte in bester Verführermanier: »*Ik hou van je, Lieverd!*«

Sofort schob sich Johannes wieder in mein Bewusstsein. Ich verdrängte ihn rasch.

»Ich liebe dich auch, du Idiot!«, säuselte ich.

Dann brachen wir gleichzeitig in Gelächter aus.

»Siehst du, das habe ich schon immer gewusst.« Er schubste mich herunter und warf die Decke über mich.

»He! Etwas mehr Feingefühl, wenn ich bitten darf.«

»Gib mir noch ein bisschen Zeit, *Lieverd*«, sagte er augenzwinkernd. »Dann habe ich soviel Feingefühl für dich wie du willst. Was für eine Pizza möchtest du?«

»Schinken mit Oliven!«

Während er die Pizza bestellte, dachte ich, dass mir wohl nur die Wahl blieb, zwischen einem totalen Nervenzusammenbruch und Thies. Dann lieber Thies, entschied ich. Obwohl der schon mehr als eine Frau an den Rand eines Nervenzusammenbruchs gebracht hatte. Aber um auf ihn hereinzufallen, kannte ich ihn schon zu lange – ich sah es eher als unkonventionellen Versuch mich aufzumuntern. Irgendwie gelang ihm das sogar.

Mit einer Zigarette in der Hand kam er zurück. »Dauert eine halbe Stunde.«

Er wollte zu mir unter die Decke schlüpfen, doch ich kam ihm zuvor, nahm ihm die Zigarette ab und tat einen tiefen Zug. Prompt bekam ich einen Hustenanfall. Er lachte. Anstatt ihm die Zigarette zurückzugeben, öffnete ich das Fenster und warf sie hinaus.

»Keine Zigaretten im Bett!«, hustete ich.

Er stemmte die Hände in die Seiten. »Das ist mein Bett!«

Ich sah ihn aus zusammengekniffenen Augen an und lupfte die Decke. Er verdrehte die Augen, legte sich neben mich und ich kuschelte mich in seinen Arm. Dann seufzte ich tief.

»Wie lange bleibst du eigentlich noch in Deutschland?«

»Zwei Wochen.«

»Aha.« Ich spielte mit seiner Halskette herum und betrachtete die Schriftzeichen, die auf der Vorder- und Rückseite eingraviert waren, genauer. »Und was heißt das nun wirklich?«

»Das ist ein buddhistisches Mantra. Om mani peme hung. Es soll einem helfen, Weisheit und Vollkommenheit zu erreichen.«

»Ich dachte, beides hat ein Mann von Natur aus?« Ich legte meine flachen Hände auf seine Brust und bettete mein Kinn darauf.

Er schmunzelte. »Nicht im buddhistischen Sinne.« Dann sah er mich prüfend an: *»Is alles goed met je?«*

Ich hob die Brauen. »Ist das die höfliche Form von ›War ich gerade gut?‹«

»Das muss ich nicht fragen«, behauptete er. »Aber du wirkst ziemlich fertig.«

»Was für ein Wunder«, erwiderte ich zynisch. »Ich *bin* fertig. Und jetzt sag' mir, woher du das alles so genau weißt.«

Bis die Pizza kam, gingen wir alles noch mal im Detail durch. Wirklich Neues erfuhr ich nicht. Thies erzählte mir jedoch, dass Mike bei ihrem letzten Treffen Andeutungen darüber gemacht hatte, dass in Jáchymov etwas nicht stimmt und dass er Johannes in Verdacht hatte.

»Er hat mich gefragt, ob ich ein paar Proben für ihn untersuchen kann. Das wäre in Tibet schwierig gewesen, aber ich hab ihm gesagt, er soll mir eine Mail schicken, sobald er welche hat. Ich hätte aber nicht gedacht, dass er gleich am nächsten Tag fährt.« Thies sah mich reumütig an. »Vielleicht hätte ich ihm sagen sollen, dass er lieber die Finger davon lassen soll.«

»Aber das konntest du doch nicht wissen«, wiegelte ich ab. »Oder?«

Ein Ausdruck von Kummer und Schuldbewusstsein lag auf seinem Gesicht. Dann gab er mir einen Kuss auf die Stirn. »Der Unfall hätte mir zu denken geben müssen.«

»Jetzt hör auf, Thies. Du bist doch kein Hellseher.«

Er schien nicht überzeugt. »Als ich den Stein letzte Woche sah, war mir klar, dass Mike recht gehabt hatte. Und als du gestern Abend nach dem Beruhigungsmittel gefragt hast, läuteten bei mir die Alarmglocken. Mike hat garantiert keins regelmäßig genommen, das hätte er mir erzählt.« Er fuhr mir liebevoll durchs Haar. »Ich bin nur froh, dass dir nichts passiert ist – dieser Wahnsinnige! Wenn ich den in die Finger kriege!«

Ich wollte nicht über Johannes nachdenken, daher ging ich nicht darauf ein und schmiegte mich wieder an Thies. »Hat Mike eigentlich etwas über René gesagt?«

»*Nee*, nicht direkt.«

»Aber indirekt?«

»Nur, dass er sich wegen ihm nicht sicher ist.«

»René ahnt was! Er hat sich heute merkwürdig benommen. Er wollte mir was sagen – über Mike. Und er wollte es nicht tun, während Johannes in der Nähe war. Außerdem riet er mir, ich soll die Finger von ihm lassen.«

»Er will seinen Bruder decken«, mutmaßte Thies. »Und gleichzeitig verhindern, dass der noch mehr Scheiß anstellt. Blut ist dicker als Wasser – sagt man das nicht?«

»Die beiden sind keine richtigen Brüder … ach Mist …« Ich stieß heftig die Luft aus und vergrub mein Gesicht in den Kissen.

Besorgt streichelte Thies mir den Rücken. »Hey, nicht weinen, *Lieferd.*«

»Tu ich nicht.« Ich trommelte mit den Fäusten auf die Kissen. »Was für ein Scheißwochenende!«

Einige Minuten lagen wir still nebeneinander. »Bist du mir eigentlich böse wegen gerade?«, fragte Thies unvermittelt.

Ich hob den Kopf. »Sehe ich so aus?«

Er lächelte schief »Ich weiß nicht.«

Ich setzte mich. »Nein, ich werd's überleben.«

In diesem Moment klingelte es. Kurz darauf saßen wir im Wohnzimmer und packten die Pizza aus. Währenddessen eröffnete Thies mir, was wir seiner Meinung nach tun sollten. Daraufhin war ich mir nicht mehr sicher, ob ich wirklich noch Hunger hatte. Thies verputzte derweil mit großem Appetit seine Hawaiipizza, während ich mir erst einmal nur eine Olive von meiner Schinkenpizza herunterpickte.

»Das ist verrückt!«

Er nickte kauend. »Ist es!«

»Und du bist sicher, dass das klappt?«, erkundigte ich mich vorsichtig und nahm nun doch ein Stück Pizza.

»Ich hab alle Daten auf einem Memorystick.«

Langsam aß ich die Pizza. Schließlich meinte ich: »Dann ruf ich besser meine Eltern an und sage ihnen, dass ich heute nicht mehr komme.«

»Mach das«, meinte Thies lässig. »Du kannst später auch auf dem Sofa schlafen.«

»Ja sicher. Weisheit und Vollkommenheit und als

Nächstes gehst du in Tibet ins Kloster«, bemerkte ich sarkastisch und angelte mir das Telefon. »Dann klappt's auch mit der Keuschheit.«

20:58 UHR, TENNENLOHE

»Thies, sollen wir nicht doch lieber Frau Ammon anrufen?« Inzwischen hatte ich ein sehr ungutes Gefühl, als wir in Tennenlohe am Walderlebniszentrum parkten. »Wir können doch sagen, was wir wissen und dann …«

»Chrissy!«, unterbrach er mich ungeduldig, weil ich schon seit unserem Aufbruch immer wieder nach Gründen suchte, um unsere Aktion abzubrechen. »Ducros ist mit allen Wassern gewaschen! Der zieht ganz geschickt seinen Kopf aus der Schlinge.«

»Was ist mit René? Rufen wir den an und …«

»Nein!«

Thies' schwarzer Pulli, den ich mir um die Schultern gelegt hatte, rutschte herunter, als ich mich unbehaglich bewegte. »Wir sollten nichts auf eigene Faust versuchen. Was tun wir, wenn wir erwischt werden?« Ich schlang die Ärmel des Pullovers vor der Brust zu einem Knoten zusammen. Es hatte aufgehört zu regnen und der Himmel war wieder wolkenlos, aber ich fröstelte.

Aufgebracht fuchtelte mir Thies mit seinem Zeigefinger vor dem Gesicht herum. »Willst du etwa, dass solche Leute wie Ducros auch in Zukunft machen können, was sie wollen?«

Thies trug ebenfalls dunkle, unauffällige Kleidung

und hatte seine Haare wieder zu einem Zopf gebunden. Während wir in gemäßigtem Tempo losmarschierten, sah ich mich immer wieder um.

»Benimm dich nicht so auffällig«, zischte Thies mir leise zu. »Wir gehen spazieren!«

»Ist ja schon gut.« Krampfhaft fixierte ich den Bürgersteig vor mir. Ich senkte meine Stimme. »Es wird die halbe Nacht dauern, bis wir den richtigen Ordner gefunden haben.«

Thies zuckte gleichgültig mit den Schultern. »Kann sein. Aber vielleicht gibt es in den Akten sonst noch etwas, das sich zu erfahren lohnt.«

»Das ist eine Nummer zu groß für uns. Ich finde, wir sollten –«

Thies blieb stehen und sah mich ärgerlich an. »*Zeges, Schatje*, versuchst du schon wieder den Typ in Schutz zu nehmen? Er hat Mike umgebracht! Und dich auch beinahe!«

Ich funkelte zurück. »Ich versuche nur, uns von einer Dummheit abzuhalten.«

»*Potverdorrie!* Chrissy! Wir gehen da rein, tauschen das Bodengutachten gegen das aus, das wir gerade ausgedruckt haben – das mit den richtigen Daten. Niemand wird überhaupt merken, dass wir da waren. Und morgen früh erzählen wir der Kripo, was wir wissen. Vielleicht geben wir der Presse auch noch einen Tipp!«

»Aber wir können immer noch nichts beweisen.«

Jetzt legte Thies mir eine Hand auf die Schulter. »Das erledigt die Polizei. Wir müssen nur den Anfang machen!«

Ich stieß langsam die Luft aus. »Na gut. Aber gibt es da nicht eine Alarmanlage? Und sollten wir nicht lieber noch länger warten? Immerhin ist das Wohnhaus direkt nebenan.«

»Wir gehen zuerst nur hin, um uns umzuschauen. Den Rest kannst du mir überlassen.«

Ich blieb stehen, weil mir plötzlich ein Verdacht kam, und stützte meine Hände in die Seite. »Sag mal, du Unschuldsengel, du scheinst ja ziemlich genau zu wissen, was wir tun müssen.«

Er lachte unbekümmert. »Eine Alarmanlage ist schwierig, aber irgendeine Schwachstelle gibt es fast immer und Türen oder Fenster bekomme ich mit dem passenden Werkzeug leicht auf.«

»Und so etwas hast du natürlich rein zufällig mit?«

»*Nee, niet toevallig*«, bemerkte er lakonisch.

»Na toll«, knurrte ich. »Lass mich raten wie du dein Studium noch finanziert hast – außer mit dealen.«

»*Nou ja.*« Thies inspizierte mit seiner Fußspitze ein paar Steine. »War nur Kleinkram und ist schon lange her.«

Mit der flachen Hand schlug ich mir vor die Stirn. »Gibt es noch etwas, das ich über dich wissen sollte, bevor ich für dich meine Unschuld riskiere?«

»*Oh, Liefje*, das war ich aber nicht! Die hatte vor mir schon ein anderer auf dem Gewissen.«

Ich wusste nicht, ob ich lachen oder weinen sollte. »Skrupel hättest du deswegen aber auch nicht gehabt. Also was?«

Er tat, als dächte er angestrengt nach. »Ich pinkle im Stehen.«

Haltlos kichernd sank ich jetzt gegen eine Mauer. »Wunderbar, dann kenne ich also deine dunkelsten Geheimnisse. Sie dürfen die Braut küssen!«

Thies hob die Brauen. »*Nee, Liefje*. Weißt du, ich hab dich nämlich wirklich gern. Und jetzt lass uns gehen.« Dann schlenderte er weiter.

Mit offenem Mund starrte ich ihm nach und fragte mich, was er mir damit sagen wollte. Im Moment hatten wir sowieso andere Probleme. Ich hakte mich bei ihm unter und zwang mich dadurch, meine Schritte seinen anzugleichen. Ansonsten wäre ich vermutlich herumgetänzelt wie ein Fohlen. Wir hatten extra weit entfernt geparkt, um nicht aufzufallen und es dauerte, bis wir ankamen.

»Jetzt aufpassen«, raunte mir Thies zu.

Mit gemischten Gefühlen sah ich nun hinter der Straßenbiegung die Ansammlung von Gebäuden auftauchen, die Firma und Privathaus der Familie Ducros beherbergten. Schon seit mehreren Generationen hatte die Familie ein Architektenbüro in der Innenstadt unterhalten, das im wirtschaftlichen Aufschwung nach dem 2. Weltkrieg zu einem Bauunternehmen expandierte. Mike hatte mir erzählt, dass die Firmenräume in den Siebzigern aus der Innenstadt hierher verlegt wurden.

Die alte, fränkische Hofanlage am nördlichen Rand von Tennenlohe, die Evelyn Ducros von ihren Eltern geerbt hatte, bot ausreichend Platz und war im Laufe der Jahre den Bedürfnissen des wachsenden Unternehmens angepasst worden. Zur Linken lag das zweigeschossige Wohnhaus aus großen Sandsteinquadern, dessen steiles Satteldach in jüngerer Zeit mit zweckmäßigen Gauben versehen worden war. Typisch auch das halb im Boden eingelassene alte Backhaus. Mitten in dem mit Kopfsteinpflaster bedeckten Hof befand sich ein uriges Brunnenhäuschen, malerisch flankiert von einer großen Linde. Im Hintergrund ahnte man die hohen Hecken des Gartens. Rechts vom Innenhof lagen die ehemaligen Stallungen und Wirtschaftsgebäude, deren restaurierte Fassaden zur Hofseite hin ihren urtümlichen Charme bewahrt hatten. Auf der dem Wohnhaus abgewandten Seite war zwar ebenfalls der Originalcharakter der Gebäude größtenteils erhalten, jedoch waren die alten Teile durch Anbauten zusammengefügt worden.

Ich versuchte mich daran zu erinnern, wie die Räumlichkeiten im Innern verteilt waren. Im Erdgeschoss waren Aufenthaltsräume und sanitäre Anlagen für die Bautrupps, mindestens ein Büro für deren Belange sowie Lagerräume. Darüber befanden sich auf zwei Etagen verteilt die Büros. Der gläserne Eingangsbereich lag an der vorderen rechten Hausecke. In seinem Inneren führte eine Treppe in die erste Etage.

Im Wohnhaus brannte Licht. Möglichst unbefangen schlenderten wir vorbei und passierten schließlich die geschlossene Einfahrt zum Firmengelände. Einige unscheinbare Gebäude, die Garagen für die Baufahrzeuge und weitere Materiallager waren, lagen verlassen am Rand des Grundstücks. Dahinter erhoben sich die hohen Bäume des Naturschutzgebiets. Irgendwo aus der Ferne hörte man das Rauschen der Autobahn, doch sonst war es ruhig.

»Thies? Meinst du wirklich-«

Der blonde Holländer winkte ab. »Pst!«

Hinter uns waren Schritte und Stimmen zu hören. An einer Stelle, die sich genau zwischen dem Lichtkegel zweier Straßenlaternen befand, blieb Thies stehen und nahm mich in den Arm, dabei drehte er mich so, dass ich mit dem Rücken zum Zaun stand. Ich legte meine Hände in seinen Nacken und zog seinen Kopf heran. Er verdeckte mich allein schon durch seine Größe ziemlich gut, sodass ich mir keine Sorgen machen musste, dass mich jemand zufällig erkannte.

»Wer ist das?«, murmelte ich mit zusammengebissenen Zähnen in sein Ohr und versuchte vergeblich, irgendetwas zu erkennen.

»Woher soll ich das wissen?«, zischte er zurück.

»Vielleicht Nachbarn. Sie kamen nicht aus dem Haus.«

Ich war etwas erleichtert und konnte anhand seiner Augenbewegung erahnen, dass er gerade das Gelände gründlich in Augenschein nahm, während seine Hände weiter über meinen Rücken glitten, als wäre er ganz darin versunken, mit mir herumzuknutschen. Beiläufig kniff er mir dabei in den Hintern und lachte leise, als ich andeutungsweise mein Knie hob. Autotüren schlugen auf der gegenüberliegenden Straßenseite. Dann startete ein Motor.

Ich linste an ihm vorbei. »Und was jetzt?«

Er antwortete nicht, sondern legte mir den Arm um die Schulter. Ganz langsam überquerten wir die Straße und gingen auf der anderen Seite zurück in die Richtung, aus der wir gekommen waren. So lange es ging, huschte sein Blick immer wieder über die Gebäude. Ich war sehr erleichtert, als wir endlich außer Sichtweite waren. Auf dem ganzen Rückweg war Thies in Gedanken versunken. Am Auto angekommen bedeutete er mir einzusteigen. Er startete den Motor und fuhr los.

»Ist zu schwierig, oder?«

»Nein«, antwortete Thies einsilbig, während er den Franzosenweg entlangfuhr.

Ich sparte mir die Frage, warum er das fand und wohin wir jetzt fuhren. Früher oder später würde er es mir wohl erzählen. Zielstrebig fuhr er auf die Tankstelle des Autohofs. Er parkte und sprang aus dem Auto, ohne mir etwas zu erklären. Durch die großen Fenster des Kassenraums beobachtete ich, wie er suchend vor einem Regal mit Karten stand. Irgendwann holte er sein Handy heraus, das anscheinend geklingelt hatte. Während er eine Karte aussuchte und anschließend bezahlte, telefonierte er. Dabei wirkte er von Sekunde zu Sekunde aufgebrachter. Schließlich kam er zurück.

»*Stommerd*!«, fluchte er, als er schließlich das Handy ausschaltete und ins Handschuhfach stopfte.

»Ärger?«

Er winkte ab, wirkte aber ziemlich sauer. »Nichts, worüber du dir Gedanken machen musst. Zeig mir lieber, wo wir jetzt sind und wo die Firma liegt.«

Ich fuhr mit dem Finger über den Plan. »Da sind wir jetzt. Da haben wir vorhin geparkt und dann sind wir hier entlang … Franzosenweg … Am Heiligenholz … Seidelsteig … da haben wir die Weinstraße überquert … Kohlbuck … und dann hier«, ich tippte auf die Stelle, »Zum Eichenweiher.«

Thies studierte die Stelle genau und tippte sich mit dem Finger auf den Mund. »Wir sollten das Auto nicht im Ort abstellen. Das gelbe Kennzeichen fällt zu sehr auf. Außerdem können wir den Zaun nicht von der Straße aus überklettern – wir könnten gesehen werden.« Er deutete auf die Karte. »Da gegenüber von der Rudolf-Steiner-Straße ist ein Wanderparkplatz. Wir gehen bis hier«, er fuhr mit dem Finger Waldwege entlang, »den Rest quer durch den Wald, damit wir von hinten an das Grundstück kommen.«

»Ist das nicht zu weit im Dunklen?«, wagte ich einen zaghaften Einwand.

Entschlossen faltete er die Karte zusammen und warf sie auf den Rücksitz. »*Nee!*«

Seufzend legte ich Thies eine Hand auf den Oberschenkel. »Das hier macht Mike auch nicht wieder lebendig.«

Thies umklammerte mit beiden Händen das Lenkrad und starrte auf die Motorhaube. »*Zeker niet.*« Grimmig startete er den Motor und fuhr ruckartig an.

Ich war mir sicher, dass er die Sache notfalls auch allein durchziehen würde, wenn ich mich weigerte mitzumachen. Er tat es für Mike. Und irgendwie auch für mich. Also sollte ich ihm verdammt noch mal dabei helfen!

21:32 UHR

Ärgerlich knallte die blonde Frau das Handy auf den Tisch.

»Was ist passiert?«

»Was passiert ist?« Sie schnaubte. »Das war van der Vaal!« Ihr harter Akzent gab ihrer Stimme einen schneidenden Klang.

Sein Hals war plötzlich trocken, aber er durfte sich nichts anmerken lassen. Noch mehr Ärger, das konnte er förmlich riechen.

»Ich habe ihm von Anfang an nicht über den Weg getraut!« Ihre blauen Augen blitzten zornig. »Er hat ganz plötzlich kalte Füße bekommen und will, dass wir das Gutachten vernichten. Er sagt, er sei kein Sündenbock.«

Er versuchte sich den Anschein zu geben, dass er sich deswegen keine Sorgen machte. Schon lange hatte er gelernt, anderen Menschen etwas vorzumachen. Sogar bei ihr gelang ihm das. Es gab nur einen Menschen, der ihn durchschaute. Dafür hasste er ihn – aber nicht nur dafür.

Er riss sich zusammen und verzog seinen Mund zu einem verächtlichen Lächeln. »Van der Vaal! Was soll denn seiner Meinung nach jetzt noch passieren? Die Anlage ist eröffnet, die Leute kommen –

und dein Vater bekommt sein Geld. Niemand wird mehr Fragen stellen.«

»Tatsächlich?« Sie ließ ihren Zeigefinger über seine Brust bis unter sein Kinn gleiten.

Sein Gesicht blieb ausdruckslos.

Ihr Finger strich über seine Kehle. Hin und her.

Er schluckte ohne es zu wollen.

Sie lachte. »Ich weiß nicht, welches Problem van der Vaal hat, aber es wäre besser, wenn du es nicht darauf ankommen lässt. Gehen wir!«

22:03 UHR

Es war ein strammer Marsch durch den Wald, anfangs noch über Wege, später querfeldein. Mit dem Boden machte ich öfter Bekanntschaft als mir lieb war, weil ich ständig mit den Sandalen irgendwo hängen blieb. Außerdem hatte ich schon nach kurzer Zeit in der Dunkelheit völlig die Orientierung verloren. Thies hingegen bewegte sich mit der Präzision einer Kompassnadel. Trotz der Kühle lief mir der Schweiß über den Rücken. Inzwischen hatte ich den schwarzen Pullover übergestreift, der mir wie ein Kleid bis über den Po hing. Ich krempelte die Ärmel noch ein Stück weiter auf.

»Wie kommen wir denn jetzt da rein?«, grübelte ich, als wir endlich vor dem hohen Metallzaun standen, der das Grundstück der Firma Ducros umschloss. Er bestand aus senkrechten Streben, an denen man nicht ohne weiteres hochklettern konnte. Wenn ich auf Thies' Schultern stieg, konnte ich den Zaun irgendwie überwinden, indem ich einfach auf der anderen Seite herunter sprang. Aber wie Thies hinüber kommen sollte, war mir schleierhaft. So unsicher ich vorhin auch gewesen war, die Aussicht, das Ganze jetzt abbrechen zu müssen, ärgerte mich dann doch.

Thies hatte die Taschenlampe ausgemacht und

betrachtete durch die Gitterstäbe die Gebäude, an denen in regelmäßigen Abständen Lampen angebracht waren. Er hatte sich eine dunkelbraune Mütze über seine blonden Haare gezogen. Rein äußerlich wirkte er nun wie ein waschechter Einbrecher.

Wobei das ›wirkte wie‹ wohl eher mit ›ist‹ gleichzusetzen war.

»Maschendraht wäre einfacher gewesen«, murmelte er, klang aber nicht einmal ansatzweise entmutigt, sondern schien mit ganz anderen Dingen beschäftigt zu sein, als mit der Nebensächlichkeit, wie wir über den Zaun kamen.

Da entdeckte ich nicht weit von uns entfernt den ausladenden Ast eines Baumes. Thies, der gerade seinen Rucksack abnehmen wollte, hielt inne, als ich ihn darauf aufmerksam machte. Er trat unter den Ast, sprang und erreichte ihn mühelos nahe des Baumstamms. Geschickt hangelte er sich in Richtung Zaun und ruckelte dabei absichtlich etwas herum. Der Ast wackelte zwar, hielt aber. Elegant schwang Thies seine Füße auf die Zaunkrone.

»Funktioniert«, meinte er und sprang neben mich.

Er warf noch einen letzten kritischen Blick durch die Gitterstäbe des Zauns. Die Garagen verdeckten uns zur Straße hin, doch falls sich jemand irgendwo in der Nähe befand, würde er uns möglicherweise hören. Aber uns blieb keine Wahl, wenn wir wirklich hinein wollten.

Ich atmete kräftig aus und reckte die Arme hoch. »Hilfst du mir?«

»Was für eine Frage«, erwiderte Thies und ehe ich mich versah, hing ich mit ausgestreckten Armen an dem Ast.

Ohne auf meinen Protest zu achten, zog Thies mir die Schuhe aus – »… stören beim Klettern« – und legte seine Hände unter meine Füße, sodass ich ganz leicht über den Zaun kam. Es kostete mich zwar etwas Überwindung mich auf der anderen Seite an der Zaunkrone hängend fallen zu lassen, doch bis auf die Tatsache, dass ich mit meinen nackten Füßen auf einem Stein landete, passierte mir nichts. Ich rieb mir noch den Fuß, als Thies bereits neben mir landete.

»Und wie kommen wir nachher wieder zurück?«, fragte ich, denn der Ast war auf dieser Seite so hoch, dass auch Thies ihn nicht mehr einfach so erreichen konnte.

»Später!« Eilig zog er mich in Richtung Bürogebäude.

»He, meine Schuhe. Au«, beschwerte ich mich, weil ich auf dem Schotter nicht so schnell voran kam.

Thies wurde langsamer. »Im Rucksack. Geh lieber ohne.«

Vorsichtig balancierte ich nun zwischen den Steinen herum. Wahrscheinlich hatte er Recht, denn im Gegensatz zu seinen Turnschuhen waren meine Sandalen für unser Abenteuer nicht geeignet.

»Warte hier«, wies Thies mich an und deutete in den Schatten hinter einem Stapel, der aus den Einzelteilen eines Baugerüstes bestand.

Unruhig trat ich von einem Fuß auf den anderen und versuchte vergeblich, Thies im Auge zu behalten. Aber wie ein Geist war er verschwunden. Es dauerte nur ein paar Minuten, doch es kam mir vor, als hätte ich Stunden gewartet. Plötzlich legte mir jemand eine Hand auf die Schulter. Mein erschrockener Aufschrei wurde sofort von einer großen Hand erstickt.

»Ganz schlechte Idee«, murmelte Thies an meinem Ohr.

Ich befreite mich. »Willst du, dass ich vor Schreck einen Herzinfarkt bekomme?«, zischte ich. »Warum schleichst du dich auch so an!«

»Weil es Spaß macht!«, sagte er mit einem breiten Grinsen. »Komm, ich weiß, wie wir reinkommen. Es ist ganz leicht.«

»Leicht?«

Das konnte ich mir zwar nicht vorstellen, balancierte aber vorsichtig über die spitzen Steine hinter ihm her. Zuerst hielten wir uns in der Nähe des rückwärtigen Zauns, weil das Licht der Lampen, die am Bürogebäude hingen, nicht bis dorthin reichte und wir durch mehrere parkende Transporter Deckung fanden. Als wir die hohe Eibenhecke erreichten, die den Garten der Ducros' begrenzte, sah Thies sich noch einmal um. Es war die äußerste Ecke des

Grundstücks, an der wir uns nun befanden und von der Straße aus nicht zu erkennen. Die Fenster des Bürogebäudes, die wir von hier aus sehen konnten, waren alle dunkel. Es hatte den Anschein, als seien wir weit und breit allein. Ich fand es beruhigend, wie umsichtig und professionell Thies vorging.

Zügig liefen wir zum Gebäude. Mir fiel auf, dass es auf dieser Seite des Erdgeschosses keine normalen Fenster gab, sondern nur sehr breite, niedrige, die in rund zwei Meter Höhe den Eindruck von Lüftungsklappen erweckten. Wahrscheinlich waren auf dieser Seite die Wasch- und Lagerräume. Unter einem der Fenster ziemlich weit rechts blieben wir stehen. Es war gekippt.

»Diese Fenster sind nicht alarmgesichert«, raunte Thies. »Glaube ich zumindest.«

»Glauben sollst du in der Kirche«, brummte ich. »Und wenn doch?«

»Dann verschwinden wir schleunigst«, informierte er mich. »Du steigst auf meine Schultern und machst es auf.«

»Ich?« Entsetzt sah ich ihn an. »Ich weiß doch gar nicht, wie das geht! Außerdem ist das Fenster furchtbar schmal, da passen wir doch gar nicht durch.«

Thies unterzog meine Figur einer gründlichen Musterung. Dann besah er sich das Fenster. »Du schon«, entschied er.

»Und du?« Ich musterte ihn genauso abschätzig, wie er mich.

»Hör zu!« Er nahm mich bei den Schultern und klang so ruhig und bestimmt wie ein Vater, der seinem Kind gut zuredet. »Ich zeige dir, wie du das Fenster öffnest. Dann steigst du durch und schaust nach, wo du gelandet bist. Dann gehst du …«, er drehte mich sanft herum und deutete zum Giebel des alten Gebäudeteils, »… da hoch, öffnest ein Fenster und lässt mir mein Kletterseil herunter.«

Ich klappte hörbar den Mund zu. »Das ist ziemlich hoch«, war alles, was mir einfiel.

Thies lachte leise. »Deswegen gibt es dort oben wahrscheinlich auch keine Alarmanlage.«

»Und woran merke ich das?«

»Das hörst du. In diesem Fall solltest du auf dem gleichen Weg verschwinden, auf dem du gekommen bist. Und zwar schnell«, bemerkte er trocken. »Dass es einen stillen Alarm gibt, ist unwahrscheinlich.«

»Warum?« Uns in Sicherheit zu fühlen, nur um unerwartet mit der Polizei konfrontiert zu werden, fand ich noch beunruhigender.

»Die Familie wohnt direkt neben an. Sieh einfach nach, ob der Fensterrahmen normal aussieht oder du irgendetwas Auffälliges bemerkst und im Zweifelsfall lass es zu und komm wieder runter. Falls ich wirklich nicht mit hineinkommen kann, musst du eben allein suchen.«

Damit war die Sache für ihn klar. Aus seinem Rucksack holte er ein Stück dünner Schnur, an der eine Lederhülle befestigt war. Er erklärte mir, dass ich die Hülle über den Fenstergriff stülpen musste und zeigte mir, wie ich es schaffte, durch geschickten Zug an der Schnur das Fenster zu schließen, und dann den Griff in die Horizontale zu stellen, sodass ich das Fenster aufstoßen konnte. Dann nahm er mich auf seine Schultern.

Nervös sah ich mich um. Irgendwie fühlte ich mich in dieser Höhe plötzlich verletzlich und hatte das Gefühl angestarrt zu werden.

»Es ist niemand in der Nähe«, beruhigte mich Thies, der meinen nervösen Blick bemerkt hatte. »Fang einfach an.«

Es war eine scheußliche Fummelei und ich musste meinen Arm gehörig verrenken, damit ich an den Fenstergriff kam. Es gelang mir tatsächlich, die Hülle darüber zu ziehen. Ich brauchte ein paar Anläufe, doch dann schaffte ich es und das Fenster sprang auf.

»Ja!«

»Gut gemacht!«, lobte Thies. »Und jetzt mach, dass du reinkommst, sonst breche ich gleich noch zusammen.«

Ich tätschelte ihm den Kopf. »Vorhin hatte ich den Eindruck, deine Muskeln wären echt.«

Er biss mich in den Oberschenkel und ich zog ihm kichernd die Mütze über die Augen. Dann machte ich mich an die komplizierte Aufgabe, mich durch das geschätzte dreißig Zentimeter schmale und höchstens doppelt so lange Fenster zu winden.

»Vergiss es, Thies«, ächzte ich, als ich versuchte mich umzudrehen, weil ich es geschickter fand, nicht kopfüber in die Toilette auf der anderen Seite zu stürzen. »Ich komme da nie im Leben durch.«

»Du hättest eben nicht so viel Pizza essen sollen, *Liefje*.«

»Ha! Ha!«

Unter viel Gestöhn, mit ein paar blauen Flecken und einem abgebrochenem Fingernagel schaffte ich es am Ende doch. Ich stieg auf den Toilettensitz und hielt meine Hand aus dem Fenster.

»Gib mir das Seil!«

Erschrocken sah ich mich um, denn meine Stimme hallte unheimlich durch den leeren Waschraum. Als ich das Seil in den Fingern spürte, fasste ich zu, doch es war schwer und es rutschte fast wieder aus meiner schwitzigen Hand.

»Und jetzt los«, drängte Thies. »Nimm auch die Taschenlampe mit. Aber pass auf! Ein flackerndes Licht fällt leicht in einem dunklen Gebäude auf.«

Ich nahm noch die Taschenlampe. Während ich die Schlingen des langen Kletterseils ordnete und es mir über die Schulter legte, atmete ich ein paar Mal tief durch. Der Fliesenfußboden war kalt. Wie ein Mäuschen huschte ich durch das Erdgeschoss und versuchte mich zu orientieren. Ich wusste, dass außer am Haupteingang noch eine zweite Treppe nach oben existierte, die hinter einer Tür irgendwo am Scheitelpunkt des L-förmigen Gebäudes lag. Auf gut Glück öffnete ich die Türen, deren Knarzen mich manchmal zusammenzucken ließ, bis ich schließlich den Aufgang fand. Mein Herz klopfte, als ich langsam nach oben stieg. Zwischendurch lauschte ich immer wieder angestrengt, doch ich hörte nichts außer den diffusen Geräuschen eines leeres Hauses. Außer mir war niemand hier, beruhigte ich mich. Immerhin war es mein erster Einbruch und wenn es nach mir ging, ganz sicher auch mein Letzter. Oben angekommen öffnete ich vorsichtig auch diese Tür. Ich hielt den Lichtstrahl der Taschenlampe auf den Boden gerichtet und schirmte ihn zusätzlich mit der Hand ab. Es wäre ziemlich unerfreulich, wenn jemand von draußen zufällig das Licht entdecken würde.

Durch die Fenster schienen die Straßenlaternen. Es war ein großer Raum, unterteilt nur durch einige Stellwände. Ich war früher schon hier gewesen – doch damals tagsüber, und das Gebäude war voller Menschen.

Am anderen Ende befand sich der Empfang – argusäugig bewacht von der guten Seele des Hauses, Frau Taler. Eine Glasfront machte den Bereich tagsüber hell und freundlich. Auf der rechten Seite die Buchhaltung, und weiter vorn ein separater Raum, der neben dem Plotter und anderem Büromaterial manchmal auch Praktikanten oder Azubis beherbergte sowie die Waschräume und eine Teeküche.

Im Bereich links von mir residierten ein gutes halbes Dutzend bautechnischer Angestellte und ihre drei Sekretärinnen. Hier hatte auch Mike seinen Schreibtisch gehabt. Unwillkürlich wanderte mein Blick an die Stelle, doch die Anordnung der Tische war jetzt anders.

Unbehaglich sah ich mich um. Die ganze Zeit fühlte ich mich beobachtet. Ich riss mich los und stieg nun die elegante Holztreppe hinauf, die im Gegensatz zu der, über die ich gekommen war, gut sichtbar in die nächste Etage führte. Dort war ich noch nie gewesen. Neben den Büros von René und Johannes und ihrer Sekretärin, Frau Beck, lagen oben meines Wissens nach zwei Besprechungsräume und das Archiv.

Das Archiv!

Dort konnten wir mit der Suche beginnen. Auf der obersten Treppenstufe sah ich mich um. Thies wurde sicher schon ungeduldig. Ich fand das Fenster, das Thies gemeint hatte, in einem der Besprechungsräume. Rasch überprüfte ich, ob ich eine Alarmanlage erkennen konnte. Aber ich fand nichts Auffälliges.

Also hielt ich die Luft an und machte es auf.

Stille.

Einigermaßen erleichtert steckte ich den Kopf hinaus, konnte Thies jedoch nirgends entdecken. Ich traute mich nicht zu rufen und hoffte einfach darauf, dass er das Fenster beobachtete. Inzwischen sah ich mich nach etwas um, an dem ich das Seil befestigen konnte. Da das Gebäude einmal eine Scheune gewesen war, hatte ich Glück. In der Nähe des Fensters fand ich einen geeigneten Stützbalken, um das Seil mehrmals drumherum zu schlingen. Ich überlegte nicht lange, sondern tat es und ließ ein Seilende aus dem Fenster, bis es kurz über dem Boden hing. Als ich wieder hinunter sah, machte Thies sich auch schon daran hinaufzuklettern. Ich hätte kaum genug Kraft dazu gehabt, doch er hatte keine Schwierigkeiten sich mit den Händen am Seil hochzuhieven und dabei wie eine Spinne mit den Füßen die Hauswand hinaufzulaufen. Er schnaufte und der Schweiß rann ihm über die Stirn, als ich ihm beim Hineinklettern half. Er trug jetzt Lederhandschuhe.

Während er das Seil einholte, bemerkte er meinen Blick: »Deine Fingerabdrücke sind nirgendwo registriert – bei meinen bin ich nicht sicher.«

»Noch nicht«, unkte ich.

»Wir lassen es hier hängen, falls wir schnell weg müssen. Weißt du noch, wie man sich abseilt?« Er hielt mir das Seilende hin.

Ich probierte herum, bis mir wieder einfiel, wie ich das Seil um die Beine schlingen musste. »Aber ob ich das im Notfall hinkriege? Und über den Zaun kommen wir trotzdem nicht.«

Thies zog mich zum Fenster und deutete nach rechts. »Da hinten steht ein Bagger relativ nah am Zaun. Es müsste reichen, um hinüberklettern zu können. Aber wir werden genug Zeit haben, um das Seil zu benutzen.«

»Dein Wort in Gottes Ohr. Also gut, dann lass uns anfangen.«

Er deponierte seinen Rucksack auf dem Boden, holte etwas heraus, das er in seine Gesäßtasche steckte und zog dann eine Plastikhülle heraus. Sie enthielt das Bodengutachten, das er vorhin noch ausgedruckt hatte. Er inspizierte die Blätter und glättete dabei ein Eselsohr. Die kühle Effizienz, mit der er im Moment handelte, stand im Gegensatz zu dem stets so unbekümmert wirkenden Mann von früher. Diese neue Seite an Thies war gewöhnungsbedürftig – und auch ein wenig beängstigend, denn ich fragte mich plötzlich, ob ich ihn wirklich so gut kannte, wie ich gedacht hatte.

Er unterbrach meine Gedanken. »Also wohin jetzt?«

»Ich habe zwar keine Ahnung, wie das Ablagesystem hier funktioniert, aber ich tippe, dass die Akten der laufenden Projekte immer in greifbarer Nähe der zuständigen Leute sind. Erledigte Dinge wandern ins Archiv. Da der Bau der Ferienanlage ja erledigt ist, sollten wir da anfangen.«

»Gut, weißt du, wo das ist?«

»Ungefähr.«

Wir verließen den Raum und begaben uns auf die Suche nach dem Archiv. Nur drei Türen weiter wurden wir fündig.

»Ordnungsgemäß beschriftet, aber leider zu«, meinte ich und deutete auf den Knauf, der anstelle einer Klinke vorhanden war.

Thies untersuchte das Schloss. »*Geen probleem!*«

Er wies mich an, die Taschenlampe so zu halten, dass er genügend sehen konnte. Dann ließ er sich auf ein Knie nieder und holte Werkzeug aus seiner Gesäßtasche. Zuerst spannte er einen Haken in das Schloss, der aussah wie die gebogene Sonde, mit der ein Zahnarzt die Zähne untersuchte. Das andere Werkzeug hatte Ähnlichkeit mit einem Taschenmesser, das anstelle von verschiedenen Klingen im Griff mehrere unterschiedlich geformte Metallspitzen hatte.

»Es geht doch nichts über ein ordentliches Taschen-Pickset«, sinnierte er.

Den Haken benutzte er als Spanner und werkelte dann mit verschiedenen Picks herum. Beim dritten Versuch klackte es und die Tür sprang auf.

»*Ladies first*«, meinte er mit einer angedeuteten Verbeugung.

Ich knickste und tänzelte in den stockdunklen Raum. Thies kam mit der Lampe hinterher und zog die Tür zu. Wir verharrten kurz, dann knipste er die Deckenbeleuchtung an. In der plötzlichen Helligkeit blinzelten wir.

»Meinst du, das mit dem Licht ist eine gute Idee?«

»Hier sind keine Fenster«, bemerkte er und steckte sein Werkzeug wieder ein. »Und je mehr wir sehen, desto schneller finden wir, was wir brauchen.«

Schnell verdrängte ich meine Bedenken. Er hatte Recht. Es war absolut dunkel gewesen, als wir hereinkamen und wo kein Licht eindrang, konnte auch keins nach außen scheinen.

Ich sah mich um. Wir befanden uns im vorderen Teil des Altbaus. Überall standen Schränke und Regale voll mit Aktenordnern herum. Noch weiter vorn führte eine schmale Stiege nach oben. Wahrscheinlich gab es dort noch mehr altes Zeug. Ich stöhnte, doch Thies zuckte nur leidenschaftslos mit den Schultern. Gemeinsam machten wir uns auf die Suche nach der Stecknadel im Heuhaufen.

Irgendwann lehnte ich mich mit dem Rücken an einen schweren Schrank und ließ mich hinunter auf den Boden gleiten.

»Ich glaube, hier finden wir nichts«, sagte ich. »Alle Ordner sind älter als Ende 2004. Meinst du, es lohnt sich, nach oben zu gehen?«

Thies gähnte. »*Nee*, ich würde sagen, da oben liegen die Mumien begraben. Hier unten scheinen sich alle Unterlagen der letzten zehn bis fünfzehn Jahre zu versammeln. Aber ich gehe trotzdem nachsehen.«

Die Treppe knarrte und es klang unangenehm laut in der Stille. Schon nach kurzer Zeit kam er wieder hinunter. »*Noppes*!«

»Vielleicht liegt es in der Buchhaltung?«, mutmaßte ich und kam etwas steif auf die Beine.

»Die Gutachten liegen immer beim zuständigen Bauleiter«, erinnerte er mich. »Also, wo ist das Büro von Ducros?«

Die ganze Zeit hatte ich vermieden, über diese naheliegende Möglichkeit nachzudenken, aber nun führte wohl kein Weg daran vorbei.

»Auch auf dieser Etage.«

Wir löschten das Licht und verließen das Archiv. Auf der anderen Seite neben der Treppe war der großzügig bemessene Arbeitsplatz der Chefsekretärin, Frau Beck, nebst Zugang zu einer Teeküche.

»Au! Verdammt!« Ich hüpfte auf einem Bein, weil ich in irgendetwas Spitzes getreten war, dabei schlug ich Thies die Taschenlampe aus der Hand, die polternd zu Boden fiel.

»Scheiße!«, fluchte ich mit zusammengebissenen Zähnen und stützte mich an der Wand ab.

Thies bückte sich geistesgegenwärtig und machte die Taschenlampe aus. »Alles okay?«

Ich tastete an meinem Fuß herum. Irgendetwas steckte darin. Mit spitzen Fingern zog ich eine Pinwandnadel heraus. Es brannte, aber war nicht weiter schlimm. »Geht schon. Tut mir leid.«

Thies lauschte. »Ich glaube nicht, dass man draußen etwas davon gehört hat. Bist du verletzt?«

Ich probierte aufzutreten. »Nein, geht schon. Ich

bin froh, wenn wir wieder hier raus sind – was war das?«

Wir warteten mit angehaltenem Atem, doch das Geräusch wiederholte sich nicht. Beim Weitergehen war ich vorsichtiger. Hinter dem Arbeitsplatz der Sekretärin befand sich ein Bereich mit zahlreichen großen Pflanzen. An den Beschriftungen der Türen konnten wir schnell erkennen, dass das rechte, zur Straße gelegene Büro, Johannes gehörte. Ich legte die Hand auf die Klinke und holte tief Luft, bevor ich sie drückte. Der Raum war nicht abgeschlossen und so betraten wir Johannes' Refugium. Thies war direkt hinter mir. Die Lamellenvorhänge an den Fenstern auf der rechten Seite waren zugezogen und tauchten den Raum in ein farbloses Zwielicht. Geradeaus war noch ein Fenster, bei dem die Vorhänge ebenfalls geschlossen waren, davor ein großer Schreibtisch. Linker Hand stand ein ovaler Besprechungstisch mit einem halben Dutzend Stühlen. Regale und Schränke umrahmten ihn wie ein U.

»Ordnung ist das halbe Leben«, murmelte ich, als ich zu den Regalen hinüber ging. »Hoffentlich ist hier alles genau so übersichtlich wie im Archiv.«

Thies legte die Klarsichthülle auf den Tisch und ging zu einem Fenster. Verstohlen spähte er zwischen den Lamellen hindurch. »Wenn draußen zufällig jemand vorbeigeht könnte unsere Taschenlampe auffallen.« Er schirmte die Lampe mit seinen großen

Händen ab und kam zu mir. »Ich leuchte und wir schauen gemeinsam.«

Wir begannen mit dem Schrank direkt neben der Tür und arbeiteten uns im Uhrzeigersinn rund um den Besprechungstisch vor. Die oberen Regale überließ ich Thies, weil ich zu klein dafür war. Als ich über eine Schublade mit Hängemappen gebeugt stand, rieb ich mir die Augen, weil es teilweise schwierig war, im Halbdunkel die Schrift zu entziffern.

»Wenn das so weitergeht, brauche ich bald eine Brille«, murrte ich.

»Kurze Pause.« Thies schaltete die Lampe aus.

Ich gähnte. »Meine Güte, bin ich müde.«

Thies umarmte mich und dankbar lehnte ich mich an ihn. Wie spät es inzwischen geworden war, wusste ich nicht, denn allmählich hatte ich jedes Zeitgefühl verloren.

»Ich hätte dich nicht so lange allein lassen dürfen, *Lieferd*«, murmelte er nach einer Weile. »Tibet war einsam ohne dich.«

Ich kicherte. »Und ich habe mich immer gewundert, warum die Frauen dir nachlaufen. Das klingt geradezu romantisch.«

Er antwortete nicht.

»Bloß gut, dass mir irgendjemand erst kürzlich geraten hat, Männern nicht alles zu glauben.« Ich gab ihm einen flüchtigen Kuss. »Komm wir machen weiter.«

Wir waren beim vorletzten Schrank angelangt, als ich sie endlich entdeckte. »Ha!«

Wie Soldaten in einer Reihe standen ganz unten ein Dutzend Ordner, die alle die Beschriftung »Dovolená Park – Kruczne hory« gemeinsam hatten. Ich kniete nieder und tippte mit dem Finger auf die Rücken auf der Suche nach einer Aufschrift, aus der man ableiten konnte, dass sich darin das Bodengutachten befand.

»Hast du eine Ahnung, unter welcher Rubrik wir das Gutachten finden?«, fragte ich Thies, der neben mir hockte.

»Hier fehlt einer«, sagte er langsam und tippte zwischen zwei Ordner. »Sie sind nummeriert. Das waren bisher sämtliche Ordner, die zu einem Projekt gehören. Hier oben, siehst du. Und nach zwei folgt meines Wissens nach nicht vier.«

»Stimmt.« Mir waren die römischen Zahlen bisher noch gar nicht aufgefallen, denn ich hatte immer nur die Namen der Projekte gelesen. »Sollen wir in denen trotzdem nachsehen?«

»Warte. Ich habe so ein merkwürdiges Gefühl, als ob es genau der fehlende Ordner ist, den wir brauchen.« Thies rieb sich nachdenklich das Kinn.

Dann knipste er die Taschenlampe aus und ging hinüber zum Schreibtisch. Da ich sowieso nichts Besseres zu tun hatte, folgte ich ihm.

Aus dem Augenwinkel nahm ich eine Bewegung wahr. Mit einem Schreckenslaut wich ich aus und rempelte Thies an, der blitzschnell reagierte und mich schützend hinter sich schob.

»Vielleicht kann ich Ihnen behilflich sein?«, fragte Johannes und knipste die Schreibtischlampe an.

Ich blinzelte in der plötzlichen Helligkeit. Johannes musterte Thies eisig von oben bis unten. Mich ignorierte er völlig. Mein Blick fiel nach links. Ich hatte zwar schon vorher gesehen, dass die Schränke wie ein Raumteiler wirkten und ein kleines Stück des Raumes neben dem Schreibtisch verdeckten. Dort standen zwei große Pflanzen und ein Ablagetisch, aber ich wäre nie auf die Idee gekommen, dort nachzusehen. Unbehaglich fragte ich mich, seit wann Johannes wusste, dass wir im Haus waren. Thies, der halb vor mir stand, ballte seine Fäuste. Ohne Thies aus den Augen zu lassen, bewegte sich Johannes nun durch den Raum, zog einen Schlüssel aus der Tasche und sperrte die Tür ab.

»Wenn ich Ihre Anwesenheit hier richtig deute, dann suchen Sie etwas«, sagte er höflich, während sein Blick immer noch an Thies klebte und steckte den Schlüssel zurück in seine Hosentasche.

Beklommen fragte ich mich, was er mit uns vorhatte. Thies' Fäuste öffneten und schlossen sich.

Johannes verengte seine Augen zu Schlitzen. »Ich würde das an Ihrer Stelle lieber lassen, Herr Huizen! Einbruch, vielleicht auch Sachbeschädigung und versuchter Diebstahl – lassen Sie nicht auch noch

Körperverletzung hinzukommen. Wobei – illegale Aktionen sind für Sie ja nichts Neues.«

Mir fiel beinahe die Kinnlade auf die Brust. Woher wusste Johannes von Thies' Vergangenheit? Die beiden kannten sich nicht. Oder doch?

»Sie bluffen, Ducros!«, knurrte Thies. »Warum haben Sie denn nicht schon längst die Polizei gerufen?«

Johannes blieb gelassen. »Weil ich weiß, warum Sie hier sind.« Er legte den Kopf schief und lächelte schmallippig. »Aber weiß Christine das auch, Herr Huizen?«

Thies machte Anstalten auf ihn loszugehen.

»Hör auf!« Verzweifelt klammerte ich mich an seinen Arm. Thies hielt anscheinend nur ungern inne. Stattdessen riss er sich die Mütze vom Kopf und schleuderte sie zu Boden. Zu meiner Beruhigung begnügte er sich anschließend damit, Johannes mit seinem Blick aufzuspießen. Flüchtig hatte ich registriert, dass sich Johannes' Körperhaltung veränderte, als Thies sich so abrupt bewegte. Doch jetzt entspannte er sich wieder. Allerdings nur minimal.

»Sehr rührend, Christine, dass du ihn davon abhalten willst, Dummheiten zu machen«, bemerkte er sarkastisch. »Nur leider etwas zu spät.«

Ich ignorierte diese Bemerkung. Die Männer starrten sich weiter gegenseitig an. Objektiv betrachtet war Johannes in einer glaubhafteren Position – wir waren schließlich die Einbrecher.

Frustriert raufte ich mir die Haare. »Ach, scheiß drauf!«

Ich drehte mich zum Schreibtisch und wollte nach dem Telefon greifen. Thies legte mir sofort eine Hand auf den Arm und sah mich eindringlich an. Mit einem Ruck befreite ich mich. Er schnaubte kurz, hinderte mich dann aber nicht weiter. Doch die Ladestation war leer, das Mobilteil nirgendwo zu sehen. Inzwischen hatte Johannes das Gutachten, das wir mitgebracht hatten, in der Hand und blätterte darin herum, doch seine Aufmerksamkeit lag nur zum Teil darauf. Wachsam behielt er Thies im Auge. Als ich den Rufknopf drückte, um herauszufinden, wo das Telefon lag, hob er einen Mundwinkel und für einen Moment trat der gleiche spöttische Ausdruck auf sein Gesicht, den ich vor ein paar Stunden noch so gemocht hatte. Nichts piepte!

»Du wirst es nicht finden.«

Verdrossen machte ich den Rufknopf wieder aus. »Dein Handy?«, fragte ich Thies leise, obwohl es wohl auch egal gewesen wäre, wenn ich geschrien hätte.

Er schüttelte beinahe unmerklich seinen Kopf. Siedendheiß fiel mir ein, dass es im Handschuhfach seines Autos war. Ohne große Hoffnung suchte ich auf dem Schreibtisch herum. Dabei fiel mein Blick auf etwas anderes. Auf einem Ablagetisch nebenan befand sich ein Ordner. Ohne genauer hinzusehen war ich mir sicher, dass es der war, der im Schrank fehlte. Und oben drauf lag – das Gutachten, das wir gesucht hatten!

»Vielleicht solltest du die beiden Dokumente miteinander vergleichen, Christine.«

Johannes war aufgefallen, was ich entdeckt hatte, und hielt mir das andere entgegen.

»*Stoppes*, Chrissy!«, fuhr Thies dazwischen.

Ein seltsam befriedigter Ausdruck huschte über Johannes Gesicht. »Warum denn, Herr Huizen?«

»Chrissy hat keine Ahnung davon«, erwiderte Thies gereizt. »Also was soll sie damit?«

»Ach, dann weiß sie also gar nicht, warum Sie beide überhaupt hier sind?«, erkundigte sich Johannes mit gespielter Überraschung.

»Natürlich weiß ich das!«, kam ich Thies zu Hilfe.

Johannes nahm das mit einem kleinen Kopfnicken zur Kenntnis. »Seien Sie doch so freundlich, Herr Huizen, und teilen *mir* mit, worum es eigentlich geht.«

Thies schnaubte abfällig. »Als ob Sie das nicht genau wüssten!«

»Also?«, erkundigte sich Johannes scheinbar geduldig.

»Sie waren auf der Baustelle, kurz bevor Mike den sogenannten Unfall hatte!«

Johannes ließ ein paar Sekunden verstreichen. »Das bedeutet?«

»Du hast Mike auf dem Gewissen!«, schrie Thies.

»Das ist mir neu«, bemerkte Johannes kühl.

»*Klootzak*!«

Vor ein paar Stunden hatte Johannes mich aus dem Konzept gebracht. Jetzt jagte er Thies mit der gleichen Effizienz auf die Palme.

»Christine, bitte sieh dir das Gutachten an.«

Ich war unsicher. Einerseits hatte ich nicht die Absicht, Johannes in irgendeiner Form zu unterstützen, doch andererseits war Thies' Verhalten seltsam – und das eigentlich schon den ganzen Nachmittag. Es schadete zumindest nicht, mir ein eigenes Bild zu machen. Wortlos nahm ich ihm das Papier ab und ging damit wieder zum Schreibtisch, um besseres Licht zu haben. Thies' Augen huschten derweil zwischen mir und Johannes hin und her. In seinem Gesicht arbeitete es, doch er sagte nichts.

»Herr Huizen, woher wussten Sie, wie das Gutachten auszusehen hat?« Seinem Tonfall nach zu urteilen, befand sich Johannes gerade in einem alltäglichen Meeting. Irgendwie kam ich nicht umhin, seine Kaltschnäuzigkeit beeindruckend zu finden.

»Weil das mein Beruf ist, du Wichtigtuer!«, blaffte Thies zurück. »In Europa gibt es Vorschriften dafür und wenn du wirklich so schlau bist, dann solltest du das wissen!«

»Ach ja, richtig, Sie sind Geologe.« Johannes lehnte sich an den Besprechungstisch. Er senkte seine Stimme. »Und das erklärt natürlich, weswegen Sie zum Beispiel so genau wussten, wer der Auftraggeber war.«

Bisher hatte ich die beiden Gutachten in meiner Hand noch nicht weiter beachtet, doch jetzt warf ich einen Blick darauf. »Dovolená Park«, erwiderte ich. »Das habe ich ihm gesagt.«

Thies streifte durch den Raum. »Die Adresse gibt es gratis im Internet. Und jetzt lass das endlich, Chrissy. Er will dich nur irre machen!«

Das deckte sich eigentlich mit meiner Vermutung und ich warf die Unterlagen auf den Schreibtisch, ohne sie weiter anzusehen.

»Woher hatten Sie die Proben, Herr Huizen?«, erkundigte sich Johannes plötzlich süffisant. »Vor allem die Aufschlussbohrungen für die Beurteilung der Tragfähigkeit des Bodens sind ja nicht so ohne weiteres zu beschaffen. Waren Sie dafür extra in Jáchymov? Und woher haben Sie die Geräte, um diese Proben …«

»*Fuck*!«

Mit einem Satz, der jeder Raubkatze Ehre gemacht hätte, sprang er auf Johannes zu. Der duckte sich seitlich weg, blieb jedoch mit seinem Fuß an einem Stuhlbein hängen. Noch im Fallen versuchte er sich durch eine Drehung in Sicherheit zu bringen, doch Thies war schneller und schlug zu. Johannes blockte den Fausthieb. Den Nächsten erwischte er nur halb – Thies traf ihn seitlich am Kopf, was Johannes für einen Moment außer Gefecht setzte. Einen Wimpernschlag später hockte Thies auf einem Knie und zerrte Johannes am Hemdkragen hoch. Die Spitze des Spanners lag gefährlich nahe an Johannes' Halsschlagader. Beide keuchten. Johannes blinzelte benommen. Entgeistert starrte ich die beiden an. Es war blitzschnell gegangen.

»Ein falsches Wort und du krepierst genau so erbärmlich wie Mike«, zischte Thies und die Spitze des Werkzeugs ritzte die Haut an Johannes' Hals.

Ich schnappte nach Luft. »Mach keinen Blödsinn, Thies!« Meine Stimme schwankte. »Wir haben schon genug Ärger.«

»Da würde ich kaum widersprechen«, meinte Johannes gepresst. Er hatte seine Arme seitlich neben seinem Körper angehoben.

Thies ruckte an seinen Haaren. »Halt die Klappe! Gib ihr den Schlüssel.«

Zögernd ging ich näher. Thies wirkte zu allem entschlossen. Johannes schien ausnahmsweise um Fassung zu ringen, denn sein Blick war unstet und er atmete schwer, aber er machte keine Anstalten, mir den Schlüssel zu geben.

»Thies, nimm das Ding da weg!«

Thies rührte sich kein bisschen. Ich legte meine Hand auf seine Faust und schob sie ein paar Zentimeter fort von Johannes' Hals. Zu meiner Erleichterung ließ er sie dort, auch wenn er mich gereizt ansah.

»*Snel*, Chrissy, hol den Schlüssel!«

Während ich mich nun daran machte Johannes'

Hosentaschen abzutasten, hob der einen Mundwinkel. Offensichtlich hatte er seinen Gleichmut schnell zurückgewonnen.

»Hast du ihm eigentlich von letzter Nacht erzählt, Christine?«, erkundigte er sich in vertraulichem Tonfall. »Von uns beiden?«

Thies knurrte und riss an seinem Kragen. Johannes gab einen erstickten Laut von sich. Kurz überlegte ich, die Gelegenheit zu nutzen, um Johannes für diese Bemerkung dahin zu treten, wo es richtig weh tat, doch ich hielt mich zurück. Es reichte, dass Thies kurz davor war die Nerven zu verlieren. Mit spitzen Fingern versuchte ich, an den Schlüssel heranzukommen, doch durch Johannes verkrümmte Haltung hatte ich keine Chance in seine Taschen zu fassen. Er dachte natürlich nicht daran, mir dabei zu helfen.

»Das geht so nicht!«, sagte ich genervt.

»Aufstehen!«, befahl Thies ruppig. »Schön langsam und keine falsche Bewegung!«

Johannes tat wie verlangt – etwas anderes blieb ihm allerdings auch kaum übrig. Ich war ebenfalls aufgestanden. Der Spanner lag jetzt wieder an Johannes' Halsschlagader. Bestimmt drückte ich Thies Hand wieder etwas tiefer. Johannes sah mich in gespieltem Erstaunen an, als ich anschließend zögerte, meine Hand in seine Tasche zu schieben.

»Seit wann bist du so prüde?«

»Das geht dich gar nichts an«, fauchte ich.

Thies gab ihm mit seiner linken Faust einen Stoß in die Nierengegend. Johannes ging keuchend in die Knie.

»Hör nicht auf ihn und mach endlich«, verlangte Thies mit wachsender Ungeduld, während er ihn rüde wieder aufrichtete.

Ich riss mich zusammen und schob meine Hand in Johannes' Tasche. Über seine Lippen huschte ein tückisches Lächeln. Seine Stimme war seidenweich. »Sie ist bezaubernd im Bett, nicht wahr, Herr Huizen? So zärtlich, so leidenschaftlich …«

Thies stieß einen grimmigen Schrei aus. Dann passierte alles gleichzeitig. Johannes' Rechte schoss zu Thies' Hand an seinem Hals. Gleichzeitig schnellte seine linke Hand schräg über seine rechte Schulter und ergriff den großen Holländer. Ein Ruck, eine leichte Drehung und ehe ich reagieren konnte, stürzte Thies auf mich und riss mich mit zu Boden. Benommen registrierte ich, dass Thies über mich rollte, weil er gleich wieder versuchte aufzustehen. Doch Johannes war schon da. Ein Ellbogenschlag traf Thies' Hinterkopf. Er brach zusammen. Mühsam rappelte ich mich hoch, um ihm zu Hilfe zu kommen. Johannes kniete bereits hinter Thies und hatte den rechten Arm wie einen Hebel um seinen Hals geschlungen. Thies zuckte röchelnd und versuchte verzweifelt, sich irgendwie zu befreien. Doch verbissen drückte ihm Johannes die Luft ab.

»Nein!«, kreischte ich und stürzte mich in dem Moment auf die beiden, als Thies' Röcheln erstarb.

Verblüfft spürte ich, wie Johannes sich duckte, ich dabei ergriffen wurde, herumwirbelte und schließlich mit einem hässlichen Klatschen auf dem Rücken landete. Sekundenlang blieb mir die Luft weg und ich sah Sternchen. Johannes' Gesicht tauchte in meinem Blickfeld auf. Schwankend kam ich auf die Beine. Wie tot lag der große Holländer neben uns bäuchlings auf dem Boden.

»Was hast du mit Thies gemacht?«, schrie ich und ohne darüber nachzudenken, wie sinnlos es war, attackierte ich Johannes.

Geschickt fing er meine Fäuste ab. »Er ist nur bewusstlos!«

Meine Arme waren in seinem schraubstockartigen Griff gefangen. Heftig trat ich um mich und versuchte in seine Hand zu beißen. Als ich sein Schienbein erwischte, sog er scharf die Luft ein und ließ mich wenigstens los. Schluchzend sank ich neben Thies auf die Knie. Mit zitternden Fingern tastete ich nach seinem Puls. Erleichtert schloss ich die Augen, als ich das Pochen fühlte. Wie letzte Nacht, als ich auf dem Dach saß, versuchte ich nun meinen Atem wieder unter Kontrolle zu bringen, um nicht hysterisch zu werden. War das wirklich erst letzte Nacht gewesen? Es schien Lichtjahre her zu sein. Als ich die Augen wieder öffnete, ragte neben mir Johannes auf wie ein Turm. An seiner Lippe hing ein Tropfen

Blut und seinen Hals zierte ein hässlicher Kratzer. Mit seinem Handrücken wischte er gerade über seinen Mund und warf einen gleichgültigen Blick auf das Blut. Dann öffnete er seinen Gürtel. Wie von der Tarantel gestochen, sprang ich auf und wich vor ihm zurück. Kopfschüttelnd stieß er ein halb ersticktes Lachen aus, zog seinen Gürtel aus der Hose und kniete neben Thies nieder, um ihm die Hände auf den Rücken zu fesseln. Dann durchsuchte er Thies' Hosentaschen, zog die Picks heraus und sammelte den Spanner vom Boden auf.

Unsanft drückte er mein Kinn hoch und sah mir in die Augen. »Was denkst du eigentlich noch von mir?«

Ich wandte den Blick ab. Abrupt ließ er mich los. Während ich nun auf einen der Stühle am Besprechungstisch sank und mein Gesicht in den Händen barg, ging er hinüber zum Schreibtisch, um das Werkzeug in einer Schublade einzuschließen.

»Komm mit«, forderte er mich anschließend auf. Als ich mich nicht rührte, zog er mich energisch auf die Beine.

Ich ließ es geschehen, was blieb mir auch sonst übrig. »Schwarzer Gürtel?«, erkundigte ich mich müde.

»Braun«, entgegnete er lakonisch und hielt mich am Oberarm während er mich in den hinteren Teil seines Büros führte.

»Oh«, machte ich nur und sparte mir die Frage

nach der Sportart. So genau wollte ich es dann doch nicht wissen.

In der Ecke hinter den Schränken befand sich eine Tür, die mir vorhin nicht aufgefallen war. Sie hatte einen Knauf, anstelle einer Klinke. Ohne mich loszulassen, schloss Johannes die Tür auf und schob mich hinein. Innen machte er Licht. Der Raum war klein und besaß keine Fenster. Ein doppeltüriger, rund zwei Meter hoher Tresor sowie ein ungefähr anderthalb Meter hoher und höchstens einen halben Meter breiter Stahlschrank waren die einzige Ausstattung.

»Willkommen in Fort Knox«, bemerkte ich sarkastisch und fragte mich, was er hier eigentlich wollte.

Johannes musterte mich eingehend. Er schien sich nicht sicher zu sein, ob ich Zicken machen würde. Diese Unsicherheit gedachte ich ihm auch nicht zu nehmen und erwiderte daher seinen Blick herausfordernder, als ich mich in Wahrheit fühlte.

»Stell dich da hin«, sagte er und deutete vor den großen Tresor, wo er mich gut im Auge behalten konnte.

Mit verschränkten Armen lehnte ich mich dagegen, während Johannes den schmalen Stahlschrank links daneben aufschloss.

»Weiß jemand, dass ihr hier seid?«, fragte er kühl und öffnete die Tür.

Neugierig warf ich einen Blick hinein – und meine Antwort blieb mir im Hals stecken. Ich war heilfroh, dass mir der Tresor halt gab, denn meine Knie fühlten sich bedenklich weich an. Mit blankem Entsetzen sah ich zu, wie Johannes routiniert die Trommel aus einem schwarzen Revolver klappte. Er schloss ein weiteres Fach auf und bestückte ihn mit Patronen aus einem kleinen Karton. Im Schrank hingen noch zwei Gewehre und eine Pistole, die allerdings größer war und einen Holzgriff hatte.

»Ich habe dich etwas gefragt!« Die Trommel rastete mit einem metallischen Schnappen ein.

Ich wich seinem Blick aus. Der laute Knall der Schranktür ließ mich zusammenzucken. Er prüfte, ob sich der Hahn spannen ließ, dann steckte er sich die Pistole in seinen Hosenbund und schloss den Schrank sorgfältig ab. Er ruckte mit dem Kopf, um mir zu bedeuten, dass ich gehen sollte. Er löschte das Licht und sperrte auch die Tür wieder zu. Dann drängte er sich an mir vorbei und hockte sich neben Thies, um Atmung und Puls zu kontrollieren.

»Er ist noch bewusstlos«, informierte er mich und ruckte an den Fesseln herum.

Während er zum Fenster ging und hinaussah, ließ ich mich auf den Schreibtischstuhl fallen. Mit geschlossenen Augen lehnte ich meinen Kopf an. Das Leder war weich und anschmiegsam. Genau, was ich brauchte. Ich hätte heulen können. Johannes kam zurück. Er schenkte Wasser in ein Glas, das auf dem Schreibtisch stand. Zuerst wollte ich ablehnen, doch es würde kaum etwas ändern, wenn ich mich aus reinem Trotz schlecht fühlte. Also trank ich durstig, während er die Flasche ansetzte.

»Du hättest dir vorhin die Gutachten ansehen sollen.« Er deutete auf den Kopf der Analyse, die wir mitgebracht hatten.

»GEO Expertise – Instituut Van der Vaal, Amsterdam«, las ich lustlos vor und freute mich, dass meine Stimme mir gehorchte und sogar erstaunlich fest klang. Da Johannes mir weder aggressiv noch gewalttätig erschien, traute ich mich sogar nachzusetzen: »Das Institut gehört einem Freund von Thies. Für den arbeitet er manchmal. Und dort hat er in den letzten Tagen auch die Analyse gemacht.«

Johannes lächelte. Doch es war kein freundliches Lächeln. Kommentarlos legte er mir das andere Gutachten vor, das sich seit über einem Jahr in den Unterlagen der Firma Ducros befand.

Ich senkte den Blick auf das Papier, das ich vorhin nicht weiter beachtet hatte. Jetzt wurden meine Augen groß. »Waaas?«

»GEO Expertise – Instituut Van der Vaal, Amsterdam«, sagte Johannes. »So ein Zufall, nicht wahr? Im Übrigen gibt es zwar Normen, was den Inhalt einer solchen Analyse betrifft, aber keine einheitlichen Formulare. Und nun sieh dir die Unterschrift an.« Er schlug die letzte Seite auf.

»Thies«, meinte ich schwach. »Oh mein Gott …«

»Als du ihn mir heute vorgestellt hast, kam mir

sein Name bekannt vor. Es hat mich den ganzen Tag beschäftigt, deswegen bin ich hergekommen, nachdem ich Tim weggebracht habe.« Johannes setzte sich vor mich auf den Schreibtisch und ließ mich einen Blick auf die Unterschrift des Gutachtens werfen, das wir mitgebracht hatten. »Willem van der Vaal?«

Ich rieb mir mit Daumen und Zeigefinger die Nasenwurzel. »Das hat Thies vorhin unterschrieben«, gab ich zu. »Er hat gesagt, sein Freund hätte bestimmt nichts dagegen.«

Er nickte knapp und deutete auf eine andere Stelle. »Wie du siehst stimmt sogar das Datum auf beiden Dokumenten überein. Deswegen wollte er verhindern, dass du es dir genauer ansiehst. Dies hier«, er deutete auf die Analyse, die Thies' Namen trug, »ist eine ausführliche Baugrundanalyse, die für ein Projekt wie die Anlage in Jáchymov unumgänglich ist. Als Unternehmer kann ich keine Verantwortung für den Bau übernehmen, wenn ich so eine nicht vorliegen habe. Entweder gebe ich sie selbst in Auftrag oder – wie in diesem Fall geschehen – macht das der Auftraggeber, der mir dann die Ergebnisse zur Verfügung stellt. Man benötigt professionelles Gerät, um für die Probenentnahme entsprechende Bohrungen in zwei bis fünf oder mehr Metern Tiefe durchführen zu können. Wenn dein *Freund* also ein Gutachten mitbringt, das dem hier bis auf bestimmte Ergebnisse bis aufs Haar gleicht – und du kannst es gern selbst überprüfen – dann gestattest du mir sicher die

Frage, woher er die Proben hat. Schätzen lassen sich solche Angaben jedenfalls nicht. Die Antwort lautet wohl, dass er keine Proben brauchte, denn er hat sie vor über einem Jahr gehabt – und die Ergebnisse gespeichert. Also stellt sich die Frage, warum er das Gutachten austauschen wollte.«

»Er wollte nicht damit in Verbindung gebracht werden«, vermutete ich tonlos.

»So ist es«, stimmte Johannes zu. Nach einer bedeutsamen Pause fragte er: »Weißt du eigentlich wo dein Freund war, als der Unfall passierte?«

Ich zögerte mit der Antwort. »Auf dem Weg nach Lhasa.«

»Sicher?«

Ich hatte das nie in Frage gestellt, aber einen Beweis dafür hatte ich natürlich nicht. Johannes hob die Brauen, weil ich nicht antwortete, dann stand er auf und schritt umher. Es war so still, dass man das leise Quietschen der Gummisohlen auf dem Parkett hören konnte. Mich hielt es auch nicht mehr auf dem Stuhl. Thies hatte sich immer noch nicht gerührt. Ich ging zu ihm und legte meine Hand auf seinen breiten Rücken. Er atmete ruhig und gleichmäßig. Er war doch Mikes Freund gewesen. Und er war meiner. Ich vertraute ihm. Ich hatte ihm vertraut. Aber seine Unterschrift stand unzweifelhaft auf diesem Gutachten. Was stimmte von dem, was er mir erzählt hatte?

»Seit wann wusstest du schon, dass wir hier

sind?«, fragte ich Johannes, der nun an der Fensterbank lehnte.

In seiner Antwort klang milder Spott mit. »Seitdem du versucht hast, möglichst leise ins Haus zu gelangen.«

»Ha, ha.«

»Was für ein Glück, dass ich die Alarmanlage ausgeschaltet hatte«, bemerkte er zynisch. »Um diese Uhrzeit ist es hier normalerweise sehr ruhig. Ich hatte ein Fenster gekippt und hinten auf dem Hof etwas gehört. Ich ging nachsehen – ihr habt mich nicht bemerkt. Nachdem ich euch erkannt hatte, wollte ich wissen, was ihr vorhabt. Ich konnte mir nicht vorstellen, dass es deine Idee war.« Er machte eine kurze Pause. »Was hat er dir noch über mich weisgemacht? Vermutlich hat er von sich selbst behauptet, er sei völlig unschuldig!«

»Bitte, Johannes.« Abwehrend hob ich die Hände. »Lass die Spielchen!«

Unerwartet grob fasste er nach mir und schüttelte mich. »Das hier ist kein Spiel, Christine!«

Ich wollte mich ihm entziehen, doch er ließ mich nicht. »Du tust mir weh!« Er lockerte seinen Griff minimal. »Thies hat … ich kenne das Problem in Jáchymov. Uran.« Ich hob fragend die Stimme.

Stille.

»Seit wann weißt du davon?«, fragte ich nach einigen Sekunden.

Diesmal wandte er den Blick ab. »Lange genug.«

Wenigstens bestritt er es nicht. Ich legte meine Hand auf seinen Unterarm. Ich musste es wissen. Egal, was er dann mit mir tat. »Hast du Mike deswegen umgebracht?«

Abrupt ließ er mich los. »Nein.« Er lachte bitter. »Aber wirst du mir glauben, wenn ich dir meine Version erzähle?«

Er hatte Recht. Es standen schon zu viele unterschiedliche Behauptungen im Raum und ich hatte einfach keinen Grund mehr, irgendwem etwas zu glauben, solange ich es nicht nachprüfen konnte.

Ich räusperte mich leise. Trotzdem klang meine Stimme zittrig. »Das Feuer in meiner Wohnung …« Meine Stimme kippte.

»Was ist damit?«

»Brandstiftung.« Das Wort war gerade noch durch meine Kehle geschlüpft, bevor ich gar nichts mehr sagen konnte. Mein Herz klopfte heftig.

Langsam stieß er die Luft durch die Nase aus. »Frau Ammon. Deswegen war sie so besorgt um dich.«

Thies regte sich stöhnend. Johannes sah wieder aus dem Fenster. Thies' Lider öffneten sich ein winziges Stück. Er zerrte an seinen Fesseln. Von dem Geräusch alarmiert sah Johannes in seine Richtung. Thies' Augen klappten zu. Als er sich nicht weiter rührte, wandte sich Johannes erneut dem Fenster zu und spähte durch den Lamellenvorhang auf die Straße.

Thies blinzelte und seine Lippen formten tonlos in meine Richtung: »Lenk ihn ab!«

Johannes wandte sich wieder mir zu.

Tu irgendetwas, dachte ich. Nur was? Und warum eigentlich?

Ich war verwirrt. Überfordert. Wusste keinen Ausweg.

Eine sachte Berührung ließ mich zusammenzucken. Verblüfft bemerkte ich, dass Johannes' Gesicht meinem plötzlich sehr nahe war und bevor ich protestieren konnte, lagen seine Lippen schon auf meinen.

Lenk ihn ab, schoss es mir durch den Kopf.

Da mir sowieso nichts Besseres einfiel, wehrte ich mich also nicht. Doch es war, als hätte sich ein Schalter umgelegt. Kleinlaut gestand ich mir ein, dass ich wider aller Vernunft hoffte, dass sich alles als großes Missverständnis entpuppte. Ohne darüber nachzudenken schlang ich die Arme um ihn. Seine Hand rutschte meinen Rücken hinunter und er zog mich fest zu sich heran. Sekundenlang verlor ich mich in seinem zarten Kuss.

Ein scharfes Klicken dicht neben meinem Ohr durchfuhr mich wie ein Stromstoß. Dann presste sich der harte Lauf des Revolvers an meinen Hinterkopf.

Johannes gab meinen Mund frei und sah über meine rechte Schulter. »Stehen Sie langsam mit erhobenen Händen auf, Herr Huizen.«

Am ganzen Leib zitternd, klammerte ich mich an Johannes. Ich zog es vor zu glauben, dass er mich nicht wirklich erschießen würde, selbst wenn Thies Schwierigkeiten machte. Mir fiel ein, dass Johannes vorhin die Fesseln kontrolliert hatte. Vielleicht hatte er sie dabei absichtlich gelockert und jetzt hatte er mich abgelenkt, anstatt ich ihn. Wie konnte ich nur so blöd sein, ihn immer wieder zu unterschätzen! Hinter mir hörte ich an den Geräuschen, dass Thies dabei war aufzustehen.

»Dreh dich um«, befahl Johannes mir und da er die besseren Argumente hatte, tat ich es auch.

Sein linker Arm war um meine Hüfte geschlungen, der Revolver lag locker auf meiner rechten Schulter, den Lauf auf meinen Kopf gerichtet.

»Lass sie los«, sagte Thies mit belegter Stimme. »Sie hat nichts damit zu tun.«

»Jetzt hat sie es«, erwiderte Johannes eisig. »Sie hätten sie nicht mit herbringen müssen.«

Thies warf mir einen verzweifelten Blick zu, der mich bis ins Mark traf. »*Sorry*, Chrissy.«

»Warum, Thies?«

Er schwieg.

»Antworten Sie«, verlangte Johannes mit schneidender Stimme. »Und zwar ein bisschen plötzlich.«

Thies presste die Lippen aufeinander und starrte zu Boden.

»Meine Geduld ist nicht unendlich!«, blaffte Johannes und drückte mir unvermittelt den Revolver unter das Kinn.

Erschrocken über seine Heftigkeit schnappte ich nach Luft und versuchte auszuweichen, doch es hatte keinen Sinn. Zwischen Johannes' Schulter und dem Lauf war ich hoffnungslos eingezwängt.

Thies machte einen drohenden Schritt auf uns zu. »*Pak in*!«

Johannes rührte sich keinen Millimeter. »An Ihrer Stelle wäre ich sehr vorsichtig, Herr Huizen.«

»Thies!« Meine Stimme war nur ein klägliches Fiepen. »Ich habe das erste Gutachten gesehen. Du hast es gemacht! Warum?«

Wütend zerrte Thies einen Stuhl vom Besprechungstisch und knallte ihn auf den Boden. *»Fuck!«* Dann trat er davor und ließ sich anschließend darauf fallen. Er vergrub sein Gesicht in den Händen. Johannes nahm den Revolver ein Stück herunter. Ich sank in mich zusammen. Meine Knie fühlten sich an wie Pudding.

»Also, Herr Huizen?«

Thies stieß die Luft aus und legte seine Unterarme auf die Knie. Er knetete seine Hände. Dann zog er die Nase hoch und betrachtete seine Schuhspitzen. »Hin und wieder mache ich für Wim solche Gutachten, die genau die Daten enthalten – oder nicht enthalten – die der Auftraggeber haben will.« Er zuckte mit den Schultern. »So weit es geht halte ich mich an die Fakten. In den meisten Fällen weiß ich nicht viel über die Projekte, für die die Analysen sind.«

Johannes klang ungehalten. »Sie wissen doch wohl, woher die Proben stammen!«

»*Nee … toch, natuurlik.* Ich weiß, was nötig ist eben, aber nicht mehr. Und es interessiert mich meistens auch nicht. Es ist ein Job! Die Werte der Proben waren … *lieve deugt!* Chrissy ich habe dir doch erklärt, man wird nicht gleich krank, nur weil man dort Urlaub macht.«

»Thies, es geht um Uran! Radioaktivität!«

»Für Geld tut man eine Menge, nicht wahr?«, bemerkte Johannes frostig.

»Mit einer Analyse bringe ich niemanden um!«

»Sie kennen die Risiken!«

Thies machte ein verächtliches Geräusch. »Das sagst ausgerechnet du? Du steckst viel tiefer drin als ich!«

Johannes ging nicht auf die Bemerkung ein. »Woher hatten Sie letztes Jahr die Proben?«

Thies rieb sich über die Stirn. »Wim hat sie besorgt, *hoor*. Aber es fehlte eine.« Ein müdes Lächeln huschte über sein Gesicht. »Die für die Tragfähigkeitsbeurteilung. Ich habe damals mit der Geschäftsführerin von Dovolena Park telefoniert.«

Johannes nickte. »Frau Svatek bat mich, die Bohrung umgehend nachzuliefern und ich habe mich selbst darum gekümmert, weil Herr Hartmann gerade in Urlaub war. Ich habe die Probe nach Amsterdam geschickt.«

Ich hatte mich etwas entspannt, weil ich den Eindruck hatte, als benutze mich Johannes lediglich als Druckmittel, um die Wahrheit aus Thies herauszulocken. Dieses Kalkül gefiel mir zwar absolut nicht, aber zumindest schien Thies deswegen gesprächig.

»Mike muss doch deinen Namen bemerkt haben, Thies.«

Er lächelte betrübt. »Zuerst hat er es übersehen. Aber später hat er mich darauf angesprochen.«

»Und dann?«, bohrte Johannes nach.

»Komm schon, Ducros! Das ist doch ein Witz! Du weißt doch über alles ganz genau Bescheid!«

»Mich interessiert aber, was *Sie* wissen!«

»Warum?«, fuhr Thies auf. »Etwa, damit du dir dann eine passende Story zurechtlegen kannst?«

»Christine soll die Wahrheit über Sie erfahren!«

»Lass sie los, *klootzak*!«, schrie Thies und sprang auf.

Johannes hob den Revolver wieder näher an meinen Kopf. »Nein!«

Einige Sekunden passierte nichts. Dann wandte Thies sich ab. Ich sah Johannes hinter mir nicht, aber ich konnte mir den Blick lebhaft vorstellen, mit dem er Thies dazu brachte nachzugeben.

Übergangslos begann Thies zu reden. »Letzten Herbst habe ich Mike nicht oft gesehen. Irgendwann schickte er eine Mail, weil er meinen Namen auf der Analyse gesehen hatte. Zufall, sagte ich. Er wusste, dass ich manchmal für Wim arbeite, *hoor.* Allerdings nicht, dass die Analysen nicht immer den Tatsachen entsprechen. Als ich ihn dann im Dezember traf, kannte er Details über das Tailing und fragte mich, ob die Analyse vielleicht gefälscht sei.«

»Mein Gott, Thies!« Ich war entsetzt.

»Er glaubte auch zu wissen, wer der eigentliche Investor ist.« Er taxierte Johannes mit einem Blick, bevor er weitersprach. »Ich habe ihm gesagt, er soll sich lieber raushalten, aber er wollte nicht. Dann sagte er, wir könnten das Bodengutachten gegen ein Korrektes austauschen und der Polizei einen anonymen Tipp geben. Chrissy, Mike wollte nicht, dass ich Ärger bekam, weil er wusste, dass ich … wegen … ich hätte nicht nur meine Arbeit verloren. Das wäre furchtbar … wegen Sanne …« Er stockte.

»Thies«, fragte ich langsam. »Als Mike starb, hast du damals wirklich nicht geahnt, dass das mit Mike kein Unfall war? Sei ehrlich! Bitte!«

Er sah mich an. Traurig. Verzweifelt. Dann schüttelte er den Kopf. »Ich habe dich nicht angelogen, Chrissy. Das Einzige, was ich dir nicht erzählt habe, war die Sache mit dem Gutachten.«

»Mike Hartmanns Tod kam Ihnen aber sehr gelegen«, fuhr Johannes in ätzendem Tonfall dazwischen.

Thies deutete wütend auf Johannes. »Mike hat jedenfalls nie so ein Zeug genommen! Sie haben ihn ermordet!«

»Ich habe die Baustelle gegen halb sieben verlassen. Laut Polizeibericht passierte das Ganze viel später! Da war ich längst unterwegs.«

»*Natuurlijk!* Papier ist geduldig. Man muss nur die richtigen Leute kennen.« Thies schnaubte ungnädig

Johannes zögerte mit einer Erwiderung. Dann sagte er: »Die Polizei stützte sich unter anderem auf die Uhrzeit der letzten Anrufe, die Herr Hartmann getätigt hat. Die Telefonabrechnung erfolgte immer über die Firma, daher weiß ich, dass es nach acht gewesen ist.«

Als Mike versucht hatte, mich anzurufen, hatte ich vor dem Fernseher gesessen und wollte einen Film schauen, der gerade angefangen hatte. Auch Thies musste die Uhrzeit kennen – er hatte mir vorhin gesagt, dass Mike anrief, kurz bevor er ins Flugzeug stieg.

Johannes wandte den Kopf und sah mir in die Augen. »Tereza Cerny. Sie hatte an dem Abend Dienst in der Uniklinik. Ich war gegen 23 Uhr bei ihr, um ihr zu sagen, dass unsere Trennung endgültig ist. Du kannst dich bei ihr danach erkundigen. Sie hat ein wenig die Beherrschung verloren und die Szene ist nicht unbemerkt geblieben.« Meine Verblüffung quittierte Johannes mit einem winzigen Lächeln. »Bei den damaligen Wetterverhältnissen konnte ich nicht schneller fahren. Außerdem ...«, er sah nun Thies an, »habe ich in Cheb getankt – und wie gewöhnlich mit meiner Kreditkarte bezahlt.

Auch das wäre überprüfbar. Ich war zum Unfallzeitpunkt nicht mal in der Nähe der Baustelle!«

»Dann hast du jemanden beauftragt Mike umzubringen!«, erklärte Thies unterdessen beharrlich. »Es gibt genug Leute, die für Geld alles tun.«

»Zum Beispiel Bodengutachten fälschen?«, konterte Johannes heftig.

»Das ist etwas anderes!«, schnauzte Thies.

»Sie wissen ganz genau, worauf Sie sich eingelassen haben! Sie haben das schon öfter getan, nicht wahr?«, hielt Johannes dagegen und setzte dann in lauerndem Tonfall nach: »Aber wo genau waren *Sie* eigentlich, als Herr Hartmann starb?«

Ich erstarrte. Thies sah ihn mit weit aufgerissenen Augen an.

»Vielleicht haben Sie selbst nachgeholfen, weil Sie nicht wollten, dass er Sie verrät. Schließlich ging es um Ihre lukrativen Nebeneinnahmen. Und was sagt Ihr Freund Wim dazu, wenn plötzlich ein echtes Gutachten anstelle des Gefälschten auftaucht?«

»Für Wim ist das kein Problem. Im Gegenteil, wenn ein richtiges Gutachten existiert, umso besser für ihn.«

Johannes stieß verächtlich die Luft aus. »Glauben Sie das wirklich, Herr Huizen?«

In Thies' Gesicht arbeitete es, doch er schwieg.

Unerbittlich redete Johannes weiter. »Durch den Unfall waren Sie in dieser Sache fein raus. Aber ich könnte mir auch noch einen weiteren Grund vorstellen, weswegen Ihnen Mikes Tod sehr gelegen kam, Herr Huizen! Ist es nicht so?«

Blankes Entsetzen malte sich auf Thies' Zügen ab. »*In vredesnam*! Deswegen hätte ich ihn doch nicht umgebracht!«

Sekundenlang herrschte Schweigen. Dann ließ Johannes mich los und sicherte den Revolver. Thies stand mit hängendem Kopf da. Verwirrt legte ich meine Hand auf seinen Arm.

»Thies?«

Er sah mich von unten herauf an und lächelte unsicher. »Ich war wirklich in Frankfurt, *Liefje.*«

Das war ebenfalls nachprüfbar, entschied ich. »Ich glaube dir das.«

Erleichtert drückte er mich an sich und küsste mich sanft auf den Scheitel. »Es wäre viel besser für Chrissy, wenn Mike noch leben würde, Ducros. Aber das kannst du nicht verstehen.«

Johannes, der uns freudlos beobachtete, schnaubte. Ich sah von Thies zu Johannes, dann wieder zu Thies. Plötzlich dämmerte mir etwas.

»Du hast das ernst gemeint vorhin?«, fragte ich völlig fassungslos.

Thies sah mich unsicher an und wollte antworten, doch ein metallischen Quietschen von draußen schreckte uns auf.

Johannes spähte aus dem Fenster. »Wer weiß, dass Ihr hier seid?«

Thies wurde blass. »*Verrekt*! Wim hat mich angerufen, bevor wir herkamen. Ich war heute früh im Labor, um die echten Daten zu kopieren. Eine neue Analyse musste ich nicht machen ... jedenfalls hat Wim wohl dummerweise herausgefunden, um welche Dokumente es sich handelte und er wollte wissen, wofür ich sie brauchte.«

Johannes lächelte zynisch. »Ihr Freund Wim hat kalte Füße bekommen und das Ganze wohl nicht für sich behalten.« Er schloss die Tür auf. »Verschwinden Sie, bevor jemand Sie hier sieht!«

Zögernd setzte Thies sich in Bewegung und blieb vor Johannes stehen. Sie waren auf Augenhöhe. »Chrissy?«

»Weiß van der Vaal von ihr? Oder kennt sonst jemand Ihre ... Beziehung zu ihr?«

Thies schüttelte den Kopf.

»Dann ist sie bei mir sicherer.« Johannes legte ihm die Hand auf den Arm. »Gehen Sie! Schnell!«

Sekundenlang taxierten sie sich gegenseitig. Thies rührte sich immer noch nicht. »Hast du Mike umgebracht?«

Johannes rieb sich mit der hohlen Hand über den Mund. »Nein. Und jetzt machen Sie endlich, dass Sie weg kommen – Christine zuliebe!«

Thies gab ihm einen Klaps auf den Arm und verschwand ohne ein weiteres Wort.

»Was hat das zu bedeuten, Johannes?«

»Das bedeutet, dass wir alle sehr tief im Schlamassel stecken, wenn wir nicht aufpassen.« Johannes riss sein Hemd aus der Hose und öffnete die obere Hälfte der Knöpfe. »Zieh den Pullover aus!«

»Wie bitte?« Ich sah ihn an, als habe er den Verstand verloren.

»Himmel, nun mach schon!«, drängte er und kontrollierte, dass die Pistole trotz des halboffenen Hemdes nicht zu sehen war. Dann fuhr er sich mit beiden Händen durchs Haar.

Irritiert streifte ich den Pullover ab. Ungeduldig riss er ihn mir aus der Hand und warf ihn auf den Boden, dann zerrte er mich in Richtung Tisch und zerzauste auch mein Haar.

»He!«, protestierte ich energisch, als er mich auch noch rücklings auf den Tisch nötigen wollte. »Johannes! Erklär' mir, was los ist! Warum hat Tereza der Polizei nicht gesagt, wo ich bin?«

Johannes lauschte jetzt angestrengt und hatte nicht zugehört. »Was?«

Wir waren nicht mehr allein im Haus.

»Tereza! Warum hat sie der Polizei nichts gesagt?«

»Ich weiß es nicht! Vertrau mir, Christine! Bitte!«

Zögernd schlang ich meine Beine um seine Hüfte. Die Pistole drückte gegen meine Schenkel und ich spürte eine von Johannes Händen in der Nähe. Er küsste mich zart. Es beruhigte mich nicht, aber es tat gut. Dann knarzte es leise, als drücke jemand auf die Klinke. Beinahe unhörbar schwang die Tür auf. Ich legte so viel Leidenschaft wie möglich an den Tag. Dabei zählte ich die Sekunden. Ich kam nur bis fünf, dann hob Johannes abrupt den Kopf.

»Was machst du denn hier?«, raunzte er.

Ich keuchte, allerdings eher vor unterdrückter Angst. René stand mit unbeschreiblichem Gesichtsausdruck im Türrahmen und knipste die Deckenbeleuchtung an. Erleichtert, weil ich irgendetwas Furchterregendes erwartet hatte, setzte ich mich auf und ordnete meine Kleidung.

René musterte mich kühl und blickte dann zu seinem Bruder, der jetzt mit verkniffenem Gesicht sein Hemd schloss, es aber über der Hose hängen ließ. »Ich dachte, das hier ist ein Büro und kein Bordell«, sagte René süffisant. »Waren das nicht deine Worte, Jo?«

»Im Gegensatz zu dir benutze ich das Büro aber nicht, um Zufallsbekanntschaften abzuschleppen. Oder um den jungen Frauen aus der Firma nachzustellen.«

»Natürlich nicht«, erwiderte René gedehnt. »Aber auch das würdest du tun, wenn du dir einen Vorteil davon versprichst.« Er sah mich an. »Glaubst du wirklich, er meint es ernst mit dir, Chrissy?«

Ich glaubte allmählich überhaupt nichts mehr und zog es daher vor, mich rauszuhalten.

»Du solltest nicht von dir auf andere schließen«, erwiderte Johannes stattdessen.

René schnaubte. »Was machst du so spät noch

hier? Ich meine, außer alleinstehende Frauen zu trösten.«

»Seit wann bin ich dir Rechenschaft schuldig?«, entgegnete Johannes bissig.

Irgendwo im Haus waren Stimmen, leise zwar, aber deutlich. Johannes war nicht anzumerken, dass er auch etwas gehört hatte. René hingegen schon, denn seine Augen huschten kurz zur Seite.

»Ich habe Johannes angerufen und gefragt, ob er heute Abend noch Zeit hat«, log ich aus einem Impuls heraus. »Und wir haben verabredet, dass wir uns hier treffen, nachdem er Tim nach Hause gebracht hat.«

René sah mich überrascht an, weil ich mich so nachdrücklich einmischte. »Oh, Chrissy, du Unschuldslamm, lass gut sein, ja?«

Verblüfft über seinen Tonfall, den er mir gegenüber noch nie angeschlagen hatte, holte ich Luft, um etwas zu erwidern, doch Johannes unterbrach mich mit einer knappen Handbewegung. »Was hast du eigentlich dagegen, dass ich mit Christine zusammen bin?«

René verschränkte die Arme. In seinem Gesicht arbeitete es. »Warum sollte ich etwas dagegen haben?«

Johannes fixierte seinen Bruder. »Mich würde sehr interessieren, weshalb du versuchst ihr einzureden, dass ich es nicht ernst meine. Hast du sie *gestern Abend* besucht, um ihr das zu sagen?«

Es dauerte nur einige Sekunden, bis René dem Blick seines Bruders auswich. »Stört es dich etwa, dass ich bei ihr war?«

»Nein.« Johannes klang wie ein geduldiger Vater bei einem störrischen Kind. »Aber wir können uns gern über den Grund für deinen Besuch bei Christine unterhalten. Ansonsten sei so freundlich und lass uns in Ruhe.«

René sah genau so aus wie besagtes störrisches Kind, das gerade begreift, dass der Vater am längeren Hebel sitzt. Und es schien ihm gar nicht zu gefallen. Mir wurde bei Johannes' Worten allerdings noch etwas anderes klar. Ich hatte das Gefühl, als ob meine Beine jeden Moment nachgeben würden.

In diesem Moment öffnete sich die Tür. Eine blonde Frau kam hereinstolziert. Zuerst dachte ich, es sei Tereza Cerny, aber dann erkannte ich, dass die Frau zwar ebenso blond und langhaarig war, aber ein viel spitzeres Gesicht hatte. Sie trug ein cremefarbenes Kostüm mit einem sehr kurzen Rock und einer hautengen schwarzen Bluse unter der Jacke. Für meinen Geschmack war sie zu stark geschminkt, vor allem ihre Lippen glänzten in einem auffälligen hellrot, doch sie war zweifelsohne hübsch.

»Was für ein Zufall«, sagte sie mit starkem Akzent, der mich ebenfalls an Dr. Cerny erinnerte. Sie musterte zuerst Johannes, dann mich mit anzüglichem Lächeln. »Guten Abend, Johannes.«

Johannes grüßte mit einem knappen Kopfnicken.

Sie lächelte sparsam. »Willst du uns einander nicht vorstellen?«, fragte sie und deutete in meine Richtung.

»Christine Reuther, meine Freundin«, sagte Johannes ohne Zögern. Dann deutete er auf die Blonde. »Anezka Svatek. Wir haben geschäftlich miteinander zu tun.«

»Hallo«, grüßte ich unverbindlich.

Vorsichtshalber wunderte ich mich nicht laut darüber, dass so spät am Sonntagabend noch irgendwelche Geschäftspartner auftauchten. Natürlich war sie nicht zufällig da. Und auch René nicht. Mir war speiübel.

René.

Mike hatte ihm vertraut. Vielleicht auch wegen Jáchymov.

»Ich hoffe, wir stören euch nicht«, bemerkte Anezka betont freundlich. Ihr Blick streifte die Wunde an Johannes Hals und sie hob die wohlgezupften Brauen.

»Aber nein«, erwiderte Johannes mit kühlem Lächeln und beobachtete aus den Augenwinkeln seinen Bruder, der rastlos umher zu wandern begann.

Ein kaum merkliches Zucken ging über sein Gesicht, als René vor dem Schreibtisch abdrehte und die Gutachten anscheinend nicht bemerkte, die immer noch dort herumlagen. René hob stattdessen Johannes' Gürtel auf. Anezka lachte anzüglich.

Plötzlich erklangen draußen Rufe und ein gedämpfter Knall. Ich fuhr zusammen. Johannes nahm meine Hand.

»Mitkommen«, befahl Anezka knapp, wobei ihre Rechte unter dem Revers ihrer Kostümjacke verschwand.

Plötzlich begriff ich, dass der Knall von einem Schuss stammte.

Thies!

Hoffentlich war ihm nichts geschehen. Im Eiltempo verließen wir Johannes' Büro und begegneten eine Etage tiefer einem großen Mann, mit extrem kurz geschorenem Haar, der Anezka auf tschechisch ansprach.

»Im Hof ist jemand, den wir uns näher ansehen sollten«, übersetzte Anezka an René gewandt. »Viktor ist bei ihm. Können wir irgendwo hinten raus, damit wir uns nicht auf der Straße blicken lassen müssen?«

René nickte und hieß, ihm durch das Treppenhaus zu folgen, durch das ich auch hinauf gekommen war. Der große Mann bildete das Schlusslicht. Ich umklammerte Johannes' Hand, der meinen Druck erwiderte. René öffnete eine Tür, die seitlich auf den Hof hinausführte. Da ich immer noch barfuß war, balancierte ich unbeholfen über den Schotter. Als wir um die Ecke bogen, sahen wir sie.

Thies schien zu meiner Erleichterung unverletzt. Er trug seinen Rucksack und stand mit halb erhobenen Händen unterhalb des Fensters, aus dem das Kletterseil hing. Wahrscheinlich hatte er sich versteckt und dann versucht, einen günstigen Moment zur Flucht abzupassen. Ein kleiner, untersetzter Mann mit Halbglatze bedrohte ihn mit einer Pistole. Ich lauschte angestrengt, ob ich Polizeisirenen hören konnte, doch anscheinend hatte der einzelne Schuss niemanden aus der Nachbarschaft auf den Plan gerufen.

Ohne Umstände trat Anezka zu Thies. »Wen haben wir denn da? Wir kennen uns doch.«

»*Ik denk van niet*«, antwortete Thies unfreundlich.

»Wir haben telefoniert, Herr Huizen, erinnern Sie sich etwa nicht?«, entgegnete Anezka eisig. »Außerdem wissen wir, dass Mike Hartmann mit Ihnen in Kontakt stand. Sehr bedauerlich, dass Ihr letzter Anruf ihn nicht mehr erreichte, nicht wahr?«

»*Slettenbak!*«

Sie blitzte ihn an. »Seien Sie vorsichtig! Ich schätze es nicht, wenn jemand versucht, intakte Geschäftsbeziehungen mit unerfreulichen Dingen zu belasten. Herr van der Vaal ist in diesem Punkt kooperativer als Sie. Wo ist das Dokument?«

Thies antwortete nicht, aber ich sah, dass er Angst hatte. Anezka ruckte mit dem Kopf und der Mann mit den kurzgeschorenen Haaren riss Thies unsanft den Rucksack herunter. Ohne viel Federlesen schüttete er den Inhalt aus.

»*Nee!*«, befand er kurz darauf kopfschüttelnd.

»Wo ist es?« Anezka trat dicht vor Thies und fixierte ihn.

Schweigend und von oben herab erwiderte er ihren Blick. Neben mir bewegte sich Johannes beinahe unmerklich. Seine Rechte glitt unauffällig in die Nähe seiner Waffe. Er zog mich nachdrücklich hinter sich. Ich unterdrückte einen Schmerzlaut, als ich auf einen spitzen Stein trat.

Anezka wandte sich abrupt von Thies ab. »Jiri!«

Ohne Vorwarnung boxte der Kurzhaarige Thies in den Magen. Der knickte ein und hielt sich japsend den Bauch. Verängstigt drängte ich mich an Johannes.

»Wo?«, wiederholte Anezka zischend die Frage.

Keuchend richtete Thies sich wieder auf. Im Schein der grellen Lampen wirkte Anezkas schmales Gesicht hart und kalt. Sie ging ein paar Schritte über den Hof, wobei sie mehrmals aufmerksam den Kopf hin und her wandte. Doch alles war ruhig.

»*Proboha!*« Sie wandte sich an René. »Es muss irgendwo sein!«

Ich wagte nicht, mir auszumalen, was passierte, wenn sie es in Johannes Büro fanden. Sie würden sofort wissen wollen, was ich damit zu tun hatte.

»Du sorgst dafür, dass es keine weiteren Probleme gibt!«, herrschte Anezka René an. »Ist das klar? Wir kümmern uns um ihn.« Sie deutete mit dem Daumen über ihre Schulter auf Thies.

René lächelte charmant und warf Johannes einen tückischen Blick zu. »Warum fragst du nicht einfach den zuständigen Bauleiter, Liebling? Er kann doch sonst auch alle Probleme im Handumdrehen beseitigen.« Er wollte ihr über die Wange streicheln, doch mit einem gereizten Laut zog sie ihren Kopf weg und funkelte ihn an.

»Ich hatte dein Wort, dass nichts schiefgeht«, fauchte sie. »Jetzt sorg' gefälligst dafür, dass es dabei bleibt! Du hast schon einmal versagt!«

René wirkte, als sei er mit kaltem Wasser übergossen worden. Anezkas Kopf ruckte herum. Prüfend sah sie Johannes an, anschließend mich. Wahrscheinlich überlegte sie gerade, wie gefährlich ich für sie sei. Sie verzog ihren Mund zu einem unterkühlten Lächeln. Dann kehrte sie uns den Rücken zu.

»Jiri?« Der Angesprochene, der gerade um die Hausecke in Richtung Straße gespäht hatte, kam zurück. »*Udělejme to tak, že jdeme pryč. Pak to vezmeme sebou.*«

Ich verstand nicht, was sie meinte, aber es verhieß nichts Gutes – zumal sie eine beinahe wegwerfende Bewegung in Thies' Richtung gemacht hatte. Der stand immer noch an derselben Stelle wie gerade eben. Beinahe unmerklich veränderte er seine Haltung und erinnerte mich an den Moment, kurz bevor er im Büro auf Johannes losgegangen war. Unvermittelt stürzte er sich auf Viktor. Ein Schuss löste sich aus dessen Pistole, während er von Thies' Fäusten getroffen zu Boden ging. Geistesgegenwärtig riss mich Johannes zur Seite, seine Waffe jetzt in der Hand. Anezka wirbelte herum, Jiri eröffnete das Feuer auf Thies. Der hatte dem sichtlich überraschten Viktor blitzschnell die Pistole abgerungen und zögerte nicht, sich zu verteidigen. Mit einem Aufschrei schlug Jiri der Länge nach hin. Verblüfft über die Treffer starrte Thies ihn einen Sekundenbruchteil zu lang an.

Mit tödlicher Präzision drückte unterdessen Anezka mehrmals ab. Thies zuckte zusammen. Ich kreischte. Viktor, der sich gleich wieder aufrappelte, riss Thies die Waffe aus der Hand und zielte aus nächster Nähe auf ihn. Neben mir knallte es zwei Mal scharf. Johannes Kugeln trafen Viktor wie ein Fangschuss das Wild. Viktor heulte auf, die Pistole fiel aus seiner blutenden Hand – bevor er Thies erwischen konnte. In diesem Moment spürte ich einen harten Schlag irgendwo in der Nähe meines linken Schlüsselbeins. Ich strauchelte. Einen Wimpernschlag später richtete Johannes seine Waffe auf Anezka. Keiner von beiden drückte ab, doch es war, als versuchten sie gegenseitig ihre Gedanken zu lesen.

»Viktor!« Das war Anezka.

Die beiden rannten los. Während des Schusswechsels hatte sich René an die Hauswand geduckt und machte nun ebenfalls Anstalten, hinter den beiden herzulaufen.

»Bleib stehen!«

René kümmerte sich nicht um den Ruf seines Bruders. Johannes, den Revolver immer noch in der Hand, sprintete schon hinter ihm her und packte ihn hinten an der Jacke. Ich wankte zu Thies. Dabei warf ich im Vorbeigehen einen Blick auf Jiri, der auf der Seite lag. Schaudernd sah ich seine starren Augen.

»Thies!« Ich fiel neben ihm auf die Knie und zu meiner Erleichterung hörte ich, dass er keuchte. Tränen rannen mir über das Gesicht. Nur wenige Meter neben uns wirbelte Johannes herum und verpasste René einen gezielten Fußtritt in den Bauch. In der Ferne hörte ich Sirenen. Vorne auf der Straße fielen weitere Schüsse.

»Chrissy …!«

»Thies! Wo bist du verletzt?«

Er lag auf dem Rücken und sah mich mit verschwommenem Blick an. »Ich … ja gesagt, *Vrouwen* … machen mich fertig!«

»Das ist nicht witzig!« Er lächelte matt.

Johannes versperrte seinem Bruder, der sich gerade wieder keuchend aufrichtete, den Weg. »Hast du eigentlich noch nicht genug Mist gebaut?«

René lachte irre. »Kriegst du etwa kalte Füße, *Bruder?* Weil du mit drinsteckst?«

Johannes stieß ein verächtliches Geräusch aus. »Mach dich nicht lächerlich!«

»Du hast es immer verstanden, dich in Szene zu setzen! Der wunderbare Herr Doktor! Was mit mir los war, war dir scheißegal!«

In diesem Moment deutete Thies kraftlos auf mich. »... bist verletzt.«

»Ich?« Irritiert sah ich an mir hinunter. Voller Entsetzen entdeckte ich den schnell größer werdenden Blutfleck links unterhalb meines Schlüsselbeins.

»... Schock«, bemerkte Thies. »... spürt man ... erst später ...« Er verdrehte die Augen und stöhnte gequält. Fahrig tastete er nach meiner Hand. Seine war blutig und erst jetzt erkannte ich, dass sein dunkler Pullover an der Vorderseite mit Blut durchtränkt war.

Renés Stimme überschlug sich. »Vater hat dich bevorzugt! Seinen ach so intelligenten *Sohn*! Mich hat er nicht mal mehr wahrgenommen!«

»Glaub ... Männern nicht alles, *Liefje.*« Thies war kaum zu verstehen. »Nur ... manchmal.«

Ich hatte das Gefühl ohnmächtig zu werden, doch ich bemühte mich um ein Lächeln. »Ich werd's mir merken.«

Er grinste, dann krümmte er sich jäh zusammen und wimmerte. Sein Zustand verschlechterte sich zusehends, aber ich hatte keine Ahnung, was ich tun sollte.

»Du hast mir nichts gegönnt! Nichts! Sogar meine Frau hast du gevögelt! Und meinen Sohn behandelst du wie deinen eigenen! Wahrscheinlich ist er das auch!«

»Ich habe nie mit Felicitas geschlafen, verdammt noch mal! Aber im Gegensatz zu dir habe *ich* mich nicht feige verpisst, als es ihr schlecht ging!«

»Oh ja, der großartige Retter der Welt«, sagte René geziert. »Aber wie die Mutter so der Sohn! Deine war eine verlogene Schlampe!« Ein Faustschlag traf ihn mitten ins Gesicht.

Johannes stand vor ihm wie der personifizierte Zorn. Von der Straße hörte man Reifen quietschen und Autotüren schlagen. René strich sich mit dem Handrücken über das Kinn und begann zu lachen. Seine Augen funkelten wie im Wahn.

»Diesmal, *Bruder*, bekommst du ein Problem, das du nicht mit deinem Grips lösen kannst!«

Unvermittelt stürzte er sich auf Johannes, der seinen linken Arm zur Abwehr hochriss. Doch René hatte es auf den Revolver abgesehen.

Ich sprang auf. »Nein!«

Wegen der plötzlichen Bewegung jagte eine rasende Schmerzwelle durch meine linke Körperhälfte, die mir kurzzeitig den Atem nahm. Helle Lichtpunkte tanzten vor meinen Augen. Ich rannte trotzdem los.

Dann – ein scharfer Knall.

Wie durch einen Nebel sah ich Johannes' bleiches Gesicht. Ich hatte ihn fast erreicht. Vor ihm René, die Augen weit aufgerissen. Wankend – dann sank er zu Boden.

»Polizei! Waffe weg!«

»Johannes!«

Ich ging in die Knie. Der Revolver rutschte aus Johannes' Hand. Sie traf im selben Moment auf dem Boden auf wie ich.

»Stehenbleiben!«

Mein Bewusstsein schwand, doch ich fühlte, dass Johannes bei mir war. Etwas presste sich mit festem Druck gegen meine Schulter. Ich stöhnte vor Schmerzen.

»Christine …«

»Hände hoch!«

Mir wurde schwarz vor Augen.

00:23 UHR

Allmählich kam ich wieder zu mir. Es ruckelte und eine Sirene heulte. Meine Zunge klebte am Gaumen. Es gab ein schmatzendes Geräusch, als ich sie löste.

»Ah, da sind Sie ja wieder«, sagte eine Stimme, die mir vage bekannt vorkam.

Ich öffnete meine Augen einen Schlitz. Frohwieser tätschelte mich vorsichtig. »Was machen Sie nur für Sachen, Mädchen. Hat Ihnen das Abenteuer letzte Nacht etwa nicht gereicht?«

Ich lächelte schwach. Meine Lippen waren so furchtbar trocken. Frohwieser tupfte einen feuchten Lappen darauf.

»Danke«, flüsterte ich.

»Eine Kugel steckt in Ihrer Schulter«, informierte er mich ernst und kontrollierte dabei die Infusion, die von der Decke hing. »Sie hat die linke Schlüsselbeinarterie getroffen und Sie haben viel Blut verloren. Aber jemand hat sie abgedrückt, bevor es schlimmer werden konnte. Wissen Sie, Arterien haben die Angewohnheit sich in so einer Situation manchmal einzurollen und mit ein bisschen Glück ist es dann keine große Sache. Haben Sie noch Schmerzen? Dann erhöhe ich die Dosis.«

»Geht schon«, antwortete ich heiser. Ich fühlte mich ziemlich benommen.

»Es dauert nicht mehr lang, dann sind wir da. Ich habe Ihre Wunde nur abgedeckt. In der Klinik werden Sie gleich operiert.«

Es war mir seltsam gleichgültig. »Wo ist Johannes … Dr. Ducros?« Es war seine Stimme gewesen, die ich als Letztes gehört hatte.

Dr. Frohwieser zögerte, bevor er antwortete. »Er ist noch dort.«

»Und Thies – ist er schwer verletzt?«

Frohwieser lächelte wieder, doch diesmal erreichte es seine Augen nicht und das machte mir Angst. »Das kann ich Ihnen nicht sagen, Frau Reuther, weil ich mit Ihnen beschäftigt war. Aber sobald wir ankommen, werde ich mich nach ihm erkundigen.«

Er nahm meine Hand und drückte sie. Ich schloss die Augen und versuchte erst gar nicht, das Schluchzen zu unterdrücken.

Erlangen, 11. September 2006

Liebe Christine!

Damit zu beginnen, wie leid es mir tut, macht nichts ungeschehen, daher verzichte ich auf diese Phrase. Dich um Verzeihung zu bitten, weil Du auch durch meine Schuld in diese Situation geraten bist, kann ich ebenso wenig.

Ich bin jedoch davon überzeugt, dass ich Deinen Freund Thies zu Unrecht verdächtigt habe. Es gibt so Vieles, das ich Dir gern erklären würde und doch kann ich es nicht.

Ich wünschte, wir wären uns unter anderen Umständen begegnet.

Johannes

DIENSTAG, 12. SEPTEMBER, ERLANGEN UNIKLINIK

Ich starrte aus dem Fenster in den Regen und wusste nicht, wie ich mich eigentlich fühlte. Das Wetter war kalt und regnerisch geworden. Es passte zu meiner trüben Stimmung. Nichts war mehr wie vorher. Ich lebte immer noch. Aber das war auch schon alles.

Anezka und Viktor hatten es irgendwie geschafft zu entkommen. Thies hatte den Transport ins Krankenhaus nicht überlebt. René war bei Eintreffen der Sanitäter bereits tot. Johannes wurde festgenommen. Sein Brief lag auf meinem Schoß. Aus seinen Zeilen spürte ich die gleiche Ohnmacht wie ich sie empfand. Ich wusste nicht mehr, was ich über ihn denken sollte. Was ich überhaupt denken sollte.

Inzwischen hatte ich ein diffuses Gefühl, wie alles zusammenhing. René schien der Urheber, doch sein Tod blieb für mich ein Rätsel.

Wusste René etwas über Johannes?

Oder war es Notwehr?

Wut?

Eifersucht?

Warum erschoss Johannes seinen Bruder?

Warum? Warum? Warum?

Gestern hatte eine Psychologin vorbeigeschaut und vorsichtig versucht, ein Gespräch mit mir anzufangen. Aber ich war innerlich so leer, dass ich sie gebeten hatte, ein anderes mal wiederzukommen. Frau Ammon war ebenfalls da gewesen und ich hatte ihr berichtet, was ich wusste. Sie hatte zugehört – meine Fragen blieben jedoch unbeantwortet. Stattdessen hatte sie mir versichert, dass Tag und Nacht ein Polizist draußen auf dem Flur sei. Noch ein warum. Warum hielt sie das für nötig?

Ich seufzte und betrachtete stumpfsinnig die Kanüle, die noch in meinem Handrücken steckte. Die Operation war den Ärzten zufolge eine Kleinigkeit gewesen. Ich würde höchstens eine Woche hierbleiben müssen. Im Moment war ich froh, dass ich allein im Zimmer war und hoffte, dass es noch eine Weile so bleiben würde. Nach Gesellschaft war mir absolut nicht.

Das Einzige, worüber ich mir im Klaren war, war die Tatsache, dass ich diesmal nicht einfach abwarten wollte, bis das Leben wieder seinen gewohnten Gang nahm. Johannes und Thies. So unterschiedlich sie waren – gewesen waren. Beide hatten mir etwas zurückgegeben, das ich nicht wieder verlieren wollte.

Das Gefühl zu leben.

Nicht einfach nur zu existieren.

Aber es fiel mir schwer, meinen Gefühlen nicht auszuweichen. Vielleicht konnte ich die vielen Mosaiksteinchen zu einem Bild zusammensetzen – und vielleicht besser verstehen, was hinter allem steckte. Doch immer wieder fragte ich mich, ob ich die Wahrheit wirklich wissen wollte. Ich hatte Angst davor, auch Unangenehmes herauszufinden. Über Mike. Oder Thies.

Über Johannes.

Frau Ammon hatte mir gesagt, dass mein Wohnungs- und der Kellerschlüssel nicht in meinem Schlüsselkasten gewesen sei. Renés Fingerabdrücke wurden auf der Tür, im Trockenraum, auf den Dachfenstern und im Keller gefunden. Von Johannes hingegen nichts. Nirgendwo im Haus.

Mikes Tod sollte noch einmal untersucht werden. Seine Leiche exhumiert – ein schrecklicher Gedanke. Ich wollte gern glauben, dass Johannes nichts damit zu tun hatte. Aber warum, verflixt noch mal, wusste er über Jáchymov Bescheid und wieso hatte er seinen Bruder erschossen?

Wie eine Katze schlich ich den ganzen Tag um meinen Gedankenbrei herum, unentschlossen, wo ich anfangen sollte. Am Nachmittag kam meine Schwester zu Besuch. Während sie die Blumen ins Wasser stellte und die Bilder, die die Kinder gemalt hatten, gegen die Vase auf meinem Nachttisch lehnte, plauderten wir zunächst lauter belangloses Zeug.

»Du hörst dich immer noch verschnupft an«, bemerkte ich schließlich. Dann tätschelte ich ihren runden Bauch. »Und wie geht es dem Baby? Macht ihm das nichts aus?«

»Nicht so ein kleiner Infekt. Aber ich hatte gestern ein paar Wehen, deswegen war ich auch nicht hier.«

Alarmiert setzte ich mich auf. »Au! Mist.« Das hatte meiner Schulter nicht gut getan. Vorsichtig lehnte ich mich wieder zurück. »Das hört sich aber nicht gut an. Du bist doch noch lange nicht soweit.«

»Noch zehn Wochen. Daher war ich auch beim Arzt. Das CTG war Gott sei Dank unauffällig. Aber noch mehr Aufregung brauche ich im Moment echt nicht.« Sie zog eine Grimasse.

Ich lächelte schief. »Ich auch nicht. Meinst du denn, jetzt ist alles in Ordnung?«

»Klar, sonst hätte er mich nicht wieder nach Hause geschickt. So bekam ich nur eine Wagenladung voll Magnesiumtabletten und den üblichen Spruch ›Schonen Sie sich!‹ und das war's. Naja, egal.« Sie winkte ab und langte in ihre Tasche. »Ich hab was für dich. Bernd meinte zwar, ich sollte noch warten, aber ich fand einfach, du solltest es so schnell wie möglich haben.« Zögernd öffnete sie ihre Hand.

Sekundenlang starrte ich die Kette auf ihrer Handfläche an. Meine Augen füllten sich mit Tränen.

»Thies.«

Ich nahm sie ihr ab und berührte die verschlungenen Schriftzeichen. Jule holte ein Taschentuch aus der Schublade und drückte es mir in die Hand.

»Woher hast du die Kette?«

»Frau Ammon hat sie zu Mama und Papa gebracht.

Sie sagte, Thies hat noch mit Dr. Ducros gesprochen, bevor …« Sie rieb sich verstohlen über die Augen. Sie hatte ihn auch gekannt. »Er sagte, Thies wollte, dass du diese Kette bekommst.«

Sie schwieg, während ich wehmütig die Kette betrachtete und versuchte, nicht in Tränen auszubrechen.

Jule unterbrach meine Gedanken. »Chrissy, was war am Wochenende wirklich los? Wir wissen fast nichts. In der Zeitung steht, dass diese Ferienanlage, an der Mike mitgebaut hat, radioaktiv verseucht ist. Alle Verantwortlichen haben sich plötzlich in Luft aufgelöst. Es heißt, Mike sei ermordet worden. Über Thies und Dr. Ducros und seinen Bruder wird spekuliert. Der Brand in deiner Wohnung … was hast du mit all dem zu tun?«

Ich lächelte matt. »Ich war zur falschen Zeit am falschen Ort.«

»Du willst aber wohl nicht behaupten, du warst rein zufällig am Sonntagabend in Tennenlohe?«, erkundigte sich Jule zynisch. »Der Hinterhof eines Bauunternehmens ist nicht gerade ein beliebter Szenetreffpunkt!«

»Das meinte ich auch nicht!«

Jule schien zu überlegen, ob mir irgendwelche Medikamente zu Kopf gestiegen waren. Aber ich hatte keine Lust ihr zu erklären, dass ich das Sommerfest meinte, bei dem ich Johannes begegnet war. Genervt rieb ich mir über das Gesicht.

»Tut mir leid, Jule. Es ist so kompliziert. Ich möchte im Moment nicht darüber reden. Gib mir noch ein bisschen Zeit, ja?«

Jule zog einen Flunsch. »Dann sag mir wenigstens, ob du ein Verhältnis mit Dr. Ducros hast.«

»Wer sagt das?«, fragte ich abweisender als ich beabsichtigt hatte.

»In der Zeitung steht, dein Vermieter hätte das behauptet bla bla bla … wichtigtuerisches Geschwätz … aber, du warst schließlich über Nacht bei ihm und Bernd sagte, du hattest nur einen Bademantel …«

»Jule! Das kann doch wohl nicht wahr sein! Meinst du, ich hätte erst noch einen Koffer gepackt, bevor ich aus dem Fenster geklettert bin?«

»Chrissy! Der Typ hat seinen Bruder ermordet!«

»Ich war dabei!«

Sie schnappte nach Luft und stand abrupt auf.

Ich hielt ihre Hand fest. »Was willst du jetzt von mir hören? Dass ich Bonnie bin und er Clyde? Ich weiß doch nicht mal, was in der Zeitung steht. Und ich will es auch nicht wissen!«

Sie setzte sich wieder und betrachtete unsere Hände. Dann seufzte sie. »Es ist einfach blöd, wenn man von irgendwelchen Journalisten gefragt wird, ob man nicht hätte ahnen können, dass die eigene Schwester ihren Verlobten umgebracht hat. Zusammen mit ihrem Geliebten.«

Ich prustete entsetzt. »Sonst noch Probleme? Also damit du beruhigt bist: Nein, hat sie nicht und das kannst du den Typen ruhig sagen!«

»Das habe ich schon«, brummte Jule. »Außerdem meinte Frau Ammon, Dr. Ducros habe dich entlastet.«

»Bonnie von Clyde entlastet! Hoffentlich verschafft mir das beim Staatsanwalt mildernde Umstände.«

Sie riss die Augen auf. »Wieso?«

Ich seufzte. »Ich bin mit Thies in Tennenlohe eingebrochen.«

»Du bist was?« Entsetzter hatte ich meine Schwester noch nie gesehen. »Musst du ins Gefängnis?«

Ich lächelte schief. »Nein. Wir haben ja nichts gestohlen. Wenn Johannes allerdings Anzeige wegen Sachbeschädigung und Hausfriedensbruch erstattet …«

»Also was ist mit ihm?«, unterbrach mich Jule.

Da ich wusste, wie hartnäckig sie sein konnte, lenkte ich ein. »Ja, ich hatte was mit ihm – zufrieden?«

Sie sah mich an, als wisse sie nicht, ob sie noch schockierter sein konnte. »Irgendwann erzählst du es mir aber, oder?«

»Klar, aber nicht heute.«

Jule verabschiedete sich bald und eine Krankenschwester steckte den Kopf herein, um nachzusehen, ob alles in Ordnung sei. Die Konsequenzen für meine Familie waren mir bisher gar nicht klar gewesen. Noch ein Grund mehr, mich nicht zu verkriechen. Irgendwann klopfte es wieder und wie in Krankenhäusern üblich, wurde die Tür gleich darauf geöffnet. Im ersten Moment hatte ich das Bedürfnis vor lauter Panik aus dem Bett zu springen, doch dann begnügte ich mich damit weiter zu atmen. Unwillkürlich hatte ich nämlich die Luft angehalten.

»Ist etwas nicht in Ordnung?« Dr. Cerny kam eilig an mein Bett und stellte eine kleine Schale auf mein Nachtschränkchen.

Während sie mir eine Hand auf die Stirn legte und mir kritisch ins Gesicht sah, lächelte ich matt. »Nein, ich habe mich nur erschreckt.« Das war nicht einmal gelogen, denn ich hatte geglaubt, Anezka Svatek käme herein. Aber die war wohl längst über alle Berge. Und bei genauerem Hinsehen sahen sich die Frauen gar nicht so ähnlich, wie ich zuerst gedacht hatte. Dr. Cernys Haare waren eine Spur dunkler und ihre Züge weicher.

Plötzlich war ich mir sicher, dass sie nicht zufällig hier war. Aber draußen vor der Tür war ein Polizist. Er hätte sie nicht hereingelassen, wenn Frau Ammon es nicht für gut befunden hätte. Schließlich hatte ich ihr von Dr. Cerny erzählt.

»Wie geht es Ihnen?«, erkundigte sich die Ärztin und setzte sich auf die Bettkante.

»Den Umständen entsprechend«, erwiderte ich ausweichend. »Was wollen Sie von mir?«

»Ich habe Sie operiert«, sagte sie und ließ dabei nicht erkennen, dass sich meine Frage auf irgendetwas anderes beziehen konnte.

Eigentlich hätte ich geschworen, dass sie mir seit Samstagnacht nicht mehr begegnet war. Außerdem war ich der Meinung gewesen, sie sei Internistin und keine Chirurgin. Aber ich widersprach nicht. Sie musterte mich viel zu lange, als dass ich ihr abgenommen hätte, es sei aus medizinischer Sicht nötig. Schließlich tastete sie nach meinem Puls und sah dabei auf die Uhr. Dann inspizierte sie den korrekten Sitz der Infusionsnadel.

»Hat die Kripo Sie bereits vernommen?«, fragte ich unvermittelt. Ich hatte keine Lust mehr auf vage Andeutungen und nebulöse Vermutungen. Ich wollte endlich Klarheit.

Dr. Cerny hielt inne. Nur ihre Augen bewegten sich. »Ja«, antwortete sie schließlich.

»Waren Sie mit Johannes zusammen?«

»Wir … waren einmal ein Paar.« Sie machte eine Pause. »Aber wir haben uns getrennt.«

»Wann?«

Ihre gesamte Haltung war abweisend, doch sie antwortete. »Letztes Jahr.«

»Wann genau?«

Sie hob ihre wohlgeformten Brauen wegen meiner zudringlichen Fragerei. »Kurz vor Weihnachten. Ich habe es nicht ernst genommen, denn es war nicht das erste Mal. Deswegen rief ich ihn am nächsten Tag an.

Er war unterwegs. Wir stritten und er legte auf.« Sie verzog das Gesicht. »Dann kam er hierher. Ich hatte Spätdienst. Es war … nicht schön. Danach habe ich ihn nicht mehr gesehen – bis letzten Samstag.« Sie nahm ihr Stethoskop aus ihrer Kitteltasche und hörte mich ab. Ich war erleichtert zu hören, dass Johannes' Behauptung stimmte.

»Warum haben Sie der Polizei nicht gesagt, dass er mich mitgenommen hat?«

Sie machte eine unbestimmte Handbewegung. »Niemand hat mich danach gefragt.«

Ich war mir trotzdem sicher, dass sie es absichtlich verschwiegen hatte.

»Wie gut kennen Sie ihn?«, fragte Dr. Cerny.

»Ein wenig«, antwortete ich zurückhaltend.

Sie lächelte kaum merklich. »Was halten Sie von ihm?«

»Ich weiß es nicht.« Zumindest war das die kürzeste Zusammenfassung all meiner Gedanken.

»Dafür, dass Sie es nicht wissen, interessieren Sie sich aber sehr für ihn.« Sie steckte das Stethoskop zurück und kramte in ihrer anderen Kitteltasche. »René war krank.«

»René?« Ich war verblüfft, weil sie ihn erwähnte.

»Ich nehme nicht an, dass Sie sich mit Psychologie auskennen«, sagte sie in leicht überheblichem Tonfall. »Ich habe auch keine Zeit, Ihnen das im Einzelnen zu erklären, aber er litt unter einer bipolaren Störung. Er war manisch-depressiv, falls Ihnen das mehr sagt. In der Öffentlichkeit konnte er es sehr gut verbergen – wie die meisten dieser Patienten.«

»Und warum sind Sie dann davon überzeugt?«, fragte ich misstrauisch. »Haben Sie ihn etwa behandelt?«

Sie holte eine Ampulle und eine Spritze hervor. »Ich bin Ärztin. Und ich kenne … ich kannte René einige Jahre«, antwortete sie kühl und erinnerte mich dadurch doch wieder unangenehm an Anezka. Diese Ähnlichkeit konnte kein Zufall sein.

»Er war abhängig.«

»Wovon?«

René hatte nie auf mich gewirkt, als stünde er unter Drogen. Und ein Alkoholiker sah auch anders aus. Andererseits hätte ich ihm auch nicht zugetraut, mich umbringen zu wollen. Plötzlich fiel mir ein, was Thies über diese Medikamente gesagt hatte: *»… man wird viel zu schnell abhängig.«*

Konzentriert zog Dr. Cerny die Spritze auf. »Amphetamine, Tranquilizer, Antidepressiva. Er nahm das, was er gerade glaubte zu brauchen. Ärztlicher Rat interessierte ihn nicht.«

Mike! Hatte René ihm das Zeug gegeben? Aber er war nicht in Jáchymov gewesen. Oder vielleicht hatte Johannes …?

»Woher wissen Sie das alles so genau?«

»Ich sagte bereits, dass ich ihn gut kannte«,

bemerkte sie kühl und schnippte mit dem Finger gegen die Spritze.

Provozierend fragte ich: »Wusste Johannes, dass Sie René mit Medikamenten versorgt haben, obwohl Sie – als Ärztin – sich denken konnten, was er sich damit auf Dauer antun kann?«

Sie stockte. »Er wusste von Renés Depressionen.«

»Und die Medikamente?«

Sie schwieg.

»Warum erzählen Sie mir das?«

Sie nahm meine Hand und löste den Deckel des Zugangs. »René war ein Spieler, Frau Reuther. Alles oder nichts.« Sie setzte die Spritze an. »Diesmal hat er verloren.«

Plötzlich hatte ich das Bedürfnis, meine Hand wegzuziehen. »Was ist das?«

Langsam drückte Sie den Kolben herunter. »Es wird Ihnen gut tun.«

Sofort wurde mir schwindelig.

»Hören Sie auf!«

Ich versuchte, mich zu befreien, doch mein linker Arm befand sich in einer Schlinge und ich konnte mich nicht wehren. Sie deckte eine Hand auf meinen Mund und hielt mich fest. Ich versuchte zu schreien. Der Polizist draußen! Er musste mich doch hören.

»Sch«, machte sie beruhigend. Ich hatte das Gefühl langsam wegzutauchen. Ihre Augen waren kalt. »Schlafen Sie gut, Frau Reuther.«

23:15 UHR, JVA NÜRNBERG

In dem kleinen, ungemütlichen Raum ging Maria Ammon auf und ab. Vier Schritte in die eine Richtung. Vier wieder zurück. Endlich öffnete sich die Tür.

»Dr. Ducros«, begrüßte sie den Ankömmling.

Mit einem Nicken bedeutete sie dem Beamten, der ihn begleitet hatte, dass er gehen konnte.

Ducros blieb stehen. »Ein bisschen spät für Besuch, finden Sie nicht?«, erkundigte er sich. »Oder sind das besondere Verhörmethoden?«

Maria nahm an dem kleinen Tisch Platz. »Setzen Sie sich. Ich bin hier, weil etwas passiert ist, das Sie wissen sollten.«

Ohne Eile ließ er sich auf dem Stuhl ihr gegenüber nieder und sah Maria abwartend an.

»Heute Abend wurde im Krankenhaus ein weiterer Mordanschlag auf Frau Reuther verübt. Sie lebt«, fügte sie unmittelbar hinzu, weil Ducros sich abrupt aufgerichtet hatte.

»Was ist passiert?«

Maria betrachtete ihn. Bei sämtlichen Befragungen hatte er bemerkenswerte Haltung bewiesen. Kein einziges Mal hatte er sich in Widersprüche verwickelt oder unsicher gewirkt. Doch jetzt rang er sichtlich um Fassung.

Maria stützte ihre Ellbogen auf den Tisch. »Es geht ihr gut, Dr. Ducros. Aber damit das so bleibt, sollten Sie darüber nachdenken, ob Sie nicht vielleicht vergessen haben, mir etwas zu erzählen.«

»Was ist passiert?«, wiederholte er nachdrücklich.

Unnachgiebig erwiderte Maria Ammon seinen Blick. »Wir wissen, wer es getan hat«, erklärte sie, ohne auf seine Frage einzugehen. »Ihre Ex-Freundin Dr. Tereza Cerny. Aber sie tat es sicher nicht aus Eifersucht. Sie wurde damit beauftragt.«

Ducros' Blick flackerte kurz.

»Wer steckt dahinter, Dr. Ducros?«

»Ich weiß es nicht.«

Maria ließ die flache Hand auf den Tisch fallen. »Es gibt keine Tereza Cerny, die in Prag Medizin studiert hat! Ihre Geburtsurkunde, Lebenslauf. Sämtliche Unterlagen sind gefälscht. Wer ist die Frau wirklich?«

Ducros reagierte nicht.

»Sie müssen uns helfen – sonst können wir für nichts garantieren. Oder liegt Ihnen plötzlich nichts mehr an Frau Reuther?«

Ruckartig sprang Ducros auf und lief genau so durch den Raum, wie kurz zuvor Maria. Schließlich blieb er stehen und hieb mit der Faust gegen die Wand. Hörbar atmete er aus. Als er sich wieder zu ihr umwandte, wirkte er wieder erstaunlich ruhig.

»Ich sagte Ihnen bereits alles, was ich weiß, Frau

Ammon. Es gibt nichts mehr hinzuzufügen. Kann ich jetzt gehen?«

Maria machte eine zustimmende Geste. Nachdem er den Raum verlassen hatte, lehnte sie sich zurück und bedeckte ihr Gesicht mit den Händen.

»Scheiße«, murmelte sie.

Er war viel zu gewieft. Und er war sicher, dass er gerade keinen Fehler machte. Maria unterdrückte ein Gähnen. Es hatte keinen Zweck. Sie musste Geduld haben und irgendwann würde sie durch Zufall vielleicht etwas Wichtiges erfahren.

Vielleicht. Seufzend stand sie auf und ging.

MITTWOCH, 13. SEPTEMBER, ERLANGEN, UNIKLINIK

Ich schreckte hoch.

Nein, eigentlich tat ich das nicht wirklich, aber es kam mir so vor, als machte ich einen Satz aus dem Bett. Ich keuchte. Die Überreste eines sehr seltsamen Traumes waberten noch durch mein Bewusstsein.

»Frau Reuther? Sind Sie wach?«

Wach war eindeutig übertrieben. Ich fühlte mich wie durch die Mangel gedreht, doch zumindest hatte ich den Eindruck, als nähme mein Gehirn langsam seinen Dienst wieder auf. Neben meinem Bett stand Frau Ammon.

»Hallo«, sagte ich matt.

Sie half mir, das Kopfteil hochzustellen, damit ich aufrecht sitzen konnte. »Wie geht es Ihnen?«

Ich musste unfreiwillig lächeln. »Tun Sie mir einen Gefallen? Fragen Sie mich nicht. Ich habe einfach keine Ahnung, wie es mir geht.«

Sie zog die sommersprossige Nase kraus. »Kann ich gut verstehen. Also vergessen Sie die Frage.«

»Danke.« Ich sah aus dem Fenster und bemerkte, dass es nicht mehr regnete, sondern die Sonne schien. Mit dem Handballen rieb ich mir die Stirn, weil ich das Gefühl hatte, irgendetwas nicht mitbekommen zu haben. »Seid wann sind Sie da?«

Maria Ammon hatte sich inzwischen einen Stuhl herangezogen und musterte mich interessiert.

»Was ist das letzte, woran Sie sich erinnern?«

Ich kramte in meinem Gedächtnis. »Dr. Cerny. Sie gab mir eine Spritze hier in die …« Die Infusionsnadel war verschwunden.

Frau Ammon legte den Kopf schief. »Wann war das?«

»Kurz nachdem meine Schwester mich besucht hat. Wie spät ist es denn eigentlich? Ich …« Ich stockte. Mir fiel das Gespräch mit Dr. Cerny wieder ein. Und meine Panik, als sie mir das Medikament spritzte. Ich hatte definitv irgendetwas verpasst!

»Frau Reuther, wissen Sie, welcher Tag heute ist?«

»Dienstag?«

»Heute ist Mittwoch.«

Ich starrte sie verblüfft an. »Mittwoch? Aber dann war Dr. Cerny ja …«

»… gestern hier, richtig. Als die Krankenschwester Ihnen das Abendessen brachte, lief gerade eine Infusion bei Ihnen und Sie schliefen augenscheinlich. Die Schwester hat sich zuerst nichts dabei gedacht, denn auf dem Etikett stand nur Kochsalzlösung, doch bei ihrer nächsten Kontrolle, bekam sie Sie nicht wach. Daraufhin rief sie einen Arzt. Es fand sich niemand, der eine Infusion angeordnet hatte. Erst recht nicht so ein Cocktail.«

»Cocktail?«

»Verschiedene Sedativa: Barbiturate und Benzoes. GHB. Ich würde sagen: Ko-Tropfen de Luxe.« Sie hob abwehrend die Hände. »Fragen Sie mich nicht nach Details, aber der Stationsarzt sagte, es war ganze Arbeit von jemanden, der sich mit Anästhesie auskennt. Eine leichte Überdosierung und ich hätte Sie in der Gerichtsmedizin besuchen dürfen, anstatt hier.«

Ich klappte den Mund zu. »Ich dachte, draußen sitzt jemand, der aufpasst!«

Sie nickte betreten. »So ist es, Frau Reuther und ich will mich auch nicht herausreden. Als Sie bei unserem Gespräch am Montag Dr. Cerny erwähnten, haben wir natürlich versucht, mit ihr zu reden. Allerdings hieß es in der Verwaltung, sie habe sich wegen eines familiären Todesfalls kurzfristig frei genommen. In ihrer Wohnung war sie nicht anzutreffen. Nun … kurz gesagt, habe ich sie nicht für so gefährlich gehalten. Und ich habe nicht damit gerechnet, dass sie einfach so hier hereinspaziert. Sie hat sich nicht einmal die Mühe gemacht, es heimlich zu tun, sondern ging ganz offen zu Ihnen. Der Beamte vor der Tür – sie nannte ihm einen falschen Namen und er schöpfte keinen Verdacht, weil sie direkt aus dem Schwesternzimmer zu ihm kam. Wir suchen seit gestern Abend intensiv nach ihr. Leider erfolglos und ich bin sicher, sie ist längst außer Landes. Es ist ihr gelungen, Sie gründlich schlafen zu schicken, denn gegen einige Inhaltsstoffe gibt es kein Gegenmittel, daher haben die Ärzte entschieden, es sei das Beste, Sie einfach ausschlafen zu lassen.«

»Mein Gott«, murmelte ich leise. »Hat das denn nie ein Ende?«

Die Kommissarin wirkte ernst. »So ungern ich es zugebe, wenn Dr. Cerny Sie hätte umbringen wollen, dann wäre es ihr gelungen.«

Ich fühlte mich noch zu benommen, um wütend zu sein, weil die Polizei versagt hatte.

»Aber das wollte sie nicht«, fuhr Frau Ammon fort.

»Sondern?«, fragte ich schwach.

Sie tätschelte mich. »Das kann ich Ihnen leider nicht sagen, Frau Reuther. Aber Sie können sicher sein, dass wir nun doppelt so gut auf Sie aufpassen.«

Beruhigen tat mich das nicht, aber was blieb mir anderes übrig, als das hinzunehmen.

»Dr. Cerny hat mir etwas erzählt, Frau Ammon.«

»Und das wäre?« Die Kommissarin setzte sich auf die Bettkante und hörte zu.

Nach meinem Bericht betrachtete sie mich längere Zeit. »Das sind sehr interessante Informationen, Frau Reuther. Vielen Dank.«

»Bekomme ich denn auch ein paar Antworten von Ihnen?«

»Zum Stand der Ermittlungen darf ich Ihnen keine Auskunft geben. Obwohl – eines vielleicht: Herr

Huizen war am Abend des 19.12. am Frankfurter Flughafen und saß auch in der Maschine. Er war also auf keinen Fall in Tschechien. Ihr Freund war allerdings kein unbeschriebenes Blatt!«

»Ja, ich weiß«, seufzte ich.

»Unserem Ermessen nach war Herrn Huizens einziger Berührungspunkt mit der Sache das gefälschte Gutachten. Der Eigentümer dieses Instituts behauptet, dass Herr Huizen auf eigene Rechnung gehandelt und lediglich das Labor genutzt hat. Inwiefern das stimmt, versuchen wir noch herauszufinden, aber wenn Sie mich fragen, dann lügt er wie gedruckt.«

»Danke, dass Sie mir das sagen.«

»Ich lasse Sie jetzt allein und melde mich in den nächsten Tagen wieder. Gute Besserung, Frau Reuther.«

Amsterdam, 15. September 2006

Liebe Chrissy!

Ich weiß nicht, ob es gut ist, wenn ich schreibe, aber ich habe erfahren, dass Sie verletzt wurden. Ich muss unbedingt sagen, wie leid mir das tut. Ich weiß, ich kann nichts dafür. Thies hat immer gemacht, was er wollte, aber ich fühle mich verantwortlich. Auch wegen Marike. Verzeihen Sie mir, wenn ich konfus klinge. Das bin ich auch.

Wahrscheinlich wissen Sie nicht, wer wir sind. Ich

bin seine Frau und Marike ist unsere Tochter. Sie ist siebzehn. Thies hat vielleicht nie von uns erzählt, weil wir schon lange nicht mehr zusammen leben. Sie kannten ihn und werden vielleicht wissen, warum das so ist. Er war Thies und hat sich nie geändert. Aber er hat immer zu mir und Marike gehalten. Ich war schon lange nicht mehr böse auf ihn. Es fällt mir schwer zu verstehen, dass er nun nicht mehr wiederkommt. Ich wusste nicht, woher er das Geld hatte, das Marike nach ihrem Unfall brauchte, aber ich hatte Befürchtungen. Früher war er oft in Schwierigkeiten. Er hat sich von mir nichts sagen lassen. Noch nie.

Thies hat oft von Ihnen gesprochen, deswegen weiß ich, wer Sie sind.

Bitte denken Sie nicht schlecht von ihm!

Sanne Huizen

FREITAG, 22. SEPTEMBER 2006, HEMHOFEN

Zum wiederholten Male las ich den Brief von Thies' Frau.

Thies, diese wandelnde Denksportaufgabe. Inzwischen hatte ich mit Sanne telefoniert. Mit einem Gemisch aus Englisch und Deutsch konnten wir uns leidlich verständigen und so hatte mir die energische Holländerin freimütig alles erzählt. Die ungeplante Schwangerschaft, als sie beide noch zur Schule gingen, Thies' Versuche, die kleine Familie durch Einbrüche durchzubringen, während er hartnäckig seinen Traum vom Studium verwirklichte. Sie berichtete von seinem Abstecher in die Drogenszene und – natürlich – von seinen ständigen Frauengeschichten. Ich bewunderte Sanne für ihren Langmut. Irgendwann hatte sie es jedoch satt gehabt und ihn rausgeworfen. Thies ging nach Deutschland, kehrte aber immer wieder zurück – bis Sanne sich damit abfand und beide Augen zudrückte, wenn er ab und an vorbeischneite. Nach Marikes folgenschwerem Reitunfall fünf Jahre zuvor – das war es also gewesen, weswegen er damals so überstürzt unseren Wanderurlaub abgebrochen hatte – tat er alles, um ihr die beste medizinische Betreuung zu ermöglichen. Eine Weile hatte sie im Rollstuhl gesessen, doch nach einer teuren OP im letzten Jahr konnte sie wieder an Krücken gehen. Für Sanne und Marike hatte er immer wieder Geld gebraucht. Viel Geld.

Er kannte seine Schwächen – alle. Und er wusste genau, was er Sanne angetan hatte. Bei mir wollte er kein zweites Mal denselben Fehler machen. Ich würde ihn jedenfalls sehr vermissen. Er war mehr gewesen als nur ein Freund.

»Schatz, du hast Besuch!« Meine Mutter steckte den Kopf durch die Tür meines Zimmers.

Den Brief legte ich neben Thies' Kette auf meinen Nachttisch und stand vorsichtig von meinem Bett auf. Meiner Schulter ging es schon wieder ziemlich gut, aber ruckartige Bewegungen vermied ich trotz der Armschlinge immer noch nach Möglichkeit.

»Wer ist es denn?«

Hoffentlich nicht wieder irgendein Journalist. Oder neugierige Nachbarn. Oder alte Bekannte, die ich seit Jahren nicht mehr gesehen hatte und denen ganz plötzlich einfiel, sich nach mir zu erkundigen.

Mama sah aus, als habe sie in eine Zitrone gebissen.

»Es ist Frau Ducros. Sie sagt, sie könne verstehen, wenn du nicht mit ihr reden möchtest, aber sie möchte dir trotzdem etwas sagen.«

Unschlüssig blieb ich stehen. »Wo ist sie?«

»In der Küche«, sagte Mama. »Willst du das wirklich?« Sie sah besorgt aus.

»Ja.« Ich konnte mir den Haufen Einwände genau vorstellen, die Mama gerade auf der Zunge lagen, daher fügte ich hinzu: »Du weißt doch, was die Psychologin mir geraten hat. Ich soll nicht vor den Dingen weglaufen, sondern mich damit beschäftigen.«

Mama seufzte ergeben. Das Argument mit der Psychologin schien sie zu überzeugen. Ich konnte ihre Vorbehalte allerdings verstehen, denn es war für eine Mutter nicht gerade angenehm, wenn die eigene Tochter in Mord und Totschlag verwickelt wird. Wahrscheinlich war sie deswegen auch so froh, dass ich mich dazu entschlossen hatte, mir vorläufig keine eigene Wohnung zu suchen. In die Naturbadstraße wollte ich auf keinen Fall zurück. Nachdem ich Anfang der Woche aus dem Krankenhaus entlassen worden war, war ich noch einmal dort gewesen. Es sah immer noch verheerend aus. Die Firma Ducros hatte den Auftrag natürlich nicht erhalten und Herr Kirchmayr nahm die Sache nun selbst in die Hand. Aber ich konnte mir beim besten Willen nicht vorstellen, mich dort jemals wieder wohl zu fühlen. Ich wollte lieber ganz von vorn anfangen. Und mir vor allem Zeit lassen.

Als ich die Küche betrat, saß Frau Ducros auf der Eckbank. Sie war ganz in Schwarz gekleidet. Der scharfe Kontrast zu ihren graumelierten Locken und ihre Blässe unterstrichen den Eindruck einer alten schwarz-weiß Fotografie. Wir begrüßten uns wortlos.

»Möchten Sie etwas trinken?«, fragte ich.

Sie schüttelte den Kopf. Ich setzte mich ihr gegenüber. Ich hatte keine Ahnung, wie ich das Gespräch beginnen sollte, daher überließ ich es ihr, das Wort zu ergreifen. Sie knetete ihre Finger.

»Ich möchte Ihnen etwas erzählen«, sagte sie. Sie musste meine zweifelnde Miene gesehen haben, denn sie ergänzte schnell: »Ich erwarte nichts von Ihnen, Frau Reuther, sondern ich bitte Sie nur, mir zuzuhören.« Sie richtete ihren Blick auf die Tischplatte. »Tim hat Sie bei Johannes gesehen und abends hat er mir gesagt«, sie lächelte, als müsse sie sich für die Worte ihres Enkels entschuldigen, »dass Johannes total auf Sie abfährt.«

Ich schmunzelte verhalten.

Johannes.

Nach einem Gespräch mit seinem Anwalt wusste ich nur, dass es keine Beweise gab, die ihm eine Mitwisserschaft bezüglich Jáchymov nachweisen konnten. Wäre da nicht die Anklage wegen Mordes, wäre er schon längst auf freiem Fuß. Ich hätte gern mit ihm geredet, doch besuchen durfte ich ihn nicht.

Frau Ducros zog ein Taschentuch aus ihrer Handtasche und tupfte sich über die Augen. »Tim nimmt das alles sehr mit. Ständig wird er angesprochen. Von Freunden. Manchmal auch von völlig Fremden. Es ist furchtbar.«

Ich schüttete mir Wasser ein und bot ihr mit einer Geste noch einmal etwas an. Diesmal nickte sie. Ich stand auf und ging zum Schrank, um ein Glas zu holen.

»Johannes ist nicht mein Sohn. Er ist das Kind meiner Schwester.«

Mitten in der Bewegung hielt ich inne. Das hatte mir René bereits erzählt. Ich nahm das Glas und setzte mich.

»Anna war ein paar Jahre älter als ich. Sie war Krankenschwester und hatte es sich in den Kopf gesetzt, als Entwicklungshelferin nach Zentralamerika zu gehen. Damals in den Sechzigern war ihr Vorhaben ziemlich spektakulär. Aus Tennenlohe in die weite Welt. Aber sie war sehr stur. Sie ließ sogar ihre Verlobung platzen.« Sie machte eine lange Pause. »Zwei Jahre später hat Jakob mich dann geheiratet. Wahrscheinlich aus gekränkter Eitelkeit, aber das habe ich damals nicht begriffen. Ich war sehr naiv, wissen Sie. Anna war glücklich in Nicaragua. Sie schrieb oft und einmal im Jahr kam sie nach Hause. Nach ihrem letzten Besuch wurden ihre Briefe seltener, aber ich hatte gerade René bekommen und war ganz mit ihm beschäftigt, daher fiel mir das gar nicht auf. Dann bekamen wir ein Telegramm. Anna hatte einen schlimmen Malariaschub unmittelbar nach Johannes' Geburt und war in Lebensgefahr. Wir wussten noch nicht einmal, dass sie schwanger gewesen war – geschweige denn von wem. René war noch kein Jahr alt und ich konnte nicht weg, meine Eltern trauten sich die weite Reise nicht zu, also flog Jakob hin. Er sagte, er konnte nicht mehr mit Anna sprechen, bevor sie starb.« Wieder machte sie eine Pause. Ihre Stimme wurde leiser, als sie weiter redete. »Jakob brachte Johannes mit nach Deutschland. Ich schlug sofort vor, ihn zu adoptieren. Er war doch das Kind meiner Schwester …« Sie vergrub ihr Gesicht in den Händen. »Jakob zögerte, aber dann stimmte er zu.« Sie sah mich bekümmert an. »Ich habe damals wirklich nichts geahnt, glauben Sie mir.«

Es war so still im Raum, dass sogar das Ticken der Küchenuhr zu hören war.

»Hat Ihr Mann irgendwann zugegeben, dass Johannes sein Sohn ist?«, fragte ich schließlich.

Sie schüttelte den Kopf. »Nie. Auf der Geburtsurkunde stand ›Vater unbekannt.‹ Wir haben einfach so getan, als existierten die Ähnlichkeiten nicht oder als seien sie Zufall. Es war nie ein Geheimnis, dass Johannes das Kind meiner Schwester ist. Jakob hat den Jungen aber strikt verboten, über Johannes' Vater zu spekulieren. Ich glaube, das war ein großer Fehler. Johannes hat mir später gesagt, dass er geahnt hat, dass es Jakob war.«

»Wie das?«, fragte ich zweifelnd.

»Er hat Dinge immer schneller durchschaut als andere. Das Gerede der Leute, die Ähnlichkeit zwischen Jakob und ihm. Vielleicht hat er auch einfach nachgerechnet«, sie lächelte schwach, »aber er sah keinen Grund, den Familienfrieden zu gefährden, deswegen hielt er sich an Jakobs Verbot. Aber René veränderte sich plötzlich. Er versuchte ständig, Johannes zu übertrumpfen – um jeden Preis. Besonders schlimm wurde es, als René eine Klasse wiederholen und dann auf die Realschule wechseln musste. René provozierte Johannes plötzlich, wo er konnte …« Sie räusperte sich, weil ihre Stimme versagte. »Nach der Schule hatte René zunächst eine Lehre bei uns im Betrieb gemacht. Aber das war es nicht, was er eigentlich wollte.«

»Sondern?«

Tränen liefen ihr über die Wangen und sie brauchte einige Minuten, bis sie weitersprechen konnte. »René wollte Theologie studieren. Pfarrer werden. Ihm gefiel die Arbeit in der Gemeinde. Mit den Menschen. Aber … nach der Lehre schaffte er nur sein Fachabitur und … dann die Sprachen. Latein, Altgriechisch, Althebräisch. Er hatte nicht mal den Hauch einer Chance, das zu schaffen. Jakob hielt es sowieso für Zeitverschwendung und drängte ihn, ›Wenigstens etwas Sinnvolles an der FH zu studieren‹. René entschied sich für Architektur. Parallel arbeitete er die ganze Zeit weiter für Jakob, weil er Geld brauchte. Er hatte ja inzwischen geheiratet und Tim war unterwegs. Ich war froh deswegen, denn eine ganze Weile lief es gut. René war immer ein guter Praktiker. Jakob der Theoretiker, der Geschäftsmann.«

»Eine gute Kombination«, bestätigte ich.

»René hat seinen Vater akzeptiert, und ließ sich von ihm sagen, wo es lang geht. Außerdem hatte ich den Eindruck, dass er seinen Frieden damit gemacht hatte, nicht Pfarrer werden zu können. Stattdessen fand er andere Möglichkeiten, sich in der Gemeinde zu engagieren. Aber Jakob ging es gesundheitlich sehr schlecht und René konnte ihn nicht wirklich entlasten. Zwischen ihm und seiner Frau lief es streckenweise auch nicht gut. Nach dem ersten Schlaganfall vor zehn Jahren bat Jakob dann Johannes, aus den USA zurückzukommen, weil er ahnte, dass René es nie allein mit der Firma schaffen würde. Das sorgte für Streit, besonders als Johannes sofort Prokura bekam – René hatte lange darum kämpfen müssen. Als dann zuerst Felicitas krank wurde und starb und ein Jahr später Jakob, war das der Anfang vom Ende.«

»Renés Frau …«, begann ich vorsichtig und wusste nicht, wie ich es formulieren sollte. »Johannes muss doch in den USA gewesen sein, als Tim geboren wurde.«

Frau Ducros lächelte müde. »Sie wissen also davon. Ein unschönes Thema. Unglücklicherweise verstand sich Johannes sehr gut mit Felicitas – er kannte sie bereits, bevor er in die USA ging, denn sie hat bei uns in der Firma gelernt. Als wir nach Jakobs Tod endlich offen über die Familienverhältnisse sprechen konnten, beschuldigte René Johannes plötzlich, mit Felicitas über Jahre hinweg ein Verhältnis gehabt zu haben.« Sie lachte freudlos. »René war nicht davon abzubringen. Selbst wenn es so war – was ich allerdings nicht glaube – dann bin ich mir zumindest sicher, dass Tim nicht Johannes' Sohn ist.«

»Warum glauben Sie das?« Ich hatte die beiden gemeinsam erlebt und rein aufgrund körperlicher Merkmale konnte ich das nicht beurteilen.

»Johannes hat René einen Vaterschaftstest vorgeschlagen«, erwiderte Frau Ducros. »Und Johannes ist Jakob in einem Punkt besonders ähnlich: Er würde niemals ein Risiko eingehen, das er nicht vorher genau kalkuliert hat. Nennen Sie es ruhig Berechnung, Frau Reuther. Er hätte das nie vorgeschlagen, wenn er sich nicht absolut sicher gewesen wäre, wie das Ergebnis ausfällt.«

Ich lächelte schwach. »Ja, das glaube ich Ihnen.«

Sie goss sich noch Wasser ein. »Sie übernahmen die Firma als gleichberechtigte Gesellschafter. Johannes bestand allerdings darauf, dass ich ebenfalls Gesellschafter sein sollte. Ich habe nie etwas mit der Firma zu tun gehabt und eigentlich bestand meine Beteiligung nur auf dem Papier. Bisher zumindest.«

Sie rieb sich die Augen und wirkte plötzlich noch blasser. Dann atmete sie tief durch und straffte die schmalen Schultern.

»Mit den Jahren wurde es immer schlimmer zwischen René und Johannes. Johannes behauptete irgendwann, er sei psychisch krank. Ich glaubte das nicht – aber eine Mutter sieht ihr Kind nicht immer objektiv.«

»Wahrscheinlich«, gab ich zu, auch wenn ich sie am liebsten geschüttelt hätte. Vielleicht hätte René ja auf sie gehört. Aber sie litt schon genug und es änderte nichts mehr an den Tatsachen.

Sie schwieg lange, bevor sie fortfuhr. »Frau Reuther, ich kann verstehen, wenn Sie mir das nicht glauben, aber ich hatte keine Ahnung, was mit diesem Ferienpark los war. Mir war aufgefallen, dass Johannes und René noch mehr stritten als gewöhnlich. Und dann – zwei Tage nach der Beerdigung Ihres Verlobten …« Sie schloss kurz die Augen, als wappne sie sich. »René hat versucht sich umzubringen.«

»Was?« Ich starrte sie an.

Sie begann wieder ihre Hände zu kneten. »Johannes und Tim waren zum Skifahren in Österreich und ich fand ihn, als er gerade eine Überdosis Schlafmittel genommen hatte. Er war völlig außer sich und bat mich, niemandem etwas zu erzählen. Aber ich hatte Angst und wusste nicht, was ich tun sollte. Also rief ich Tereza. Sie half ihm und ich gab ihm mein Versprechen, kein Wort darüber zu sagen. Zu niemandem. Bis heute.«

Lange Zeit saßen wir schweigend voreinander.

»Auch nicht der Polizei?«

Sie schüttelte kaum merklich den Kopf. »Aber ich werde es tun..«

»Wie gut kannten Sie Tereza?«

»Sie war Johannes' Freundin. Eine sehr nette Person.«

Ich wartete. Das konnte einfach nicht alles sein, was sie über Tereza zu sagen hatte.

»Johannes hat sie vor ungefähr vier Jahren über *Freunde* von René kennengelernt.« Die Betonung ließ erkennen, was sie von diesen Menschen hielt. »Sie hatte sich damals gerade an der Uni-Klinik beworben und bekam die Stelle – ich glaube, Johannes hat ein gutes Wort für sie eingelegt. Er kennt ja ziemlich viele Leute. Sie war zurückhaltend und freundlich, wenn ich sie traf. Ihre Familie lebt in Prag. Johannes – ich weiß nicht, ob er mit ihr dort war. René fuhr oft nach Tschechien – meistens um zu spielen. Er lieh sich oft Geld. Von mir, aber auch von Johannes. Und man braucht nicht viel Fantasie, um sich auszudenken, in welche Kreise er geraten ist.«

Ich glaubte ihr. Aber ich glaubte auch, dass sie lange mit Absicht die Wahrheit ignoriert hatte. Genau wie stets die Augen davor verschlossen hat, was ihr Mann getan hatte.

»Warum haben Sie mir das alles erzählt?«

Ihre Stimme war fast unhörbar. »Johannes hat ihn nicht erschossen. Und Sie waren als Einzige dabei.«

MONTAG, 25. SEPTEMBER 2006, KRIPO ERLANGEN

Maria Ammon tippte mit ihrem Bleistift auf dem Block herum. »Frau Reuther, sind Sie sicher?«

Ich holte tief Luft. »Absolut!«

Frau Ammon stand auf und ging hinter mir im Raum umher. Ich wandte mich ihr halb zu. »Sagen Sie das nicht nur, weil Sie mit Dr. Ducros ein Verhältnis haben?«

»Ich habe kein Verhältnis mit ihm!«

Sie warf mir einen langen Blick zu. »Und wie würden Sie Ihre Beziehung zueinander bezeichnen?«

Ich schnaubte. »Wir haben keine Beziehung!«

»Sie wirkten aber nicht nur wie flüchtige Bekannte«, stellte die Kommissarin ungerührt fest. »Außerdem haben sowohl Sie als auch Dr. Ducros zugegeben, dass Sie in der Nacht vom 10. auf den 11. September intimen Verkehr hatten.«

»Ist das neuerdings ein Verbrechen?«, fragte ich hitzig.

»Wenn es darum geht, ein Verbrechen aufzuklären, sollte man das zumindest berücksichtigen, Frau Reuther«, erklärte die Kommissarin kühl. »Es geht schließlich nicht um Lappalien. Dr. Ducros steht unter dem Verdacht, seinen Bruder ermordet zu haben!«

Ich sprang auf die Füße. »Wollen Sie mir etwa unterstellen, dass ich lüge?«

Frau Ammon sah mir ruhig in die Augen. »Würden Sie Ihre Aussage auch vor Gericht unter Eid wiederholen?«

Ich erwiderte standhaft ihren Blick. Das ganze Wochenende hatte ich gegrübelt. Es war eine Vermutung und daran würde sich nichts ändern, wenn ich noch hundert Mal darüber nachdachte.

»Ja«, sagte ich entschlossen. »Das würde ich.«

Sie hob ihre Brauen. Dann verschränkte sie ihre Arme und nahm ihre Wanderung durch den Raum wieder auf.

»Glauben Sie wirklich, ich würde für einen Mann, mit dem ich ein einziges Mal im Bett war, sogar einen Meineid schwören?«, fragte ich angriffslustig.

Sie lächelte schief. »Sie wären nicht die erste, Frau Reuther. Hören Sie, wenn Sie es nicht möchten, dann werde ich Ihre Begründung nicht zu Protokoll nehmen, aber verraten Sie mir bitte, warum Sie plötzlich so sicher sind, dass René Ducros' Tod ein Suizid war.«

Ich setzte mich wieder. »Weil ich es gesehen habe.«

Sie verdrehte die Augen und rieb sich mit den Handballen darüber. Dann nahm sie mir gegenüber Platz, stützte die Arme auf und legte den Kopf schief. »Gesehen? Es war dunkel! Wie viele Meter waren

Sie entfernt? Fünf! So steht es in der Tatortbeschreibung.«

Zerknirscht sah ich auf meine Fingernägel. »Ich *weiß*, dass René Selbstmord begangen hat.«

»Das können Sie nicht wissen!« Frau Ammon bemühte sich, nicht gereizt zu klingen, aber es gelang ihr nicht. Sie rieb sich über die Stirn. »Frau Reuther. Ich möchte, dass Sie sich sehr genau überlegen, was Sie tun.«

Ich schwieg beharrlich.

Die Kommissarin schnaubte. »Was passiert, wenn ich herausfinde, dass es anders war und Sie selbst wegen Falschaussage oder gar Meineid angeklagt werden, weil Sie einen Mörder gedeckt haben?«

Ich holte tief Luft und sah ihr so fest in die Augen, wie ich konnte. »Sie wissen doch inzwischen über die Familienverhältnisse Bescheid, Frau Ammon. Und die Probleme zwischen Johannes und René.« Sie nickte beifällig. »Renés Medikamentenkonsum ist anhand der Obduktion nachgewiesen worden, oder? Er war abhängig, wie Dr. Cerny behauptete.«

»Ja«, bestätigte sie und schien überrascht, denn von dem Obduktionsergebnis wusste ich offiziell nichts.

Ich hatte nur spekuliert und im Stillen dankte ich Thies. »Es ist also möglich, dass er manisch-depressiv war. Laut seiner Mutter hatte er einen Selbstmordversuch hinter sich.«

»Ja, natürlich, Frau Reuther, das will ich gar nicht abstreiten, aber …«

Jetzt unterbrach ich sie. »Es war zwei Tage nach Mikes Beerdigung! Und ich war dabei, wie diese Anezka ihm gedroht hat. Er hatte Angst! Mike hätte letztes Jahr den Bau stoppen können und deswegen hat René ihn umgebracht. René wurde unter Druck gesetzt. Und als ich anfing Fragen zu stellen, wollte er mich ruhig stellen. Nach dem Schusswechsel war ihm klar, dass er entweder von der Polizei geschnappt wird oder Anezka ihm die Hölle heiß macht. Und Johannes war wieder einmal fein raus. Er hat nichts mit der Angelegenheit zu tun.«

»Es steht nicht zweifelsfrei fest, dass Dr. Ducros nichts mit den Geschäften in Tschechien zu tun hat. Wir können ihm das lediglich nicht beweisen. Und Sie haben zum Beispiel auch ausgesagt, dass er Ihnen gegenüber zugegeben hat, von der Kontamination der Baustelle gewusst zu haben.«

»Er hat sich an dem Abend lediglich aus allen Informationen, die er hatte, etwas zusammengereimt! Sie wissen doch, wie gut er Schlüsse ziehen kann!«

Frau Ammon warf ihren Kopf in den Nacken und gab ein ungeduldiges Geräusch von sich.

»Er hat nichts damit zu tun!« Hoffte ich zumindest. »Erinnern Sie sich noch, was ich Ihnen über seine letzten Worte an Johannes erzählte? ›Diesmal bekommst du ein Problem, das du nicht mit deinem Grips lösen kannst!«

»Haben Sie wirklich gesehen, dass René Ducros den Abzug betätigt hat?«

»Ja!«

»Aha.« Frau Ammon rieb sich mit dem Zeigefinger über die Nase. »Ihnen ist klar, dass ein Teil dieser Annahmen auf Indizien beruhen?«

Ich nickte eifrig.

»Sie bleiben dabei, dass Sie gesehen haben, wie René Ducros Selbstmord begangen hat?«

Wieder nickte ich. Natürlich hatte ich es nicht gesehen, aber niemand konnte mir das Gegenteil beweisen.

»Haben Sie eigentlich schon mit dem Anwalt von Dr. Ducros gesprochen, Frau Reuther?«, fragte sie sehr langsam.

»Ja, ich war irgendwann letzte Woche bei ihm. Warum?«

Sie kratzte sich mit ihrem Kugelschreiber am Kopf. »Nein, ich meine heute, bevor Sie hergekommen sind.«

»Nein.«

»Also wissen weder Dr. Ducros noch sein Anwalt, dass Sie hier sind?«

»Sollten sie das?«

Sie tappelte mit den Fingern auf dem Schreibtisch herum. »In allen Punkten stimmen Ihre Aussagen mit denen von Dr. Ducros erstaunlich gut überein. Danach zu urteilen, wollte Dr. Ducros seinen Bruder an der Flucht hindern und wurde dann von ihm provoziert. Dr. Ducros behauptet, dass der Hahn des Revolvers noch gespannt gewesen sei und sich der Schuss bei den Handgreiflichkeiten versehentlich gelöst hat.« Sie seufzte. »Wäre der Revolver gesichert gewesen, hätte das nicht so leicht passieren können – was im Umkehrschluss bedeuten würde, dass Dr. Ducros absichtlich geschossen hat. Es könnte eine Schutzbehauptung sein, dass der Hahn gespannt war, denn Dr. Ducros kennt sich sehr gut mit Waffen aus. Daher weiß er, dass es im Nachhinein nicht zu überprüfen ist, ob der Revolver gesichert war oder nicht.«

»Und was bedeutet das?«

»Wenn der Richter dem Antrag des Anwalts stattgibt, dass es sich um ein Versehen handelte, wird die Anklage nicht mehr auf Mord, sondern nur noch auf fahrlässige Tötung lauten und Dr. Ducros wird aus der Untersuchungshaft entlassen.«

Frau Ammon atmete tief durch und schnippte ihren Bleistift über den Schreibtisch. »Die Beamten, die zum Tatort kamen, als der Schuss fiel, haben ausgesagt, René Ducros habe seine Hand am Revolver gehabt und versucht, seinen Bruder daran zu hindern, ihn zu erschießen.«

Ich lächelte matt. »Oder vielleicht hat er den Abzug betätigt, während Johannes den Revolver in der Hand hielt? In diesem Fall ist es doch egal, ob der Hahn gespannt war oder nicht.«

Maria Ammon schwieg eine Weile. »Warum tun Sie das für ihn, Frau Reuther?«

»Weil ich glaube, dass es die Wahrheit ist!«

DIENSTAG, 3. OKTOBER 2006, DECHSENDORF

Langsam schlenderte ich den Weg am See entlang. Die Sonne schien durch das bunte Laub und es war nicht besonders kalt. Das schöne Wetter hatte viele Leute aus den Wohnungen gelockt. Schließlich überquerte ich die Wiese, bis ich an den See kam. Friedlich war es heute hier. Idyllisch. Eine Brise kräuselte die Wasseroberfläche.

»Pass auf, dass du nicht hineinfällst, Rotkäppchen!«

Ohne mich umzudrehen lächelte ich. »Ist der Jäger etwa wasserscheu?«

Johannes stellte sich neben mich. »Nein, aber er würde es vorziehen trocken zu bleiben.«

Wortlos, wie vor einem Monat, setzten wir uns in Bewegung. Dieselbe Richtung. Derselbe Weg. Noch vor ein paar Minuten waren mir so viele Fragen durch den Kopf gegangen, auf die ich eine Antwort haben wollte. Aber jetzt blieb ich stumm wie ein Fisch und hatte keine Ahnung, wo ich beginnen sollte.

»Wie geht es deiner Schulter?«

»Tut manchmal noch weh«, erwiderte ich. »Aber es ist nicht so schlimm.«

»Es tut mir leid, dass ich nicht schnell genug war.«

»Wieso nicht schnell genug?«

»Ich habe Anezka nicht rechtzeitig gesehen.«

»Oh.« Ich rieb mir über die Nase. »Du hast Thies geholfen. Es war ein ziemlich guter Schuss.«

Johannes' Miene war unbewegt. Allmählich kam mir der Verdacht, dass er versuchte hinter einer solchen Maske seine Gefühle zu verstecken. »Er hatte große Angst um dich.«

Nicht nur Thies hatte Angst um mich gehabt. »Warum hast du ihn verdächtigt?«

Johannes lächelte freudlos. »Als wir uns am Nachmittag gesehen haben, wirkte er ziemlich eifersüchtig – dafür, dass er nur ein alter Freund war.«

»Hast du wirklich gedacht, er hat Mike umgebracht?« Trotz aller Logik erschien mir das immer noch unglaublich.

»Ich kannte ihn nicht. Und da er das Gutachten gefälscht hat und offensichtlich auch noch scharf auf dich war, erschien es mir möglich.«

»Die Verhörmethoden bei der Polizei sind weniger militant!« Seine Attacke mit dem Revolver verursachte immer noch ein mulmiges Gefühl.

Er blieb stehen und sah mir in die Augen. »Auch das tut mir leid, Christine. Aber du warst seine einzige Schwäche.«

»Warum hast du nicht die Polizei gerufen?«, wollte ich wissen. »Angeblich«, ich biss mir fast auf die Zunge, denn eigentlich hatte ich das nicht so formulieren wollen, »angeblich hast du doch nichts damit zu tun.«

»Es wäre besser gewesen die Polizei zu rufen«, antwortete Johannes, ohne auf meine angedeutete Unterstellung einzugehen, »aber …«

»Aber du wolltest René schützen?«

Dass er nicht gleich antwortete, sagte mir genug. Schließlich nickte er. »Ich will dir nichts vormachen, Christine. Seit dem Moment, in dem du das Beruhigungsmittel erwähntest, hatte ich die Befürchtung, dass René zu weit gegangen ist. Als Frau Ammon kam und du erwähntest, dass er dich besucht hat … Christine, ich …«

»Du wolltest es nicht glauben.« Ich blieb stehen.

Er nickte und wich meinem Blick aus. »Wenn ihr nicht gekommen wärt, dann hätte ich wahrscheinlich die ganze Nacht im Büro gesessen und überlegt, was ich tun soll.« Er hob die Hand, um meine Wange zu berühren, doch auf halben Weg hielt er inne. »Aber eigentlich war es schon zu spät.« Er wandte sich ab und wir gingen langsam weiter. Nach ein paar Dutzend Schritten fuhr er fort: »Der Auftrag in Jáchymov schien eine ganz reguläre Ausschreibung zu sein. René kam damit an und ich hatte keinen Grund die Bewerbung abzulehnen. Dass wir den Zuschlag bekamen, war natürlich kein Zufall. Als ich den Verdacht hatte, dass es Probleme geben könnte, wollte ich selbst die Bauleitung übernehmen.«

»Oh«, machte ich. »Du wolltest sichergehen, dass alles mit rechten Dingen zugeht?«

Er rieb sich den Hinterkopf und seufzte resigniert. »Es ging nicht mit rechten Dingen zu, das war mir schon klar, als ich mich näher mit der Lokalität beschäftigte. Deswegen überließ ich dann auch Mike die Bauleitung.«

»Was?« Ich blieb stehen und stützte aufgebracht meine Hände in die Seiten. »Willst du damit sagen, Mike sollte den schwarzen Peter bekommen?«

Beschwichtigend hob er die Hände. »Natürlich nicht. Er hatte die Anweisung, mit allen Unklarheiten zu mir zu kommen. Ich hatte sogar gehofft, dass er bald etwas entdeckt! Es hätte trotzdem Ärger gegeben, aber ich hätte mich auf Mike berufen können. Ich wollte verhindern, dass die Firma in Schwierigkeiten gerät. Es hängen viele Existenzen davon ab.«

Ich zog die Brauen zusammen. »Nur ist der Schuss wohl nach hinten losgegangen! Anstatt zu dir zu kommen, hatte er dich in Verdacht und ging wahrscheinlich zu René.« Verdrossen stampfte ich weiter. »Ach verdammt!«

Einige Minuten marschierten wir schweigend nebeneinander her.

»War René in Jáchymov?«

»Bei Anezka.« Johannes spuckte den Namen fast aus. »Sie hat ihn um den kleinen Finger gewickelt. Er ist ihr nachgelaufen wie ein Hund. Hat die Arbeit vernachlässigt, ihr teure Geschenke gemacht.«

»Was ist an dem Nachmittag auf der Baustelle wirklich passiert?«

Er zuckte mit den Schultern. »Ich hatte morgens in Hof zu tun, und wollte einfach in Jáchymov nach dem Rechten sehen. Es war nicht abgesprochen, dass ich hinfahre. Ich war überrascht, als Mike plötzlich kam.«

»Hat er gesagt, warum er dort war?«

Johannes bückte sich nach einem Stein und warf ihn im hohen Bogen in den See. »Nein. Aber ich habe ihn auch nicht vor den anderen danach gefragt, denn es sieht vor Kunden nicht unbedingt gut aus, wenn der Chef nicht weiß, was sein Mitarbeiter tut.« Er hob die Brauen. »Außerdem war ich mit meinen Gedanken woanders.«

»Tereza«, vermutete ich. »Johannes, was hat sie damit zu tun?«

Er schwieg. Schließlich bückte er sich noch einmal und wog einen Stein in den Händen. »Nichts.« Er holte aus und warf. Dann sah er mich an. »Oder sagen wir, nicht mehr als ich.«

»Wie meinst du das?«

»Es gab ein paar Dinge in ihrer Vergangenheit, über die wollte Tereza nicht sprechen und ich habe sie nie gedrängt.«

»Aber wie kann man jahrelang mit jemandem zusammen sein und nie ahnen, dass sie nicht diejenige ist, für die sie sich ausgibt! Ausgerechnet du! Das kannst du deiner Großmutter erzählen. Ich bin vielleicht naiv, aber nicht dumm!«

Er hob einen Mundwinkel. »Christine, ich wollte

dich nicht beleidigen. Tereza wollte einen Schlussstrich unter ihre Vergangenheit ziehen und ein neues Leben anfangen, deswegen kam sie nach Deutschland. Wir passten nicht besonders gut zusammen, aber ich habe eine Weile gebraucht, bis ich das begriffen habe.«

»Also hat sie dich ausgenutzt«, stellte ich fest. »Genau wie Anezka René.«

Er stieß ein Geräusch aus, das irgendwo zwischen Resignation und Belustigung hing. »Ja, das hat sie.«

Eine größere Gruppe von Spaziergängern mit einem Schwarm Kinder kamen uns entgegen.

»Wie geht es Tim?«, fragte ich, um das Gespräch in eine andere Richtung zu lenken.

»Er spricht wieder mit mir«, bemerkte Johannes zynisch. »Ich versuche nicht, ihm etwas vorzumachen. Aber es ist schwer, bei der Wahrheit zu bleiben. Er muss viel verkraften.«

»Wie geht es deiner Mutter, oder nennst du sie Evelyn?«

»Sie ist meine Mutter«, erklärte er kategorisch. »Sie ist eine starke Frau. Nur leider hat sie immer gern die Augen vor der Realität verschlossen. Es war schrecklich für sie mitanzusehen, wie René sich veränderte. Er war nicht immer so. Früher kamen wir ganz gut miteinander aus.«

Ich fasste mir ein Herz. »Ist Tim wirklich nicht dein Sohn?«

Er lächelte leicht. »Nein. Ich hatte Felicitas sehr gern, aber sie war Renés Frau.«

Ich musste zweifelnd ausgesehen haben, denn er blieb stehen und sah mich an.

»Es gehören immer zwei dazu, Christine. Und sie wollte René, nicht mich. Ich war eifersüchtig auf ihn, aber das hat er nie begriffen. Als sie krank wurde und er sie hängen ließ, habe ich mich um sie gekümmert. Ich konnte gar nicht anders.«

»Pfadfinderseele?«

Traurig nickte er. »Ich war bei ihr, als sie starb.« Er rieb sich über das Gesicht und ging weiter.

Minuten später sagte er übergangslos: »Ich hatte den Revolver gesichert, als ich hinter René herlief – Gewohnheit. Ich habe nicht darüber nachgedacht.«

Mein Herz klopfte plötzlich heftig und ich legte meine Hand auf seinen Arm. »Johannes, sieh mich an.« Zögernd tat er es. »Hast du ihn erschossen?«

Die Frage hing zwischen uns in der Luft. Ich hatte das Gefühl, die Spannung greifen zu können.

»Ich habe seine Hand gespürt … und wie sich der Abzug bewegt.« Heftig wandte er den Kopf ab. »Ich weiß es nicht, verdammt. Ich weiß es einfach nicht!«

Er zog die Nase hoch und ging weiter den Weg entlang. Ohne Zögern lief ich hinter ihm her. Als ich neben ihm war, tastete ich nach seiner Hand. Er schien überrascht, aber dann griff er zu. Hand in

Hand umrundeten wir den See. Wir sprachen nicht mehr. Alles schien gesagt. Fürs erste zumindest. Als wir auf dem Parkplatz ankamen, auf dem ich das Auto meiner Eltern abgestellt hatte, blieben wir voreinander stehen ohne uns loszulassen.

»Bin ich der Hüter meines Bruders?« Er lächelte bedrückt, als er meine fragende Miene sah. »Genesis, 4,9. Als wir klein waren, hat Vater das zu uns gesagt, wenn einer von uns Streit mit seinen Freunden hatte. Er wollte, dass wir zusammenhalten.« Er zog etwas aus seiner Jackentasche. »Das hier gehörte René. Ich habe meins schon vor langer Zeit verloren.« Es war ein Hugenottenkreuz, ähnlich dem, das ich um den Hals trug. Er schloss die Faust um das Schmuckstück und sah mich an. »Willst du deine Aussage zurücknehmen?«

Stumm schüttelte ich den Kopf. Ich hatte das dringende Bedürfnis ihn zu umarmen, aber ausnahmsweise hörte ich auf meinen Verstand. Ihm schien es ähnlich zu gehen und so begnügten wir uns damit, noch eine Weile beieinander zu stehen. Er streichelte sachte meine Hand, bevor er mich losließ und ging.

FREITAG, 27. OKTOBER 2006, TENNENLOHE

Es war früher Nachmittag. Ich arbeitete inzwischen wieder und hatte mir für den Rest des Tages freigenommen. Als ich aus dem Bus stieg, pfiff ein kalter Wind. Hinter mir schlossen sich mit einem Zischen die Türen. Ich stand auf dem Bürgersteig und konnte mich nicht entschließen loszugehen. Erst als ich fröstelte, machte ich mich auf den Weg. Je näher ich der Firma Ducros kam, desto langsamer wurde ich. Ich hatte bewusst die andere Straßenseite gewählt, um vielleicht Abstand wahren zu können, aber es war nur räumliche Distanz. Innerlich konnte ich mich nicht vor dem mulmigen Gefühl schützen, das mich prompt überfiel, als ich das Gelände sah.

Das Tor war offen. Ein Transporter mit Teilen eines Baugerüsts fuhr gerade auf den Hof, zwei Männer in dicken Jacken eilten hinüber zu einer der Lagerhallen. Die Bürofenster waren hell erleuchtet, denn es war ein typischer grauer Herbsttag. Alles wirkte anders als in jener Nacht.

Viel realer, gewöhnlicher.

Sekundenlang verhielt ich an der Stelle am Zaun, an der ich mit Thies gestanden hatte, bevor wir von der Rückseite her einbrachen. Endlich betrat ich das Firmengebäude. Diesmal allerdings ganz offiziell durch den Haupteingang und nicht durchs Fenster.

»Frau Reuther!«

Frau Taler, die ältliche Empfangsdame, stand von ihrem Schreibtisch auf und kam auf mich zu. An ihrem Lächeln erkannte ich, dass sie nicht einfach nur überrascht war, sondern dass ihr eine ganze Menge Fragen durch den Kopf schossen – ich hatte nicht vor, irgendeine davon zu beantworten.

»Hallo Frau Taler«, grüßte ich möglichst neutral. Ich räusperte mich und versuchte so selbstbewusst wie möglich zu wirken. »Ich möchte zu Dr. Ducros. Ist er da?«

Frau Taler wurde sich erst zwei Sekunden zu spät bewusst, dass ich eine Frage gestellt hatte. »Oh. Ja. Ja, er ist da. Moment bitte.« Sie nahm das Telefon. »Taler«, sagte sie, als die Verbindung hergestellt war. »Frau Reuther ist hier. Sie möchte mit Ihnen sprechen.« Sie lauschte kurz. »Nein, nicht am Telefon, sondern hier. Bei mir … ja, ist gut.« Sie legte auf und lächelte mich an. »Er kommt.«

»Danke.«

Während wir warteten, machten wir ein paar gezwungene Bemerkungen über das Wetter. Frau Taler war taktvoll genug, um keine peinliche Pause entstehen zu lassen. Ich trat von einem Bein aufs andere und wusste nicht, wohin mit meinen Händen.

Die Medien hatten in den letzten Wochen einige

sehr fantasievolle Varianten der Geschehnisse erfunden und mir war es unangenehm, was die Menschen jetzt über mich dachten. Erleichtert sah ich Johannes kommen, äußerlich wieder ganz der nüchterne Geschäftsmann im Anzug. Er nickte Frau Taler zu, die sich zwar gleich wieder an ihren Schreibtisch setzte und Arbeit zur Hand nahm, aber immer noch interessiert aus den Augenwinkeln zu uns herüber schielte.

Johannes reichte mir nicht die Hand, sondern blieb mit dem Rücken zu Frau Taler stehen. Ein kleines Lächeln huschte über seine Lippen und erstaunt stellte ich fest, dass er sich zwar wie immer souverän gab, aber auf mich trotzdem nervös wirkte.

»Ich habe nicht damit gerechnet, dass du überhaupt noch einmal herkommen möchtest«, sagte er leise und berührte meine Hand mit seinen Fingerspitzen.

Frau Taler schien in das Sortieren ihrer Unterlagen vertieft, doch sicher spitzte sie die Ohren, daher antwortete ich in derselben Lautstärke. »Ich auch nicht.«

Während wir sehr langsam durch den Gang schlenderten, blieb er neben mir. An einige Mitarbeiter konnte ich mich noch erinnern. Ich erwiderte die freundlichen Grüße und beantwortete ein paar Fragen nach meinem Befinden. Spekulative Blicke waren auf uns gerichtet.

Johannes sagte die ganze Zeit über nichts. Ich zögerte, die hintere Treppe nach unten zu nehmen. Den gleichen Weg, den wir mit Anezka und Jiri gegangen waren. Als wir im Hof die Hausecke erreichten, war ich kurz davor, die Flucht zu ergreifen. Doch dann holte ich Luft, als sei ich im Begriff kopfüber ins Wasser zu springen – und ging weiter. Sichtlich angespannt folgte mir Johannes.

Schweigend standen wir nebeneinander an der Stelle, an der drei Menschen gestorben waren. Nach ein paar Minuten kehrten wir ins Haus zurück. Als wir schließlich in seinem Büro ankamen, stieß ich einen Seufzer der Erleichterung aus, denn mein Fazit war weniger schlimm als erwartet. Ich fühlte mich nicht besonders wohl, aber es war erträglich. Das Gefühl im Hof war beklemmend gewesen, aber nicht furchteinflößend.

Ich zog meinen Mantel aus und warf ihn nachlässig auf den Tisch. Derselbe auf dem ich vor zwei Monaten gelegen hatte. Aber es war eben auch nur ein Tisch.

»Es tut mir leid, dass ich dich so überfalle.« Ich lächelte entschuldigend. »Aber mit Ansagen hätte ich das nicht gekonnt. Ich wusste nicht, wie ich reagiere, wenn ich hier bin.«

Er kam näher. »Wie fühlst du dich?«

»Zumindest schlafe ich inzwischen wieder den größten Teil der Nacht und kann auch an andere Dinge denken.«

»Dito«, antwortete er mit einem Anflug von bitterer Ironie.

»Wie schaffst du das, jeden Tag hier zu sein? Für mich war es schon schwierig herzukommen, aber du?«

Er rieb sich über die Nase und es schien, als gäbe er es nicht gern zu. »Ich gehe regelmäßig zu einem Psychologen.« Sein eigener Pragmatismus fiel ihm wohl nicht leicht.

»Es ist keine Schwäche, Johannes.«

Verlegen fuhr er sich durchs Haar. »Es ist viel einfacher, anderen gute Ratschläge zu erteilen.«

»Du klingst, als müsstest du dich dafür entschuldigen«, bemerkte ich vorwurfsvoll. »Lass dir Zeit!«

»Ja, wahrscheinlich hast du Recht.« Er suchte meinen Blick. »Es ist verdammt schwer weiterzumachen.«

Seine Augen waren immer noch genauso grün wie damals. Plötzlich fand ich mich in seinen Armen wieder und hatte keine Ahnung, wie ich dahin gekommen war.

»Ich bin froh, dass du hier bist«, murmelte er und küsste mich.

Es war wieder da! Das Gefühl zu leben. Immer noch lieben zu können. Und ich hatte keine Lust mehr, mich um meine Vernunft zu kümmern. Der Rest der Welt konnte mir gestohlen bleiben.

Doch den Rest der Welt interessierte meine Meinung herzlich wenig. Schwungvoll ging just in diesem Moment die Tür auf. »Dr. Ducros, hier sind die Unterlagen, die ich … ach du Sch… Entschuldigung!«

Erschrocken fuhr ich zurück. Eine junge Frau mit hochrotem Kopf starrte uns von der Tür aus an. Auf dem Boden vor ihr lag ein Wust Papiere, die ihr vor Schreck aus der Hand gerutscht waren. Hastig bückte sie sich, um sie aufzusammeln.

Johannes hob indigniert die Brauen. »Danke, Frau Mertens. Sortieren Sie es neu und heften Sie es in einen Ordner.«

»Ja gut«, nuschelte Frau Mertens und sammelte hektisch die Blätter ein. »Mach ich sofort und dann bringe ich es Ihnen.«

»Es genügt, wenn es bis Montag fertig ist!«

Frau Mertens richtete sich unsicher auf. »Dann … gehe ich jetzt wieder.« Schnell schlüpfte sie hinaus.

»Frau Mertens!«

Sie steckte den Kopf noch einmal herein.

»Wie ich erst kürzlich sagte, schätze ich es nicht, wenn Gerüchte über mich in Umlauf gebracht werden. Halten Sie sich also einfach an die Tatsachen.«

Frau Mertens nickte eifrig und verschwand.

Fragend legte ich den Kopf schief. »Tatsachen?«

Er ließ mich los und ging hinüber zu seinem Schreibtisch. »Ich kann ihr kaum verbieten weiterzuerzählen, was sie gesehen hat«, sagte er, während er etwas auf einen Zettel kritzelte. »Aber sie soll nicht über irgendwelche Zusammenhänge spekulieren, von denen sie keine Ahnung hat.«

»Ach? Und daran hält sie sich?«

»Wenn sie ihren Job behalten will schon«, antwortete er und reichte mir Zettel und Stift.

Ich warf einen Blick auf seine Notiz. Dann brach ich in Lachen aus. »Ich dachte, du seist nicht kindisch.«

Er drehte die Handflächen zur Decke. »Ich habe dich damals gefragt, ob du mich für so kindisch hältst. Ich habe nicht behauptet, es nicht zu sein.«

»Kirschkernschnitzer«, sagte ich trocken und machte ein Kreuz.

Er verrenkte sich den Hals, um nachzusehen wo. »Warum nur ›Vielleicht‹?«

Ich tippte mit dem Zeigefinger auf seine Brust. »So leicht bin ich nicht zu haben, Herr Dr. Ducros.«

Mit einem anzüglichen Grinsen hob er die Brauen. Bevor er antworten konnte, klingelte das Telefon.

Er zog eine Grimasse. »Ich bin gleich wieder da.«

Während er telefonierte, sah ich mich im Büro um. Natürlich war Johannes der Grund, weshalb ich hergekommen war. Ich konnte ihn nicht einfach vergessen, aber ich war mir nicht sicher, ob ich ertragen konnte immer wieder daran erinnert zu werden, was geschehen war.

Nachdem er das Gespräch beendet hatte, trat er

hinter mich. Ich lehnte mich an ihn und sofort legte er die Arme um mich.

»Du hast mich damals gefragt, wovor ich Angst habe.«

»Und du hast geantwortet, es ginge dir zu schnell.«

»Ja, so ist es«, gab ich zu. »Oder findest du das etwa nicht?«

»Ich sagte ja, es ist bemerkenswert.«

Wir lachten. Dann drehte ich mich zu ihm herum und wurde ernst. »Ich habe immer noch Angst, Johannes. Nach allem, was passiert ist, sogar mehr als damals. Ich finde, das solltest du wissen.«

Wieder klingelte das Telefon. Ungeduldig stieß er die Luft aus, doch dann grinste er martialisch.

»Und du solltest wissen, dass es von Vorteil ist, wenn man der Chef ist!« Er ging zum Schreibtisch, aber anstatt das Gespräch anzunehmen, tippte er auf der Computertastatur herum, schloss die Schubladen ab und holte seine Jacke aus dem Schrank. Dann nahm er meine Hand, angelte im Vorbeigehen nach meinen Mantel und zog mich zur Tür. »Man kann tun was man will und niemand kann es einem verbieten.« Er riss die Tür auf. »Frau Beck! Ich mache Feierabend. Sie erreichen mich über mein Handy.« Ungeduldig hielt er mir den Mantel, in den ich schleunigst hinein schlüpfte.

Mit dem Telefonhörer in der Hand starrte Frau Beck uns verblüfft an. »Aber was ist mit dem Termin in Fürth? Und Herr Krieger ist in der Leitung. Er will mit Ihnen sprechen wegen …«

»Ich melde mich am Montag. In Fürth machen Sie einen neuen Termin. Schönes Wochenende!« Er schloss seine Bürotür ab, nahm mich bei der Hand und zog mich mit.

»Schönes Wochenende«, wünschte ich ebenfalls mit einer Mischung aus Belustigung und Verlegenheit über Frau Becks vielsagenden Blick.

Als Johannes im Hof die Autotür für mich öffnete, blieb ich vor ihm stehen und schielte demonstrativ zu den Fenstern hoch. »Wetten, dass jetzt die gesamte Belegschaft über uns redet?« Natürlich war etlichen Leuten aufgefallen, dass ich gerade an Johannes Hand zum Ausgang getrabt war.

»Stört es dich etwa?«

»Ja!«, seufzte ich. »Aber du kannst sie ja schlecht alle entlassen, oder?«

»Dann finde dich damit ab«, befand er sachlich und wollte sich abwenden, um zur Fahrerseite hinüberzugehen.

»Johannes?« Er hielt inne. »Hast du eigentlich auch Angst?«

Ein Schatten flog über sein Gesicht. Er zögerte mit der Antwort, während ich versuchte, aus seiner Miene etwas abzulesen. Ich kannte ihn immer noch zu wenig, um es näher beziffern zu können, doch meine Frage schien ihn zu beunruhigen.

Schließlich antwortete er: »Ja, das habe ich.« Er

schwieg und als ich schon dachte, er wollte nichts mehr sagen, fügte er hinzu: »Ich habe Angst, dass du eines Tages bereuen könntest, was du für mich getan hast. Für Vieles hast du nur mein Wort, sonst nichts.«

Seine Aufrichtigkeit berührte mich tief. Und eigentlich wollte ich auch gar nicht mehr zweifeln. Ich wollte vor allem eins: Endlich wieder glücklich sein. Anstatt zu antworten, schlang ich die Arme um seinen Hals und küsste ihn – sehr lange und sehr gründlich. Mehrere Fahrzeuge fuhren soeben auf den Hof und ein ganzer Trupp Bauarbeiter kletterte heraus. Die Männer unterhielten sich laut und lachten dröhnend und gaben sich alle Mühe nicht zu auffällig zu uns hinüber zu sehen.

»Ist der Ruf erst ruiniert …«, bemerkte ich zynisch.

»Es war schon wieder deine Idee«, erwiderte Johannes trocken.

»Und du hast natürlich versucht, mich davon abzuhalten.«

Er zwinkerte. »Steig ein.«

Und das tat ich. Im Moment war ich optimistisch, was uns beide betraf. Alles andere würde die Zeit bringen.

AUGUST 2009, SÜDFRANKREICH

Die Sonne ist untergegangen und mir ist kalt.

Ich sollte mich allmählich auf den Rückweg machen, doch der Gedanke an die so lange zurückliegenden Ereignisse lässt mich nicht los. Es kommt mir vor, als sei es gerade erst geschehen und ich bin mir plötzlich sicher, dass es die Informationen dieser Karte sind, die René damals in meiner Wohnung suchte.

Jemand setzt sich neben mich. »Christine! Da bist du ja.« Johannes legt seine rechte Hand auf mein Bein und misst mich mit kritischem Blick. »Du bist blass! Ist dir schon wieder übel?« Sein Tonfall ist eine Mischung aus Besorgnis und freudiger Erwartung.

Bis gerade war mir nicht danach zumute, aber jetzt breche ich in Gelächter aus. Meine Spannung löst sich ein wenig.

»Ich habe mir gestern bestimmt nur den Magen am Fisch verdorben!«

Er sieht mich skeptisch an. »Wenn wir nächste Woche wieder zu Hause sind, gehst du zum Arzt!«

Ich salutiere. »Zu Befehl! Aber du kannst dir abschminken, mich in Watte packen zu wollen, falls ich schwanger bin. Das ist schließlich keine Krankheit!«

Er legt einen Arm um mich und nimmt meine

rechte Hand. Zärtlich küsst er den schlichten Goldreif, dessen Gegenstück an seinem Ringfinger steckt und lächelt süffisant. »Abwarten!«

»Du bist unverbesserlich.«

Ich knuffe ihn mit dem Ellbogen in die Seite und schmiege mich dann an ihn. Natürlich werde ich ihm den Gefallen tun und zum Arzt gehen. Zumindest vorerst bin ich brav. Später sehen wir dann weiter. Eigentlich ist Johannes genau das, was René ihm damals unterstellt hat: Ein Patriarch, der es nur schwer erträgt, wenn man sich seinen Wünschen widersetzt. Doch an mir beißt er sich die Zähne aus. Allerdings habe ich den Verdacht, dass es genau das ist, was er an den Menschen schätzt, die ihm wirklich nahestehen. René konnte mit Johannes' Mentalität nie umgehen – obwohl oder vielleicht gerade weil ihr Vater genauso gewesen war. Tim hat seinen Onkel mit kindlicher Unbefangenheit durchschaut und sich nie von ihm beeindrucken lassen. Ich bin sehr froh, dass das Verhältnis der beiden nur wenig gelitten hat. Johannes ist sein Vormund geworden, nachdem die zweijährige Bewährungsfrist abgelaufen war. Das Urteil lautete auf fahrlässige Tötung und war das Beste, was ihm in diesem Fall passieren konnte. Gefallen hat es ihm nicht.

Ich schließe die Augen und vergrabe mein Gesicht an seinem Hals. Er dreht seinen Kopf und küsst mich flüchtig. Er hat eine Hand inzwischen auf meinen Bauch gelegt, so als wolle er bereits etwas schützen, von dem wir noch nicht einmal sicher sind, dass es überhaupt existiert. Es ist typisch für ihn.

Bis heute sind die Auswirkungen der Ereignisse in der Firma zu spüren und auch die Wirtschaftskrise hat dem Unternehmen herbe Verluste beschert. Es kostet Johannes viel Kraft. Abgesehen davon, dass er das niemals zugeben würde, braucht er allerdings die Herausforderung, um zufrieden zu sein.

Vielleicht ist das einer der Gründe, warum er mich geheiratet hat – weil eine eigene Familie ein unerschöpflicher Fundus an immer neuen Problemen ist, die nach Lösungen schreien.

»Hast du schöne Bilder gemacht?«

Ich zögere. Da ist es wieder, das bedrückende Gefühl, das ich bei der Erinnerung verspürt habe. Ich überlege, ob ich ihm überhaupt von der Speicherkarte erzählen soll.

Er sieht mich stirnrunzelnd an und scheint zu ahnen, dass etwas nicht stimmt. »Ist etwas mit der Kamera nicht in Ordnung?«

Ich schalte die Kamera ein und suche das Foto von Mike und Thies. Wortlos zeige ich es ihm. Er wirft einen Blick darauf und ich spüre, wie er sich versteift, als er das Datum sieht. Ich schalte weiter.

»Jáchymov!«, flüstert er tonlos. »Woher hast du das?«

»Ich habe die Karte in meiner Fototasche gefunden. Ich wusste nicht, dass sie darin war.«

Johannes sieht auf das Bild der schneebedeckten

Baustelle, als sei es etwas Abstoßendes. »Was ist noch darauf?« Seine Stimme klingt viel zu unbeteiligt.

Ich atme tief durch und versuche nicht auf das ungute Gefühl zu achten. »Viele Bilder von der Baustelle und von einem tschechischen Ort, den ich nicht kenne. Der Stollen. Du bist auch drauf. Und Jiri, Viktor und Anezka.« Die Namen auszusprechen scheint ihre Anwesenheit auf unangenehme Weise heraufzubeschwören.

Johannes wirkt blass unter der Sommerbräune.

»Dann eine Tonaufnahme. Und ein Video.«

Langes Schweigen. Ich sehe ihn an. Wie immer, wenn er nicht möchte, dass jemand seine Gefühle errät, versteckt er sich hinter einer Maske. Doch inzwischen kenne ich ihn gut. Er ist nervös. Sehr nervös.

»Ich habe mir nicht alle Bilder angesehen«, sage ich leise und mache den Fotoapparat aus. »Auch nicht das Video und die Tonaufnahme habe ich nur zum Teil gehört.«

»Warum?«

Ich zucke mit den Schultern. »Ich weiß nicht. Es ist so lange her. Willst du es sehen?«

Langsam, als sei es eine Bombe, streckt er die Hand aus. Er steht auf und entfernt sich ein paar Schritte.

Als er zurück kommt lächelt er bitter. »Mike war clever!« Er reibt sich mit Daumen und Zeigefinger über die Nasenwurzel. Dann atmet er kräftig aus, so als fiele es ihm schwer, weiter zu reden. »Sieh es dir an!«

Mein Blick wandert skeptisch zu der Kamera. »Du hast mir doch alles erzählt.«

Abrupt entfernt Johannes sich und schnaubt abfällig. »Warum bist du dir sicher, dass es stimmt?«

Seine heftige Reaktion verblüfft mich. Ich wende mich ab. Mir ist wieder schrecklich kalt. Ich höre, wie Johannes umher geht. Unruhig. Wie ein Tiger im Käfig. Plötzlich ist es wieder da, das Gefühl nicht zu wissen, was wahr und was falsch ist. Die nagende Unsicherheit. Die bohrenden Zweifel. Alles, was ich verdrängt habe und von dem ich immer gefürchtet habe, dass es mich – uns – eines Tages wieder einholt. Ich blinzle, um die Tränen zu vertreiben. Ich sehe ihn am Rand der Felsen stehen. Er starrt auf das Meer. Mit einer heftigen Bewegung legt er seinen Kopf in den Nacken und bedeckt sein Gesicht mit beiden Händen. Ein Schauer rieselt mir über den Rücken, als ich etwas begreife. Ich hole die Karte aus der Kamera und gehe zu ihm hinüber. Sein Blick ist auf die Steine vor ihm gerichtet. Ich beobachte die Möwen, die am Himmel kreisen.

»Kenne ich die Wahrheit?«

Er sieht mich nicht an. »Kurz nachdem ich aus der Haft entlassen wurde, war Tereza noch einmal bei mir.«

SAMSTAG, 30. SEPTEMBER 2006

Johannes brauchte einige Sekunden, um wach zu werden. Seine Gliedmaßen kribbelten. Er hatte nicht gemerkt, dass er auf dem Wohnzimmersofa eingeschlafen war. Leises Klopfen von der Haustür – hatte ihn das geweckt?

Als er an der Haustür stand, lauschte er.

»Wer ist da?«

»Mach auf!«

Er zögerte, doch schließlich öffnete er die Tür einen Spalt.

»Was willst du?«

»Lass mich rein, Johannes. Bitte.« Ängstlich sah Tereza sich um.

Als sie in der Diele war, machte er keine Anstalten, sie weiter hereinzubitten, sondern blieb nur mit verschränkten Armen stehen.

»Geht es ihr gut?«

Er nickte knapp. »Was sollte das?«

Ihr hübsches Gesicht wirkte verhärmt. »Mein Onkel hat mich dazu gezwungen. Er sagt, du bräuchtest eine kleine Erinnerung an eure Abmachung.«

Johannes schnaubte abfällig. »Die Abmachung war, dass René seine Schulden begleicht – nichts weiter. Anstatt Leute umzubringen, hättet ihr mir wenigstens eine Chance geben sollen, das Geld auf andere Weise aufzutreiben, verdammt!«

»Dein Bruder hätte es nicht von dir angenommen! Er wusste nicht mal, dass du mit meinem Onkel geredet hast.«

Johannes stieß einen ärgerlichen Laut aus. »Trotzdem hättet ihr es mir überlassen sollen. Was will dein Onkel sonst noch?«

»Er wird dafür sorgen, dass die Ferienanlage wieder eröffnet wird und Gewinn abwirft. Er sagt, das genügt. Aber du wirst die ausstehenden Zahlungen vom Bau nicht mehr erhalten.«

»Was für eine Neuigkeit«, sagte Johannes bissig. »Ich habe auch nicht damit gerechnet.«

»Du hältst weiter den Mund und er wird dich in Ruhe lassen. Und auch deine Mutter und Tim.« Tereza wandte den Blick ab. »Und sie auch.«

»Ich werde für niemanden den Kopf hinhalten! Und jetzt verschwinde.«

Tereza wandte sich zur Tür. »Er weiß nicht, dass ich hier bin. Er wollte abwarten. Vielleicht hofft er, dass du einen Fehler …«

»Lass dich nie wieder blicken.« Johannes' Stimme klang schneidend.

Sie sah über die Schulter zurück. Ihr Blick war wehmütig. »Leb wohl.«

Lange Zeit starrte er einfach nur auf die Haustür, die sich hinter ihr geschlossen hatte. Dann sank er auf den Boden, den Rücken an die Wand gelehnt.

Er verschränkte die Hände und presste sie gegen seine Stirn.

Sein Gesicht war nass von Tränen.

»Es waren mehr als ein paar Spielschulden. Tereza wusste davon, aber sie hat es mir erst erzählt, als es bereits zu spät war und René sich schon auf das Projekt in Jáchymov eingelassen hatte. Dann gab es Schwierigkeiten mit den Behörden. Bestechungsgelder waren nötig – er konnte nicht zahlen. Tereza machte sich Sorgen um ihn – zurecht. Bis zu dem Zeitpunkt hatte ich nie etwas mit Terezas *Verwandtschaft* zu tun gehabt, aber da wurden mir endlich ein paar Zusammenhänge bewusst. Es handelte sich nicht um den Coup von Einzelnen. Trotzdem ging ich zu Anezka und ihrem Vater. Sie waren die führenden Köpfe. Ich gab ihnen das Geld, damit der Bau erst einmal starten konnte ... ein paar Tausend Euro. Dann wollte ich dafür sorgen, dass René und auch die Firma halbwegs sauber da raus kamen. Aber es hat nicht funktioniert, daher habe ich einfach abgewartet und gehofft, dass alles gut geht. Mikes Unfall ... ich hätte es wissen müssen, aber ich habe nicht darüber nachgedacht. Nicht nachdenken wollen.« Die ganze Zeit hat er meinen Blick gemieden. Jetzt sieht er mich ganz kurz an. »Das alles habe ich der Kripo nicht erzählt ... sie hätten nicht locker gelassen, bis ich ihnen Einzelheiten geliefert hätte.«

»Was glaubst du, wäre dann passiert?«

»Ich weiß es nicht.« Nach einem Moment fügt er

so leise hinzu, dass ich ihn kaum verstehe. »Und ich will es auch nicht wissen.«

Ich habe das Gefühl, als hätte mir jemand in den Magen geboxt.

»Was ist auf der Karte?«

»Informationen, für die Frau Ammon sehr dankbar wäre«, antwortet er zögernd. »Sie hat noch immer ein Auge auf den Fall. Sie hat mir damals nicht geglaubt, dass ich nichts weiß. Sie hat wirklich ein gutes Gespür.« In seinem Tonfall lag widerwillige Anerkennung. »Aber ohne Beweise sind ihr die Hände gebunden und ich habe dafür gesorgt, dass es keine gibt.«

»Und was wird dann aus uns?«

Sein Gesicht, in dem er nicht mehr verbirgt, was er denkt, ist Antwort genug. Ich hole aus und werfe die Karte weit fort. Sie landet auf einem Felsen und wird von der nächsten Welle fortgespült. Johannes starrt hinterher. Ich trete zu ihm, lege den Kopf auf seine Schulter und sehe auf das Meer. Der Wind ist schrecklich kalt. Johannes schließt seine Arme um mich und vergräbt sein Gesicht in meinen Haaren. Er zittert.

»Warum hast du das getan?«

Sanft berühre ich das Kreuz an seinem Hals. »Weil es vorbei ist, Johannes.«

Für ihn wird es nie vorbei sein.

Aber vielleicht können wir einfach so tun, als wäre es das.

ENDE

Weitere Krimis finden Sie auf den folgenden Seiten und im Internet: www.gmeiner-verlag.de

SABINE THOMAS (HRSG.)

Tod am Tegernsee

174 Seiten, Paperback.
ISBN 978-3-8392-1195-3.

TEGERNSEE-MORDE Der malerische Tegernsee in der oberbayerischen Alpenregion ist nicht nur Heimat von Prominenten, Millionären und Milliardären, sondern auch Schauplatz von mörderischen Geschichten. Elf namhafte Autoren haben sich zusammengefunden und präsentieren spannende Kurzkrimis von Gmund über Tegernsee, von Rottach Egern über Kreuth bis Bad Wiessee. Eine Tretbootfahrt endet tödlich, eine Zockerin setzt im Spielcasino alles auf eine Karte, ein Bauer sucht eine Frau und findet den Tod …

TODESFRAUEN

Jan Beinßen

228 Seiten, Paperback.
ISBN 978-3-8392-1196-0.

IN DER FALLE Nürnberg, 1993. Antiquitätenhändlerin Gabriele Doberstein erhält ein vielversprechendes Angebot: Der serbische Taxifahrer Vladi berichtet von einer Gemäldesammlung, die in den Wirren des Jugoslawienkonflikts ihren Besitzer verloren hat und nun wieder auf dem Markt ist. Gabriele wittert ein schnelles und risikoarmes Geschäft. Sie beschließt, Vladis Naivität auszunutzen, sich die wertvollen Gemälde anzueignen und Vladi mit einem Almosen abzuspeisen. Noch ahnt sie nicht, dass sie sich damit in große Gefahr begibt …

GMEINER

Wir machen's spannend

WILDIS STRENG

Ohrenzeugen

366 Seiten, Paperback.
ISBN 978-3-8392-1191-5.

ALLES HASENREIN? Der Hohenloher Bauer und passionierte Kleintierzüchter Rudolf Weidner wird nachts vor seinem Hasenstall mit einer Axt erschlagen. Die einzigen Zeugen sind 25 Deutsche Riesenschecken. Neben der Leiche wird eine Taschenuhr entdeckt, in die ein Datum eingraviert ist. Heiko Wüst und Lisa Luft, die ermittelnden Kommissare, hören sich zunächst unter den Hohenloher Kleintierzüchtern um, doch auch die Witwe ist verdächtig. Der Tod ihres Mannes berührt sie kaum, da er nicht nur dem Alkohol zugeneigt war, sondern auch wegen seiner Hasen kaum noch Zeit für die Familie hatte …

ERICH SCHÜTZ

Bombenbrut

368 Seiten, Paperback.
ISBN 978-3-8392-1176-2.

TÖDLICHE ERFINDUNG Es ist ein heißer Sommer. Das Ferienparadies Bodensee ist Ziel von Millionen Touristen, aber auch von skrupellosen Waffenschiebern und internationalen Geheimdiensten. Der Erfinder Herbert Stengele hat eine sensationelle Strahlenwaffe entwickelt, sie könnte den Krieg der Sterne entscheiden.

Journalist Leon Dold hat den Auftrag, das Leben des Luftfahrtpioniers Claude Dornier nachzuzeichnen, doch plötzlich steckt auch er mitten in diesem Krieg am Ufer seines idyllischen Bodensees …

GMEINER

Wir machen's spannend

Alle Gmeiner-Autoren und ihre Romane auf einen Blick

ANTHOLOGIEN: Tod am Tegernsee • Drei Tagesritte vom Bodensee • Nichts ist so fein gesponnen • Zürich: Ausfahrt Mord • Mörderischer Erfindergeist • Secret Service 2011 • Tod am Starnberger See • Mords-Sachsen 4 • Sterbenslust • Tödliche Wasser • Gefährliche Nachbarn • Mords-Sachsen 3 • Tatort Ammersee • Campusmord • Mords-Sachsen 2 • Tod am Bodensee • Mords-Sachsen 1 • Grenzfälle • Spekulatius **ABE, REBECCA**: Im Labyrinth der Fugger **ARTMEIER, HILDEGUNDE**: Feuerross • Drachenfrau **BAUER, HERMANN**: Philosophenpunsch • Verschwörungsmelange • Karambolage • Fernwehträume **BAUM, BEATE**: Weltverloren • Ruchlos • Häuserkampf **BAUMANN, MANFRED**: Wasserspiele • Jedermanntod **BECK, SINJE**: Totenklang • Duftspur • Einzelkämpfer **BECKER, OLIVER**: Das Geheimnis der Krähentochter **BECKMANN, HERBERT**: Die Nacht von Berlin • Mark Twain unter den Linden • Die indiskreten Briefe des Giacomo Casanova **BEINSSEN, JAN**: Todesfrauen • Goldfrauen • Feuerfrauen **BLANKENBURG, ELKE MASCHA** Tastenfieber und Liebeslust **BLATTER, ULRIKE**: Vogelfrau **BODE-HOFFMANN, GRIT / HOFFMANN, MATTHIAS**: Infantizid **BODENMANN, MONA**: Mondmilchgubel **BÖCKER, BÄRBEL**: Mit 50 hat man noch Träume • Henkersmahl **BOENKE, MICHAEL**: Riedripp • Gott'sacker **BOMM, MANFRED**: Blutsauger • Kurzschluss • Glasklar • Notbremse • Schattennetz • Beweislast • Schusslinie • Mordloch • Trugschluss • Irrflug • Himmelsfelsen **BONN, SUSANNE**: Die Schule der Spielleute • Der Jahrmarkt zu Jakobi **BOSETZKY, HORST (-KY)**: Promijagd • Unterm Kirschbaum **BRÖMME, BETTINA**: Weißwurst für Elfen **BUEHRIG, DIETER**: Der Klang der Erde • Schattengold **BÜRKL, ANNI**: Ausgetanzt • Schwarztee **BUTTLER, MONIKA**: Dunkelzeit • Abendfrieden • Herzraub **CLAUSEN, ANKE**: Dinnerparty • Ostseegrab **CRÖNERT, CLAUDIUS**: Das Kreuz der Hugenotten **DANZ, ELLA**: Ballaststoff • Schatz, schmeckt's dir nicht? • Rosenwahn • Kochwut • Nebelschleier • Steilufer • Osterfeuer **DETERING, MONIKA**: Puppenmann • Herzfrauen **DIECHLER, GABRIELE**: Glutnester • Glaub mir, es muss Liebe sein • Engpass **DÜNSCHEDE, SANDRA**: Todeswatt • Friesenrache • Solomord • Nordmord • Deichgrab **EMME, PIERRE**: Zwanzig/11 • Diamantenschmaus • Pizza Letale • Pasta Mortale • Schneenockerleklat • Florentinerpakt • Ballsaison • Tortenkomplott • Killerspiele • Würstelmassaker • Heurigenpassion • Schnitzelfarce • Pastetenlust **ENDERLE, MANFRED**: Nachtwanderer **ERFMEYER, KLAUS**: Irrliebe • Endstadium • Tribunal • Geldmarie • Todeserklärung • Karrieresprung **ERWIN, BIRGIT / BUCHHORN, ULRICH**: Die Reliquie von Buchhorn • Die Gauklerin von Buchhorn • Die Herren von Buchhorn **FINK, SABINE**: Kainszeichen **FOHL, DAGMAR**: Der Duft von Bittermandel • Die Insel der Witwen • Das Mädchen und sein Henker **FRANZINGER, BERND**: Familiengrab • Zehnkampf • Leidenstour • Kindspech • Jammerhalde • Bombenstimmung • Wolfsfalle • Dinotod • Ohnmacht • Goldrausch • Pilzsaison **GARDEIN, UWE**: Das Mysterium des Himmels • Die Stunde des Königs

GMEINER

Wir machen's spannend

Alle Gmeiner-Autoren und ihre Romane auf einen Blick

GARDENER, EVA B.: Lebenshunger **GEISLER, KURT**: Friesenschnee • Bädersterben **GERWIEN, MICHAEL**: Alpengrollen **GIBERT, MATTHIAS P.**: Zeitbombe • Rechtsdruck • Schmuddelkinder • Bullenhitze • Eiszeit • Zirkusluft • Kammerflimmern • Nervenflattern **GORA, AXEL**: Das Duell der Astronomen **GRAF, EDI**: Bombenspiel • Leopardenjagd • Elefantengold • Löwenriss • Nashornfieber **GUDE, CHRISTIAN**: Kontrollverlust • Homunculus • Binärcode • Mosquito **HAENNI, STEFAN**: Scherbenhaufen • Brahmsrösi • Narrentod **HAUG, GUNTER**: Gössenjagd • Hüttenzauber • Tauberschwarz • Höllenfahrt • Sturmwarnung • Riffhaie • Tiefenrausch **HEIM, UTA-MARIA**: Feierabend • Totenkuss • Wespennest • Das Rattenprinzip • Totschweigen • Dreckskind **HENSCHEL, REGINE C.**: Fünf sind keiner zu viel **HERELD, PETER**: Das Geheimnis des Goldmachers **HOHLFELD, KERSTIN**: Glückskekssommer **HUNOLD-REIME, SIGRID**: Janssenhaus • Schattenmorellen • Frühstückspension **IMBSWEILER, MARCUS**: Die Erstürmung des Himmels • Butenschön • Altstadtfest • Schlussakt • Bergfriedhof **JOSWIG, VOLKMAR / MELLE, HENNING VON**: Stahlhart **KARNANI, FRITJOF**: Notlandung • Turnaround • Takeover **KAST-RIEDLINGER, ANNETTE**: Liebling, ich kann auch anders **KEISER, GABRIELE**: Engelskraut • Gartenschläfer • Apollofalter **KEISER, GABRIELE / POLIFKA, WOLFGANG**: Puppenjäger **KELLER, STEFAN**: Totenkarneval • Kölner Kreuzigung **KINSKOFER, LOTTE / BAHR, ANKE**: Hermann für Frau Mann **KLAUSNER, UWE**: Kennedy-Syndrom • Bernstein-Connection • Die Bräute des Satans • Odessa-Komplott • Pilger des Zorns • Walhalla-Code • Die Kiliansverschwörung • Die Pforten der Hölle **KLEWE, SABINE**: Die schwarzseidene Dame • Blutsonne • Wintermärchen • Kinderspiel • Schattenriss **KLÖSEL, MATTHIAS**: Tourneekoller **KLUGMANN, NORBERT**: Die Adler von Lübeck • Die Nacht des Narren • Die Tochter des Salzhändlers • Kabinettstück • Schlüsselgewalt • Rebenblut **KÖHLER, MANFRED**: Tiefpunkt • Schreckensgletscher **KÖSTERING, BERND**: Goetheglut • Goetheruh **KOHL, ERWIN**: Flatline • Grabtanz • Zugzwang **KOPPITZ, RAINER C.**: Machtrausch **KRAMER, VERONIKA**: Todesgeheimnis • Rachesommer **KRONENBERG, SUSANNE**: Kunstgriff • Rheingrund • Weinrache • Kultopfer • Flammenpferd **KRUG, MICHAEL**: Bahnhofsmission **KRUSE, MARGIT**: Eisaugen **KURELLA, FRANK**: Der Kodex des Bösen • Das Pergament des Todes **LASCAUX, PAUL**: Mordswein • Gnadenbrot • Feuerwasser • Wursthimmel • Salztränen **LEBEK, HANS**: Karteileichen • Todesschläger **LEHMKUHL, KURT**: Dreiländermord • Nürburghölle • Raffgier **LEIMBACH, ALIDA**: Wintergruft **LEIX, BERND**: Fächergrün • Fächertraum • Waldstadt • Hackschnitzel • Zuckerblut • Bucheckern **LETSCHE, JULIAN**: Auf der Walz **LICHT, EMILIA**: Hotel Blaues Wunder **LIEBSCH, SONJA / MESTROVIC, NIVES**: Muttertier @n Rabenmutter **LIFKA, RICHARD**: Sonnenkönig **LOIBELSBERGER, GERHARD**: Mord und Brand • Reigen des Todes • Die Naschmarkt-Morde **MADER, RAIMUND A.**: Schindlerjüdin • Glasberg